Sarah Stankewitz

Dream and Dare

SARAH
STANKEWITZ

DREAM
and
DARE

Roman

Forever

Forever by Ullstein
forever.ullstein.de

Wir verpflichten uns zu Nachhaltigkeit

- Klimaneutrales Produkt
- Papiere aus nachhaltiger Waldwirtschaft und anderen kontrollierten Quellen
- ullstein.de/nachhaltigkeit

MIX
Papier
FSC FSC® C083411

Originalausgabe bei Forever
Forever ist ein Verlag der Ullstein Buchverlage GmbH, Berlin
1. Auflage April 2023

Umschlaggestaltung: zero-media.net, München
Titelabbildung: © FinePic®, München
Gesetzt aus der Albertina Pro powered by *pepyrus*
Druck- und Bindearbeiten: CPI books GmbH, Leck
ISBN 978-3-95818-723-8

Für Nina.
Weil du Isaac schon geliebt hast, als er es am meisten gebraucht hat. Danke für alles.

Content Note

Liebe Lesende,

dieses Buch enthält potenziell triggernde Inhalte. Deswegen findet ihr auf Seite 415 eine Triggerwarnung. Wir möchten, dass ihr das bestmögliche Leseerlebnis habt.

Eure Sarah Stankewitz & das Forever-Team

Prolog

Isaac

Vergangenheit

»Happy Birthday, mein Hase.« Mom setzt sich neben mich aufs Bett und legt ein riesiges Geschenk zwischen uns auf die durchgelegene Matratze. Stirnrunzelnd sehe ich es an.

»Aber ich habe doch mein Geschenk schon bekommen!« Aufregung macht sich in mir breit, denn wenn ich ehrlich bin, gefällt mir mein anderes Geschenk nicht sonderlich gut. Dad hat einem seiner Saufkumpel, mit denen er sich jeden Abend in der Kneipe um die Ecke trifft, eine gebrauchte Spielkonsole abgekauft. Das Teil ist schon so alt, dass auf dem Controller zwei Tasten fehlen. Dad weiß eigentlich, dass ich nicht gerne zocke, aber das wäre ihm als Freizeitbeschäftigung lieber als das, was ich sonst den ganzen Tag tue. Was mir am meisten Spaß macht, hasst er aus irgendwelchen Gründen ganz besonders.

»Du bist heute zehn geworden, Isaac. Da kannst du ruhig zwei Geschenke bekommen.« Mom wuschelt mir durch das braune Haar und deutet anschließend auf das Paket, das immer noch zwischen uns liegt und endlich von mir ausgepackt werden will. »Jetzt mach es schon auf. Es wird dir gefallen.«

Daran zweifle ich nicht. Mom kennt mich. Sie weiß, was ich mag und worin ich gut bin.

Ich beiße mir auf die Unterlippe und ziehe das Geschenk auf meinen Schoß. Ich reiße das hellblaue Papier ab, knülle es zu einer riesigen Kugel zusammen und werfe sie durch den Raum. Der Karton, der darunter zum Vorschein kommt, sieht teuer aus. Definitiv *zu* teuer, schließlich weiß ich, dass meine Eltern immer knapp bei Kasse sind.

»Jetzt spann mich nicht so lange auf die Folter!« Moms Augen strahlen, als wäre sie diejenige, die heute beschenkt wird. Sogar doppelt. Mit einem Grinsen hebe ich den Deckel an. Sofort klappt mir die Kinnlade herunter, und ich starre auf den Inhalt des Kartons. *Oh mein Gott!*

»Mom!« Ich sehe zwischen ihr und der Gitarre auf meinem Schoß hin und her. Träume ich nur? Schon seit zwei Jahren wünsche ich mir eine Gitarre, aber bis jetzt hat Dad immer dafür gesorgt, dass ich keine bekomme.

»Dad hat doch gesagt …«

Mom legt mir einen Finger vor die Lippen und bringt mich damit zum Schweigen.

»Dad ist nicht hier, oder? Das hier muss unser kleines Geheimnis bleiben, hörst du?« In ihren Augen glitzert es, als würde sie gleich weinen. Vor Freude? Oder aus Angst vor Dad, weil er ausrastet, wenn er von der Gitarre erfährt? Ich weiß nicht, warum er sich so sehr dagegen sträubt, dass ich

Musik mache, aber sobald ich anfange, von meinen Songs zu sprechen, schnalzt er nur mit der Zunge und sagt, dass ich mir diesen Unsinn aus dem Kopf schlagen soll. Aber so richtig funktioniert hat es nie. Seit ich zum ersten Mal ein Instrument in der Hand gehalten habe, bin ich wie verzaubert.

»Deine Musiklehrerin hat mir beim Elternsprechtag gesagt, wie begabt du bist, Isaac. Dass du ein Ass im Notenlesen bist und ein Verständnis für Töne hast, das sonst kein Kind in deiner Klasse besitzt.«

Ich versuche, mein Grinsen zu verbergen, nehme die hellbraune Gitarre aus dem Karton und drücke das Instrument fest an mich. In den letzten Jahren habe ich mich immer, wenn Dad nicht da war, mit Musik beschäftigt. Wenn ich nicht gerade an eigenen Songtexten geschrieben habe, sprudelten die unterschiedlichsten Melodien aus mir heraus. Aber ein eigenes Instrument hatte ich nie.

»Danke, Mom!« Ich schmiege mich an sie und schließe glücklich die Augen.

»Versprichst du mir, dass du nur übst, wenn dein Vater außer Haus ist?«

Ich nicke und blicke zu ihr auf. »Indianerehrenwort!« Ich halte Mom meinen kleinen Finger hin, woraufhin sie ihren mit meinem kreuzt. Noch immer glänzen ihre blauen Augen, unter denen sie tiefe Ringe hat. Mom schläft nicht viel. Ich höre oft, wie sie nachts in die Küche tapst und weint, während Dad im Schlafzimmer seinen Rausch ausschläft. Dass sie nicht glücklich ist, weiß ich. Und ich fühle mich schlecht, weil ich es an manchen Tagen nicht schaffe, sie zum Lächeln zu bringen. Vor allem nicht, wenn er im Haus ist.

»Und jetzt spiel etwas für mich, okay? Darauf warte ich schon so lange!«

Ich werde von einer Welle des Glücks erfasst, als ich die Gitarre auf meinen Schoß drücke und meinen liebsten Akkord greife. G-Dur. Meine Musiklehrerin Miss Sullivan hat mir erklärt, dass Durakkorde oft hell und klar klingen. Vielleicht mag ich sie deshalb lieber als die eher dunklen Mollakkorde. Hier zu Hause ist die Stimmung viel zu oft düster. Außer wenn Mom und ich allein sind, so wie jetzt.

Ich schlage die Saiten zum ersten Mal an und höre sofort, dass die Gitarre verstimmt ist, aber das ist mir egal. Auf keinen Fall kann ich noch länger mit dem Spielen warten.

Meine Finger zittern, während ich das Lied »Lemon Tree« von Fools Garden anspiele. Es ist das erste Lied, das mir meine Musiklehrerin beigebracht hat, und es ist relativ einfach. Etwas *zu* einfach für mich, wenn ich ehrlich bin, aber meine Mutter liebt diesen Song.

Ihr warmer Blick ruht auf mir, und aus dem Augenwinkel kann ich sehen, dass sie sich die Tränen von den Wangen wischt. Mit jedem Akkord und jedem Anschlag der Saiten fällt mir das Spielen leichter, und das Grinsen auf meinem Gesicht wird immer breiter. Ich bin mir sicher, dass ich nie wieder etwas anderes in meinem Leben machen will als das hier. Auf meinem Bett sitzen und Musik machen. Nichts anderes macht mich so froh, so glücklich.

Gerade als ich die letzten Töne spiele, poltert es im Flur, direkt vor meiner Zimmertür. Sofort erstarre ich zu Eis.

»Dein Vater ist zurück!« Mom springt wie von einer Wespe gestochen vom Bett auf. »Versteck die Gitarre, Isaac!« Sie spricht leise, damit er uns im Flur nicht hören kann, aber ich bin mir sicher, dass er sowieso zu betrunken ist. Meistens kommt er erst nach Hause, wenn er kaum noch geradeaus gehen kann. Heute ist das ziemlich früh der Fall. *Viel zu früh!* Ich suche verzweifelt nach einem Versteck für meine Gitarre. Da sie nicht unter mein Bett passt, fällt mir nur mein Kleiderschrank ein. Ich stürze zu ihm hinüber, und gerade, als ich ihn öffnen will, poltert Dad ins Zimmer. Er schwankt. Nur mit Mühe kann er sich an der Tür festhalten. Als er die Gitarre in meiner Hand erblickt, entsteht eine Zornesfalte auf seiner Stirn. Im Grunde ist sie immer da, aber jetzt wird sie noch tiefer und Angst einflößender. Er ist nicht nur wütend, er ist rasend.

»Was soll das?«, blafft er. »Wieso hat der Junge eine verdammte Gitarre, Joyce?«

Mom steht immer noch vor meinem Bett und bekommt kein Wort raus, die blanke Angst ist ihr ins Gesicht geschrieben. Dad stapft auf mich zu und packt mich grob am Arm. Mit der anderen Hand entreißt er mir das Instrument, woraufhin ich mich umgehend leer fühle. Ich hatte nur einen Song mit ihr. Einen Song, mehr nicht. Meine Augen füllen sich mit Tränen.

»Woher hast du die, Isaac? Hat dir deine beschissene Lehrerin die gegeben?« In seinen glasigen Augen brodelt der Hass. Weil ich nicht weiß, was ich sagen soll, schürze ich nur die Lippen. Ich habe Angst vor ihm. Das habe ich schon lange. Aber gerade steht für mich alles auf dem Spiel.

»Antworte mir!«, brüllt er und schüttelt mich so fest, dass sich eine Träne aus meinen Wimpern löst.

»Hör auf, Michael!« Mom tritt hinter mich, legt ihre Hände schützend auf meine Schultern und zieht mich an sich. »Es ist nicht seine Schuld! *Ich* habe sie ihm gekauft!«

Nein, nein, nein. Ich weiß, was jetzt passiert. Weil ich diesen Ausdruck in Dads Augen kenne.

»Du kleine Hure!«, knurrt er wie ein wild gewordenes Tier. Noch immer hält er meine neue Gitarre in der Hand. So fest, dass die Knöchel seiner schmutzigen Finger weiß hervortreten. »Wir hatten eine Abmachung. Unser Sohn wird kein verweichlichtes Weib, das Musik macht, nur weil seine inkompetente Lehrerin sagt, dass er gut darin ist!« Mein Vater zieht mich harsch von Mom weg und schiebt mich zur Seite. Er will freie Bahn haben.

»Dad, bitte«, wispere ich.

»Halt die Klappe!« Er sieht mich nicht einmal an. »Musik ist etwas für Weicheier. Für Schwächlinge. Unser Sohn wird nicht auf diesem Drecksteil herumklimpern und über seine Gefühle singen, hast du das verstanden, Joyce?« Ich sehe zu Mom, die genau wie ich am ganzen Leib zittert.

»Ob du das verstanden hast?« Mein Vater stürzt sich auf meine Mutter, und sie stolpert zurück. »Geh aus dem Zimmer, Isaac!«, flüstert sie. Aber ich kann nicht. Ich kann mich nicht vom Fleck rühren, und ich will es auch nicht, ich will sie nicht mit ihm allein lassen.

Mein Vater holt mit der nagelneuen Gitarre aus und donnert sie so fest gegen die Tür meines Kleiderschranks, dass der Hals bricht. Der Krach, der dabei entsteht, lässt mich zusammenfahren. Ich schlinge die Arme um meinen Oberkörper, schließe die Augen und versuche, einen Plan zu machen. Ich muss seine Wut auf mich umlenken, damit er Mom in Ruhe lässt. Immerhin ist das hier meine Schuld. Nur weil ich mir eine Gitarre gewünscht und nie aufgehört habe, darüber zu reden, hat Mom sich Dad widersetzt. Er tut ihr meinetwegen weh.

Als ich höre, wie er ihr eine Ohrfeige verpasst, reiße ich die Augen auf und fasse einen Entschluss.

»Hör auf!«, schreie ich und will zwischen die beiden stürmen, damit er sie nicht mehr schlägt. Mein Vater fährt herum, und Sekunden später trifft mich etwas Scharfes unter dem rechten Ohr. Mir entweicht ein Schmerzenslaut. Die Gitarre ist am Hals gesplittert und hat meine Haut aufgekratzt.

»Michael!« Meine Mutter heult den Namen meines Vaters. »Du hast ihn verletzt!« Meine Finger tasten nach der schmerzenden Stelle, und als ich sie wieder herunternehme, sehe ich, dass ich blute. Aber das ist mir egal, solange er Mom in Ruhe lässt!

Mein Vater baut sich wie ein gigantischer Schatten vor mir auf. In seiner Hand die kaputte Gitarre und meine zerstörten Träume, während er die andere zur Faust ballt. Ich halte seinem Blick stand, auch wenn es mich alles kostet.

»Willst du mir etwas sagen, *Sohn*?« Das letzte Wort spuckt er nahezu aus. »Oder soll ich lieber *Tochter* zu dir sagen, hm?« Für ihn ist Musik etwas, das nur Frauen lieben dürfen. Ich öffne den Mund, will ihm meine Meinung sagen, weil ich zu oft geschwiegen habe. Aber ich bekomme keinen

Ton heraus. Alles, was meinen Mund verlässt, ist mein rasselnder Atem. Im Hintergrund höre ich Moms Schluchzen, aber ich kann sie nicht ansehen. Ich kann gar nichts tun, weil mein Vater mir solche Angst macht. Die Worte stecken in meiner Kehle fest wie ein Tennisball, und ein Gefühl der Ohnmacht überkommt mich.

»Siehst du?« Er lacht überheblich, und das Lallen in seiner Stimme ist nicht zu überhören. »Kriegst den Mund nicht mal auf, wenn dich dein alter Herr dazu auffordert. Wusste nicht, dass ich so einen Schlappschwanz großgezogen habe.« Er schnalzt erneut mit der Zunge und lässt das Instrument auf den Boden fallen. Anschließend packt er Mom bei der Hand. »Und wir zwei reden noch«, zischt er, zerrt sie aus meinem Zimmer und schmeißt die Tür hinter sich zu.

Ich stoße scharf die Luft aus und falle vor der Gitarre auf die Knie. Schniefend ziehe ich das Instrument auf meinen Schoß. Blut klebt an einem der Holzsplitter.

Mein Blut.

Und während ich im Hintergrund den Streit meiner Eltern höre, presse ich die Gitarre an mein Herz und weine so sehr, wie niemand an seinem Geburtstag weinen sollte.

Kapitel 1

Isaac

Früher fand ich die Vorstellung, in einer ausgebuchten Halle zu spielen, immer überwältigend. Vor allem, wenn über zwanzigtausend Menschen in diese Halle passen und nur darauf warten, dass du zurück auf die Bühne kommst. Die Wahrheit ist: Im Grunde genommen fühlt es sich jedes Mal gleich an, wenn wir auftreten. Der Adrenalinspiegel steigt nicht exponentiell mit der Größe der Crowd an. Zumindest nicht bei mir.

Nach dem fünften Song habe ich mein Shirt ausgezogen und in die Menge geschmissen, wie jedes Mal, wenn wir auftreten. Das Kreischen der jungen Frau, die es aufgefangen hat, übertönte selbst den Sound meiner E-Gitarre. Entweder wird sie das Teil für verdammt viel Kohle auf eBay verscherbeln oder jeden Abend damit ins Bett gehen und daran riechen. Ihrer Euphorie nach zu urteilen eher Letzteres. Sie stand in der ersten Reihe und hat jeden einzelnen Song aus voller Kehle mitgesungen, als wäre sie bei einer Audition und müsste ihr Können unter Beweis stellen. Sie ist süß und entspricht mit ihren blonden Locken, den vollen Wangen und den sinnlichen Lippen vollkommen meinem Beuteschema. Vielleicht habe ich Glück und sehe sie nach dem Konzert auf der Aftershowparty. Mein letzter One-Night-Stand ist schon ziemlich lange her, weil die vergangenen Wochen ein einziges Gehetze waren. Wir sind gerade von unserer zwanzigtägigen Englandtour nach Hause gekommen, und das ist der vorletzte Gig vor unserer Pause. Und wie könnte man eine epische Reise besser beenden als in der Stadt, in der alles angefangen hat? London hat uns groß gemacht.

Unser Bandmanager Robert tritt aus dem Backstagebereich auf uns zu und reicht jedem ein schwarzes Handtuch. Dankbar nehme ich es entgegen, wische mir damit den Schweiß aus dem Nacken und werfe es achtlos auf den Boden. Anschließend schnappe ich mir eine Bierflasche aus dem Kasten neben der Treppe, öffne sie mit den Zähnen und spucke den Kronkorken zur Seite. Der herbe Geschmack von Hopfen verteilt sich auf meiner Zunge. Normalerweise trinke ich nicht vor oder während eines Gigs, aber die Show ist so gut wie vorbei, und ich bin in Feierstimmung. Ein Bier wird schon nicht schaden.

»Der Gig war unglaublich, Jungs. Aber jetzt solltet ihr wirklich noch mal hoch für eine zweite Zugabe. Die Leute weigern sich partout, den Saal zu verlassen, und die Veranstalter scharren schon mit den Hufen. Die Fans werden erst Ruhe geben, wenn ihr ihren Lieblingssong gespielt habt.« Die braunen Augen unseres Managers strahlen hinter seinen Brillengläsern mit den Scheinwerfern um die Wette. Robert Hall sieht in seinem geschniegelten Anzug auf den ersten

Blick aus wie ein Büroheini, der anderen Leuten Kredite und unnötige Fonds aufs Auge drückt, aber in ihm schlägt das Herz eines Rockstars. Wie in jedem von uns. Durch unsere Venen fließt Musik, seit wir denken können, und zusammen bringen wir seit Jahren die Bühnen der Welt zum Brennen. Heute ist es besonders krass. Wie ein Erdbeben, das von Sekunde zu Sekunde stärker wird.

»Wir gehen zuerst raus«, antwortet Connor unserem Manager. Er ist nicht nur der beste Drummer, den man sich vorstellen kann – und damit meine ich, dass er sogar mit Travis fucking Barker mithalten kann –, er ist auch mein bester Kumpel seit der Kindheit. Seine schwarzen Haare hängen ihm schweißnass in die Stirn, und er dreht den Drumstick in seiner Hand permanent hin und her. Man sieht, dass es ihn in den Fingern juckt und er dringend ein weiteres Mal raus will.

Ich verstehe ihn. Da oben zählt nur die Musik, sonst nichts. Die Bühnenshow ist zwar auch ganz gut, aber sie ist mehr ein nettes Accessoire. In unserem Alltag müssen wir uns viel zu oft mit nervigen Dingen beschäftigen, für die wir nie unterschrieben haben. Interviewtermine, Benefizgalas, irgendwelche Revealpartys von anderen Künstlern, die wir nicht mal richtig kennen. Aber auf der Bühne können wir einfach nur Musiker sein, mit Herz und Seele. Klingt kitschig und ist auch kitschig. Mein Vater würde ausflippen, wenn er meine Gedanken lesen könnte.

»Dann raus mit euch!«, scheucht Robert die anderen auf die Bühne. Louis, unser Bassist, salutiert wie ein abgerichteter Soldat und schenkt mir anschließend ein bekifftes Lachen. Während sich andere erst nach einer erfolgreichen Show die Birne zuknallen, steht er darauf, schon vorher Gas zu geben. Er behauptet, auf Pot besser spielen zu können, und weil er bis jetzt noch nie Probleme gemacht hat, lassen wir ihn gewähren.

Ich gebe erst Connor, dann Louis einen Fistbump, bevor ich David, unserem Keyboarder, auf die Schulter klopfe. Er feiert die ganze Aufmerksamkeit am allerwenigsten. Das Rampenlicht hasst er, dafür liebt er die Musik umso mehr. David ist introvertierter als eine scheue Maus, und wir müssen ständig darauf achten, dass es ihm nicht zu viel wird. Manchmal lassen wir uns eine Ausrede einfallen, wieso er zu Terminen nicht erscheint, damit er sich und seine sozialen Akkus aufladen kann.

Meine Bandkollegen rennen die eiserne Treppe hoch, die zur Bühne des frisch gebauten Starfall-Konzertsaals führt, und sofort rasten die Leute vollkommen aus. Keine Ahnung, ob ich es mir nur einbilde, aber der Boden unter meinen schwarzen Boots scheint wirklich zu vibrieren. Die Crowd ist hungrig, und fuck, ich bin es auch.

Wir werden einen letzten Song spielen: unseren ersten Hit »November Nights«, mit dem wir unseren großen Durchbruch hatten. Vor vier Jahren hatten wir gerade eintausend monatliche Hörer auf Spotify und sind nur in kleineren Clubs und Bars in und um London aufgetreten. Inzwischen folgen uns auf Spotify über drei Millionen Menschen, und wir dürfen Hallen wie diese einweihen. Das Starfall wurde erst vor zwei Wochen offiziell fertiggestellt, und wir sind die erste Band, die diese Bühne betreten durfte. Und trotzdem bleibt die Überwältigung, die ich darüber spüren sollte, aus. Scheiße, ich sollte wirklich dankbarer sein, oder? Aber Dankbarkeit auf Knopfdruck liegt mir nicht. Zu Beginn unserer Karriere war ich dazu noch in der Lage, aber inzwischen bin ich abgestumpft.

Ich checke meine Ohrstöpsel und schließe kurz die Augen. Dort oben, hinter der Leinwand mit unserem Logo, wird die Meute immer lauter und ungeduldiger. Ich liebe es, sie ein bisschen zappeln zu lassen.

Connor schenkt mir am Schlagzeug einen Trommelwirbel, woraufhin meine Mundwinkel leicht zucken. Der Scheißkerl weiß, wie sehr ich einen großen Auftritt liebe. Nachdem ich einen letzten Schluck von meinem Bier genommen habe, renne ich ebenfalls die Treppe hinauf und betrete die Bühne. Nebel wabert über den Boden und hüllt mich innerhalb von Sekunden komplett ein. Mein Auftauchen lässt die Menge noch mehr ausflippen, und als ich ans Mikrofon trete, höre ich, wie die Leute meinen Namen rufen.

Isaac. Isaac. Isaac.

Es klingt wie eine gesprungene Schallplatte. Sollte ich jemals einen so krassen Absturz haben, dass ich meinen eigenen Namen nicht mehr kenne, gibt es da draußen Tausende Menschen, die mich an ihn erinnern werden. Es hat definitiv seine Vorteile, berühmt zu sein.

»Hey, London!«, raune ich ins Mikrofon. »Habt ihr immer noch nicht genug?«

Als Antwort erhalte ich tosenden Applaus. Im selben Moment fangen meine Jungs an, das Intro von »November

Nights« zu spielen, woraufhin die Stimmung endgültig überkocht.

»Wir haben noch einen letzten Song für euch dabei!« Mein Blick zieht über das Publikum. Die Scheinwerfer im Saal verwandeln die Meute in einen Pulk aus blauen Männchen, die alle zu uns aufblicken. Zu mir aufblicken. Auch wenn ich mich nie als Frontmann von Crashing December gesehen habe, bin ich es im Laufe der Jahre geworden. Wir alle sind gleich wichtig für unsere Musik. Jeder von uns ist ein Puzzleteil, das die anderen perfekt ergänzt. Aber für die Leute da unten ist es anders. Unsere Fans lieben Con, David und Louis, aber mich vergöttern sie. Ihre Worte, nicht meine. Auch nach all den Jahren weiß ich nicht, wie ich damit umgehen soll. Meistens genieße ich diese Aufmerksamkeit, aber manchmal wächst sie mir über den Kopf.

Ich schnappe mir meine Gitarre vom Boden, lege den Gurt um und schließe die Augen. Ab jetzt blende ich alles um mich herum aus. Die Leute sind immer noch da unten, aber für mich zählt während eines Songs nur das, was hier oben auf der Bühne abgeht. Connor hämmert wie ein Irrer auf sein Schlagzeug ein, und die anderen begleiten ihn in perfekter Harmonie. Shit, sie sind gut. Richtig gut. Jetzt liegt es an mir, mit ihnen mitzuhalten. Jeder Einzelne von uns hat es drauf, aber erst zusammen werden wir phänomenal.

Meine Augen halte ich geschlossen, während ich näher ans Mikro trete, den ersten Akkord auf meiner Gitarre greife und auf meinen Einsatz warte. Dann gerate ich in einen Rausch. Meine Finger tanzen über die Saiten, während ich die erste Zeile unseres Nummer-eins-Hits ins Mikrofon schmettere. Der Saal bebt, während ich in jede Note mein ganzes Gefühl lege. Diese Lieder, diese Musik, all das ist inzwischen Teil meiner DNA.

Der Schweiß rinnt mir über den nackten Oberkörper, während ich nach dem zweiten Chorus ein Gitarrensolo hinlege. Meine Finger werden eins mit der Gitarre, meine Sinne schärfen sich. Ich rieche eine Mischung aus Schweiß, Aftershave, Bier und Gummi. Ich fühle den Boden unter meinen Füßen und das kühle Material meiner Gibson. Ich schmecke das Bier auf meiner Zunge und sehe zu meinen Jungs, die ebenfalls voll in ihrem Element sind.

Connor wirft mir ein Grinsen zu, während David am Keyboard alles gibt und Louis mit dem Bass alles zusammenführt. Ich liebe diese Kerle, mehr, als ich jemals zugeben würde. Ich drehe der Crowd meinen Rücken zu, lasse die Gitarre am Gurt hängen und beginne, über dem Kopf in die Hände zu klatschen. Sekunden später steigt das Publikum mit ein.

Der Song wird ruhiger, mein Herz poltert schneller denn je.

»Singt noch ein letztes Mal den Refrain für uns, London!« Mit dieser Aufforderung drehe ich mich um und lasse das Bild auf mich wirken. Zwanzigtausend Menschen stehen zu unseren Füßen, klatschen über den Köpfen in die Hände und singen Zeilen, die ich vor Jahren mitten in der Nacht in mein Notizbuch geschrieben habe. In »November Nights« geht es um einen Kerl, der in einer kalten Londoner Novembernacht eine einsame Frau auf der Straße trifft und ihr mit seiner Musik das Gefühl gibt, nicht allein zu sein. Aber in Wahrheit ist nicht sie einsam, sondern er. Zumindest ist es das, was zwischen den Zeilen steht. Leider erkennen nur die wenigsten die Message dahinter. Der Song neigt sich dem Ende zu, und der Adrenalinspiegel in meinem Körper sinkt umgehend in den Keller. Zwanzig Minuten auf der Bühne sind anstrengender als eine Stunde im Gym, das steht fest.

Der letzte Ton erklingt, und unsere Fans rasten ein weiteres Mal für uns aus, bevor das Licht der Scheinwerfer erlischt und die Bühne in Dunkelheit hüllt. Ich lasse das Mikrofon auf den Boden fallen, lege die Gitarre ab und werfe einen finalen Blick in die dunkle Menge.

Zwanzigtausend Menschen, die uns lieben.

Die mich lieben.

Zwanzigtausend Menschen, die feiern, was wir tun.

Die feiern, was ich tue.

Und in mir drängt sich eine Frage an die Oberfläche, die meine Euphorie im Keim erstickt und den Zauber der letzten Stunden mit sich nimmt. *Wieso fühle ich mich trotz allem so verflucht leer?*

Kapitel 2

Hope

Es gibt Menschen, für die läuft Musik immer nur im Hintergrund ab. Leute, die tatsächlich auf eine Party gehen, um sich mit anderen zu unterhalten, und für die die Musik nur zweitrangig ist. Die das Radio auf dem Weg in den Strandurlaub in dem rostigen Familienwagen leiser stellen, damit sie sich besser verstehen können.

Ich bin das genaue Gegenteil davon. Wenn ich auf eine Party gehe, dann nur, weil auf Partys normalerweise Musik spielt. Wenn ich einen guten Song im Radio höre, kann ich nicht anders, als ihn laut zu stellen und aus voller Kehle mitzusingen.

Musik stand für mich schon immer im Vordergrund, egal, wo ich bin. Und der Grund ist so simpel und tragisch zugleich: weil mir die Musik das Leben gerettet hat. Weil meine Mutter die Leidenschaft zur Musik in mein Leben gebracht hat, bevor sie mir auf brutalste Weise entrissen wurde. Jetzt ist die Musik alles, was mir von ihr geblieben ist, zusammen mit verblassenden Kindheitserinnerungen. Für mich war schon seit ihrem Tod vor sechzehn Jahren klar, dass ich eines Tages mit meiner Gitarre und meiner Stimme Geld verdienen möchte, so wie Mom es getan hat.

Was mir nicht klar war: wie schwer es ist, gesehen zu werden. Unter Tausenden Künstlern geht man so leicht unter wie eine Münze im berühmten Trevi-Brunnen, den ich nur von Instagram kenne. Aber auch wenn ich kein Fan davon bin, an falschen Idealen und Zielen festzuhalten, werde ich die Musik niemals aufgeben. Dafür bedeutet sie mir zu viel. Weil Mom und Musik für immer miteinander verflochten sein werden.

Aus diesem Grund – und weil ich dringend Geld brauche, um den Kühlschrank zu füllen – will ich heute Abend zum ersten Mal vor der frisch eingeweihten Starfall-Halle spielen. Normalerweise trete ich immer im Hyde Park oder auf der Brompton Road auf, aber heute ist es Zeit für einen Tapetenwechsel. Außerdem habe ich mir die Location nicht rein zufällig ausgesucht. In dem neuen Konzertsaal spielt heute die wohl angesagteste Band unserer Zeit: Crashing December.

Das Konzert geht bald los, und vor der Halle hat sich bereits eine gigantische Fan-Schlange gebildet, die bis in die Innenstadt reicht. Manche Mädels saßen sicher schon heute Morgen im Regen vor dem Eingang, damit sie auf jeden Fall in die erste Reihe kommen und Isaac Walker aus der Nähe anschmachten können. Wir haben Anfang Juli, und der Wetterbericht sagt einen extrem regnerischen Sommer voraus, aber das hält die Groupies scheinbar nicht vom Konzert-Campen ab. Verrückt, mehr fällt mir dazu nicht ein.

Mit der Band, die heute spielt, kann ich nicht sonderlich viel anfangen. Ich weiß, dass die Jungs gut in ihrem Job sind, aber irgendwie werde ich mit ihrer Musik nicht so richtig warm. Sie ist rockig, tiefgründig und müsste mein Herz eigentlich zum Donnern bringen, aber irgendetwas fehlt mir. Die Stimme des Sängers ist unverkennbar und technisch erstklassig, aber sie ist nicht echt. Zumindest nicht in meinen Ohren. Aber das behalte ich hier lieber für mich, wenn ich nicht will, dass mich die Leute gleich mit fauligen Tomaten beschmeißen.

Ganz im Gegensatz zu den Tausenden Menschen, die auf den Einlass in die Halle warten und sicher verdammt viel Geld für ein Ticket hingeblättert haben, bin ich also kein Fan dieser Band. Aber das heißt ja nicht, dass ich ihren Ruhm nicht für mich nutzen kann. Wenn ich Pech habe, ruft jemand die Cops, weil ich keine Genehmigung habe, hier zu spielen, aber wenn nicht, könnte ich das Geld für einen kompletten Wocheneinkauf verdienen.

Ich breite meine Decke auf dem feuchten Boden aus, lege meinen schwarzen Gitarrenkoffer ab und klopfe mit der flachen Hand auf das nun geschützte Fleckchen Erde. Pumpkin gibt ein aufgeregtes Bellen von sich und nimmt auf der karierten Decke Platz. Der Schäferhundmischling gehört meinem engen Freund William, und ich passe hin und wieder auf die Fellnase auf, wenn er mich darum bittet. Irgendwie ist es inzwischen zu einer Art Tradition geworden, dass mich Pumpkin zu meinen Straßengigs begleitet. Während ich singe, legt er sich meistens einfach neben mich und schläft, und auch jetzt fallen ihm die Augen innerhalb von Sekunden zu. Als würden ihn diese Minuten genauso erden wie mich. Wenn es so etwas wie eine Seelenverbindung zwischen Mensch und Tier gibt, dann habe ich sie mit diesem wundervollen Wesen gefunden. Es gibt keinen Hund, der treuer und liebesbedürftiger ist als Pumpkin. Außerdem bin ich mir sicher, dass einige Leute nur Geld in meinen Koffer werfen, weil sie ihn so süß finden. Aber das ist okay für mich. Den Hundebonus staube ich gern ab, solange es Pumpkin dabei gut geht. Und da er während meiner Straßenauftritte Leckerchen und Streicheleinheiten bekommt, beschwert er sich nicht.

Nachdem ich meine Gitarre aus dem Koffer geholt habe, baue ich den Rest meines kleinen Sets auf. Als Letztes stelle ich mein Stativ auf und klemme mein Handy in die entsprechende Halterung. Seit einiger Zeit übertrage ich meine Auftritte immer live auf Instagram, um zwei Fliegen mit einer Klappe zu schlagen. Mir folgen zwar erst fünfhundert Menschen, aber es ist mir ohnehin wichtiger, die richtigen Leute zu erreichen, als dass mir irgendwelche Profile aus den falschen Gründen folgen. Ich will mit meiner Musik bewegen, will Menschen zum Tanzen bringen und mich gleichzeitig ein bisschen selbst heilen.

Sobald das Smartphone steckt, öffne ich meinen Instagramkanal und bereite alles vor. Anschließend stimme ich meine Gitarre und spiele mich ein paar Sekunden lang warm, bevor ich die Liveübertragung starte. Sobald sich die Verbindung aufgebaut hat, grinse ich breit in meine Frontkamera und schlüpfe in die Rolle der quirligen und leicht rebellischen Hope von dem Profil @singwithhope.

»Heeeeey, Hopies! Ich hoffe, ihr habt Lust auf ein bisschen Disneyzauber.« Mit diesem Intro starten fast all meine Videos. Seit ich denken kann, covere ich meine liebsten Disneysongs und kreiere dabei meinen ganz eigenen Stil. Schon als kleines Mädchen war ich von Disneyfilmen nahezu besessen, und diese Obsession hat sich bis heute wie ein roter Faden durch mein Leben gezogen.

»Ich spiele heute zum ersten Mal vor der neuen Starfall-Konzerthalle. Pumpkin ist natürlich auch am Start.« Wie auf Knopfdruck gibt der Mischling mit dem braunschwarzen Fell ein Bellen von sich und schleckt mir über die Hand. Ich greife in die Tasche meiner Jacke und fische zwei Brocken seiner liebsten Leberwurst-Leckerchen heraus. Sobald er sie verputzt hat, legt er seinen Kopf schnaufend am Boden ab und schläft weiter. Fünf Leute haben sich inzwischen dazugeschaltet, und auch wenn ich mir an einem Samstagabend mehr Zuschauer erhofft hätte, verdränge ich die Enttäuschung in die hinterste Ecke meines Kopfes.

Es ist egal, wie viele Leute zuhören, solange es die richtigen sind.

Fünf echte Fans sind wertvoller als einhundert falsche.

Moms Worte erwischen mich mit voller Wucht, und ich spüre, wie mir Tränen in die Augen steigen. Rasch wische ich mir die Augenwinkel trocken und lächle erneut in die Kamera. Ich habe kein Problem damit, meine Emotionen zu zeigen, aber ich bin schließlich nicht hier, um vor laufender Kamera zu heulen, sondern um zu singen.

»Wir fangen heute mit ›Can You Feel The Love Tonight‹ von Elton John an.« Den Song habe ich schon als kleiner Knirps geliebt, und bis heute löst er in mir dieses warme Gefühl von Liebe aus. Die meisten Songs singe ich als ruhige Akustikversion, nur manchmal werden meine Interpretationen etwas rockiger. Da die Leute um mich herum auf ein Konzert von Crashing December gehen, entscheide ich mich heute für Letzteres.

Ich schließe meine Augen, schlage die ersten Töne an und versinke in einer Welt, in der es nur mich, Pumpkin und meine Musik gibt. Der Disneyzauber breitet sich umgehend aus und umgibt mich wie eine Wolke aus Magie. Während des gesamten Songs halte ich die Augen geschlossen, weil ich mich besser auf meine Stimme konzentrieren kann, wenn ich ihr meine volle Aufmerksamkeit schenke. Ich atme tief in den Bauch, um die Töne besonders lang und stabil halten zu können, und mache meinen Gaumen ganz weich. So, wie Mom es mir beigebracht hat, als ich gerade vier Jahre alt war.

Meine Stimmbänder vibrieren, als ich den Refrain singe und gleichzeitig das Beste aus meinem mittelklassigen Instrument heraushole. Sobald der Song vorbei ist, höre ich das zögerliche Klatschen vereinzelter Leute. Ich schlage die Lider auf, werfe einen Blick in meinen offenen Gitarrenkoffer und stelle enttäuscht fest, dass er immer noch leer ist.

Ich sehe aus dem Augenwinkel, wie ein paar Leute zu tuscheln beginnen, während sie mich mustern. Und ich weiß auch genau, wieso sie mich so anstarren. Mein Kleidungsstil ist … speziell. Ich trage ein knielanges rotes Kleid, auf dem sich zwei Dobermänner mit Heiligenscheinen umarmen. Was soll ich sagen? Ich liebe Hunde und ausgefallene Kleidung, weshalb ich ständig Sachen trage, auf denen Hunde oder Hundepfoten zu sehen sind. Meine schwarze Jeansjacke habe ich offen gelassen. Meine Beine stecken in einer durchsichtigen Strumpfhose und meine Füße in abgetretenen roten Chucks, die vorne ein Loch haben, durch das ich meinen großen Zeh schieben kann. Während ich sanft über die Saiten meiner Gitarre fahre, um mich mental auf den nächsten Song vorzubereiten, fällt mir ein Typ rechts neben dem Eingang der Konzerthalle auf.

Ich weiß nicht, wieso er meine Aufmerksamkeit wie ein Magnet auf sich zieht. Vielleicht liegt es daran, dass er mich, während seines scheinbar wichtigen Telefonates, nicht aus den Augen lässt. Der Typ könnte vom Alter her mein Vater sein, trägt einen so geschniegelten Anzug, dass ich die Nase rümpfe. Man sieht, dass wir aus völlig unterschiedlichen Welten stammen. Warum glotzt der Kerl so aufdringlich? Gehört er zum Starfall-Personal und verpfeift mich gerade als illegale Straßenkünstlerin an die Cops? Doch anstatt auf mich zuzukommen und mir die Leviten zu lesen, verschwindet er im Inneren der Halle, nachdem er mir einen letzten langen Blick zugeworfen hat.

Kopfschüttelnd widme ich mich wieder meiner Gitarre und greife den ersten Akkord von »The Scientist«.

»Falsches Genre, Prinzessin«, ruft ein Mann in der Schlange und schenkt mir ein überhebliches Arschlochgrinsen. »Zum Märchenwald geht's da lang, hier hören wir nur richtige Musik.« Er deutet zum Eingang der Halle und schiebt sich eine Kippe zwischen die Lippen.

Ich lächle ihn süß an und präsentiere ihm vor versammelter Mannschaft meinen Mittelfinger. Ein Raunen geht durch die Menge, gefolgt von dem Klatschen einer Frau weiter vorn in der Schlange. »Mach weiter, Mädchen! Deine Musik ist gut, lass dir nichts anderes einreden.« Sie löst sich aus der Schlange, öffnet ihre Handtasche und fischt ihr Portemonnaie heraus. Vor mir bleibt sie stehen und wirft zwei Scheine in meinen Koffer. Die Frau ist schon etwas älter und könnte meine Mom sein. Mit einem Knicks bedanke ich mich bei ihr. In meiner Brust breitet sich eine wohlige Wärme aus, die bis in meine Zehenspitzen zieht.

Anschließend widme ich mich wieder dem ungehobelten Kerl mit der Kippe, der seine Manieren scheinbar beim letzten Klogang mit runtergespült hat.

»Weißt du was, Arschloch?« Er verengt die Augen zu Schlitzen. Er hat wohl nicht damit gerechnet, dass ich ihm noch mal Beachtung schenke. »Das nächste Lied ist nur für dich!« Zwinkernd greife ich den ersten Akkord von »Do You Want To Build A Snowman« und fange lächelnd an zu singen. Wirklich jeder kann ein bisschen Disneyzauber vertragen. Und vor allem Arschlöcher wie dieses.

• • •

Das Konzert ist bereits in vollem Gange, und ich spiele trotzdem weiter meine Musik vor der Halle. Inzwischen schauen mir siebzig Leute auf Instagram live beim Singen zu. Es beflügelt mich, wenn ich all die Herzen sehe, die mir im Chat geschickt werden. Und all die Komplimente, die mir zwischen den einzelnen Songs gemacht werden.

Plötzlich fängt es wieder an zu regnen, weshalb ich schweren Herzens für heute Abend Schluss machen muss.

Ich bedanke mich bei all meinen Zuschauern, schalte den Livestream aus und grinse in mich hinein, als ich sehe, dass mir zwanzig neue Leute folgen. Anschließend stopfe ich das Handy in meine Tasche, baue mein komplettes Set ab und gehe in die Knie, um Pumpkins Ohren zu streicheln.

»Wir bringen dich gleich zu Herrchen, ich zähle nur schnell mein Geld, okay?« Ich forme meine Hand zu einer Schale und sammle die Scheine und Münzen darin. Doch wenn ich dachte, dass mir dieser Auftritt den nächsten Wocheneinkauf finanzieren könnte, habe ich mich getäuscht. Die Zuhörer waren heute Abend verdammt geizig.

Neben dem Singen jobbe ich hin und wieder in Bars und Cafés, aber eine Festanstellung ist leider nicht in Sicht, weshalb ich mein Portemonnaie mit Straßenauftritten wie diesem fülle. Um irgendwie ein bisschen Geld zu verdienen, mit dem ich für mich und meinen kleinen Bruder Noah Essen auf den Tisch bringen und unsere längst überfällige Stromrechnung bezahlen kann.

Der Stromanbieter sitzt uns schon seit Wochen im Nacken, und bis jetzt habe ich es noch geschafft, ihn zu vertrösten.

Die wenigen Scheine in meiner Hand führen mir vor Augen, wie groß die Schere zwischen Arm und Reich in dieser Stadt ist. Es gibt Kerle wie diesen seltsamen Anzugträger, und dann gibt es Leute wie mich. Während ein Teil der Londoner wie die Prinzessin auf der Erbse schläft, haben andere nicht mal ein richtiges Bett. Davon könnte ich definitiv ein Lied singen. Oder ein ganzes Album. Mehr als einmal habe ich meine Erfahrungen auf der Straße in meine Lyrics einfließen lassen, aber vorgespielt habe ich sie noch niemandem. Nicht einmal Noah, obwohl mein kleiner Bruder sonst all meine Songs kennt.

Ich lasse das Geld lose in meinen Rucksack fallen, während ich in der anderen Hand Pumpkins Leine halte. Mir entweicht ein lautes Quieken, als sich der Schäferhund mit einem lauten Bellen von mir losreißt und davonstürzt, als wäre der Teufel hinter ihm her.

»Pumpkin!« Sofort springe ich auf, um ihm zu folgen. Die Fellnase steuert den großen Zaun neben dem Eingang des gläsernen Gebäudes an, und ich bin mir sicher, dass hier gerade eine Straßenkatze langgerannt ist, so versessen, wie er einer unsichtbaren Spur am Boden folgt. Meine Lungenflügel brennen, als ich den Zaun erreiche und fluchend feststelle, dass sich der sechzig Pfund schwere Hund durch ein ziemlich kleines Loch in der Hecke neben dem Zaun gequetscht hat.

»Das ist doch jetzt nicht dein Ernst!«, schimpfe ich und beginne, nervös an meinen Nägeln zu kauen.

»Pumpkin, komm zurück!«, rufe ich, packe mit meinen Händen die Stäbe des Zauns und suche den Bereich dahinter nach Williams Hund ab. Ich rüttle an den Stäben, aber da keiner von ihnen nachgibt, bin ich am Arsch. Sollte ich den Hund verlieren, werde ich meinem Freund nie wieder unter die Augen treten können. Pumpkin ist seit Jahren sein Ein und Alles, und es ist ohnehin schon ein riesiger Vertrauensbeweis, dass er ihn in meine Obhut gibt. Weit entfernt höre ich Pumpkins tiefes Bellen, und Erleichterung durchflutet mich. Ich muss auf die andere Seite des Zauns kommen, und zwar schnell!

Über meine Schulter sehe ich zu meinen Sachen, die immer noch an Ort und Stelle liegen, aber ich muss mich schnell entscheiden. Mit der Gitarre werde ich es niemals über den Zaun schaffen. Lieber lasse ich meine Sachen zurück und bringe Pumpkin unversehrt zu William, als dass ich Pumpkin verliere und er vor ein Auto läuft. Mein Hab und Gut ist mir heilig, aber Pumpkin ist mir heiliger.

»So ein Mist!« Der Regen wird immer heftiger, weshalb ich mir die Kapuze der Jacke über den Kopf ziehe. Ich mustere den Zaun und stelle meinen Fuß auf eine Querstrebe. Ächzend hieve ich mich hoch, schwinge mein Bein über den Zaun und springe auf der anderen Seite runter. Das Kleingeld in meinem Rucksack klappert bei jedem Schritt, während ich das weitläufige Grundstück der Starfall-Halle nach dem Hund absuche.

»Mmmh, Pumpkin. Schau mal, was ich hier habe. Deine liebsten Leckerchen!« Aber er zeigt sich nicht. Das Gebäude hier hinten scheint komplett eingezäunt zu sein, er kann also nicht weit sein. Es ist inzwischen dunkel draußen, und das einzige Licht kommt von den Bewegungsmeldern, die an der Glasfassade der Halle angebracht sind. Wenn hier draußen Kameras hängen, werde ich mächtig Ärger bekommen. Mit meinem schwarzen Mantel, dem Rucksack und der Kapuze sehe ich sicher aus wie ein Schwerverbrecher.

»Pumpkin, hiiiiier!«, rufe ich und merke, wie sich wieder diese alles verzehrende Verzweiflung in mir breitmacht. Scheiße, das hat mir heute echt noch gefehlt! Als hätte es nicht gereicht, dass ich inzwischen pitschnass bin und mir dumme Sprüche von überheblichen Kerlen mit zu dicken Eiern anhören musste, nur um läppische zwanzig Pfund zu verdienen.

Ich biege um die Ecke und bleibe abrupt stehen, als ich hinter der Halle einen Bus entdecke. Es ist nicht irgendein Bus, sondern ein Tourbus. Die Tür steht offen, und ein Licht brennt. Es liegt auf der Hand, zu welcher Band dieses riesige, monströse Gefährt gehört. Ich stehe tatsächlich vor dem Tourbus von Crashing December. Wenn mich hier jemand erwischt, werde ich sicher für einen Groupie gehalten, der die Privatsphäre der Stars nicht wahren kann.

Dabei will ich doch nur Pumpkin finden! Weil ich die Fellnase immer noch nicht entdecke und der Regen langsam monsunartig wird, bleibt mir nichts anderes übrig, als um Hilfe zu bitten. Vielleicht hat ein Mitarbeiter des Teams den Hund gesehen. Entschlossen marschiere ich auf den schwarzen Bus zu, steige ein und werde sofort von diesem typischen Rockstar-Geruch empfangen: Alkohol, kalter Rauch und sicher schweineteures Parfum. Naserümpfend gehe ich tiefer in den Bus hinein und stoße ein erleichtertes Seufzen aus, als ich Pumpkins flauschigen Hundepo in dem schmalen Gang zwischen den Kojen entdecke.

»Da bist du ja!« Ich ziehe mir die Kapuze vom Kopf und gehe in die Knie, um zu sehen, was Pumpkin so in Ekstase versetzt, denn sein Schwanz gleitet freudig von links nach rechts. Als er mich aus seinen treuen braunen Augen ansieht, entdecke ich eine Tüte Kartoffelchips auf dem Boden. Einige Krümel kleben an seiner braunen Schnauze, und das Bild lässt mich trotz nasser Kleidung, stechender Lunge und schmerzenden Gliedern laut auflachen.

»Echt jetzt? Während ich Tomb-Raider-mäßig über den Zaun springe, gönnst du dir ein paar Kartoffelchips? Wer weiß, wie lange die Tüte da schon liegt.« Ich klopfe auf meinen Oberschenkel, woraufhin Pumpkin schwanzwedelnd zu mir gelaufen kommt. Ich lehne meine Stirn gegen seine und streichle seine weichen Ohren. »Tu mir das nie wieder an, hörst du? Wenn du Chips willst, kaufe ich dir welche. Aber hau nie wieder ab!« Als Antwort schleckt er mir einmal quer über das Gesicht, woraufhin ich die Miene verziehe. Er stinkt nach Hundeatem gepaart mit Paprikapulver. Ergo: ziemlich eklig.

»Und jetzt lass uns hier abhauen, bevor die Starsecurity kommt und uns einbuchtet.« Es wäre nicht das erste Mal, dass ich mit dem Gesetz in Konflikt gerate, und ich habe mir geschworen, es nie wieder so weit kommen zu lassen.

Ich stehe auf, wickle Pumpkins schwarze Leine einmal um meine Hand und sehe mich beim Hinausgehen kurz im Bus um. Früher habe ich mir immer gewünscht, eines Tages in einem Tourbus zu schlafen und Menschen im ganzen Land mit meiner Musik zu begeistern. Jetzt stehe ich zwischen Kojen, in denen echte Rockstars schlafen – und vermutlich ziemlich oft onanieren –, und könnte kaum angewiderter über diesen Wohlstand sein.

Manche Menschen haben nicht einmal ein Dach über dem Kopf, und andere werden von einem Chauffeur quer durchs Land kutschiert. Mein Blick fällt auf die High-End-Ausstattung mit Minibar, Beamer und all diesem Kram, den eigentlich niemand braucht. Andere Menschen in meinem Alter würden vermutlich ausflippen, weil sie auf demselben Boden stehen, auf dem Crashing December gestanden haben, aber in mir löst dieser Fakt nur das Gefühl von Ungerechtigkeit aus. Und ein kleines bisschen Neid, den ich sofort wieder herunterschlucke und von meiner Magensäure zerfressen lasse. Neid fühlt sich beschissen an, aber hin und wieder kommt er trotzdem hervorgekrochen.

Ich fahre mit den Fingern über die schwarzen Vorhänge, die die Kojen abdunkeln sollen, und merke, dass Pumpkin ungeduldig wird. »Ist schon gut, Kleiner. Wir verschwinden hier.« Ich marschiere wieder zurück zur Fahrerkabine, hinter der sich ein kleiner Ausklapptisch befindet. Darauf liegen mehrere Zettel verteilt, zwei Zigarettenschachteln, eine Bierflasche und zwei Paar Kopfhörer der Marke Beats.

Meine Finger zucken in Richtung der Kopfhörer, und als ich das Logo der Firma nachzeichne, stehe ich kurz davor, sie einfach mitgehen zu lassen. Diese Kerle schwimmen schließlich in Geld und bekommen diesen Scheiß sicher hinterhergeschmissen, während sich mein Bruder schon seit Jahren bessere Kopfhörer zum Geburtstag wünscht. Bis jetzt hatte ich jedoch nie genug Geld, um ihm gute zu kaufen. Stattdessen hat es immer nur für die Billigteile aus dem Supermarkt gereicht, die alle paar Monate kaputtgehen.

Prüfend sehe ich mich um, entdecke draußen vor dem Bus aber niemanden. Scheiß drauf! Ich nehme den Rucksack ab, klemme mir Pumpkins Leine zwischen die Oberschenkel und öffne den Reißverschluss der vorderen Tasche. Auf einmal höre ich Schritte in den Pfützen vor dem Bus, schiebe die

Kopfhörer eilig in meine Tasche und springe wieder auf die Beine. *Fuck, ich bin am Arsch. So richtig. Erst verschwindet Pumpkin, und dann werde ich auch noch beim Klauen erwischt. Grandios, Hope. Wirklich grandios. Willst du vielleicht noch etwas tiefer sinken? Habe ich nicht gerade gesagt, dass ich eine anständige Bürgerin sein will?*

Die Schritte kommen näher, und noch bevor ich auf die dumme Idee kommen kann, mich hier im Bus zu verstecken – was mit einem Sechzig-Pfund-Hund ohnehin unmöglich ist –, höre ich bereits ein amüsiertes Räuspern. Ich schließe kurz die Augen, um mich zu sammeln. *Ruhig bleiben, Hope.*

»Und was wird das hier?« Himmelherrgott. Geht es noch schlimmer? Als würde es nicht reichen, dass ich vollkommen durchnässt beim Klauen erwischt werde, muss ich auch noch von *ihm* erwischt werden. Isaac Walker lehnt an der Tür des Busses, hat die Hände tief in den Taschen seiner dunklen, zerrissenen Jeans vergraben und mustert mich. *Danke, lieber Gott, für das wohl größte Fettnäpfchen meines Lebens.* Auch wenn ich mich nicht für die Band interessiere, erkenne ich den Kerl sofort, immerhin lächelt mir sein Schönlingsgesicht in der halben Stadt von Plakaten entgegen. Mehr als einmal habe ich ihm mit einem Edding einen Schnauzbart verpasst.

»Ich …« Moment mal, ich fange jetzt nicht an zu stottern, oder? Dieser Möchtegernstar wird mich nicht in eines dieser kleinen Mäuschen verwandeln. Er wirkt nicht, als hätte er mich beim Klauen erwischt, viel eher wirkt er amüsiert. Also straffe ich meine Schultern, hebe mein Kinn und wickle mir wieder die Leine um die Hand. »Mein Hund hat sich in euren

Bus verlaufen. Kommt davon, wenn man das Teil einfach offen stehen lässt.«

Ich klinge bissig, dabei hat der Typ gar nichts Schlimmes gesagt. Aber allein die Art und Weise, wie er mich mustert, geht mir mächtig gegen den Strich. Als wäre ich nur eine arme Schnorrerin, während er in goldene Klos scheißt und sich den Hintern mit Seide abwischt. In meiner Vorstellung jedenfalls.

»Aber da ich ihn jetzt gefunden habe …« Ich halte demonstrativ die Leine hoch. » … kann ich jetzt ja wieder gehen.« Mit Mühe kriege ich ein Lächeln zustande. »Schönen Abend noch.«

Isaac rührt sich nicht von der Stelle, und da er mit seinen breiten Schultern den kompletten Eingang des Busses blockiert, komme ich nicht an ihm vorbei. Dafür, dass er gerade ziemlich lange auf der Bühne gestanden haben muss, sieht er erstaunlich fit und frisch aus.

»Und du bist sicher nicht hier, um ein Autogramm abzustauben?« Sein linker Mundwinkel zuckt nach oben, und diese Geste, gepaart mit seinem viel zu frechen Spruch, macht mich nur noch wütender. Ich verenge meine Augen zu Schlitzen und balle meine freie Hand zur Faust. »Träum weiter, Walker. Nicht jeder Schlüpfer dieser Stadt fliegt dir entgegen, sobald du den Mund aufmachst. Ich bin nur hier, weil mein Hund abgehauen ist und sich an euren ekeligen Chips bedient hat. Ein bisschen Ordnung würde nicht schaden, weißt du?«

Uns trennen vielleicht vier Schritte voneinander, und obwohl er auf dem untersten Trittbrett des Busses steht und ich hier oben, sind wir fast auf Augenhöhe. Wie groß ist der Kerl bitte? Auf Videos und Plakaten kann man das schließlich schlecht einschätzen. Da ich mit meinen ein Meter fünfundfünfzig ein Gartenzwerg in Menschengestalt bin, sticht der Kontrast besonders hervor.

»Na gut, du Nicht-Groupie, meinen Namen kennst du aber trotzdem«, erwidert Isaac und fährt sich mit der Hand über den Nacken. Er trägt zu der schwarzen Jeans ein schwarzes, eng anliegendes Shirt, das seine Brustmuskulatur etwas zu sehr betont. Ich frage mich, wann er zwischen all den Gigs und Interviewterminen noch Zeit zum Trainieren hat.

»Wer kennt deinen Namen nicht?«, erwidere ich augenrollend. »Dein Gesicht springt einem ja überall entgegen. Letztens habe ich es in der Klokabine einer ranzigen Tanke gesehen.« Mist, ich denke heute viel zu häufig über Toiletten nach. Könnte daran liegen, dass ich seit einer Stunde pullern muss und mit meinem Equipment und Pumpkin keine Möglichkeit hatte, mir ein stilles Örtchen zu suchen.

»Dann habe ich dir also beim Pinkeln zugesehen?« Er nimmt die letzten beiden Stufen in den Bus und steht so dicht vor mir, dass ich schlucken muss. Der Bus bewegt sich unter seinem Gewicht. »Interessant.«

Ich antworte mit einem Schnaufen, weil mir dazu echt nichts einfällt. Pumpkin liebt Menschen, weshalb er freudig an Isaac schnuppert. Isaacs Blick wandert zu meiner felligen Begleitung, und sein Grinsen wird noch breiter. Und irgendwie echter.

»Wer bist du denn?«

Wenn ich dem Funkeln in seinen Augen trauen kann, ist er ein Hundemensch, aber das bringt ihm jetzt auch keine Pluspunkte mehr ein. Er streichelt Pumpkins Kopf, während ich ihn mit angehaltenem Atem mustere.

Trotz allem Ärger muss ich zugeben, dass Isaac Walker schön anzusehen ist. Er hat ein markantes Gesicht, eine eindrucksvolle Kieferlinie, und der Bartschatten in Kombination mit der wilden Out-of-bed-Frisur verleiht ihm den perfekten Rockstarlook. Seine Augen haben ein so stechendes Blau, dass er mich an einen Husky erinnert. Dichte Augenbrauen komplettieren das Bild. Ich schlucke, während mein Blick an seinem Hals entlangfährt, an dem eine fingernagelgroße Narbe prangt, und über seine definierten Arme wandert. *Jetzt hör endlich auf, ihn so zu mustern, Hope!*

»Könntest du uns jetzt bitte durchlassen? Ich muss nach Hause und kreischend in mein Tagebuch schreiben, dass ich dich getroffen habe.« Ungeduldig verschränke ich die Arme vor der Brust, und als Isaac die Streicheleinheiten stoppt und sich wieder mir zuwendet, bereue ich es fast, ihn unterbrochen zu haben. Aber nur fast.

»Ich lasse dich durch, wenn du aufhörst, mich mit deinen Blicken auszuziehen.« Dieser ungehobelte Arsch! Denkt wohl, dass ihm jedes Frauenherz zu Füßen liegt, nur weil er wie ein junger Ian Somerhalder aussieht und gut singen kann. Aber das spielt keine Rolle. Eine schöne Stimme kann auch nicht über einen schlechten Charakter hinwegtäuschen, und den präsentiert er mir gerade in seiner vollen Pracht.

»Ich ziehe dich nicht mit meinen Blicken aus«, halte ich

dagegen. Wir sind uns wieder viel zu nahe. So nah, dass ich seinen Atem auf meiner Schläfe spüren kann. Er riecht nach einer Mischung aus Bier und Minze. Seltsamerweise ekelt mich der Geruch nicht an, obwohl ich nicht viel von Alkohol halte.

»Und ich soll dir wirklich glauben, dass du nur wegen deines Hundes hier bist? Nicht, um irgendwelche Videos von unserem Tourbus fürs Netz zu machen oder uns zu beklauen?« Beim letzten Wort trocknet mein Mundraum aus. Weiß er vielleicht doch, dass ich die Kopfhörer habe mitgehen lassen? *Lass dir was einfallen, Hope! Du kannst die Nacht echt nicht auf dem Revier verbringen.*

»Ich habe es nicht nötig, euch zu beklauen. Aber von mir aus … sieh in meinen Sachen nach.« Langsam lasse ich den Rucksack von meiner Schulter rutschen. Vielleicht komme ich aus der Scheiße raus, wenn ich ein wenig pokere.

Isaac blickt mich an, und wir liefern uns ein stummes Duell. Hätte ich nicht genug Ärger am Hals, würde ich ihm einfach in die Eier treten und so schnell wie möglich die Biege machen.

»Schon gut. Ich glaub dir.« Er leckt sich über die Unterlippe, steigt rückwärts aus dem Bus und deutet mit der rechten Hand an, dass ich frei bin zu gehen. Augenblicklich fühle ich mich zehn Pfund leichter. Mit immer noch erhobenem Kinn stolziere ich aus dem Bus, spüre ein unangenehm angenehmes Kribbeln in meinem Nacken, als ich an Isaac vorbeigehe, und marschiere auf das Tor zu.

Mist, daran habe ich gar nicht gedacht. Auf keinen Fall will ich mich vor ihm zum Idioten machen und wieder über den Zaun klettern müssen. Außerdem weiß ich nicht, wie ich Pumpkin auf die andere Seite bekommen soll. Also drehe ich mich schweren Herzens – und zum Missfallen meines Egos – zu Isaac um.

»Gibt es auch einen anderen Weg von diesem Grundstück?«

»*Nope*«, erwidert er kess grinsend. »Wie bist du denn hier raufgekommen?« Er lehnt sich jetzt von außen gegen den Bus, fischt eine Packung Zigaretten aus der Arschtasche seiner Jeans und schiebt sich eine zwischen die Lippen. Anschließend zündet er den Glimmstängel an und schiebt die Hände wieder in die Hosentaschen.

»Musste über den Zaun klettern«, murmle ich.

»Das hätte ich echt gerne gesehen, Freckles.«

Spinnt der Kerl jetzt völlig? Mir ist klar, dass die Sommersprossen in meinem Gesicht ziemlich markant sind, aber das gibt ihm noch lange nicht das Recht, mir so einen albernen Spitznamen zu geben.

»Hast du einen Schlüssel fürs Tor oder nicht?« Meine Würde habe ich wohl im Bus gelassen, als ich die Kopfhörer eingesteckt habe. Aber vielleicht finde ich sie ja wieder, wenn ich das hier hinter mir habe. Wäre schön, wenn es schnell passiert.

»Das Tor geht von innen auf.« Er deutet mit der Kippe im Mund hinter mich. Ohne mich bei ihm zu bedanken, mache ich auf meinen Chucks kehrt und gehe weiter.

»Es war mir eine Freude, Freckles!«

Schnaufend drehe ich mich um, zeige ihm mein süßestes Lächeln und präsentiere heute zum zweiten Mal meinen

Mittelfinger. Scheinbar ist heute internationaler Mittelfinger-Tag. Oder Arschloch-Tag. Oder beides auf einmal.

»Mir nicht!«, rufe ich ihm zu. »Und weißt du, was? Beim nächsten Mal lasse ich meinen Hund in deine Koje kacken!« Ich fühle mich wie die Siegerin dieses Wortgefechts, als ich mich umdrehe und mit schnellen Schritten zum Zaun gehe. Aber diese Rechnung habe ich ohne Isaac Walker gemacht.

»Es wird also ein nächstes Mal geben, hm?«

Augenrollend greife ich nach dem Tor und stelle erleichtert fest, dass er die Wahrheit gesagt hat und es sich von innen problemlos öffnen lässt.

Sobald ich auf der anderen Seite des Zauns bin, ziehe ich mir wieder die Kapuze über. Mir fällt ein Stein vom Herzen, als ich sehe, dass meine Sachen immer noch an ihrem Platz liegen. Bevor ich meinen Gitarrenkoffer schultere, werfe ich einen letzten Blick hinter mich und schüttele den Kopf. *Was zum Teufel war das bitte?*

Kapitel 3

Hope

Zwanzig Minuten später erreiche ich die kleine Zweizimmerwohnung in Poplar, in der ich seit zwei Jahren mit Noah wohne. Schon als ich den Flur betrete, steigt mir der Geruch von Müll in die Nase. Na wunderbar. Mein vier Jahre jüngerer Halbbruder hatte nur eine Aufgabe und hat sie trotzdem gekonnt ignoriert. *So wie fast immer*, schießt es mir durch den Kopf. Ich liebe ihn über alles, aber manchmal treibt er mich in den Wahnsinn. Auch wenn ich weiß, dass seine fehlende Motivation für den Haushalt nicht von irgendwoher kommt, sondern seiner eher instabilen Psyche zuzuschreiben ist.

»Noah?« Ich streife mir die durchnässten Chucks von den Füßen, kicke sie zur Seite und stelle meinen Gitarrenkoffer neben den bodentiefen Spiegel, den ich vor einem Monat auf dem Sperrmüll gefunden habe. »Bist du zu Hause?« Da mein Bruder normalerweise in Dauerschleife Musik hört und es in der Wohnung gespenstisch still ist, erwarte ich keine Antwort.

Ich leine Pumpkin ab und gehe in die Küche. Eigentlich

wollte ich ihn direkt zu William bringen, aber da ich eine angefangene Dose mit Nassfutter im Kühlschrank habe, die bald schlecht wird, habe ich noch einen Abstecher zur Wohnung gemacht. In der Küche kümmere ich mich als Erstes darum, den Müll ordentlich zu verschließen, damit er nicht länger die ganze Wohnung vollstinkt und im schlimmsten Fall wieder die Ratten anzieht. Dann öffne ich den Kühlschrank, hole die Dose heraus und fülle den Inhalt in eine Schüssel für Pumpkin.

Schwanzwedelnd macht er sich über das Abendessen her.

Ich wasche mir rasch die Hände, und als ich mich umdrehe, entdecke ich ein paar Briefumschläge auf dem runden Küchentisch, der auch schon bessere Tage hinter sich hat.

Noah und ich haben die meisten Möbel vom Sperrmüll, da wir kein Geld hatten, uns neue zu kaufen. Zwei Kids, die von der Straße kommen, nehmen, was sie kriegen können. Mit einem mulmigen Gefühl öffne ich die ersten beiden Briefe, lasse mich auf den klapprigen Holzstuhl fallen und überfliege die Schreiben. Eines ist, wie erwartet von unserem Stromanbieter, der uns eine letzte Frist von zwei Wochen zur Begleichung unseres Rückstandes gewährt. Das zweite ist lediglich Werbung für einen Mobilfunkanbieter, die ich sofort in den Papiermüll neben der Theke werfe.

Ein dritter Brief liegt geöffnet auf dem Tisch, was mich augenblicklich stutzig macht. Mein kleiner Bruder öffnet niemals unsere Briefe. Wenn es nach ihm ginge, würde er die Umschläge allesamt zurück in den Kasten stopfen. Er lebt nach dem Motto: Aus den Augen, aus dem Sinn. Mehr als einmal hat Noah einen Brief irgendwo versteckt, und ich habe mich Wochen später über die Mahnung gewundert.

Ich ziehe das Papier zu mir heran, und mich beschleicht umgehend ein noch mieseres Gefühl. Das Schreiben ist von unserer Hausverwaltung, und immer, wenn sie uns schreibt, verheißt das nichts Gutes. Ich überfliege die Zeilen und merke, wie meine Hand zu zittern beginnt und mein Atem stockt.

Leider müssen wir Ihnen mitteilen, dass der komplette Wohnblock zum Ende des Jahres abgerissen werden muss.

Sie müssen die Wohnung bis zum 15.10. geräumt haben.

Bei Fragen rufen Sie bitte die unten stehende Nummer an oder besuchen uns in unserem Büro.

Entschuldigen Sie die Unannehmlichkeiten.

Mit freundlichen Grüßen.

Ich zerknülle das Papier in meiner Hand, presse mir die andere vor den Mund und versuche zu verstehen, was ich gerade gelesen habe. Ich hänge nicht sonderlich an dieser Wohnung, dafür ist sie viel zu heruntergekommen. Aber sie ist alles, was Noah und ich haben. Ich bin stundenlang aufgetreten und habe mehrere Monate am Stück pro Nacht weniger als drei Stunden geschlafen, um mir mit Nebenjobs ein Polster anzusparen, mit dem ich die Kaution bezahlen und uns endlich aus dem Straßensumpf Londons befreien konnte. Jetzt bröckelt mir alles unter den Fingern weg wie eine instabile Sandburg. Diese Mistkerle werfen uns einfach raus.

Ich lasse das Papier auf den Tisch fallen, bette das Gesicht in den Händen und presse ein Schluchzen hervor. Neben mir höre ich ein Winseln. Pumpkin starrt mich aus runden Kulleraugen an und scheint zu spüren, dass ich gerade um Jahre zurückgeschleudert wurde.

Wir werden wieder auf der Straße landen.

Noah wird wieder … Den Gedanken darf ich nicht einmal zu Ende denken. Er hat den Brief als Erstes gefunden. Hätte ich ihn geöffnet, hätte ich versucht, eine Lösung zu finden, bevor ich ihn damit konfrontiere. Ich weiß, dass die kleinste Veränderung zum größten Zusammenbruch bei ihm führen kann. Und das hier? Der Rausschmiss aus unserer Wohnung? Das ist keine kleine Veränderung, das ist eine Lawine.

Pumpkin legt seine Schnauze tröstend auf meinem Oberschenkel ab, während ich mein Handy aus der Jackentasche ziehe und meinen kleinen Bruder anrufe. Ich muss wissen, wo er hingegangen ist, nachdem er das Schreiben gelesen hat.

»Komm schon, geh ran.« Mein Knie wippt unter dem Tisch nervös auf und ab, weil ich nicht mehr still sitzen kann. Als bei ihm nur die Mailbox anspringt, springe ich vom Stuhl auf und stürme in den Flur.

Ich muss meinen Bruder finden, bevor es zu spät ist.

Bevor alles, was wir uns in den letzten Jahren aufgebaut haben, in sich zusammenfällt. Und ich weiß auch schon, wo ich zuerst nach ihm suchen werde.

• • •

Das stillgelegte Bahnhofsgebäude nahe dem Blackwell-Tunnel ragt dunkel in den bewölkten Nachthimmel. Ich schlinge meine Jacke enger um meinen Oberkörper und laufe mit Pumpkin die von Efeu bewachsene Treppe in den unterirdischen Bereich des Hauses hinunter. Wenn man diese Ansammlung von Ziegelsteinen und kaputtgeschlagenen Fenstern noch als Haus bezeichnen kann. Jedes Mal, wenn ich hier bin, um meine Freunde zu besuchen, frage ich mich, wie ich es so lange hier ausgehalten habe. Zu einer richtigen Antwort komme ich dabei nie, und überhaupt scheinen die kalten Nächte so weit entfernt. Jetzt sind sie wieder zum Greifen nah, weil wir bald obdachlos sein werden.

Nach Moms Tod haben Noah und ich bei Grandma in Stratford gelebt, aber als mein Bruder in seiner rebellischen Teenagerphase anfing, mit Drogen zu experimentieren, geriet er immer heftiger mit ihr aneinander. Irgendwann hat sie ihm ein Ultimatum gesetzt: Entweder er macht freiwillig einen Entzug, oder sie kontaktiert einen Sozialarbeiter. Mein Bruder war schneller verschwunden, als sie zum Telefon greifen konnte, und für mich war sofort klar, dass ich ihm folgen würde. Auch wenn es bedeutet hat, dass ich mein eigenes Leben dafür zurückschrauben und die Schule abbrechen musste.

Er ist mein kleiner Bruder, und ich kümmere mich schon um ihn, seit er ein Baby ist. Noah war erst ein Jahr alt, als Mom starb. Dieser dunkle Fleck in unserer Vergangenheit verbindet uns auf eine Art und Weise miteinander, die ich nicht richtig in Worte fassen kann, dabei fällt es mir normalerweise nicht schwer, meine Gefühle zum Ausdruck zu bringen. Noah sagt immer, dass wir in Wahrheit Zwillinge sind. Dass er nur ein paar Jahre länger in Moms Bauch wohnte, weil er ein Spätzünder ist. Genau so fühlt es sich an. Die Verbindung zwischen uns ist tiefer, verflochtener und somit gleichzeitig viel komplizierter als bei *normalen* Geschwistern. Ich schätze, wenn man gemeinsam durch die Hölle gegangen ist, sorgt das für die stärkste Verbundenheit.

Mit eiligen Schritten nehme ich die letzten drei Stufen. Das lauter werdende Knistern des Feuers fühlt sich wie Nachhausekommen an. Sobald ich um die Ecke biege und den Raum betrete, in dem sich alle zum Abendessen treffen, lasse ich Pumpkin von der Leine. Umgehend stürmt der Mischling seinem Besitzer entgegen. William sitzt auf einem der Stahlträger, die wir zu einer Bank umfunktioniert haben, und stößt ein heiseres Lachen aus, als sein Hund an ihm hochspringt. Pumpkin tut so, als hätte er sein Herrchen Wochen nicht gesehen, obwohl ich ihn heute Nachmittag erst abgeholt habe.

»Da bist du ja wieder, du Rabauke.« William hat schon lange vor uns hier unten gelebt, und seine Geschichte bricht mir jedes Mal wieder das Herz. Er kam in den Achtzigern mit seiner schwangeren Frau Florence nach London, und als schwarzes Paar hatten sie es alles andere als leicht. Jobs haben sie, wenn überhaupt, nur völlig unterbezahlte bekommen. Irgendwann fing er an zu dealen, um sich und seine Family-to-be über Wasser zu halten, und es wurde alles nur schlimmer. Sie landeten auf der Straße und Florence an der Nadel. Sie und das Baby haben es nicht geschafft. Der Kloß in meinem Hals, der mich seit dem Lesen des Briefes begleitet, wird größer. Williams Schmerz ist in diesen Wänden gespeichert und wird auch in Jahrzehnten nicht fort sein. Irgendwo in diesen bewucherten Ziegelsteinen steckt auch unser Schmerz. Noahs und meiner. Deshalb bin ich hier.

»Wie war dein Auftritt, Hope?« William krault die Ohren seines Schützlings und wirft mir einen warmen Blick zu. Wie ein Großvater hat er Noah und mich unter seine Fittiche genommen, als wir damals mit unseren vollgepackten Reisetaschen hier ankamen.

»Der Auftritt war super.« Ich zwinge mich zu einem Lächeln und gehe zu ihm hinüber, um ihm einen Kuss auf die Schläfe zu drücken. Seine braunen Augen sehen müde aus, und wenn ich mich nicht täusche, muss er in den letzten zwei Wochen Gewicht verloren haben.

»Wieso glaube ich dir nicht, hm?« Er klopft mit den behandschuhten Fingern auf den freien Platz neben sich, und auch wenn ich dringend Noah suchen muss, kann ich es mir nicht nehmen lassen, sein Angebot anzunehmen. Wenigstens für ein paar Minuten. Sobald ich neben ihm sitze, lasse ich mich gegen seine Schulter sinken und starre gemeinsam mit ihm in das Feuer, das in der alten Tonne vor sich hin flackert und warmes Licht im Raum verteilt.

»Ich hab ganze zwanzig Pfund eingenommen«, seufze ich. »Hab mich extra vor die neue Schickimickihalle gestellt, in der Crashing December heute Abend einen Gig hatten, aber vermutlich war das Klientel nicht das richtige für meine Musik.«

»Ach, Kleines. Deine Musik ist für jeden das Richtige, und das habe ich dir schon mal gesagt. Wer dein Talent nicht erkennt, hat Gurken auf den Ohren!« Ich schiele zu Will auf, und als er mir ein warmes Lächeln schenkt, wird der Knoten in meiner Kehle etwas erträglicher. Kleine Fältchen umgeben seine braunen Augen wie ein Kranz aus Sonnenstrahlen, und sein Gesicht ist etwas eingefallen. Der Ziegenbart an seinem Kinn ist komplett ergraut. Genau deshalb versteckt er seine Haare auch unter der alten schwarzen Schiefermütze. William wehrt sich partout gegen das Altern, und ich bin mir sicher, hätte er das nötige Geld, würde er sich die grauen Haare färben.

»Wie geht es dir? Hat Lady sich wieder eingekriegt?« Insgesamt wohnen fünf Leute hier unten, und auch wenn hin und wieder neue Gesichter dazukommen, bleibt der Kern immer der gleiche. Lady – die eigentlich Layla heißt – sorgt des Öfteren für Unruhe und taucht immer wieder für ein paar Tage unter.

»Bis jetzt ist sie doch immer zurückgekommen, oder? Aber nun zu dir, Kleines. Dir liegt doch etwas auf dem Herzen.« William hat einen siebten Sinn für meinen Kummer.

»Ist mein Bruder hier?«

»Er kam vor einer Stunde«, bejaht er. Pumpkin hat sich inzwischen zu Williams Füßen niedergelassen und schlummert zufrieden vor sich hin. »Ist etwas passiert? Er wirkte heute etwas stiller als sonst.«

»Wir haben einen Brief von der Hausverwaltung bekommen. In knapp drei Monaten müssen wir aus der Wohnung raus, weil das Gebäude von der Stadt abgerissen wird. Oder besser gesagt die ganze Siedlung.«

»Diese elenden Hurenböcke! Lass mich raten: Die Stadt

will wieder ein neues Einkaufszentrum eröffnen, richtig?« Der Sarkasmus trieft aus seinen Worten. William verabscheut das System, in dem wir leben: Die Mieten werden immer teurer, und je mehr schicke Läden eröffnen, desto schlimmer wird der Immobilienmarkt für Leute mit weniger Geld. Und dann gibt es noch Menschen wie Isaac Walker, die in Kohle schwimmen … Verdammt, wieso denke ich jetzt ausgerechnet an ihn? Ich muss mir diesen unverschämten Rockstar aus dem Kopf schlagen und mich auf das fokussieren, was wirklich zählt: mein Bruder.

Mit geschürzten Lippen nicke ich. »Noah hat den Brief zuerst gelesen, ich hab ihn gerade auf dem Küchentisch gefunden.«

»Und jetzt hast du Angst, dass er wieder abstürzen könnte«, spricht William meine Sorge laut aus. Im Grunde genommen mache ich mir vierundzwanzig Stunden, sieben Tage die Woche Sorgen darum, dass das passieren könnte. Dass mein Bruder wieder zu dem dreckigen Stoff greifen könnte, der ihn schon einmal beinahe das Leben gekostet hätte. Und meins gleich mit. Mir weicht das Blut aus dem Gesicht, als ich daran denke, wie ich ihn unweit von hier mit einer Überdosis gefunden habe. Dieser kalte Januarmittwoch war nach dem Todestag unserer Mom der schlimmste Tag meines Lebens.

»Wo ist er jetzt?«, lenke ich mich von den düsteren Erinnerungen ab.

»Er ist oben.« William deutet mit seinem Gehstock Richtung Decke. Auf dem Dach des Gebäudes hat man die perfekte Aussicht über London. Mein Brustkorb wird enger beim Gedanken daran, dass Noah gerade allein dort ist und weiß Gott was tun könnte. Auch wenn er mir immer wieder beteuert, dass er okay ist und keine Selbstmordgedanken hat, bleibt diese Sorge in mir. Diese Sorge, jeden Moment versagen zu können. Ich tanze seit Jahren auf einem Drahtseil, und jede falsche Bewegung könnte mir den Rest meiner Familie nehmen.

»Ich geh mal zu ihm.«

»Wenn du Hilfe brauchst, sag mir Bescheid, Kleines.« William tätschelt meine Wange. Seine fingerlosen Handschuhe riechen etwas modrig, weshalb ich auf meine innere To-do-Liste schreibe, dass ich mal wieder einen Sack Wäsche mit in die Wohnung nehmen werde. »Und danke, dass du heute auf Pumpkin aufgepasst hast.«

Ich flüstere ein »Gern geschehen« und mache mich auf den Weg nach oben. Der nasse Wind peitscht mir ins Gesicht. Doch sobald ich den Schatten meines Bruders an der Brüstung lehnen sehe, atme ich erleichtert aus.

So schnell ich kann, bin ich bei ihm. In seinen Ohren stecken die weißen Billigkopfhörer aus dem Supermarkt, von denen er einen herauszieht. »Hey, Sis.«

Noah starrt unbeirrt in die Ferne, während ich meine Stirn gegen seinen Oberarm lehne und die Augen schließe. Mein Bruder riecht schon seit Jahren gleich. Nach einem Hauch Patschuli und Himbeerkaugummis. Er ist süchtig nach diesen Teilen, und ich habe aufgehört, die Packungen zu zählen, die ich für ihn habe mitgehen lassen, als ich in dem kleinen Kiosk nahe dem Park gejobbt habe.

»Wir kriegen das hin, hörst du?«, falle ich direkt mit der

Tür ins Haus, weil ich weiß, dass es keinen Sinn hat, um den heißen Brei zu reden. Er hat den Brief gelesen und weiß, was uns bevorsteht. Dieses Mal kann ich ihn nicht vor der ungemütlichen Wahrheit beschützen.

Als Antwort zuckt er nur mit den Schultern, als wäre es ihm inzwischen egal, was aus uns wird. Tief in mir drin weiß ich, dass es ihm alles andere als egal ist. Im Kopf meines Bruders herrscht seit Jahren Krieg, und ich versuche, so gut es geht an seiner Seite gegen all die Dämonen anzukämpfen, die ihn verfolgen, aber das Ende der Schlacht ist noch lange nicht in Sicht. Und langsam werde auch ich müde.

»Musste einfach ein bisschen an die frische Luft, weißt du?« Seine hellen Haare lugen unter seiner Kapuze hervor, und ich weiß nicht, ob sie vom Regen nass oder einfach fettig sind, weil er sie zu lange nicht gewaschen hat. Vermutlich eine Mischung aus beidem.

»Wir finden eine Lösung. Ich habe heute eine Stellenausschreibung bei Starbucks gesehen. Ich denke, ich werde mich da bewerben. Dann habe ich zwar weniger Zeit für die Musik, aber ich könnte endlich eine gute Festanstellung bekommen und zusätzlich William unterstützen. Starbucks zahlt sicher ganz okay.«

»Hörst du eigentlich jemals auf, die ganze Welt retten zu wollen?« Seine Worte klingen bleiern, verlieren sich in der feuchten Nachtluft und legen sich wie eine schwere Eisenkette um mein Herz. Ich weiß, dass ich mir oft zu viel Verantwortung aufbürde. Aber ich kann es nicht abstellen. Wenn man etwas sein ganzes Leben lang getan hat, kann man nicht einfach einen Schalter umlegen und damit aufhören. Sieht man ja an meinen blutig gekauten Fingernägeln.

Um das Thema zu wechseln und meinen Bruder aus seinen trostlosen Gedanken zu holen, nehme ich meinen Rucksack ab, lege ihn auf die Brüstung und öffne die vordere Tasche.

»Ich habe ein Geburtstagsgeschenk für dich«, verkünde ich freudestrahlend, auch wenn es mir wahnsinnig schwerfällt, so gut gelaunt zu sein, während in meinem Kopf die To-do-Listen länger und länger werden.

»Mein Geburtstag ist doch erst in vier Monaten!«

»Dann sieh es halt als verfrühtes Geschenk an.« Grinsend ziehe ich die silbernen Beats-Kopfhörer aus der Tasche und bitte Noah im selben Moment, die Augen zu schließen.

»Ach komm schon! Wir sind doch keine zehn mehr!«, sagt er lachend, folgt meiner Bitte jedoch. Ich nutze den Moment, um ihm die Kapuze vom Kopf zu ziehen, ihm den zweiten Kopfhörer rauszunehmen und stattdessen die Beats aufzusetzen. Mein Bruder runzelt die Stirn, greift nach den Kopfhörern, und als er das teure Modell in seinen Händen hält, sehe ich, wie seine Finger beben.

»Scheiße, Sis. Woher hast du die?« Seine bei Tageslicht honigbraunen Augen blitzen auf, und allein dafür hat sich die seltsame Begegnung mit Isaac Walker im Bus gelohnt. Für das Lächeln meines Bruders würde ich sogar in den Knast gehen.

»Würdest du mir glauben, wenn ich dir sage, dass ich sie von einem waschechten Rockstar geklaut habe?«

Mit hochgezogenen Brauen sehe ich zu ihm auf. Mein

Bruder ist über zwei Köpfe größer als ich, obwohl ich vier Jahre älter bin. Als hätte man mir zwanzig Zentimeter geklaut und sie ihm geschenkt.

»*No way!*«, erwidert Noah und scheint für einen Augenblick die Sorgen vergessen zu haben. Er liebt Musik genau wie ich, auch wenn er nicht selbst singt oder spielt. Aber er weiß, wie wertvoll ein guter Klang ist.

»Glaub's mir, oder glaub's mir nicht. Aber diese Kopfhörer sind berühmt!«

Ehe ich michs versehe, hat mein Bruder mich in seine warmen Arme gezogen und wirbelt mich im Kreis, wobei mein Rucksack auf den Boden fällt. Lachend lasse ich es geschehen, auch wenn ich weiß, dass mir gleich kotzübel sein wird.

»Womit habe ich eine Schwester wie dich verdient, heh?« Sein Lachen klingt echt, und es ist das Schönste, was ich den ganzen Tag gehört habe. Noah lässt mich runter, und sobald ich wieder weiß, wo oben und unten ist, knie ich mich hin, um den Rucksack zu füllen, dessen Inhalt sich auf den feuchten, moosbedeckten Steinfliesen verteilt hat.

Ich stopfe meine Sachen hinein und werde stutzig, als ich ein kleines, schwarzes Notizbuch entdecke, das ebenfalls aus meiner Tasche gefallen sein muss, obwohl ich es noch nie gesehen habe. Eilig greife ich danach, damit es nicht vom Regen durchnässt wird, und mustere das handgroße Buch in der Dunkelheit. Während mein Bruder sein Handy zückt, um die neuen Kopfhörer auszuprobieren, gehe ich wieder an die Brüstung heran und schlage das abgewetzte Notizbuch auf. Noch ehe ich eine ganze Zeile mit zusammengekniffenen Augen gelesen habe, schlage ich es erschrocken zu und beiße mir auf die Unterlippe.

»Mist!«, murmle ich. Ich blättere das Buch noch einmal sporadisch durch, um mich zu vergewissern, dass ich richtigliege. Sobald ich den Songtext von »November Nights«, dem Nummer-eins-Hit von Crashing December, entdecke und überfliege, bestätigt sich mein Verdacht. Ich muss es vor lauter Hektik gemeinsam mit den Kopfhörern in meinen Rucksack gestopft haben. Das verdammte Notizbuch ist voller Songtexte, und wenn mich mein Gefühl nicht täuscht, stammen sie alle von Isaac Walker.

Kapitel 4

Isaac

Als ich wach werde, pocht mein Schädel wie nach einem Fünf-Stunden-Gig. Nur, dass die Kopfschmerzen des Todes nicht von dem gestrigen Auftritt, sondern von der Aftershowparty stammen.

Ein heißer alkoholisierter Atem streift meinen Hals, und sobald ich mich bewege, stöhnt die Person an meiner nackten Schulter auf. Anscheinend bin ich nicht allein von der Party abgehauen, sondern in weiblicher Begleitung. Zögernd öffne ich die Augen und werfe der Frau in meinem Arm einen kurzen Blick zu. Auch wenn ich mich an nichts mehr von der Party erinnern kann, erkenne ich die kleine Blondine wieder.

Sie hat mein verschwitztes Shirt aufgefangen und ist danach beinahe in Ohnmacht gefallen. Keine Ahnung, wie sie es auf die Party geschafft hat, aber scheinbar haben sich dort unsere Wege erneut gekreuzt. Die Blondine ist splitterfasernackt, und als ich eine unserer Textzeilen auf ihrem Rippenbogen erkenne, zucken meine Mundwinkel. *When the world falls apart, I'll dance in the shards.* Verrückt, dass sich jemand meine Worte tätowieren lässt!

Das Mädel dreht sich schnaufend um und präsentiert mir ihren Knackarsch, der irgendwie rot aussieht. Habe ich ihr heute Nacht den Hintern versohlt? Scheiße, ich sollte echt weniger trinken, wenn ich nicht ständig mein Kurzzeitgedächtnis verlieren will.

Mir tut jeder Knochen weh, als ich mich aufsetze, angewidert das benutzte Kondom mit dem Fuß zur Seite schiebe und mein Shirt vom Boden fische. Kaffee. Ich brauche so dringend Kaffee, dass ich mir am liebsten einen verdammten Zugang dafür legen würde. Sobald ich in eine Jogginghose geschlüpft bin, werfe ich meiner namenlosen Begleitung einen letzten Blick zu.

Normalerweise nehme ich keine Fans mit nach Hause, das ist eine strikte Regel. Eine, auf die ich letzte Nacht scheinbar geschissen habe. Ich höre Roberts Stimme schon in meinen Ohren, wie er mir eine Predigt darüber hält, dass ich vorsichtiger sein muss. Überall sind Leute, die Profit aus mir und den anderen Jungs schlagen wollen.

Als wüsste ich das nicht. Ich weiß es sogar besser, als unser Manager ahnt … Ich schließe die Tür meines Schlafzimmers hinter mir, schlurfe barfuß in die offene Küche und erschrecke mich beinahe zu Tode, als ich sehe, dass jemand am ovalen Küchentisch sitzt.

»Scheiße, was is' denn hier los?« Ich werfe einen Blick auf die Uhr meines Backofens. »Es ist grad mal elf. Was zum Teufel macht ihr so früh hier?« Robert und Connor sitzen auf den Holzstühlen und sehen deutlich fitter und lebendiger aus, als ich mich fühle. Scheinbar haben sie sich letzte Nacht nicht die Kante gegeben.

»Krisenmeeting«, erwidert Robert schmallippig.

Mit einem unguten Gefühl im Bauch gehe ich an den beiden vorbei, hole mir eine Tasse aus dem Schrank über der Spüle und stelle sie unter den Kaffeevollautomaten.

»Ein Krisenmeeting ohne Louis und David?«

Das ist ungewöhnlich.

»Das hier wollten wir erst einmal im kleineren Kreis klären, bevor wir die anderen beiden dazuholen.«

»Was ist jetzt wieder passiert? Hat die Halle weiter Stress gemacht, weil wir überzogen haben?«

Ich bin echt noch nicht aufnahmefähig, und die beiden wissen das. Vor eins braucht man nicht damit rechnen, dass ich vernünftige Meetings abhalten kann. Vor allem nicht, wenn es sich um Krisensitzungen handelt, bei denen man klar im Kopf sein muss. In meinem Schädel befindet sich gerade nur in Alkohol getränkte Watte.

»Es geht nicht um euch.« Roberts Worte lassen mich die Stirn runzeln, während der heiße Kaffee in meine Tasse läuft und mir der Geruch der Bohnen das Wasser im Mund zusammenlaufen lässt.

»Es geht um mich.« Ich drehe mich zum Tisch um, und als ich meiner Schwester Megan ins verweinte Gesicht sehe, setzt bei mir alles aus. Dass sie auch hier ist, verwirrt mich. Megan hat die Arme um den Oberkörper geschlungen, ihre dunkle Haut sieht fahl aus. Meine Stiefschwester geht selten – oder fast nie – ungeschminkt aus dem Haus, aber heute sieht sie aus, als wäre sie gerade erst aus dem Bett gekrochen. Der übergroße Pulli, den sie trägt, verschluckt sie beinahe.

»Was zum Teufel?« Ich gehe um den Tisch herum, ziehe Megan in den Arm, und in meiner Brust sticht es wie verrückt, als sie zu schluchzen beginnt. Ihre schwarz lackierten Fingernägel krallen sich in mein Shirt, und ihr zierlicher Körper bebt.

»Was ist passiert, Meg?« Ich bin froh, dass die anderen ruhig sind und uns diesen Moment geben. Sie wissen, wie eng das Verhältnis zwischen uns ist, obwohl wir nicht blutsverwandt sind.

»Dein Shirt stinkt wie ein totes Tier, Zac.« Nur sie und Connor nennen mich so. Ihr entfährt ein raues, verzweifeltes Lachen. Ich lege meine Hand unter ihr Kinn und hebe es an, damit sie mich ansieht. Ihre vollen Wimpern flattern hektisch.

»Lenk nicht vom Thema ab.« Ich scanne ihr Gesicht, in der Hoffnung, so zu erfahren, was hier eigentlich abgeht. Da Connor und Robert ebenfalls hier sind, muss es etwas mit unserer Band zu tun haben, sonst wäre Megan allein mit ihren Sorgen zu mir gekommen. Ihre schokoladenbraunen Augen sind tränengeflutet, und dieser Anblick macht mich fertig.

»Könnte mir jetzt endlich jemand sagen, was hier vor sich geht?« Allmählich werde ich nervös.

»Soll ich es ihm sagen?« Connor ist inzwischen aufgestanden und hat seine Hand auf Megans Schulter gelegt. Da sie nicht nur meine Schwester ist, sondern auch als unsere Eventmanagerin mit uns zusammenarbeitet, ist Megan fester

Teil des Teams. Sie schüttelt den Kopf und wirft Connor einen dankbaren Blick zu.

»Ich mach das schon«, erwidert sie schniefend. Connor lehnt sich gegen den Kühlschrank. »Solltest dich vielleicht hinsetzen, Mann.« Er deutet auf den nun frei gewordenen Stuhl, auf den ich mich dankbar fallen lasse. Diese Situation überfordert mich maßlos. Megan setzt sich neben mich, stützt die Ellbogen auf dem Tisch ab und knetet nervös ihre Hände.

»Gestern ist im Backstagebereich etwas passiert.« Sie traut sich kaum, mir in die Augen zu sehen.

»Hat dir jemand wehgetan?« Mein ganzer Körper ist zum Zerreißen gespannt. Allein die Vorstellung, jemand könnte ihr auf unserem Konzert etwas angetan haben, erschwert mir das Atmen. Unter dem Tisch grabe ich meine Nägel in die Handballen.

»Nein, das ist es nicht. Ich … Gott, das ist mir so peinlich!« Sie vergräbt das Gesicht in ihren Händen, woraufhin ich nach ihnen greife und sie fest mit meinen eigenen umschließe.

»Ich habe diesen Kerl backstage getroffen. Er meinte, er wäre von der Cateringfirma oder so.« Sie weicht erneut meinem Blick aus, während ich die Blicke der anderen beiden auf mir ruhen spüre. Scheiße, das hier wird übel, ich weiß es einfach.

»Ich war mit meiner Arbeit fertig, und das Konzert verlief genau nach Plan. Wir haben Schampus getrunken, geraucht, geflirtet … Und dann habe ich … ich hab mit dem Kerl geschlafen. In einem der VIP-Räume.«

»Und?« Stirnrunzelnd sehe ich meine Schwester an und halte weiterhin ihre Hand, die nach wie vor zittert, als hätte sie gerade einen Mord mitangesehen. Megan hat ein intaktes und gesundes Sexleben, und im Grunde genommen geht es mich auch nichts an. Sie ist grandios in ihrem Job und greift uns seit Kurzem wieder unter die Arme. Durch ihre Schwangerschaft ist sie zwei Jahre ausgefallen, aber inzwischen hat Heather eine sehr gute – und schweineteure – Betreuung. Oft nimmt Megan die Kleine aber auch einfach mit zur Arbeit.

»Scheiße, Meg. Es ist mir egal, dass du backstage deinen Spaß hattest. Ist doch nichts dabei.«

Robert räuspert sich.

»Das Problem ist nicht, dass Megan Sex mit diesem Kerl hatte. Das hier ist unser Problem.« Vor seiner Nase liegt ein iPad, das er jetzt anschaltet und zu mir herüberschiebt. Ich nehme das Teil an mich und erstarre zur Salzsäule, als ich die Überschrift des Klatschblatts sehe.

Sextape von Isaac Walkers Schwester Megan im Netz aufgetaucht. Zufall oder eine kleine Karrierespritze?

»Fuck, was?« Ich springe von meinem Platz auf, starre das iPad auf dem Tisch an und lasse meine Faust auf die gemaserte Platte donnern. Ein harter Schmerz zieht durch meine Fingerknöchel bis in mein Handgelenk. »Der Wichser hat euch gefilmt?«, wende ich mich an Megan, die jetzt zu mir aufsieht und nickt. Eine Träne löst sich aus ihren dichten Wimpern, und meine Brust zieht sich wie eine eiserne Faust zusammen.

»Fotos gibt es inzwischen auch, fast alle großen Kanäle haben es schon gepostet. Man sieht nichts von Megans Körper, weil sie den natürlich verpixeln mussten, aber man erkennt sie.« Robert greift nach dem iPad und scrollt auf der Website, um mir das Foto zu zeigen. Ich presse meine Kiefer aufeinander und muss mich zurückhalten, nicht noch einmal auf den Tisch zu hauen. Nicht, weil diese Made meine Ehre oder mein Ego verletzt hat, indem er Megan so etwas antut, sondern weil ich sie beschützen will. Sie ist meine kleine Schwester! Ich ertrage den Anblick des Fotos nicht und schaue auf.

»Hat er dich zum Sex gezwungen?« Meine Stimme bebt. Am liebsten würde ich mir kindisch die Ohren zuhalten, weil ich Angst vor der Antwort habe.

»Nein. Ich wollte es. Aber dieser Wichser hat scheinbar alles geplant und muss einen Komplizen gehabt haben, der gefilmt hat. Es tut mir so leid, Zac. Ich … ich wollte das nicht.«

»Hör auf, dich zu entschuldigen!« Wieder klinge ich schärfer als beabsichtigt. Ich gehe vor Megan in die Hocke und sehe zu ihr auf. »Du hast nichts falsch gemacht, hörst du?«, setze ich versöhnlich hinterher. »Dieser Kerl ist tot. Kennst du seinen Namen?«

»Er sagte, er heißt Malcolm. Aber ich weiß nicht, ob das stimmt. Wenn er das alles geplant hat, wird er mir kaum seinen echten Namen verraten haben.«

»Was ist mit dem Video? Ist es noch online?«, frage ich Robert, ohne meinen Blick von Megan zu lösen. Ich zeichne kleine Kreise mit dem Daumen über ihren Handrücken. Sie und ihre Tochter bedeuten mir die Welt, und ich würde alles tun, um sie zu beschützen. Das hier muss ein fucking Albtraum sein.

»Unsere Leute kümmern sich darum, dass das Video schnellstmöglich von der Pornoplattform verschwindet. Man weiß nicht, wer den Upload getätigt hat, da es verschleiert hochgeladen wurde.«

»Wenn es ein Video gibt, können wir die Made doch sicherlich schneller identifizieren, oder nicht?«

»Leider nicht. Der Mistkerl war schlau«, wirft Connor ein. Er steht immer noch am Kühlschrank, hat die Arme vor der Brust verschränkt und die Beine überkreuzt.

»Was meinst du damit?« Ich sehe Con über die Schulter an.

»Man sieht von dem Kerl nur die Rückansicht. Kein Profil, kein Gesicht, kein Merkmal, das ihn irgendwie entlarven könnte. Keine Tattoos oder Narben.«

»Hast du das Video etwa gesehen?« Das sollte mir gerade wirklich am Arsch vorbeigehen, aber die Vorstellung, dass Connor meine Schwester in diesem Sextape nackt gesehen haben könnte, fühlt sich falsch an. So verdammt falsch.

»Ich habe es Robert und Connor gezeigt«, wirft Megan ein. »Damit sie helfen können, den Kerl zu finden.« Ihre Stimme klingt etwas gefasster als eben noch. Ich fahre mir mit der Hand über das Gesicht, stehe auf und setze mich wieder an meinen Platz.

»Was ist mit der Cateringfirma?« Mein Blick wandert hektisch von meinem iPad zu Robert. »Wenn er für die Caterer gearbeitet hat, muss man ihn doch ausfindig machen können.« Am liebsten würde ich dem Dreckskerl die Visage polieren, aber viel wichtiger noch: Er soll dafür im Knast landen.

»Ich habe schon eine Überprüfung in die Wege geleitet, aber wir befürchten, dass nicht nur sein Name gelogen war. Keine Ahnung, woher der Kerl kam und ob er es von Anfang an auf Megan abgesehen hat. Aber wir müssen jetzt irgendwie Schadensbegrenzung betreiben. Ihr hattet lange keinen Skandal dieser Art mehr, und die Medien stürzen sich wie Aasgeier auf diese News. Die Situation ist echt übel.«

»Erzähl mir was Neues«, knurre ich. Unser Ruf geht mir am Arsch vorbei, aber das hier betrifft vor allem Megan, und deshalb hat es oberste Priorität. Ginge es um mich, würde ich mich vermutlich einfach wieder schlafen legen.

»Guten Morgen.« Eine verschlafene Frauenstimme reißt uns alle aus den Gedanken. Im Türrahmen taucht die Blondine aus meinem Bett auf. Sie trägt ihr knappes goldenes Kleid. Daran erinnere ich mich zumindest. Ihre Haare sind ein wildes Nest aus Locken, ihre Mascara hängt eine Etage tiefer als gewollt auf ihren Wangen.

»Du hast sie mit zu dir genommen?« Connor verdreht die Augen. Er ist auch kein Unschuldslamm, aber zumindest hält er von unseren Groupies Abstand. Er ist definitiv der Schlauere von uns.

Die Blondine streckt Connor die Hand hin. »Stella.«

»Schön, dich kennenzulernen, Stella.« Anstatt ihr die Hand zu reichen, packt er sie sanft am Arm und begleitet sie zur Tür.

»Hey, ich dachte, ich bekomme noch einen Kaffee oder so.«

»Falscher Zeitpunkt, Sweetheart.«

Stella wirft mir über die Schulter einen Blick zu, aber ich bin in Gedanken weit weg. Und zwar bei diesem Wichser, der meine Schwester und die Band in diese beschissene Lage gebracht hat. Im Hintergrund höre ich, dass die Kleine Connor ihre Telefonnummer hinterlässt. Sobald die Haustür ins Schloss fällt, widme ich mich wieder Robert und Megan.

»Also, was machen wir jetzt?«

»Ich weiß es nicht«, erwidert Megan und klingt unendlich müde. »Aber diese Fotos müssen verschwinden, genau wie das Video. Ich will nicht, dass mein Mädchen eines Tages meinen Namen im Internet sucht und diesen Scheiß findet.«

»Das wird nicht passieren«, versichere ich ihr, auch wenn ich keine Ahnung habe, ob ich mein Versprechen halten kann. »Und wenn ich jedes einzelne Klatschblatt in England verklagen muss, okay? Heather wird das hier niemals zu Gesicht bekommen.« Ich halte das iPad in die Höhe. Mein Patenkind bedeutet mir die fucking Welt. Seit sie geboren wurde, bin ich zu einem verdammten Superonkel mutiert, der ein Kundenkonto bei Toys"R"Us hat. »Wo ist sie gerade?«

»Bei ihrer Nanny. Ich wollte nicht, dass sie mitbekommt, wie aufgelöst ich bin.«

Ich nicke.

»Was ist mit dem Gig heute Abend?«

Connor setzt sich jetzt ebenfalls an den Tisch. Er wirkt nach außen hin recht gefasst, aber ich weiß, dass es innerlich anders aussieht.

»Ich würde euch raten, den Gig trotzdem zu machen.« Robert spielt mit dem Kugelschreiber in seiner Hand, und das macht mich nervös. »Die Medien wollen, dass dieser Vorfall mit Megan in den Fokus rückt. Ich sage, ihr solltet den Leuten zeigen, dass ihr euch davon nicht unterkriegen lasst.«

Prüfend sehe ich Megan an, die als Antwort nach meiner Hand greift. »Robert hat recht. Ihr solltet auftreten.«

Ich tausche einen Blick mit Connor aus, der nur mit den Schultern zuckt. Ich weiß, dass er mir in diesem Fall das letzte Wort überlässt. Heute Abend spielen wir ein weiteres Mal in der Starfall-Halle, da das erste Konzert innerhalb weniger Stunden ausverkauft war. Entschlossen stehe ich auf und fahre mir durchs Haar. »Dann zeigen wir diesen Wichsern, dass sie uns nicht kleinkriegen.«

• • •

»Oh Gott, bitte sag mir, dass ich gerade nur einen Albtraum habe!«

Megan rutscht nervös auf dem Beifahrersitz hin und her, während ich Connors Wagen abseits des Pulks abstelle und anschließend meine Nasenwurzel massiere. Diese verfluchten Presse-Geier belagern den kompletten Bürgersteig vor Megans Apartment in der Innenstadt.

»Ich trete jedem Einzelnen davon in den Arsch!«, zische ich und sehe zu meiner Schwester hinüber. Ihr Gesicht ist immer noch so blass wie vorhin am Küchentisch. Nach unserem Gespräch habe ich angeboten, sie nach Hause zu fahren.

Hier stehen wir jetzt. Abseits ihres Apartments, das von sensationsgeilen Menschen umgeben ist.

»Die werden mich bei lebendigem Leib verspeisen, Zac. Wie konnte ich nur so dumm und unvorsichtig sein?«

»Hey, Meg.« Ich greife nach ihrer Hand und warte, bis sie mich ansieht. »Das hier ist nicht deine Schuld. Ich sage es dir so lange, bis du es verstanden hast. Komm, ich krieg dich da heile durch.«

Gemeinsam atmen wir noch einmal tief ein und aus, bevor ich die Tür öffne, um den Wagen herumgehe und meiner Schwester aus dem Auto helfe.

Es dauert genau fünf Sekunden, bis uns die ersten Paparazzi entdecken und auf uns zustürmen. Blitzlicht hüllt uns ein, während ich Megan dicht an meine Seite ziehe, um sie zu schützen.

»Isaac, wussten Sie von den Plänen Ihrer Schwester?« *Was für verfluchte Pläne, ihr Pisser?* Gott, hören die sich eigentlich selbst reden?

»Megan, was genau haben Sie mit dem Sextape bezweckt?« Sie versteift sich an meiner Seite, hält den Kopf gesenkt und zieht die Kapuze ihres Pullis über ihren Kopf bis tief in die Stirn.

»Werdet ihr heute Abend trotzdem in der Starfall-Halle auftreten? Was sagt der Rest der Band zu diesem Skandal?«

Eine Frage nach der anderen drischt auf uns ein, während in mir immer mehr Alarmglocken schrillen. Wir werden von den Fotografen eingekesselt und von links nach rechts gedrückt. Am liebsten würde ich jedem einzeln die Kamera aus der Hand reißen und meine Meinung geigen, aber ich weiß, dass jedes meiner Worte gegen mich verwendet werden wird. Die Presse liebt es, Fakten zu verdrehen. Wenn ich jetzt ausraste, mache ich die Lage für Megan nur schlimmer.

Meine Schwester krallt sich wie eine Ertrinkende an mir fest und bittet mich schluchzend, sie hier wegzuschaffen. Ich setze einen Tunnelblick auf und bahne uns einen Weg durch die Meute.

»Ganz schön schade für das Baby, meint ihr nicht? Was, wenn sie eines Tages davon erfährt? Das Internet vergisst nie!«, sagt eine Frau mit feuerroten Haaren und einem gehässigen Grinsen auf den Lippen. Sie bringt Heather ins Spiel und trifft damit unseren wundesten Punkt. Ich balle meine Hand zur Faust, schiebe noch einen Kerl mittleren Alters zur Seite und erreiche endlich die rote Eingangstür des Gebäudes.

»Wo ist dein Schlüssel, Meg?«, frage ich sie leise, während in mir alles schreit. Die Lage ist noch viel schlimmer, als ich angenommen hatte.

Mit zitternden Händen fischt Megan ihren Schlüssel aus der Tasche ihres Pullis und reicht ihn mir. Sobald wir im Hausflur stehen und die Tür zwischen uns und diesen taktlosen Menschen zufällt, bricht Megan in Tränen aus. Sofort ziehe ich sie in meine Arme, drücke ihren Kopf gegen meine Schulter und streichle ihr über das Haar.

»Es tut mir so leid, Meg«, flüstere ich zitternd gegen ihre Schläfe. Wenn jemand an dieser Scheiße schuld ist, dann ich. Weil ich es nicht verhindern konnte.

•••

Wie gestern tobt das Publikum vor der Bühne, während wir die letzten Sekunden hinter der Leinwand verbringen und darauf warten, dass die zweite Show in dieser gigantischen Halle startet.

Als der Entschluss gefasst war, das Konzert durchzuziehen, haben wir Louis und David eingeweiht. Robert hatte bereits einen Termin mit der Cateringfirma, und wie zu erwarten, gibt es keinen Mitarbeiter namens Malcolm, sodass diese Spur in einer Sackgasse endet. Das Sextape ist bereits von zwei Websites verschwunden, aber wir wissen noch nicht, wie oft es darüber hinaus verbreitet wurde. Diese Pisser haben ordentliche Arbeit geleistet, und ich bin mir sicher, dass das keine Spontanaktion gewesen ist. Leider hat das Starfall keine Kameras im Backstagebereich installiert, weshalb wir auch keine Aufnahmen des Arschlochs haben, die uns irgendwie weiterbringen könnten.

Robert hat inzwischen dafür gesorgt, dass Megan unbeschadet aus der Wohnung kommen konnte, und sie in eine Art Safe-House am Stadtrand gebracht. Sein Bruder arbeitet in London als Immobilienmakler und hat uns die gerade fertiggestellte Villa spontan zur Verfügung gestellt.

»Bist du so weit, Alter?« Connor stellt sich neben mich. Er ist vor einem Auftritt die Gelassenheit in Person, während Louis auf der Treppe sitzt und mit seiner Atmung kämpft, weil er jedes Mal Lampenfieber hat. Doch sobald er die erste Taste auf seinem Keyboard anschlägt, verwandelt sich dieses Fieber in Euphorie.

»Bin ich. Und ihr?« Ich sehe die Jungs der Reihe nach an. Connor ist fest entschlossen, diesen Skandal nicht an sich heranzulassen, weshalb er die Ruhe in Person ist. David wippt mit dem Knie in der zerrissenen schwarzen Jeans und schenkt mir ein schmales Lächeln. »Halbwegs«, antwortet er.

Louis wirft seinen Joint auf den Boden und tritt ihn mit dem Stiefel aus. »Los geht's.«

Sekunden später stürmen die drei die Bühne. Obwohl ich aufgehört habe, unsere Auftritte zu zählen, fühlen sich die Sekunden allein hinter der Bühne heute anders an. Meine Gedanken sind bei Megan und ihrer Tochter. Ich wünschte, ich wäre bei ihnen, damit sie nicht allein sein müssen, aber Robert hat recht: Die Medien wollen uns mit dieser Scheiße treffen, also müssen wir ein Zeichen setzen. Ein Zeichen gegen diese Geier, die über unseren Köpfen schweben, seit wir unseren ersten Hit hatten. Immer bereit zum Angriff, immer auf der Suche nach einer Schwachstelle.

Die Meute rastet aus, als Connor mir wie gewohnt einen Trommelwirbel schenkt. Ich schließe für einen Moment die Augen, umklammere das Mikro in meiner Hand, so fest es geht, und nehme die erste Stufe. Mit jedem weiteren Schritt wird der Druck in meiner Brust stärker und das beschissene Gefühl unerträglicher. Sobald ich auf die Bühne gehe, fühle ich mich wie ein Zombie. Die Euphorie, mit der ich normalerweise eine Show starte, hat sich im Nebel der Maschinen aufgelöst.

Die Leute stampfen auf dem Boden, lassen die Stahlträger vibrieren. Aber in mir … nichts. Ich trete hinter das Mikrofon und werfe den Jungs einen Blick zu. Sie sehen mich an, als wüssten sie, dass etwas anders ist. Dass etwas ganz und gar nicht stimmt. Die Falte zwischen Connors Brauen wird von Sekunde zu Sekunde tiefer.

Mein Atem beginnt zu rasseln, als ich mich zum Publikum wende und mein Mikro in den Ständer stecke. Die Jungs spielen das Intro unseres ersten Songs auf der Setlist, während ich meine Hände zu Fäusten balle und die Augen schließe.

Fuck, ich muss in wenigen Sekunden meinen Einsatz kriegen, aber alles, was ich will, ist fliehen. Ich will runter von dieser Bühne, raus aus dieser Halle, die sich gerade wie ein Gefängnis anfühlt. Schweiß bildet sich in meinem Nacken und auf meiner Stirn, obwohl ich mich noch gar nicht verausgabt habe.

Ich öffne die Augen, blicke in die Menge und verpasse meinen Einsatz. Die Band spielt weiter, um mir Zeit zu geben. Aber alles, was ich im Kopf habe, ist Leere. Als hätte jemand meine Erinnerung gelöscht und all die Texte, die ich geschrieben habe, wegradiert.

Die Stimmung im Saal beginnt zu kippen, weil die Fans bemerken, dass etwas nicht stimmt.

Meine Hand am Mikrofon beginnt zu zittern, während ich ein letztes Mal ins Publikum blicke und meine Sicht verschwimmt. Tausende Gesichter werden zu einer grauen Masse. Fuck, was zur Hölle ist los?

Ich stolpere ein paar Schritte zurück, falle beinahe hintenüber, weil ich ein Kabel übersehe, und blicke zu Connor hinüber. Seine Drums verharren in der Luft, während ich meinem Fluchtinstinkt nachgebe und von der Bühne taumle.

Ich muss hier weg, bevor es mich endgültig von den Beinen haut.

Mein Herz rast, als ich die Treppe nach unten stürme und Robert direkt in die Arme laufe. Im Hintergrund höre ich, wie die ersten Fans protestieren, weil sie sich auf ein geiles Konzert gefreut haben.

»Was ist los?« Robert klingt so überrumpelt, wie ich mich fühle. Ich stürme an ihm vorbei, schubse ihn zur Seite, als er nach mir greifen will, und steuere den Raum an, in dem meine Klamotten liegen. Sobald ich backstage bin, schmeiße ich die Tür hinter mir zu, schließe ab und rutsche an ihr zu Boden.

Noch immer schwitze ich wie ein Tier, das man übers Feld gejagt hat. Mit dem Unterschied, dass da niemand ist, der mich verfolgt. Da bin nur ich mit meinen Gedanken und meinem Körper, der mich gerade im Stich lässt. Ich lege den Kopf in den Nacken, presse mir die Hand vor die Augen und zucke zusammen, als es wild an der Tür klopft.

»Scheiße, Zac!« Connor rüttelt an der Klinke. »Mach die Tür auf!« Aber ich kann nicht. Kann nicht antworten, nicht denken, mich nicht rühren. Weil ich keine Ahnung habe, was hier gerade mit mir passiert.

»Lass wenigstens mich rein! Hast du vor der Show getrunken?«, will Connor wissen, aber wieder bin ich nicht in der Lage, ihm zu antworten. Mein bester Freund weiß, dass ich niemals vor einem Gig zur Flasche greife, und auch wenn ich heute allen Grund für eine Ausnahme gehabt hätte, habe ich keinen Tropfen intus.

Da ist etwas anderes in mir, das mich hemmt.

Etwas, das ich nicht in Worte fassen kann, obwohl Worte meine Stärke sind. Aber gerade sind sie alle fort.

Kapitel 5

Isaac

Zwei Wochen später

Luanne Holder richtet ihren beigen Blazer, wirft ihren Kameramännern im Studio einen letzten Blick zu und hält ihren Daumen in die Höhe, um ihrem Team mitzuteilen, dass wir live gehen können.

Ihre Musikshow *Meet Your Idol* ist seit Jahren das beliebteste Musikformat der sozialen Medien. Auf diesem schwarzen Sofa saßen schon Stars wie Ed Sheeran, Taylor Swift und Harry Styles. Wir waren zum ersten Mal hier zu Gast, als wir noch ein kleines Licht am Musikhimmel waren, inzwischen fragt ihr Management regelmäßig Interviews bei uns an. Dass ich diese Frau nicht ausstehen kann, hat uns bis jetzt jedoch nicht davon abgehalten, ihre Einladungen anzunehmen. Nervige Publicity ist besser als keine Publicity. Luanne ist wie eine Sirene. Mit ihrem Hollywood-Look, ihrer lieblichen Stimme und den netten Komplimenten wickelt sie jeden um den Finger, um ihn anschließend vor laufender Kamera bei lebendigem Leib zu verspeisen.

Kein Wunder, dass ihr TikTok-Profil bereits über eine Million Follower hat, stürzt sie sich doch leidenschaftlich auf jeden noch so kleinen Skandal. Während sie uns anmoderiert und die Kameras zu uns auf dem Sofa schwenken, frage ich mich, was zur Hölle wir hier eigentlich machen. Es wird nur eine Frage der Zeit sein, bis sie unser geplatztes Konzert und meinen unseriösen Abgang von der Bühne anspricht. Oder den Vorfall mit Megan vor zwei Wochen.

Die letzten Interviewtermine haben wir allesamt abgesagt, aber Robert war der Meinung, dass wir langsam aus unserem Loch kriechen sollten. *So here we are.* Wir sind zurück im Game, und es fühlt sich an, als hätte ich beim Reinkommen alle Spielregeln vergessen.

Ich sitze in der Mitte des Sofas, neben mir Connor und Louis. David hat sich den Sessel geschnappt. Nur verschwommen bekomme ich mit, wie Luanne über uns spricht. Sicherlich sehen uns gerade mehrere Tausend Menschen live im Internet zu, während ich Löcher in die Luft starre.

Das hier war eine absolut hirnrissige Idee.

Seit meinem Aussetzer auf dem zweiten Gig im Starfall penne ich beschissen und bin tagsüber fahrig und nervös. Irgendwann, als ich mich einigermaßen beruhigt hatte, habe ich die Jungs in den Backstageraum gelassen. Sie taten verständnisvoll, und Robert hat sich auf der Bühne irgendeine Erklärung für den Ausfall der Show einfallen lassen. Von mir aus hätte er unseren Fans auch sagen können, dass wir alle mit einem Magen-Darm-Infekt auf dem Klo hocken, alles ist besser als die Wahrheit gewesen. Und die ist, dass ich keinen blassen Schimmer habe, was mit mir los ist. Wieso ich diese Show abgebrochen habe, noch bevor sie richtig starten konnte.

Als ich auf der Bühne vor all diesen erwartungsvollen Menschen stand, war ich wie blockiert. Und das ist mir in den letzten sechs Jahren kein einziges Mal passiert, ganz im Gegenteil. Jedes Mal, wenn ich singen durfte, ist etwas in mir aufgebrochen und hat mich freier atmen lassen.

In mir kocht die Angst hoch, dass es nie wieder so sein wird, dass mir ab jetzt immer die Worte fehlen werden.

»Zac?« Connor stupst mich von der Seite an, woraufhin ich aufblicke. Alle Augenpaare ruhen auf mir, vor allem Luannes Blick bohrt sich förmlich in meinen. Ich spiele mit dem Ring an meiner rechten Hand, drehe ihn nervös von links nach rechts und gebe für alle da draußen vor den Bildschirmen sicher das perfekte Bild eines Junkies auf Entzug ab. Die Studiolichter brennen auf meiner Netzhaut, meine Kehle wird mit jeder Sekunde enger, und ich will nur hier weg.

»Die letzten Shows waren phänomenal«, richtet Luanne das Wort erneut an mich. In ihren dunklen Augen funkelt bereits der Skandalhunger. Anstatt mich bei Luanne für das Kompliment zu bedanken, nicke ich nur. Im Grunde ist mir scheißegal, was sie von mir hält. Ich habe nie Musik gemacht, um von den Leuten da draußen gemocht zu werden. Ich habe Musik gemacht, weil ich musste.

»Aber was die Fans brennend interessiert, ist, wie es weitergeht. Euer letztes Album ging wie zu erwarten durch die Decke. Werdet ihr bald Nachschub liefern?« Diese Frage kann jeder aus unserer Band beantworten, aber sie sieht nur mich an. Weil ich normalerweise derjenige bin, der das Interview in die richtigen Bahnen leitet und eingreift, wenn die Leute hinter dem Mikro zu sehr abdriften. Wenn sie in Dingen herumstochern, die sie nichts angehen. Meine Lippen klappen einen Spalt auf, schließen sich aber sofort wieder. Eine Falte entsteht auf Luannes Stirn. Sie wittert ihre Chance.

»Wir werden vermutlich nächstes Jahr ein neues Album rausbringen«, springt Louis für mich ein.

»Sobald unsere letzten Termine in diesem Sommer durch sind, werden wir uns zurückziehen und an unserem nächsten Projekt arbeiten«, pflichtet Connor unserem Bassisten bei. Doch obwohl meine Kollegen Luanne Rede und Antwort stehen, wendet sie den Blick nicht von mir ab. Scheiße, sie ist wie eine Zecke. Einmal festgebissen, bekommt man sie nur noch mit Gewalt los. Wenn ich Pech habe, bleibt ihr Kopf dabei stecken.

»Ich glaube, unsere Zuschauer drehen gerade vor ihren Handys durch! Wird das Album an den Stil von *Ruined Hearts* anknüpfen? Oder wollt ihr euch musikalisch in andere Gewässer wagen?«

Luanne ist ein Profi. Sie weiß, wie sie Unsicherheiten überspielen kann. Und meine fehlende Kommunikationsbereitschaft verunsichert sie. Da sind wir schon zwei. Ich habe, seit wir das Studio betreten haben, keinen Ton von mir gegeben. Meine Kehle wird von Minute zu Minute trockener, und der Schweiß bricht wieder aus mir heraus. Na wunderbar, spätestens morgen geht durch die Presse, dass ich einen Entzug mache und Luanne ein neues Studiosofa braucht, weil ich dieses vollgeschwitzt habe. Dabei bin ich kein Junkie, das war ich nie.

»Wir halten uns alle Optionen offen. Uns ist es wichtig, dass jedes Album seinen ganz eigenen Vibe hat. Wir wollen keinen Abklatsch von *Ruined Hearts* erschaffen, sondern etwas Neues auf die Beine stellen, das man so noch nicht von uns gehört hat.« Connor übernimmt die Führung des Interviews, gibt Luanne das Futter, das sie haben will, und schlägt sich mehr als gut dabei. Aber diese Anspannung in mir bleibt. Was werden die Leute denken, wenn sie dieses seltsame Interview sehen, in dem ich keinen Ton von mir gebe? Immer wieder blicke ich mich im Studio um, auf der Suche nach einem Vorwand, von diesem unbequemen Sofa zu verschwinden.

»Ich denke, ich spreche im Namen aller Crashing-December-Fans, wenn ich sage, dass wir das neue Album kaum erwarten können. Aber über diesen guten News schwebt auch eine ziemlich dunkle Wolke, nicht wahr? Natürlich haben wir von dem Skandal um deine Schwester gehört, Zac. Wirklich schlimm, was da backstage vor sich ging. Hat man den Übeltäter inzwischen gefunden?« Wieder spricht sie mich direkt an, und ich erstarre am ganzen Körper. Diskretion ist ein Fremdwort für Luanne Holder. Ich höre das Blut in meinen Ohren rauschen. Fühle mich so unwohl, dass ich mir am liebsten die Haut vom Körper ziehen würde.

Bevor mich einer der Jungs davon abhalten kann, ergreife ich die Flucht. Wieder einmal. Ohne ein einziges Wort gesagt zu haben, springe ich auf, gehe an den Kameraleuten vorbei und verschwinde im Fahrstuhl, durch den wir ins loftartige Studio gekommen sind. Als ich in der Kabine stehe, drücke ich wie ein Irrer auf den Knopf, der mich ins Erdgeschoss führt. Ich lehne die Schläfe gegen die verspiegelte Wand und blicke mir ins Gesicht.

Fuck, ich sehe hundeelend aus. Die Ringe unter meinen Augen sind dunkler denn je, meine Lippen sind spröde und mein Blick komplett leer. Was zur Hölle stimmt nicht mit mir?

• • •

»So geht es nicht mehr weiter, Isaac.« Robert knetet seinen Nasenrücken und hat eine Hand in der Hüfte abgestützt. Die Jungs haben das Interview souverän zu Ende geführt, und ich bin mir sicher, dass sich Luanne bereits online das Maul über meinen unprofessionellen Abgang aus ihrer Show zerreißt.

»Ich mache das nicht mit Absicht«, fahre ich unseren Manager an. Ich hätte gerade echt nichts gegen einen Drink zur Nervenberuhigung einzuwenden.

»Das wissen wir, Mann.« Connor sitzt auf dem Schreibtisch in unserem Studio und kratzt sich am Hinterkopf. Auch wenn er gut mit der Situation umgeht, merkt man ihm an, dass uns das Wasser bis zum Hals steht.

»Keiner gibt dir die Schuld«, stimmt David ihm zu und lässt sich auf den Drehstuhl vor den Bildschirmen fallen. Louis lehnt an der Wand und zündet sich einen Blunt an.

»Trotzdem müssen wir uns was überlegen. Wir haben die letzten Termine allesamt abgesagt, aber dieses Jahr stehen noch mindestens vier Konzerte an. Darunter verdammt wichtige. Wenn du jetzt nicht mal mehr Interviews geben willst …« Robert klingt wie ein Roboter, der eine Platte abspielt.

»Ich weiß, wie scheiße das ist, okay?« Fuck, er weiß gar nicht, wie scheiße es sich erst für *mich* anfühlt. Musik war immer mein Anker, meine Leidenschaft, meine Hoffnung. Und jetzt … ist da nichts mehr. Ich kann nicht mehr singen und habe keine Ahnung, warum. Seit zwei Wochen kriege ich nichts auf die Kette, nicht einmal den einfachsten Zweizeiler. Dass wir bald mit der Produktion des neuen Albums anfangen sollten, macht es nicht besser. Der Druck zwingt mich in die Knie.

»Was ist, wenn wir den Medien sagen, dass Isaac eine Stimmbandentzündung hat?« Roberts Vorschlag ist gut, auch wenn er von vorn bis hinten gelogen ist. Meinen Stimmbändern geht es ausgezeichnet. Nur meinem Kopf nicht.

»Wäre eine Möglichkeit.« David schürzt die Lippen. »So könnten wir die ausgefallenen Konzerte erklären.«

»Und die Interviews?«, fragt Connor.

»Isaac muss seine Stimme schonen, deshalb ist er in Interviews so still oder kann eben nicht teilnehmen.« Robert trommelt nervös auf der Tischplatte, während ich mich kraftlos gegen den Türrahmen lehne. Meine Band webt die Lügengeschichte wie einen Kokon um mich. Und auch wenn ich weiß, dass sie mich und die Band damit beschützen wollen, fühlt es sich eher wie das Gegenteil an.

»Die Leute zerreißen sich ohnehin schon die Mäuler. Es gibt Gerüchte darüber, dass die Band kurz vor der Trennung steht. Wenn wir das Ganze nicht klug anstellen, verspeisen uns Leute wie Luanne Holder zum Frühstück–«

»Schon klar«, falle ich unserem Manager müde ins Wort. Ich verstehe seine Aufgebrachtheit, immerhin ist es sein Job, uns vor Stürmen wie diesem zu schützen, aber ich kann ihm nicht erklären, was hier abgeht, wenn ich es selbst nicht weiß. »Ihr habt recht. Wir sollten es einfach auf meine Stimmbänder schieben.«

»Ich denke, das könnte für den Anfang klappen. Aber es wird keine Dauerlösung sein.« Robert stemmt jetzt beide Hände in die Hüfte. »Das hilft vielleicht für ein paar Wochen, aber wenn du dann nicht wieder bei der Sache bist …«

»Das werde ich sein.« Wir liefern uns ein astreines Blickduell. »Versprochen. Die Sache mit Megan hat mich aus der Bahn geworfen, okay? Alles wird sich regeln.«

Nacheinander mustere ich meine Jungs, und auch wenn sie Mitgefühl für mich aufbringen, sehe ich, dass sie Schiss haben. Davor, dass ich mich nicht wieder auf die Reihe kriege und wir wirklich vor dem Aus stehen. Das darf auf keinen Fall passieren.

»Ich habe vielleicht noch eine Idee.« Roberts Blick klebt wie ein Kaugummi am Teppichboden unseres Studios fest, während er das sagt.

»Und was für eine?«, fragen Connor und ich im Chor.

Robert schnappt sich sein Jackett und geht zur Tür. »Das

werdet ihr früh genug erfahren. Erst muss ich etwas klären.« Mit diesen Worten ist er verschwunden. Zurück bleiben wir. Vier Kerle, die für die Musik leben. Eine Band, die in den letzten Jahren Großartiges auf die Beine gestellt hat. Und eine Einheit, die kurz vor dem Auseinanderfall steht. Meinetwegen.

»Gebt ihr uns einen Moment?« Connor sieht erst David, dann Louis an. Im gesamten Raum wabert der süße Geruch von Louis' Mary Jane. Im Vorbeigehen nehme ich ihm den Joint ab, klemme ihn zwischen meine Lippen und nehme einen tiefen Zug. Umgehend entspannen sich meine Glieder, und ich lasse mich auf den Stuhl fallen, auf dem David noch bis eben saß. Sobald Connor und ich allein sind, löst sich der restliche Druck.

»Warum glotzt du mich so an?«, frage ich meinen besten Freund und fahre mir mit der Hand über den Nacken.

»Ist es wie damals?« Seine Frage ist schwammig formuliert, aber für mich könnte sie kaum klarer sein. Weil ich genau weiß, worauf er hinauswill. »Als du zehn warst, meine ich. Ist es wieder so?«

»Nein«, antworte ich wie aus der Pistole geschossen. »Nein, es ist nicht wie damals.« *Hoffentlich,* setze ich gedanklich hinterher.

Connor stößt hörbar seinen Atem aus. Vielleicht bilde ich es mir nur ein, aber ich glaube, Erleichterung zu hören. Und ich will meinem ältesten Freund diese Erleichterung nicht nehmen, indem ich ihm die Wahrheit sage. Und die Wahrheit ist, dass ich absolut keine Ahnung habe, ob sich meine Geschichte wiederholt. Ob mich meine Vergangenheit einholt, obwohl ich dachte, dass ich ihr schon lange entkommen bin.

Kapitel 6

Hope

Willkommen bei Starbucks, was darf es sein? Dieser Satz klebt seit einer Woche wie Belag auf meiner Zunge und kommt mittlerweile automatisch aus mir heraus. Seit fünf Tagen arbeite ich in diesem Laden. Am Tag nach unserer Wohnungskündigung bin ich hier hereinspaziert und habe um einen Job gebeten. Der Chef hat mich sofort in sein Büro zitiert und mich mit typischen Fragen durchlöchert.

Haben Sie schon mal in der Gastro gearbeitet?
Wie viel Erfahrung bringen Sie mit?
Kennen Sie sich mit Kaffeevollautomaten aus?
Wie flexibel können Sie eingesetzt werden?

Scheinbar habe ich das Quiz mit Bravour bestanden, denn er hat mir direkt eine Probezeit von vier Wochen angeboten. Das Gehalt ist niedriger als erhofft, aber da ich auf jedes Pfund angewiesen bin, sage ich nichts. Die Starbucks-Filiale befindet sich nahe der Whitechapel Gallery, und die meisten Kunden kommen nach ihrem Besuch hier vorbei.

Meine Füße sind bereits von Blasen geplagt, weil ich mir hinter dem Tresen die Hacken wundlaufe, und wenn heute noch jemand einen Cinnamon Roll Frappuccino bestellt, verwelke ich wie eine Sonnenblume im Schatten. Was ist aus dem guten alten Kaffee geworden? Bei den Namen unserer Getränke verknotet sich regelmäßig meine Zunge.

»Hope McCarthy?« Ein Mann spricht mich von der Seite an, woraufhin ich mir beinahe die Finger an der Kaffeemaschine verbrühe. Stirnrunzelnd sehe ich den Kerl hinterm Tresen an. Er trägt einen geschniegelten schwarzen Anzug, seine himmelblaue Krawatte sitzt perfekt. Im Film wäre dieser Kerl so was wie ein Nachlassverwalter, der Erben aufsucht. Kurz flackert der Verdacht in mir auf, dass mein Vater gestorben sein könnte. Ich weiß nichts über ihn, nicht einmal seinen Namen. Meine Mom war ein Freigeist und hatte selten lang anhaltende Beziehungen. Mein Vater war kein fester Bestandteil ihres Lebens, und als ich Grandma nach Moms Tod über ihn ausgequetscht habe, hat sie nur mit den Schultern gezuckt.

»Wer will das wissen?« Ich blicke mich um, stelle erleichtert fest, dass gerade kein Kunde auf meine Bedienung wartet, und trete hinter dem Tresen hervor und auf den fremden Mann zu. Das Handtuch, mit dem ich gerade die Maschine gesäubert habe, werfe ich über meine Schulter.

»Mein Name ist Robert Hall.« Er reicht mir seine Hand, die ich zögerlich ergreife. Seltsamer Typ.

»Entschuldige meinen Überfall. Du bist doch die Sängerin von Singwithhope, richtig?« Sofort wird mir heiß in meiner Starbucks-Uniform. Der Kerl kennt mich durch meine Musik? Also doch kein Nachlassverwalter. Irgendetwas an seinem Auftreten kommt mir bekannt vor, aber der zündende Funke will einfach nicht überspringen.

»Ehm, ja. Als ich das letzte Mal nachgesehen hab, war ich das jedenfalls.« *Was ist das bitte für eine dämliche Antwort, Hope? Reiß dich zusammen!*

»Sehr gut.« Der Mann schenkt mir ein breites Lächeln, aber es erreicht seine Augen hinter der Brille mit dem schwarzen Gestell nicht wirklich. »Ich hoffe, du denkst nicht, dass ich dich stalke. Aber ich verfolge deine Karriere auf Instagram, seit ich dich vor der Starfall-Halle spielen gesehen habe.« Oh mein Gott! Er ist der Anzugschnösel mit dem Telefon, der mich nicht aus den Augen gelassen hat! »Ich habe dich vorhin um die Ecke spielen sehen.« Er deutet auf das Schaufenster des Ladens. Draußen regnet es in Strömen.

»Entschuldigen Sie, aber ich weiß nicht genau, worauf das hier hinausläuft.«

»Bitte, nenn mich Robert.« Er richtet seine Krawatte, als wäre er nervös. Dabei müsste doch ich diejenige sein, die nervös ist. Schließlich spricht mich nicht jeden Tag ein Kerl wie er auf meine Musik an. »Ich habe ein Jobangebot für dich.«

Mir stockt der Atem. Das hier ist ein schlechter Scherz, oder? Wenn mich der Mann verarscht, dann wäre es verdammt perfide. Man sollte einem Künstler niemals falsche Hoffnungen machen. Ich lebe für die Musik, und das schon seit meiner Kindheit, aber noch nie hat sich jemand außer der Social-Media-Bubble wirklich für mich interessiert.

Innerlich wäge ich ab, ob ich dem Kerl überhaupt noch weiter zuhören sollte. Als Robert mich unverwandt ansieht, wiederhole ich:

»Ein Jobangebot also?«

»Ich kann dir noch nicht viele Details nennen, aber es geht darum, für einen anderen Künstler einzuspringen. Noch kann ich nicht sagen, für wie lange, aber es könnte deine Chance sein. Deine Musik ist gut, die Range in deiner Stimme hat es in sich. Wenn du bereit bist, den Disneycovern den Rücken zu kehren, könntest du Tausende Menschen erreichen.« Seine Worte gehen runter wie Honig, aber ich bin immer noch skeptisch. Scheinbar hat er sich wirklich mit mir und meiner Kunst beschäftigt, und es wirkt auch nicht, als würde er wahllos Sängerinnen in der ganzen Stadt ansprechen. Aber wenn man einmal auf der Straße gelebt hat, weiß man, wie gefährlich Naivität sein kann.

»Ich bin gerade ehrlich gesagt etwas überrumpelt«, gestehe ich ihm. »Hope, nicht quatschen, arbeiten!«, ruft mich meine Kollegin Tracy im nächsten Moment.

»Ja, ich komme!«

»Ich sehe schon, der Zeitpunkt ist maximal ungünstig. Hier …« Robert greift in die Tasche seiner Anzughose, holt ein kleines braunes Etui heraus und fischt eine Visitenkarte hervor. Anschließend reicht er sie mir. Das Papier fühlt sich hochwertig an. Haben Serienkiller Visitenkarten?

»Da steht meine Telefonnummer drauf. Wann hast du hier Feierabend? Könntest du danach ins Studio kommen?«

Ein Studio? Ein richtiges Studio? Bis jetzt habe ich nicht mal den kleinen Zeh in eines setzen dürfen.

»Ich muss bis fünf arbeiten.« Ergo noch vier Stunden.

»Gut, ich werde ab siebzehn Uhr im Studio auf dich warten. Die Adresse steht hinten auf der Karte. Ich würde mich wirklich freuen, wenn du vorbeikommst. Ganz unverbindlich.« Atemlos nicke ich dem Fremden zu. Er klopft zum Abschied auf den Tresen und verlässt das Café mit schnellen Schritten.

»Erde an Hope? Ab an die Arbeit!«

»Ich komme ja schon«, murmle ich. Eilig stecke ich die Karte in die Tasche meiner Jeans. Während der gesamten Schicht spüre ich sie wie ein schweres Gewicht an meinem Körper. Was, wenn Träume doch einfach wahr werden können?

• • •

Mist, ich hätte nach meinem Feierabend noch mal schnell nach Hause gehen und mich frisch machen sollen. Das denke ich, als ich mich im Spiegel dieses eleganten Fahrstuhls mustere und in den sechsten Stock fahre. Ich klopfe mir sanft gegen die Wangen und warte darauf, dass mehr Farbe in mein Gesicht wandert, aber mein Spiegelbild bleibt blass.

Ich zupfe meinen blonden Pony zurecht, befeuchte meine Lippen mit der Zunge, damit sie nicht so ungesund und trocken aussehen, und straffe die Schultern. Auf meinem Rücken befindet sich nicht nur mein Rucksack, sondern auch meine Gitarre. Beides könnte man mittlerweile als Teile meines Körpers betrachten, denn ich gehe nie ohne aus dem Haus. In meiner Zeit auf der Straße waren diese beiden Gegenstände alles, was ich besaß. Es ist verrückt, wie wenig Dinge man braucht, wenn alles um einen herum wegbricht. Mein ganzes Leben passt mittlerweile in einen Rucksack und einen Gitarrenkoffer. Irgendwie traurig und befreiend zugleich.

Mein Herz poltert, als der Fahrstuhl stoppt. Langsam frage ich mich, ob ich gerade in eine gigantische Falle tappe. Ein zwielichtiger Typ, der mich bei der Arbeit aufsucht, um mir ein Jobangebot zu machen? *So starten Tausende Horrorfilme, Hope.*

Mein Handyakku ist seit mittags leer, sonst hätte ich seinen Namen längst durch Google gejagt oder zumindest meinem Bruder Bescheid gegeben.

Stattdessen steige ich völlig unvorbereitet aus dem Fahrstuhl und betrete einen schmalen, lichtdurchfluteten Flur. Die linke Seite dieses Gebäudes besteht komplett aus Glas, und man hat den perfekten Blick über London. Der Regen hat inzwischen aufgehört, und hin und wieder bricht sogar die Sonne durch die Wolken.

Da es nur eine Tür am Ende des Ganges gibt, steuere ich sie an und spreche mir ein letztes Mal Mut zu, bevor ich anklopfe. Es dauert keine fünf Sekunden, bis mir jemand öffnet.

Robert Hall erscheint höchstpersönlich vor meiner Nase, und sein Lächeln ist nicht nur zuvorkommend, sondern auch … erleichtert?

»Ich wusste nicht, ob du kommen würdest.«

»Ich ehrlich gesagt auch nicht«, antworte ich.

Robert tritt zur Seite, um mich reinzulassen. Der Raum hinter ihm ist relativ schlicht eingerichtet. Ein paar grüne, saftige Topfpflanzen, ein schmales beiges Sofa und ein Schreibtisch aus Mahagoni, auf dem ein iMac steht. Ich habe nie verstanden, warum jemand dreimal so viel Kohle für ein Gerät ausgibt, nur weil ein angebissener Apfel drauf ist. Bei den Preisen, die Apple nimmt, hätte man wenigstens einen ganzen Apfel verdient, oder nicht?

»Also, was passiert jetzt? Soll ich etwas vorsingen?« Hilfe, ich bin alles andere als introvertiert, und Gespräche mit Fremden machen mir nichts aus. Aber immer, wenn es um meine Musik geht, sprudelt nur noch Blödsinn aus mir heraus. Das muss sich definitiv ändern, wenn ich jemals meine eigenen Songs performen und aus meiner Komfortzone heraustreten will.

»Erst möchte ich dir ein paar Leute vorstellen. Vermutlich kennst du sie.« Er bedeutet mir, ihm zu folgen, öffnet eine Tür zu meiner Linken und lässt mir den Vortritt. Zum Vorschein kommt das schönste Tonstudio, das ich mir nur vorstellen kann. Direkt vor mir befinden sich die Mischpulte und Monitore, dahinter – durch Glas geschützt – der heilige Aufnahmeraum. Die Wände sind in hellem Braun gestrichen und mit diversen Auszeichnungen und Goldenen Schallplatten geschmückt.

Auch in diesem Zimmer besteht die linke Seite komplett aus Glas, und man kann das London Eye beobachten, wie es seine monotonen Runden dreht. »Wow.« *Wunderschön*. Dieses Wort liegt mir auf der Zunge, aber ich kann nichts anderes tun, als den Zauber dieser vier Wände in mir zu speichern, damit ich mich immer an diesen Moment erinnern kann. Auch wenn ich noch immer nicht weiß, was genau das hier werden soll.

»Wer ist das, Robert?« Eine dunkle, kratzige Männerstimme durchbricht den friedlichen Moment, und noch bevor Robert antworten kann, weiß ich, dass ich am Arsch bin. Weil ich diese Stimme wiedererkenne. Weil sie mir seit jener Nacht nicht aus dem Kopf geht und ich keine Ahnung habe, wieso ich sie nicht loswerde.

»Isaac? Das ist Hope McCarthy.« Ich presse die Augen zusammen und verziehe das Gesicht. Meint es das Schicksal wirklich so mies mit mir? Erst präsentiert es mir diese Chance auf dem Silbertablett und dann entreißt es sie mir wieder, indem es ausgerechnet *ihn* hinterherschickt?

»Hope? Das ist Isaac Walker. Ich bin mir sicher, dass du schon mal von ihm gehört hast.«

Kapitel 7

Hope

Nachdem ich den ersten Schock verdaut habe, drehe ich mich zögernd um. Und tatsächlich. Isaac Walker lehnt an der Wand neben der Tür, hat die Hände tief in den Taschen seiner ausgewaschenen Jeans vergraben und sieht mich so zornig an, dass ich am liebsten im Erdboden versinken würde. Er hat mich erkannt, ganz sicher. Sonst würde er nicht so schauen. Vermutlich ist ihm inzwischen aufgefallen, dass sein Notizbuch und die Kopfhörer fehlen, und er hat eins und eins zusammengezählt.

Und er ist alles andere als erfreut über mein Auftauchen in seinem Tonstudio. *Sein Tonstudio!* Ich stehe tatsächlich in dem Raum, in dem Crashing December das Platinalbum *Ruined Hearts* aufgenommen haben. Wer kann mich kneifen?

»Komm, ich stell dir die anderen vor. Das, was ich zu sagen habe, geht alle etwas an.« Robert legt mir seine Hand auf den Arm und deutet auf eine Sitzecke im hinteren Bereich, die ich bis jetzt noch nicht entdeckt habe. Als ich sehe, dass auch der Rest der Band hier ist, werden meine Handflächen schweißnass. Louis hockt im Schneidersitz und barfuß auf einem der grauen Sessel, hinter seinem Ohr steckt eine Kippe, und seine braunen Haare sind ein einziges chaotisches Nest. Links neben ihm sitzt Connor, der Drummer der Band und neben Isaac der Fanliebling. Verdammt, wieso weiß ich so viel über Crashing December, obwohl ich ihrer Musik nicht viel abgewinnen kann? Ich interessiere mich nicht für die Klatschpresse und ihre Schlagzeilen, aber sie scheinen selbst an mir nicht vorbeigegangen zu sein.

David ist der Letzte im Bunde. Seine rotblonden Locken lassen ihn aus jeder Menge hervorstechen, obwohl man ihm sofort anmerkt, dass er lieber unter dem Radar der Menschen bleibt. Gerade fühle ich ihn sehr, denn ich würde mich am liebsten in Luft auflösen. *Puff, und weg bin ich.*

»Jungs, das ist Hope. Ich weiß, dass ich euch jetzt überrumple, aber ich möchte euch einen Vorschlag machen.« Robert bietet mir einen freien Sessel an, auf den ich mich dankbar plumpsen lasse. In meinem Nacken kann ich Isaacs Blick spüren. Er hat seine Position neben der Tür nicht verlassen und steht somit nur wenige Schritte hinter mir. Die Haare an meinen Armen stellen sich auf. Diese Situation ist so absurd! Ich sitze gerade an einem Tisch mit den wohl bekanntesten Musikern meiner Generation.

»Hi«, begrüße ich Connor, David und Louis und hebe meine Hand für einen kurzen Gruß.

»Ich verfolge Hopes Musik schon seit einigen Wochen.« Robert stützt sich auf dem freien Sessel neben mir ab. »Sie ist wahnsinnig talentiert, und ich habe selten eine so ausgereifte und volle Stimme gehört wie ihre.« Das Kompliment lässt mein Herz Purzelbäume schlagen.

»Komm auf den Punkt, Rob«, knurrt Isaac. Ihm scheint es genau wie mir gegen den Strich zu gehen, dass wir uns gerade wiedertreffen. Und doch wurmt mich sein Verhalten, weil er beim letzten Mal anders war. Ja, er war überheblich und ein Arsch, aber er war auch irgendwie charmant. Jetzt ist er einfach nur unhöflich.

»Die Medien wissen es noch nicht, aber Isaac leidet gerade unter einer fiesen Stimmbandentzündung«, wendet sich Robert an mich. Ich sehe ihn über meine Schulter hinweg an und bin froh, dass sich Isaacs laserartiger Blick nicht mehr in mich bohrt, sondern jetzt Robert gilt. Ist Isaac deshalb so mies drauf? Weil er nicht singen kann? Verstehen könnte ich ihn. Mich wurmt es schon, wenn ich einen Tag pausieren muss, weil ich nach einer langen Schicht keine Zeit zum Spielen habe. Für Vollblutmusiker ist das Singen ihr täglich Brot.

»Wir haben bereits mehrere Termine abgesagt, aber in den nächsten zwei Monaten stehen noch ein paar Gigs an, die wir unmöglich canceln können. Die Band steht gerade an einem wichtigen Punkt in ihrer Karriere. Einem Punkt, der darüber entscheidet, wie die nächsten fünf Jahre laufen werden. Wird die Band ihren Standard halten können oder in der Versenkung verschwinden wie so viele vor ihr?«

»Wir verschwinden nicht in der Versenkung, Rob«, wirft Louis ruhig ein. Er wirkt auf mich tiefenentspannt. Ich bin mir sicher, dass den Typen nichts aus der Ruhe bringt. Irgendwie schafft er es, dass auch ich mich leicht zurücklehne.

»Noch nicht«, wirft Connor ein. Seine dunklen, nahezu schwarzen Haare bilden einen starken Kontrast zu seinen blauen Augen. In dieser Hinsicht ähnelt er Isaac, der hinter mir nur ein genervtes Schnauben ausstößt. Herrgott, ich habe ja verstanden, dass er mich nicht hier haben will.

»Eben. Noch nicht. Wenn wir alle Konzerte abblasen, kann die Sache bald anders aussehen. Ihr wisst, wie das Business läuft. Wer nicht liefert, ist schneller von der Bildfläche verschwunden, als man B sagen kann. Ich will nicht den Teufel an die Wand malen, aber nach dem Skandal um Megan müssen wir den Fans und Medien zeigen, dass es weitergeht.« Keine Ahnung, um welchen Skandal es sich handelt, und im Grunde interessiert es mich auch nicht, weil ich nur wissen will, warum ich hier bin. Bis jetzt fühle ich mich lediglich wie eine kleine Maus, die unerlaubt ein Meeting von Crashing December belauscht. Sicherlich würden Hunderte für diese Chance töten.

»Sagst du uns jetzt endlich, was *sie* damit zu tun hat?« Isaacs Worte sind wie Messerklingen, die haarscharf an mir vorbeifliegen. Ich würde mich am liebsten in Deckung bringen, aber meine Neugier ist stärker.

»Ich bin dafür, dass wir die nächsten Konzerte wie geplant durchziehen. Isaac wird, bis es seiner Stimme besser geht, an der Gitarre bleiben und Louis am Bass unterstützen. Wir brauchen also nur jemanden hinter dem Mikro.«

Mir entweicht jegliche Luft aus der Lunge. Schluckend sinke ich tiefer in das weiche Polster meines Sessels. Das hat er gerade nicht wirklich gesagt, oder? Ich träume. Anders kann ich mir das hier nicht erklären. In keinem Universum würde der Manager von Crashing December ausgerechnet *mich* als Ersatz für Isaac Walker ansehen. Ich covere verdammte Disneysongs!

Im Raum herrscht Schweigen, das von Sekunde zu Sekunde unangenehmer wird. Die Jungs sehen einander an, und am Ende ruhen alle Augenpaare auf Isaac. Alle, bis auf meines, denn ich schaffe es nicht, mich umzudrehen und ihn anzusehen.

»Das ist nicht dein Ernst, oder?« Isaac lacht, und der Spott tropft nahezu aus seiner Stimme. Ich hatte noch nie entzündete Stimmbänder, aber in meinen Ohren klingt er ziemlich normal. »Du willst mich einfach austauschen?« Isaac beginnt, im Raum auf und ab zu laufen, während mir langsam der Sauerstoff ausgeht. Diese Chance ist viel größer, als ich ertragen kann. Viel größer, als ich je zu träumen gewagt hätte. Sie ist eindeutig *zu groß* für mich. In diesen Schuhen kann ich unmöglich laufen. Crashing December füllen Hallen in Dimensionen, die mich allein bei der Vorstellung zum Zittern bringen.

»Entschuldigt mich«, murmle ich, springe auf und schnappe mir meine Sachen vom Boden. »Das ist keine gute Idee. Ich bin nicht so gut, wie Robert euch weismachen will. Ich habe keinerlei Erfahrung auf der Bühne, weil ich nur auf der Straße spiele. Und ich will auch niemanden ersetzen.«

»Warte, Hope.« Es ist Connor, der hinter mir herläuft und mir den Gitarrenkoffer aus der Hand nimmt. »Wenn du schon mal hier bist, müssen wir dich wenigstens ein paar Songs singen hören.«

Kopfschüttelnd sehe ich zu ihm auf. Er ist genau wie

Isaac ein Riese, aber neben ihm fühle ich mich nicht ganz so klein wie neben dem Bandleader.

»Zac, niemand will dich ersetzen. Es geht nur darum, den Schaden zu begrenzen, bis du wieder auf den Beinen bist.« Connor sieht ihn über meinen Kopf hinweg an.

»Und wie stellt ihr euch das vor? Wir sagen den Fans einfach, dass Crashing December jetzt eine Frontsängerin hat?«

Mir liegt bereits ein frecher Spruch auf den Lippen, den ich jedoch herunterschlucke. Ich glaube nicht, dass Isaac ein Problem damit hat, dass ich eine Frau bin, sondern damit, dass er nicht mehr selbst am Mikro stehen wird. Und ich verstehe ihn. Hätte ich eine Band, würde ich auch nicht ersetzt werden wollen. Es scheint mir nicht gerade klug von Robert, eine derartige Bombe einfach so platzen zu lassen.

»Genau das werden wir den Fans sagen. Dass du stärker denn je zurückkehren wirst, wenn du wieder fit bist. Und bis dahin könnten wir es mit Hope probieren. Ihre Stimme ist rockig, und sie wird perfekt zu euren Songs passen. Ich finde die Idee großartig.« Robert scheint große Hoffnung in mich zu legen, während ich vor Nervosität wie ein Zombie im Raum stehe und mich nicht rühren kann.

»Na ja. Ich finde die Idee auch nicht schlecht«, wirft David ein. Es ist das Erste, was er seit meiner Ankunft sagt. Etwas schüchtern sieht er zu mir auf, und seine grünen Augen funkeln warm. »Vorausgesetzt, du kannst uns alle am Mikrofon überzeugen.« Sein Gesicht ist genau wie meines von Sommersprossen übersät. Ob Isaac ihn auch Freckles nennt? Meine Lippen verziehen sich bei der Vorstellung zu einem Grinsen, das ich schnell wieder unter Kontrolle bringe.

»Ja, lasst uns der Kleinen eine Chance geben. Hast du Lust, für uns zu spielen, Hope?«, setzt Connor hinterher. Er hat meine Gitarre inzwischen wieder am Boden abgelegt. Es scheint, als würde ich nicht darum herumkommen, eine Kostprobe meiner Stimme abzuliefern. Fuck. Ich habe heute nicht mehr damit gerechnet, vor verdammten Rockstars singen zu müssen, und meine Stimme nicht vorbereitet. Wenn es hoch kommt, habe ich heute einen halben Liter Wasser getrunken, und das ist viel zu wenig, um gut abzuliefern.

»Ich werde nicht zustimmen«, wirft Isaac ein. »Egal, wie gut sie singen kann.« Wir sehen einander an, und mir bricht umgehend der kalte Schweiß aus. Bis jetzt habe ich noch keinen genaueren Blick in sein Notizbuch geworfen, weil Songtexte unheimlich intim sind. Ich würde auch nicht wollen, dass jemand meine Songs ohne meine Zustimmung liest. Es ist fast noch intimer als ein Tagebuch.

»Gib ihr wenigstens eine Chance, Zac.« Connor setzt sich für mich ein, und allein dafür möchte ich ihn gern fest umarmen, auch wenn ich immer noch im Fluchtmodus unterwegs bin. Connors Gegenwart ist mir viel lieber als Isaacs. »Robert hat recht, und wir müssen einen Weg finden, die nächsten Wochen ohne großen Schaden zu überstehen. Das hier ist unser Leben, Mann.«

»Du bringst es auf den Punkt. Es ist unser Leben, und jetzt soll irgendeine Fremde, die wir nicht kennen und von der wir nicht wissen, welche Absichten sie verfolgt, ein Teil davon sein?« In seinen eisblauen Augen kämpft es regelrecht. »Du weißt genau wie ich, dass das mächtig nach hinten losgehen kann. Wenn sie mit uns arbeitet, bekommt sie Einblicke in unsere Band, in unsere Arbeit, in unser Lebenswerk, die nichts in der Öffentlichkeit verloren haben.«

»Ich verfolge gar keine Absichten!«, zische ich Isaac empört an, weil es mir gegen den Strich geht, dass er so tut, als wäre ich nicht da. Als stünde ich nicht wenige Schritte neben ihm. Rockstar hin oder her, sein Status gibt ihm nicht das Recht, sich über mich zu erheben. »Robert kam auf mich zu, und nicht ich auf ihn.«

»Sorry, dass ich trotzdem an deinen moralischen Absichten zweifle. Du siehst mir wie jemand aus, der seine Nase gern in Dinge steckt, die ihn nichts angehen, Freckles.« Da ist er wieder. Dieser alberne Spitzname, der mich schon bei unserer ersten Begegnung rasend gemacht hat. Doch im Vergleich zum letzten Mal klingt der Name jetzt einfach nur noch herablassend. Seine Anspielung auf unsere Begegnung im Tourbus ist mir nicht entgangen, den anderen zum Glück schon.

»Wisst ihr was? Danke für das Angebot, aber ich werde auf keinen Fall mit jemandem wie ihm auf einer Bühne stehen!« Ich koche vor Wut. Am liebsten würde ich einfach Isaacs Notizbuch aus meinem Rucksack holen, ihm vor die Füße werfen und verschwinden. In der Hoffnung, nie wieder einem von ihnen zu begegnen.

Aber wenn ich jetzt zugebe, dass ich sein Buch habe, dann müsste ich auch preisgeben, dass ich bei ihnen im Tourbus war und Isaac schon einmal begegnet bin. Ich frage mich ohnehin, wieso er die Bombe bis jetzt noch nicht hat platzen lassen. Will er nicht, dass die anderen davon Wind bekommen? Dieser Kerl ist mir ein Rätsel. Beim letzten Mal hätte ich schwören können, dass er mir mit seinen flirty Sprüchen an die Wäsche wollte, und jetzt behandelt er mich wie eine Kakerlake unter seinen teuren Schuhen.

Weil er Angst hat, dass du ihm die Show stiehlst.

Weil er seine Felle davonschwimmen sieht.

Mist, ich sollte echt aufhören, mich in ihn hineinzuversetzen, denn sonst komme ich noch auf die dämliche Idee, Mitgefühl zu entwickeln.

»Gut«, presst er zwischen seinen Lippen hervor. »Dann ist dieses Meeting ja beendet.«

»Ist es nicht!« Robert massiert sich die Schläfen, sicherlich hat er schon Kopfschmerzen von Isaacs Stimmungsausbrüchen. Ich kann es ihm nicht verübeln. »Ich bin euer Manager und dafür verantwortlich, dass der Laden läuft. Ich halte den Kopf hin, wenn ihr mal wieder Scheiße baut und eure Karriere aus Leichtsinn aufs Spiel setzt.« Auch wenn ich in meinem Leben keine Autoritätsperson kenne, weil ich ohne Eltern aufgewachsen bin, fühle ich mich in Roberts Nähe auf einmal wie ein Kind. Als hätte er dieses Machtwort zu mir gesprochen.

»Hope? Ich bitte dich, Isaac und uns eine Chance zu geben. Sing zwei, drei Songs für uns, und dann reden wir weiter.«

Ich bin hin- und hergerissen: Auf der einen Seite will ich diesen testosterongesteuerten Kindergarten sofort hinter mir lassen, aber auf der anderen Seite ist das Angebot viel zu verlockend, um es auszuschlagen.

»Was springt für mich dabei raus?« Ich sehe Robert an und blende alle anderen um mich herum aus.

»Über das Geld können wir später noch reden, aber du wirst sehr gut verdienen. Wir würden die Gagen für die Auftritte durch fünf teilen. Ein Fünftel ginge direkt an dich.« Diese Info muss ich erst einmal verdauen. Ein fucking Fünftel? Ich kann nur erahnen, wie viel die Band pro Gig bekommt, und bei der bloßen Vorstellung von so viel Geld wird mir schwindelig.

Noch nie war ich dem Ausweg aus unseren Schulden so nah wie in diesem Augenblick. Noch nie habe ich eine Chance wie diese bekommen. Noah und ich sitzen bald auf der Straße, und wer weiß, wie unser Leben dann in einem halben Jahr aussieht. Ja, der Job bei Starbucks verschafft mir ein solides Einkommen, aber das reicht auf Dauer nicht für uns beide. Also fasse ich einen Entschluss. »Okay«, entweicht es mir leise. »Okay, ich werde euch zeigen, was ich draufhabe.«

Kapitel 8

Isaac

Die letzten Tage sind eine Aneinanderreihung von Albträumen gewesen. Und heute setzt unser Manager diesem Haufen aus Scheiße die Krone auf, indem er uns vor vollendete Tatsachen stellt.

Ich habe Hope erst erkannt, als sie sich zu mir umgedreht hat, und fast wäre mir ein überraschtes »Du?« herausgerutscht, aber ich habe es heruntergeschluckt. Keine Ahnung, wieso ich nicht will, dass die anderen von unserer seltsamen Begegnung Wind bekommen. Immerhin hätte ich Hope damit sofort in die Pfanne hauen können. Eine kleine Notlüge hier, eine an den Haaren herbeigezogene Story da, und Robert würde sie nicht gerade in unsere heiligen vier Wände – die Aufnahmekabine – führen.

Er will sie tatsächlich hinters Mikrofon stellen. Eigentlich habe ich nichts gegen Veränderungen, weil sie eine gewisse Frische in die Band und die Musik bringen, aber das? Ich habe Crashing December vor Jahren in meiner verranzten

Einzimmerwohnung gegründet, und jetzt werde ich aufs Abstellgleis verwiesen. Weil ich nicht mehr abliefere.

Ich habe dir von Anfang an gesagt, dass Musik nichts für dich ist. Und jetzt heulst du wie eine Tussi, weil du ersetzt wirst? Erbärmlich.

Die Stimme meines Vaters ist seit dem vergeigten Auftritt ein steter Begleiter meines Alltags. Meistens bekomme ich sie nur mit Alkohol zum Schweigen. Was für eine Ironie des Schicksals, hm?

Ich lehne mich wieder gegen die Wand und fahre mir mit der Hand über das Gesicht, während die anderen am Mischpult stehen und gebannt darauf warten, dass Hope für uns singt. Als ich sie zum ersten Mal gesehen habe, dachte ich ehrlich gesagt nur daran, wie der Körper aussieht, den sie unter diesen seltsamen Klamotten versteckt hält. Aber gleich lerne ich etwas viel Intimeres als ihre Kurven kennen: ihre Stimme. Gleichzeitig spiegelt sie mir, was ich gerade nicht leisten kann. Ich war selten so abgefuckt wie in diesem Moment.

Um bloß nicht ihrem Blick zu begegnen, starre ich Löcher in den grauen Teppichboden. Robert tritt aus der Aufnahmekabine heraus, gesellt sich zu Connor, Louis und David und gibt Hope ein Zeichen. Anschließend stellt er die Sprechanlage an, damit sie seine Anweisungen hört.

»Kannst du direkt einen unserer Songs probieren?«

Seine Frage lässt mich auflachen. Sollte sie unsere Songs nicht beherrschen, wüsste ich nicht, wie sie für mich einspringen könnte.

»Ich kann es versuchen. Wie wäre es mit ›November Nights‹?« Beim Namen unseres Fanlieblings zieht sich mein

Brustkorb zusammen, und mein Herz wird schwer. Denn ich weiß, dass es nur eine Möglichkeit gibt, dieses Drama abzuwenden: indem ich wieder selbst das Mikro in die Hand nehme. Wer hätte gedacht, dass mir der Gedanke ans Singen einmal Magenschmerzen bereiten würde?

»Versuch es einfach. Wenn du Unterstützung brauchst, wir sind da.« Während Robert sich auf den Drehstuhl fallen lässt, betritt David die Kabine und reicht Hope die Lyrics von »November Nights«. Halb London kann den Songtext im Schlaf, und sie braucht einen Spickzettel.

Siehst du, wie dumm diese Idee ist, Robert? Das hier ist ein fucking Griff ins Klo.

»Danke.« Hope schenkt David ein Lächeln, das mir sauer aufstößt. Ich weiß, wie unfair ich mich ihr gegenüber verhalte, immerhin ist dieser Plan nicht auf ihrem, sondern Roberts Mist gewachsen, aber vertrauen kann ich ihr trotzdem nicht. Ich kenne die Kleine nicht. Weiß weder, wo sie herkommt, noch was für eine Art Mensch sie ist. Ich bin schon einmal heftig auf die Fresse gefallen und musste mit den Konsequenzen leben, aber damals hat es nur mich betroffen und nicht die ganze Band und unser gigantisches Team.

Hope räuspert sich hinter der Glasscheibe und sieht sich noch einmal fasziniert in unserem Studio um. Hinter ihr stehen verschiedene Midi-Keyboards, Bass- und E-Gitarren und Connors Schlagzeug. Man sieht ihr an, dass sie noch nie in einem Studio gestanden hat. Und dann soll sie direkt vor zwanzigtausend Menschen auftreten? Dieser Schuss kann nur nach hinten losgehen.

Hope knetet nervös ihre Hände, während ich meinen

Blick über ihren zierlichen Körper wandern lasse. Sie trägt ein schwarzes Oversize-Shirt, das ihr bis zu den Knien reicht, und dazu eine zerrissene schwarze Strumpfhose, die man kaum noch als solche durchgehen lassen kann. Die beiden Möpse auf ihrem Shirt – und damit meine ich die Hunderasse und nicht ihre Titten – verleihen dem Outfit einen eigenwilligen Touch.

»Dann leg mal los, Hope.« Robert wippt nervös mit dem Knie. Warum ist es ihm so verflucht wichtig, dass diese Frau abliefert? Ist ja nicht so, als wäre sie die einzige Künstlerin in ganz London. Es wimmelt in der Stadt vor begabten Musikern, aber irgendwie lässt mich das Gefühl nicht los, dass er nur sie will.

Connor nimmt ein paar Einstellungen an den Computern vor, und Sekunden später wird die Akustik-Instrumentalisierung von »November Nights« abgespielt. Hope setzt sich die Kopfhörer auf und schließt für einen Moment die Augen. Ihr blonder Pony reicht ihr beinahe bis zu den Wimpern, und ich erinnere mich daran, dass ich im Bus das starke Bedürfnis verspürt habe, ihr diesen Pony zur Seite zu streichen, damit sie freie Sicht hat. Auf mich.

Sie verpasst den Einsatz um wenige Sekunden, aber dann …

Dann singt sie.

Und wie sie singt. Hope hat eine einzigartige Stimme, die ich so noch nie gehört habe. Sie verschmilzt mit den Tönen unseres Songs, als wäre er ihr auf den Leib geschrieben worden, und füllt ihn mit Leben.

Man merkt, dass sie textlich des Öfteren stolpert, aber

ihre Leistung ist trotzdem fernab dieser Welt. Eine Gänsehaut bildet sich auf meinen Armen, die ich am liebsten dorthin zurückschicken würde, wo sie hergekommen ist. Aber ich kann nichts dagegen machen. Ihre Stimme elektrisiert mich.

Hopes Stimme hat einen rockigen Touch, der perfekt zu »November Nights« passt, und als sie im Refrain nahezu ihre komplette Range unter Beweis stellt, grabe ich meine Nägel tief in die Handballen. *Fucking hell.* Ich dachte mir schon, dass sie gut sein würde, sonst hätte Robert sie nicht herbestellt. *Aber das?*

Ich brauche ein Ventil für dieses schäbige Gefühl, das sich gerade wie eine Welle in mir ausbreitet: Neid. Ich bin neidisch auf einen kleinen blonden Gartenzwerg, der mir die Show stiehlt. Na wunderbar. Das ist er wohl, der große Fall des Isaac Walker. Und mein Vater wird mir – wo auch immer dieser Pisser gerade steckt – freudig dabei zusehen.

Mein Blick huscht zu den anderen. Alle starren sie an, als stünde Lady Gaga höchstpersönlich in unserer Kabine. Das Schlimmste daran? Ich verstehe ihre Obsession. Ein verdammter Song reicht, um Hopes Talent zu erkennen. Sobald sie das Lied beendet hat, klatschen meine Kollegen, und ich sehe aus dem Augenwinkel, dass Robert am liebsten von seinem Stuhl aufspringen und direkt den Vertrag aufsetzen würde.

»Wie war das?« Hope reißt sich die Kopfhörer herunter, und Connor schaltet wieder die Sprechanlage an. »Das war grandios, Hope. Du musst bei den langen Tönen noch stärker auf deine Atmung achten. Ich bin mir sicher, da ist noch

Luft nach oben.« Dasselbe ging auch mir durch den Kopf. Connor ist der Einzige aus unserer Band, der ebenfalls Gesangserfahrung hat, wenn auch bei Weitem nicht so viel wie ich. Nachdem mein Erzeuger das Weite suchte, hat Mom mich sofort in einer Musikschule angemeldet, und seitdem ist kein Tag vergangen, an dem ich nicht gesungen habe. Bis auf die letzten zwei Wochen …

»Danke.« Hopes Augen beginnen zu strahlen, während ich am liebsten mit der Wand in meinem Rücken verschmelzen würde. Robert bittet Hope, zwei weitere Songs zu spielen, dieses Mal von unserem Erfolgsalbum *Ruined Hearts*. Und wieder liefert Hope ab, als würde ihr ganzes Leben in diesen Songs stecken.

Während sie eine eigene Interpretation von »Lonely« zum Besten gibt, gesellt sich Connor an meine Seite. Sein Blick ist mitfühlend, aber gerade möchte ich dieses Mitleid nicht haben. Am allerwenigsten von ihm. Er weiß, wieso ich so allergisch auf Hope reagiere, und trotzdem hat er zugelassen, dass Robert seinen Willen durchsetzt und mich übergeht.

»Sie ist gut.« Er lehnt sich an die Wand neben mir und sieht zum Rest unserer Band hinüber. »Ich weiß, dass du es nicht willst, und glaub mir, ich verstehe dich, Mann. Ich verstehe dich sogar besser, als du denkst. Aber einen Versuch ist es wert, meinst du nicht? Nur, bis du wieder voll da bist.«

»Was, wenn ich nie wieder voll da sein werde?«, presse ich hervor und spreche damit aus, was mich seit dem Auftritt vor zwei Wochen bei jedem Schritt begleitet. »Was, wenn diese Scheißblockade bleibt?« Meine Hände zittern bei der bloßen Vorstellung daran, nie wieder hinter dem Mikro zu stehen.

»Wird sie nicht.« Connor wirkt fest entschlossen, während ich mich so hoffnungslos fühle wie noch nie.

»Das hier könnte uns alle die Köpfe kosten. Wie könnt ihr dieser Fremden einfach euer Vertrauen schenken? Hast du vergessen, was Bailey damals getan hat?« Allein, ihren Namen auszusprechen, kostet mich Überwindung. Ich habe lange nicht an sie gedacht. Genau genommen, bis Hope aufgetaucht ist. Etwas in ihrem von Sommersprossen gespickten Gesicht und dem herausfordernden Funkeln in ihren Augen erinnert mich an sie. Es ist, als müsste ich diese Abneigung gegen sie haben, weil es der natürlichen Ordnung in meinem Leben entspricht. Die kleinsten Menschen richten in meinem Leben das größte Chaos an, so war es schon immer.

»Ich hab es nicht vergessen. Sollten wir das hier durchziehen, wird Robert einen wasserfesten Vertrag aufsetzen. Sie wird uns nicht verarschen können, Zac. Nur über meine Leiche.«

Im Hintergrund sehe ich, wie Hope ihre kleine Gesangsprobe beendet und freudestrahlend aus der Kabine tritt. Louis klatscht mit ihr ein, während Robert seine Hand väterlich auf ihre Schulter legt und ihr gut zuspricht. Diese Rolle hat er anfangs auch bei uns eingenommen, doch inzwischen befinden wir uns mehr auf Augenhöhe miteinander. Zumindest dachte ich das, bis er uns heute wie ein verdammter Panzer überrollt hat. Wir hätten das Ganze abstimmen müssen, bevor er durch London zieht und wahllos Straßenmusiker aufsammelt.

»Du weißt, dass wir keine andere Wahl haben.« Connors Hand streift meine Schulter.

»Hm.« Mehr kriege ich nicht heraus, auch wenn es eine Stimme in meinem Kopf gibt, die sagt, dass er recht hat. Diesem Kerl würde ich blind ins Feuer folgen, und wenn er behauptet, dass wir es hinkriegen, will ich ihm glauben. Ich begegne Hopes Blick, und ein Schauer überkommt mich. Ihre sonst vollen Lippen sind zu einer schmalen Linie verzogen, und wie auf Knopfdruck werden ihre Augen zu Schlitzen.

Ich stoße mich von der Wand ab, gehe entschlossen auf sie zu und baue mich vor ihr auf. Doch anstatt sich kleiner zu machen oder den Kopf zu senken, strafft sie ihre Schultern und plustert sich auf, als wäre sie ein stolzer Pfau. Eier hat sie, das muss man ihr lassen.

Ich hebe vier Finger meiner rechten Hand. Ihr Blick fällt auf meinen schwarzen Siegelring mit den Initialen unseres Bandnamens. »Vier Wochen«, sage ich und merke, wie schwer mir diese Worte über die Lippen kommen. »Du bekommst vier Wochen von uns, um dich zu beweisen. Sollte es nicht klappen, bist du raus. Wir werden nicht mit dir auftreten, solange wir uns nicht sicher sein können, dass du ablieferst.«

Hope tritt etwas dichter an mich heran. Sie riecht gut, nach Himbeeren.

»Es wird klappen.« Sie klingt so fest entschlossen, dass es einen Teil in mir gibt, der sie für diese Sicherheit bewundert. Andere Künstler mit ihrer Erfahrung hätten hinter dem

Mikro vor Lampenfieber gezittert, aber sie wurde mit jedem Ton nur souveräner.

»Die Jungs beziehen ab Montag ein Haus am Stadtrand, um sich ohne Ablenkung auf die Produktion des neuen Albums und die kommenden Auftritte vorbereiten zu können. Ich denke, du solltest dabei sein, damit ihr euch einspielen könnt. Ihr müsst jede Sekunde in diesen vier Wochen nutzen.«

Ich schnappe nach Luft. Die Vorstellung, diesen Gartenzwerg Tag und Nacht um mich zu haben, gefällt mir nicht. Und ihrem Blick nach zu urteilen, gefällt es ihr ebenfalls nicht. Immerhin das haben wir gemeinsam. Das ist ein Anfang, oder?

»Ich habe noch ein paar Bedingungen, bevor ich zustimme.« Hopes Augen blitzen gewieft auf, während sie unseren Manager taxiert.

Es überrascht mich, wie gerissen die Kleine ist. Wir präsentieren ihr die Chance ihres Lebens auf dem Silbertablett, und sie hat den Arsch in der Hose, Forderungen an uns zu stellen?

»Ich will eine Vorschusszahlung. Außerdem muss mich mein Bruder in dieses Haus begleiten dürfen. Ohne ihn gehe ich nirgendwohin.«

»Das lässt sich bestimmt regeln«, erwidert Robert charmant. Ich weiß, dass er sie unbedingt im Team haben will. Vermutlich würde er ihr sogar den Hintern pudern, damit sie seinem Angebot zustimmt.

»Haben wir dann einen Deal?« Robert hält ihr seine Hand hin.

Hope lässt mich nicht aus den Augen, während sie mit ihrer zierlichen Patschehand mit Robert einschlägt.

»Deal«, sagt sie und legt ihren Kopf schief, um mir ein heuchlerisches Grinsen zu schenken.

Und in diesem Moment besiegeln sie meinen Untergang.

Kapitel 9

Hope

Letzte Nacht habe ich kaum ein Auge zubekommen. Viel zu aufgedreht war ich nach dem Termin mit der Band und dem anschließenden Gespräch, das ich mit dem Manager unter vier Augen geführt habe. Er hat mir ans Herz gelegt, Isaac eine Chance zu geben, aber wenn ich ehrlich bin, ist meine Zündschnur in seiner Nähe ziemlich kurz. Keine Ahnung, wie wir die kommenden Wochen überstehen sollen, ohne uns gegenseitig an die Gurgel zu gehen, aber ich werde es wohl herausfinden müssen.

Genau aus diesem Grund bereitet mir der Anblick dieses schicken Stadtrandhauses Magenschmerzen. Ab wann zählt ein Haus eigentlich als Villa?

Ich schirme meine Augen vor der heute beißend grellen Sonne ab und blicke zu dem weißen Haus mit den Säulen am Eingang. Der weiße Kies unter meinen Chucks knirscht, während ich durch den Vorgarten laufe.

Im Haus gibt es ebenfalls ein Aufnahmestudio, das genauso gut ausgestattet sein soll wie das, in dem ich gestern stand und dessen Duft ich wohl nie wieder aus meinem Gedächtnis bekommen werde. Wenn Erfüllung einen eigenen Geruch hat, dann bin ich ihm gestern zum ersten Mal begegnet.

Ich nehme eilig die drei Treppenstufen, trete an die große anthrazitfarbene Haustür heran und drücke auf die Klingel. Robert hat mich für diese Uhrzeit hergebeten, doch als die Tür aufgeht und mich schokoladenbraune Augen mit verdammt langen Wimpern anstarren, runzle ich die Stirn. Die Frau lugt misstrauisch durch den kleinen Türspalt. Ihr Blick wandert hektisch von links nach rechts, als wäre jemand hinter ihr her. Oder als stünde ein Serienkiller auf freiem Fuß mit einer Axt hinter mir.

»Hat dich jemand gesehen?« Ihre Stimme klingt gehetzt und ziemlich jung. Schätzungsweise könnte sie in meinem Alter sein.

»Jemand gesehen?«, wiederhole ich den letzten Teil ihrer Frage verwirrt.

»Paparazzi?« Wieder schießt ihr Blick von einer Seite zur anderen, und als ich den Kopf schüttle, öffnet sie die Tür etwas weiter, greift nach meinem Arm und zieht mich ins Innere des Hauses. Jap, definitiv fällt diese Bude in die Kategorie Villa. Die Frau schließt die Tür hinter mir, schiebt zwei Riegel vor und atmet erleichtert aus.

»Sorry, falls das gerade komisch rüberkam.« Jetzt klingt sie wie ein anderer Mensch. Aufgeschlossen, fröhlich. Ich drehe mich zu ihr um und werde Sekunden später in eine herzliche Umarmung gezogen. Normalerweise mag ich es nicht, fremde Leute zu umarmen, aber bei ihr geht es seltsamerweise.

»Bis jetzt haben die Geier dieses Haus noch nicht auf dem Schirm, und ich hoffe, dass es so bleibt. Für alle Beteiligten.« Die Geier sind scheinbar die Paparazzi. Jetzt verstehe ich, wieso Robert dieses Haus gemietet hat und wieso die Jungs hier ihr neues Album aufnehmen sollen. In der Innenstadt werden sie bestimmt auf Schritt und Tritt von Kameras verfolgt.

»Kein Problem.«

»Ich bin Megan. Der Gitarre auf deinem Rücken nach zu urteilen, musst du Hope sein, richtig?« Sie streicht ihren grauen Schlabberpulli glatt und bindet sich ihre schwarze Mähne zu einem hohen Zopf zusammen. Sie ist schwarz, zierlich und die wohl schönste Frau, der ich jemals begegnet bin. Ihr Name sagt mir etwas, aber der Funke will einfach nicht überspringen.

»The one and only«, antworte ich und versuche, mich nicht von all den Eindrücken erschlagen zu lassen. Vor einem Tag hat sich mein Leben noch um seltsame Kaffeekreationen im Starbucks gedreht, und jetzt stehe ich in einer Bude, in der jemand wie Elton John seinen London-Urlaub verbringen würde. Ich fühle mich wie Cinderella, nur in der Straßenkünstler-Edition.

»Robert wollte dich eigentlich in Empfang nehmen, aber ihm kam ein wichtiger Termin mit dem Label dazwischen, weshalb er nicht persönlich da sein kann. Aber keine Sorge, wir zwei kriegen das auch hin. Und zur Not ist Isaac auch noch da.« Isaac ist schon hier? Robert meinte, dass die Band erst Anfang der Woche hier eintreffen würde, und so habe ich nicht damit gerechnet, ihm heute zu begegnen. Hätte ich das gewusst, hätte ich mir schon mal ein paar fiese Konter überlegt. In die Höhle eines Löwen sollte man schließlich niemals unbewaffnet gehen. Und Isaac Walker ist ein besonders ungezähmtes Exemplar. Er ist definitiv eher Typ Scar. Hinterhältig und großkotzig.

»Kann ich meine Gitarre hier abstellen?« Ich deute auf den Platz am Ende der schicken weißen Wendeltreppe, die in den zweiten Stock dieses lichtdurchfluteten Hauses führt.

»Klar, mach dich hier ruhig breit. Ich bin ehrlich gesagt froh, dass hier bald mehr los ist. War ganz schön einsam die letzten Tage.«

»Wie lange bist du denn schon hier?« *Und wieso?*

»Seit dem Vorfall.« Sie schürzt ihre Lippen, während sie mich in das angrenzende Wohn- und Esszimmer führt, das mit seinem schlichten, hellen Mobiliar sehr minimalistisch wirkt. Die Wände sind weiß, und auch wenn ich eher auf ein bisschen Farbe bei Inneneinrichtungen stehe, wirkt nichts hier drin steril oder unpersönlich. Nur eben ordentlich und … ruhig? Bei uns zu Hause fliegen überall Fast-Food-Flyer, Briefe, Socken und Notenblätter herum, während man hier vom Boden essen könnte.

»Ah, der Vorfall.« Ich sage es so, als wüsste ich, wovon sie spricht, und mache mich damit komplett zur Idiotin. Megan fährt mit ihren schwarz lackierten Nägeln über die Lehne des weißen Sofas und grinst mich an. »Du weißt nicht, wovon ich rede, oder?«

»*Nope*. Keinen blassen Schimmer. Und wenn ich ganz

ehrlich sein soll, weiß ich auch nicht, wer du bist.« Ich versuche, nicht unhöflich zu klingen, und Megans entspanntem Gesichtsausdruck nach zu urteilen, gelingt es mir auch.

»Du rettest mir mit deiner Unwissenheit gerade den Tag, Süße. Echt jetzt.«

»Ach ja?« Meine Mundwinkel zucken, während ich mich weiter in dem hellen Raum umsehe, der die perfekte Vorlage für einen Designer-Katalog abgibt.

»Ich bin Isaacs Schwester.« Megan lässt sich auf die Lehne des Sofas fallen und überkreuzt die Beine in den hautengen schwarzen Leggings. »Stiefschwester, um genau zu sein. Seine Mom ist vor ein paar Jahren mit meinem Dad zusammengekommen. Und ja, du rettest mir den Tag, indem du das sagst. Weil es bedeutet, dass nicht jeder Mensch in ganz London meinen nackten Hintern gesehen hat.« Okay, jetzt weckt sie langsam meine Neugier. »Du bist doch aus London, oder?«

»*Born and raised*«, erwidere ich und würde hinter das »*raised*« gern ein »*by myself*« setzen. Nach Moms Tod gab es schließlich niemanden, der mich großgezogen hat. Grandma war zwar irgendwie da, aber nie so richtig präsent. Die meiste Zeit hat sie vor dem Fernseher oder am Telefon verbracht, um ihre Rente beim Teleshopping zu verprassen.

»Also ich kenne deinen Hintern nicht, aber die Story dahinter interessiert mich jetzt schon.« Ich lehne mich gegen den ovalen Esstisch aus Glas und sehe zu Megan auf dem Sofa hinüber.

»Vor zwei Wochen hat die gesamte Boulevardpresse darüber berichtet. Du scheinst den Klatschblättern nicht zu folgen, was?«

»Ich hasse Klatschblätter.« Schulterzuckend zeichne ich mit dem Daumen kleine Kreise über das Glas des Tisches. »Die meisten Sachen dadrin sind eh total an den Haaren herbeigezogen.«

»Meine Story war leider nur zum Teil gelogen. Ich hatte auf einem der Konzerte im Backstagebereich ein bisschen Spaß mit einem Typen. Dieser Wichser hat mich reingelegt, unser kleines Abenteuer gefilmt und die Aufnahmen an die Presse verkauft. Keine Ahnung, wie viel er dafür kassiert hat, aber am nächsten Tag waren die Medien voll von mir. Na ja, und von meinem nackten Hintern.«

»Scheiße!«, platzt es aus mir heraus. Augenblicklich fühle ich mich mies, auch wenn ich nichts falsch gemacht habe. »Das tut mir leid.« Ich will mir gar nicht ausmalen, wie es sich anfühlen muss, wenn die Presse einen so an den Pranger stellt.

»Das muss es nicht. Reicht schon, dass die Jungs mich seitdem wie ein rohes Ei behandeln.« Ich nicke verständnisvoll, auch wenn ich nur erahnen kann, wie sie sich fühlen muss. Ich wurde noch nie in meinem Leben wie ein rohes Ei behandelt.

»Und wegen dieser Sache wohnst du hier? Ganz allein?« Die Vorstellung, ohne Gesellschaft in einer so großen Bude zu leben, gefällt mir nicht.

»Gezwungenermaßen, ja. Die Paparazzi haben meine Wohnung in Woodfield belagert, und es war nicht mehr sicher für meine Kleine und mich.«

»Du hast eine Tochter?«, mutmaße ich. Ich weiß nicht, was Megan an sich hat, aber ich könnte mich auch stundenlang mit ihr unterhalten, obwohl ich aus einem ganz anderen Grund hier bin. Könnte daran liegen, dass ich kaum Kontakt zu Frauen in meinem Alter habe und bei den meisten eher anecke, weil sie mit meiner direkten Art nicht klarkommen. Megan hingegen strahlt etwas Warmes, nahezu Schwesterliches aus. Sie ist cool.

»Ihr Name ist Heather. Du wirst sie ganz bald kennenlernen. Isaac versucht gerade, sie ins Bett zu bringen. Mittagsschlaf und so.« Bei der Erwähnung ihres Bruders sinkt meine Körpertemperatur wie auf Knopfdruck ab, als hätte man die Klimaanlage angestellt. Immerhin scheint das Haus groß genug zu sein, um ihm in den nächsten Wochen aus dem Weg gehen zu können. Sonst würde es sicher bald eine neue Schlagzeile geben: *Isaac Walker mit eigener Gitarre vermöbelt.*

»Aber genug von mir, ich zeig dir erst mal den Rest des Hauses und – ganz wichtig – dein Zimmer.«

Megan steht vom Sofa auf, reicht mir ihre Hand und wartet darauf, dass ich ihr folge. Während sie mich durch das Haus führt und mir erklärt, wo sich die Badezimmer befinden – es gibt vier Stück –, drifte ich in Gedanken immer weiter ab. Wie soll ich Noah dazu bewegen, hier mit mir einzuziehen?

Mein kleiner Bruder verabscheut Dekadenz, und dieses Gebäude schwimmt förmlich darin. Aber wenn er hier ist, kann ich ihn wenigstens im Auge behalten.

»Das ist das Tonstudio. Hier nimmt die Band dieses Jahr

das neue Album auf, und hier kannst du in den nächsten Wochen proben.« Megan öffnet eine graue Tür und verschafft mir somit freien Blick auf einen kleinen Aufnahmeraum, der zwar nicht ganz so magisch ist wie der von gestern, aber meinen Bauch trotzdem zum Kribbeln bringt. Nachdem ich mir das Zimmer inklusive High-End-Ausstattung genauestens angesehen habe, führt Megan mich schließlich in die zweite Etage zu den Schlafräumen. »Ich bin dir übrigens wahnsinnig dankbar, dass du für meinen Bruder einspringst, bis er wieder auf den Beinen ist. Irgendwie fühle ich mich schuldig deshalb.«

»Schuldig? Du kannst doch nichts für seine Stimmbandentzündung«, erwidere ich perplex und folge ihr die Treppe hinauf. Sie stockt in ihrer Bewegung und räuspert sich, als hätte ich ein Thema angesprochen, das sie lieber nicht vertiefen würde.

»Ja, ja, ich weiß. Aber dieser Skandal geht auf meine Kappe und betrifft die ganze Band. Ich denke, dass es seiner Genesung nicht gerade guttut, wenn sich die Medienwelt zusätzlich auf seine gesundheitlichen Probleme stürzt.« Irgendetwas sagt mir, dass sie gerade nicht ganz ehrlich zu mir ist, aber ich komme nicht dazu, es weiter zu analysieren, weil wir unterbrochen werden.

»Meg, ich glaube, wir haben einen Code Braun! Scheiße, das ist einer der ganz üblen Sorte!« Isaac taucht mitten im Gang auf, und würde ich ihn nicht mit eigenen Augen sehen, würde ich schwören, dass dieser Typ nichts mit dem Griesgram gemeinsam hat, der mich gestern mit seinen Blicken in den Boden stampfen wollte. Seine Stimme klingt viel klarer, fröhlich und unbeschwert. Mein Blick klettert an seinen Beinen in der schwarzen Jogginghose hoch, bleibt etwas zu lang an dem schmalen Streifen Haut zwischen Hose und Shirt hängen, der sein Sixpack freigibt, und landet schließlich in dem wohl süßesten Gesicht, das ich je gesehen habe. Und das gehört nicht ihm, sondern dem Baby, das er wie Simba in unsere Richtung hält. *Code Braun*, verstehe.

»Sicher, dass sie nicht nur gepupst hat? Sie hat erst vor einer Stunde eine Mordsbombe gelegt!« Megan tritt auf ihren Bruder zu, drückt dem Mädchen in dem beigen Strampler einen Kuss auf die Wange und riecht anschließend an ihrer Windel.

»O mein Gott!« Sie hält sich ihre Nase zu, und auch ich rieche es inzwischen. »Das ist echt übel.« Mehr als das. Ich stehe in einem richtigen Kacknebel. Da ich schon früh angefangen habe, Noah zu wickeln, ist mir dieser Geruch mehr als vertraut.

»Sag ich doch! Kein Wunder, dass sie nicht einpennen wollte. Da hätte ich ihr auch noch zehnmal das Buch über den Mond vorlesen können. Sie hat sich vermutlich bis zum Hals vollgeschissen.« Megan nimmt Isaac die Kleine ab, und sein Blick fällt auf mich. Als hätte jemand einen Schalter umgelegt, wird seine Miene augenblicklich ernst, und die Leichtigkeit verschwindet. Seine blaugrauen Augen erinnern mich an einen Gletscher. Wunderschön und zur selben Zeit unfassbar gefährlich, weil man keinen Grip unter den Füßen hat. Eine falsche Bewegung, und man bricht sich beim Herunterfallen die Knochen. Oder das Herz, wenn man so dumm ist, es ihm anzuvertrauen. Sicherlich hat Isaac Walker schon etliche Frauenherzen auf dem Gewissen.

Ich hebe meine Hand zur Begrüßung und wahre so viel Abstand, wie es der schmale Flur hier oben zulässt.

»Was macht sie hier?« Isaac sieht mich zwar an, richtet das Wort aber an seine Schwester. *Ich stehe direkt vor dir, du Blödmann!*

»Robert wollte ihr das Haus zeigen, aber ihm kam der Termin mit Best Records dazwischen. Hat er dir nicht Bescheid gesagt?«

Isaac schüttelt den Kopf, während ich mir am liebsten meine Gitarre schnappen und das Weite suchen würde. Aber diese Genugtuung werde ich diesem Mistkerl nicht gönnen. Mir ist klar, dass sein Ego unter der Bandentscheidung leidet, aber ich bin nicht hier, um ihm irgendetwas wegzunehmen. Ich bin hier, weil Robert mich gebeten hat und ich das Geld mehr als dringend brauche. Seinen Erfolg kann er sich gern in den Allerwertesten schieben. Sobald seine Stimme wieder fit ist, bin ich weg, und wir werden uns nie wiedersehen. Das hier ist also nur ein temporäres Übel. Für uns beide.

»Entschuldigt mich, aber ich muss mich dringend um das Windelchaos kümmern, bevor sich der Gestank in die Wände frisst. Ich hab ihr eigentlich schon alles gezeigt, fehlt nur noch das Zimmer, in dem sie schläft.« Megan wirft mir ein warmes Lächeln zu. »Ich würde mich übrigens freuen, wenn du hier einziehst, Hope. Ein bisschen Frauenpower kann bei dem ganzen Testosteron nicht schaden.«

Das kleine Mädchen mit den dichten schwarzen Haaren und den treuen braunen Augen winkt mir unbeholfen, und mein Herz erweicht sofort. Ich winke zurück, woraufhin es ein süßes Lachen ausstößt und beginnt, an Megans Haaren zu ziehen, die sich aus ihrem Zopf gelöst haben. Sekunden später bin ich mit Isaac allein auf diesem viel zu engen Flur und fühle mich wie ein Schaf, das zur Schlachtbank geführt wird.

»Also?« Ungeduldig verschränke ich die Arme vor der Brust. »Zeigst du mir jetzt das Zimmer, oder willst du mich weiterhin anstarren und hoffen, dass ich mich in Luft auflöse?« Ich gehe zwei Schritte auf ihn zu, um keine Schwäche zu zeigen. »Spoiler: Ich werde nicht verschwinden.«

Isaacs Schulter lehnt inzwischen an der Wand, direkt neben einer offen stehenden Tür, hinter der ich mein Zimmer vermute. Sein weißes Shirt spannt an seinen Oberarmen und betont seine gebräunte Haut. Scheinbar kommt er viel in sonnigen Gegenden rum, denn diese Bräune hat er sicher nicht aus London. Ich bin im Vergleich zu ihm ein richtiger Weißkäse.

Isaacs Blick bohrt sich in mich wie ein Pfeil. »Du willst es also wirklich durchziehen?«

»Was?«

»Du weißt genau, was ich meine. Dich hier einnisten«, presst er zwischen zusammengebissenen Zähnen heraus.

»Ich niste mich nirgendwo ein. Keine Ahnung, ob du es noch nicht mitbekommen hast, aber der Rest deiner Band will mich dabeihaben. Wir können das hier einfach wie zivilisierte und erwachsene Menschen hinter uns bringen, oder wir kratzen uns die Augen aus. So oder so werde ich diesen Job annehmen.«

Isaac starrt meinen Mund an, als könnte er nicht glauben, was ich gerade gesagt habe. Was hat er denn erwartet? Dass er mich mit seinem blöden Verhalten in die Flucht geschlagen hat? Er hat keine Ahnung, wie weit ich gehen würde, um meinen Bruder aus dem Sumpf zu ziehen. Ein arroganter Rockstar ist auf dem Weg dorthin nur eine kleine Hürde, die ich ohne Probleme nehmen werde. Wenn ich will, kann ich mir dabei sogar die Zehennägel lackieren.

»Dein Zimmer.« Er deutet auf den Raum zu seiner Linken, doch als ich an ihm vorbeigehe, um das Zimmer in Augenschein zu nehmen und der Situation zu entfliehen, macht er mir einen Strich durch die Rechnung. Sein Arm schnellt hervor und stützt sich so am Türrahmen ab, dass ich nicht durchkomme, ohne ihn berühren zu müssen. Der Gestank von Heathers vollgemachter Windel hat sich inzwischen verflüchtigt, dafür ist Isaacs Duft umso penetranter. Er riecht teuer, männlich und absolut toxisch.

»Ich habe im Internet nach dir gesucht.« Er sieht von der Seite auf mich herab, und ich straffe ganz automatisch meine Schultern, um abwehren zu können, was auch immer jetzt kommt. »Du bist gut, Freckles. Deine Technik ist ausbaufähig, aber dein Talent ist einmalig. Ich verstehe, wieso Robert dich will.« Wow, macht er mir gerade echt ein Kompliment? »Trotzdem kannst du das hier nicht mit deinen süßen Auftritten auf der Straße vergleichen, bei denen du Disneysongs coverst.« Die steile Falte zwischen seinen Brauen wird tiefer, sein Blick dunkler. Aus der Nähe sieht er noch viel besser aus. Ich bin noch nie einem Kerl begegnet, der so schöne, dichte Wimpern hat wie er.

»Dessen bin ich mir bewusst.« Ich zeige ihm nicht, dass er einen wunden Punkt in mir getroffen hat. Für die Welt da draußen bin ich lediglich das blonde kleine Mädchen, das Disneysongs singt, weil es sich in eine verdammte Märchenwelt träumt, um seiner Realität zu entkommen.

Wieder fällt mir die feine Narbe an seinem Hals auf, und beinahe bin ich gewillt, ihn danach zu fragen. Ich habe mich schon immer für die Geschichten meiner Mitmenschen interessiert, habe mehr in ihnen gesehen, als sie preisgeben wollten. Aber die Geschichte hinter Isaac Walker sollte mich nicht interessieren, wenn ich das hier irgendwie überstehen will, ohne den Verstand zu verlieren. Also beiße ich mir auf die Innenseite meiner Wange und schlucke die unpassende Frage herunter.

»Was hast du damals wirklich in dem Bus zu suchen gehabt?« Sein Atem streift meine Schläfe und hinterlässt eine Spur aus Gänsehaut auf meinem Nacken, die sich über meine komplette Wirbelsäule zieht.

»Das hab ich dir schon gesagt. Mein Hund hat sich von der Leine gerissen, ist durch die Hecke geschlüpft und in eurem Bus gelandet, wo er sich über eure Vorräte hergemacht hat.«

Isaac muss nichts sagen, um zu verraten, dass er mir nicht glaubt. Aber die ganze Wahrheit kann und werde ich ihm nicht sagen, dafür ist dieses Angebot zu wichtig. Den Teufel werde ich tun und meine Chance auf einen Neuanfang für Noah und mich riskieren. Irgendwie werde ich ihm das Notizbuch wieder unterjubeln, und dann ist die Geschichte gegessen. Scheinbar hat er bisher ohnehin noch nicht gemerkt, dass ich ihn bestohlen habe. Die Kopfhörer werden einem reichen Kerl wie ihm sicher nicht sonderlich fehlen, das Notizbuch leider schon.

»Wieso habe ich das Gefühl, du verschweigst etwas?« Er scannt mein Gesicht. Wie in jener Nacht. Er fährt mit seinen Blicken über meinen Körper. Wie in jener Nacht. Und er hinterlässt ein Gefühl in mir, das ich nicht gleich einordnen kann. Wie in jener Nacht – nur noch viel stärker.

»Ich weiß nicht? Vielleicht, weil du ein paranoider Kerl bist, der denkt, dass ihm jemand die Show stehlen will?« Seinem Blick nach zu urteilen, habe ich einen wunden Punkt getroffen. Also bohre ich meinen Finger noch etwas tiefer in die Wunde.

»Und wer weiß: Vielleicht wirst *du* am Ende unseres Deals ja derjenige sein, der ein Autogramm von *mir* haben will?« Ich fahre mit den Fingern über seinen Unterarm, streichle langsam Richtung Armbeuge und passiere seinen Bizeps. Unter meiner Berührung zucken seine Muskeln, genau wie seine Mundwinkel, die sich zu einem Grinsen aus Spott und Hohn verziehen. Scheiße, wieso fällt es mir so schwer, meine Finger wieder von seinem Arm zu nehmen? Wieso gibt es einen Teil in mir, der diese kleine Erkundungstour gern fortführen würde? Um zu prüfen, ob auch andere Muskeln an seinem Körper zucken würden, wenn ich sie berühre.

Ich halte nichts von Typen wie Isaac Walker. Denn auch wenn er gut aussieht, weiß ich, dass Kerle wie er nur Ärger bedeuten. Aber die Art und Weise, wie er mich ansieht, lässt meine Knie weich werden.

»Ist das eine Drohung oder ein Angebot?« Sein Grinsen

wird noch eine Spur breiter. »Mir fallen da nämlich schon ein paar Stellen an meinem Körper ein, auf denen du dich verewigen könntest.« Er nimmt seinen Arm herunter und gibt den Weg ins Zimmer frei. Ich balle meine Hände zu Fäusten, atme tief ein und will etwas erwidern, aber heraus kommt nichts als heiße Luft. Wieso habe ich das Gefühl, dass ich jedes Wortgefecht gegen ihn verliere?

Isaac lässt mich im Flur stehen und verschwindet über die Treppe nach unten. Könnten Schritte sprechen, würden seine vor Wut toben. Eine Weile bleibe ich noch an Ort und Stelle stehen, bevor ich ins Zimmer trete und die Tür hinter mir ins Schloss ziehe. Es steht vielleicht zwei zu null für ihn, aber das Spiel hat gerade erst begonnen.

Kapitel 10

Hope

»Du willst ausziehen?« Noah steht mitten im Zimmer und sieht mir beim Packen meiner Tasche zu. Als ich ihm vorhin von dem Jobangebot erzählt habe, hat er mich in die Arme gezogen und so fest gehalten, dass er mir die Luft abgedrückt hat. Dann musste ich ihm sagen, dass ich die Wohnung temporär verlassen werde und möchte, dass er mich begleitet, und er hat mich sofort losgelassen.

»Ich ziehe nicht richtig aus«, sage ich jetzt, stopfe noch zwei Shirts in die Tasche und ziehe den Reißverschluss zu. »Es ist nur vorübergehend, bis der Job durch ist. Wenn ich jeden Tag pendeln muss, kostet das zu viel Zeit. Ich muss in vier Wochen so textsicher sein, dass ich auftreten kann.«

»Und was ist mit deinem Job bei Starbucks?« In seiner Stimme schwingt ein unterschwelliger Vorwurf mit, obwohl er von uns beiden derjenige ist, der kein Geld zur Haushaltskasse beisteuert. Aber das sage ich ihm nicht. Natürlich nicht.

»Bei diesem Job verdiene ich viel mehr, als ich im Starbucks je verdienen würde. Ich hab dem Chef gesagt, dass ich raus bin.« War vielleicht etwas naiv, weil ich nicht weiß, ob ich es überhaupt bis zum ersten Gig mit der Band schaffe, aber ich hatte keine andere Wahl.

»Du solltest wirklich mitkommen, Noah.« *Du musst.* Das liegt mir auf der Zunge, aber ich weiß, dass mein Bruder schnell dichtmacht, wenn er das Gefühl hat, zu etwas gedrängt zu werden. In den letzten Jahren habe ich ein Gespür dafür entwickelt, wie weit ich bei ihm gehen darf und wo die Grenzen liegen. Es ist wie eine eigene Sprache, die nur wir zwei sprechen.

»Ich weiß nicht.« Noah hat die Hände tief in den Taschen seiner Jeans vergraben. In letzter Zeit ist er wieder ziemlich schwer zu erreichen, selbst für mich. Er hat gute Phasen. Phasen, in denen er aus sich herauskommt, über seine Gefühle redet und öfter an die frische Luft geht. Aber in den letzten Wochen hat er sich immer weiter zurückgezogen, sich die meiste Zeit des Tages im Bett verkrochen und ist abends weiß Gott wohin verschwunden. Aus diesem Grund ist es so wichtig, dass er mich begleitet.

»Hey, komm her.« Ich lasse mich auf das durchgelegene Schlafsofa fallen, das seit unserem Einzug mein Bett ist, und klopfe auf den freien Platz neben mir. Nur widerwillig kommt Noah meiner Einladung nach und setzt sich. Er hat die Kapuze tief in sein Gesicht gezogen, und die Haare, die darunter hervorlugen, müssen dringend gewaschen werden. Wie bringt man jemandem bei, dass er mal wieder duschen gehen sollte? Ich ekele mich nicht vor ihm, das könnte ich nie, aber ich mache mir Sorgen.

»Ich weiß, dass wir mit diesen reichen Schnöseln nichts anfangen können. Aber das Haus ist wirklich schön und hat genug Platz. Außerdem gibt es einen Pool hinterm Haus.« Ich boxe meinem Bruder gegen den Oberarm, woraufhin er gequält das Gesicht verzieht.

»Einen Pool also?«

»Ja. Einen richtig fetten. Findest du nicht, dass wir zwei ein bisschen Luxus verdient haben? Nach allem, was uns das Leben vor die Füße gekotzt hat?« Ich greife nach Noahs Kinn und drehe sein Gesicht in meine Richtung. Seine braunen Augen glänzen, aber nicht vor Freude, sondern vor Traurigkeit. Manchmal frage ich mich, ob sie inzwischen ein fester Bestandteil von ihm geworden ist. Ob ich es jemals schaffen werde, seine Traurigkeit zu absorbieren und in etwas Schöneres zu verwandeln. Etwas Erträglicheres.

»Keine Ahnung, Sis. Ich will nur nicht, dass wir vergessen, woher wir kommen.«

»Das werden wir nie vergessen, und das weißt du auch. Es ist nur ein Job. Einer, der uns verdammt viel Geld einbringt. In drei Monaten müssen wir aus dieser Wohnung raus, und wir brauchen das.« Ich brauche das. Nicht nur wegen des Geldes, sondern auch, weil es meine Berufung ist, Kunst zu machen.

Noah schürzt die spröden Lippen und kratzt sich gedankenversunken über den Arm. Die Ärmel seines Hoodies hat er bis zu den Ellbogen nach oben gezogen, und ich versuche krampfhaft, nicht auf die verblassenden Stiche in seinen Armbeugen zu starren. Während ich an meinen Nägeln knabbere, wenn ich nervös bin, hat Noah ein anderes Ventil gefunden.

»Es sind nur zwei Monate, höchstens drei. Und von der Kohle werde ich uns eine neue Wohnung suchen, okay? Aber ich brauche dich an meiner Seite, wenn ich es mit Isaac Walker unter einem Dach aushalten soll, ohne ihm die Augen auszukratzen.«

Noahs Schutzmauern bröckeln langsam. Bei ihm muss man sie Schicht für Schicht abtragen, Stein für Stein. Darin bin ich zum Glück ein Profi.

»Außerdem kannst du den ganzen Tag Musik hören.«

»Das kann ich auch hier«, blockt er ab.

»Aber nicht über eine Anlage wie ihre, glaub mir.« Ich lege meinen Arm um Noah und ziehe ihn zu mir heran. »Komm schon, Bruderherz. Für mich?« Ich klinge besonders wehleidig und schiebe meine Unterlippe nach vorn. Noah verdreht die Augen, nimmt mich in den Schwitzkasten und verpasst mir eine sanfte Kopfnuss.

»Na schön, von mir aus. Aber nur, weil du es bist!« Noah kitzelt mich, woraufhin ich blind nach einem unserer Sofakissen greife und mich damit zur Wehr setze. Das Ganze artet in eine Kissenschlacht aus, die ich haushoch verliere. Schon als er noch kleiner war als ich, hat er mich jedes Mal geschlagen. Inzwischen ist er mir komplett entwachsen. *Oder ich ihm?*

Erschöpft sinken wir beide zurück aufs Sofa, unsere Köpfe berühren einander. So liegen wir oft da.

»Ich weiß echt nicht, was ich ohne dich tun würde, Sis.«

Ja, das weiß ich auch nicht. In meiner Brust entsteht ein

Druck, der sich bis in meine Knochen frisst. Ein Druck, der inzwischen so fest zu mir und meinem Körper gehört, dass ich ihn wohl nur mit Gewalt wieder loswerde. Ich weiß, dass die Beziehung zwischen Noah und mir ungesund ist. Für uns beide. Dass ich mir zu viel Verantwortung aufbürde und er zu viel an mich abgibt, ohne es zu bemerken. Aber ich habe gerade zu viele Baustellen in meinem Leben, als dass ich mich auch noch um diese kümmern könnte. Dieses Muster fahren wir schon seit Jahren, und bis jetzt haben wir es immer irgendwie hinbekommen. Wir haben überlebt.

»Ich hab dich lieb, Bruderherz«, antworte ich außer Atem und drücke ihm einen Kuss auf die Kapuze. Eine Weile lang liegen wir einfach so da und starren gemeinsam an die triste Decke.

»Ach, und Noah?«

»Ja, Sis?«

»Die Kopfhörer, die ich dir geschenkt habe, müssen hierbleiben.«

»Wieso?« Seit ich sie ihm geschenkt habe, sind sie quasi mit ihm verwachsen. Auch jetzt liegen sie um seinen Hals.

»Na ja, ich habe dir doch gesagt, dass sie einem waschechten Rockstar gehören …«, stammle ich vor mich hin.

Noah schielt zu mir herüber und scheint eins und eins zusammenzuzählen.

»Scheiße, die sind von Isaac Walker?« Er schenkt mir ein kesses Grinsen, woraufhin dieses süße Grübchen auf seiner Wange entsteht. Ein Grübchen, das viel zu selten zum Vorschein kommt, weil er viel zu selten grinst. »Habt ihr deshalb Probleme miteinander? Weil du ihn beklaut hast?«

»Nee. Ich glaube, er hat noch gar nicht gemerkt, dass die Kopfhörer fehlen. Aber wir müssen es ihm ja nicht unter die Nase reiben.« Ich pieke Noah in die Seite. »Außerdem habe ich nur deshalb ein Problem mit ihm, weil er ein arroganter Arsch ist.«

»Kein Wunder, dass du mich in diesem Haus brauchst. Ich beschütze dich vor ihm.« Jetzt ist er derjenige, der mir einen Kuss auf den Scheitel drückt.

Kapitel 11

Isaac

Seit fünf Tagen lebt die Band in dieser Villa, gemeinsam mit Hope, die beim Einzug ihren kleinen Bruder im Gepäck hatte. Und schon jetzt geht sie mir so mächtig auf die Eier, dass ich am liebsten das Weite suchen will. Doch ich weiß, dass wir nur meinetwegen in dieser beschissenen Lage stecken, also halte ich wohl oder übel die Füße still.

Hope hat mir gesagt, dass sie diesen Job braucht, aber wie sehr sie ihn *will,* war mir nicht klar. Seit ihrer Ankunft hat sie sich in der Aufnahmekabine verschanzt, um zu proben, und auch wenn ich ihr Engagement zu schätzen weiß, nervt es mich tierisch. Connor, Louis und David sind Feuer und Flamme für dieses Mädchen, weil sie sich echt ins Zeug legt, um in drei Wochen fit zu sein, aber immer, wenn sie den Raum betritt, überschreitet sie bei mir eine Grenze.

David hilft ihr mit den Lyrics, während Connor ihr Gesangstipps gibt. Louis gibt ihr den Beat und lockert die Stimmung durch seine Sprüche auf. Und ich? Ich halte mich im

Hintergrund, beobachte das ganze Schauspiel aus der Distanz und versuche, mir fiese Kommentare zu sparen.

Hope kann kaum mehr als vier Stunden pro Nacht pennen, denn wenn sie nicht im Studio ist, dann singt sie auf ihrem Zimmer weiter. Und dieses Zimmer befindet sich nur wenige Meter von meinem entfernt. Ergo: Sie hält mich vom Schlafen ab, weil ich jedes Wort hören kann. Jede gezupfte Saite ihrer blechern klingenden Gitarre, die sicher bald das Zeitliche segnet. Scheiße, ich kann beinahe ihre Gedanken rasen hören, so laut ist sie.

Genervt drehe ich mich auf die Seite und starre auf die roten Ziffern meines Weckers auf dem Nachttisch. Es ist bald drei Uhr morgens, und sie hat immer noch nicht aufgehört zu spielen. Wie kann ein Mensch nur mit so wenig Schlaf auskommen und trotzdem gut funktionieren? Mich kann man inzwischen nur noch wie ein Kleidungsstück falten und in den Schrank legen, zu mehr bin ich nicht zu gebrauchen.

Robert hatte die Hoffnung, dass Hopes Kreativität meine eigene wachküssen und ich mich endlich an den ersten Song des neuen Albums setzen würde. Ich bin unser Songwriter, und meistens bastle ich erst mal tagelang an einem Rohling herum, bevor ich ihn mit der Band schleife. Aber seit ich hier bin, ist mein Kopf wie leergefegt. Dass zwei Zimmer weiter ein kleines Duracell-Häschen mit seiner Gitarre sitzt und scheinbar vor Inspiration nur so sprudelt, macht meine Misere nicht unbedingt besser. Eher im Gegenteil, ihre Motivation fuckt mich so richtig ab.

Seufzend schalte ich das Nachtlicht an, rapple mich auf und streiche mir die Haare aus der Stirn. Anschließend greife ich blind nach meiner Lesebrille und dem noch leeren Notizbuch neben mir. Ich halte meine Texte immer in Notizbüchern fest, und da ich mein altes irgendwo verlegt habe, starren mich jetzt nur weiße Seiten an. Seiten, die mich verhöhnen, weil sie mir zeigen, wie leer ich selbst bin. Da ist einfach nichts, das aus mir herauswill. Nichts, das brauchbar wäre. Nichts, das sich richtig und wichtig genug anfühlt. Ich muss abliefern, aber bin nur geliefert.

Ich greife nach meiner Gitarre. Anschließend lehne ich mich gegen die Wand in meinem Rücken und greife die ersten Akkorde. Zumindest das Spielen scheine ich nicht verlernt zu haben, denn meine Finger erinnern sich an alles. An jeden Akkord, jedes Riff, jedes Zupf- und Schlagmuster. Nur an den Zauber erinnern sie sich scheinbar nicht, denn egal welche Melodie ich anspiele, sie berührt mich nicht.

Unser nächstes Album muss an den Erfolg von *Ruined Hearts* anknüpfen, also muss ich mich ins Zeug legen. Ich balle meine Hände mehrfach zu Fäusten, um die Durchblutung anzuregen, und beginne von vorn. Erschaffe den Beginn einer Melodie, die zwar nichts in mir bewegt, sich aber wenigstens nicht gänzlich scheiße anhört. Ich kaue auf meiner Unterlippe, fische einen Kugelschreiber aus der Schublade des Nachttischs und beginne, die passenden Noten aufzuschreiben.

Eine halbe Stunde später habe ich eine Melodie, die mit etwas Fantasie und dem richtigen Text eine ganz passable erste Strophe werden könnte. Ich spiele die Akkorde wieder und wieder, schließe die Augen und vertraue meinen Händen blind. Weil sie wissen, was sie tun. Weil sie gut sind. Weil sie außergewöhnlich sind. Zumindest waren sie das bis vor einer Weile.

Die Worte, die mir sonst immer wie eine Eingebung kommen, bleiben aus. Es ist bereits vier Uhr früh, als ich in mein Notizbuch starre und mir mein Versagen bildlich vor Augen geführt wird.

In einer Stunde habe ich nur eine verdammte Zeile hinbekommen.

And all these endless thoughts are running through my twisted brain

Eine Weile lang starre ich diese Zeile an und entschließe mich, sie wieder zu streichen. Nichts fühlt sich richtig an. Nichts gut genug. Und währenddessen gibt Hope zwei Zimmer weiter immer noch alles, als hätte sie zu viel Kokain geschnupft und müsste diese überschüssige Energie durch ihre Musik loswerden. Am liebsten würde ich sie in den Garten setzen und die Tür von innen absperren, um meinen Ohren ein paar Stunden Pause zu gönnen. Weil ich heute Nacht ohnehin nichts Gescheites gebacken bekomme, schiebe ich die Gitarre von meinem Schoß, schließe das Notizbuch und stehe von meinem Bett auf. Ich habe keine sonderlich große Lust auf eine nächtliche Begegnung mit der kleinen Kratzbürste, aber wenn sie nicht endlich Feierabend macht, drehe ich vollkommen durch.

Ich verlasse das Schlafzimmer, schlurfe übermüdet durch den Flur und bleibe vor Hopes Zimmer stehen. Die Tür ist nur angelehnt, und als ich sie einen Spalt öffne, sehe ich sie im Schneidersitz auf dem Bett sitzen, um sich herum ein absolutes Chaos an Zetteln. So saß ich unzählige Nächte in meinem eigenen Bett und habe komponiert. Ob sie gerade an etwas Eigenem schreibt? Auf ihrem Instagramkanal hat sie lediglich Coverversionen hochgeladen, nie neue Songs. Zu gern würde ich wissen, ob sie gut im Texten ist.

Auf meiner Zunge liegen bereits scharfe Worte, die ich ihr an den Kopf knallen will, doch als sie sich leicht in meine Richtung dreht, ohne mich zu bemerken, verstumme ich. Als sie dazu noch konzentriert ihre Zunge herausschiebt und damit vergeblich versucht, ihre Nasenspitze zu berühren, während sie die vollgekritzelten Zettel durchgeht, zucken meine Mundwinkel.

Sie sollte echt aufhören, so süß zu sein, sonst bekommen wir zwei ein Problem. Noch eins. Ist ja nicht so, als hätten wir davon nicht längst genug. Die blonden Strähnen fallen ihr in die Augen, und wieder verspüre ich den Drang, sie ihr aus dem Gesicht zu streichen, damit sie sich besser auf ihre Arbeit konzentrieren kann.

Wie gebannt stehe ich hier auf dem Flur, höre mein Herz donnern und merke, wie es von Sekunde zu Sekunde ruhiger und gleichmäßiger schlägt. Als würde es mich beruhigen, ihr beim Musizieren zuzusehen. Irgendetwas an dieser Situation erdet mich, obwohl sie mich eben noch zur Weißglut getrieben hat.

Hope stößt ein leises Quieken aus, nimmt sich ein neues Blatt zur Hand und drückt es auf ihren nackten Oberschenkel, um anschließend ihre Gedanken auf Papier festzuhalten. Sie trägt lediglich kurze karierte Schlafshorts und ein seidenes Top in Himmelblau, dessen linker Träger von ihrer

Schulter gerutscht ist. Sie ist echt heiß. Verboten heiß. Wären da nicht ihre große Klappe und die Tatsache, dass wir uns unter beschissenen Umständen kennengelernt haben, würde ich wirklich Gefallen an einer Mitbewohnerin wie ihr finden. Aber allein aufgrund der Tatsache, dass wir Kollegen sind, darf ich sie nicht auf diese Weise ansehen. Die Jungs würden mir den Schwanz abhacken.

Als sie mit dem Schreiben fertig ist, zieht sie ihre braune Gitarre auf den Schoß und beginnt, eine Melodie zu spielen. Eine Weile stehe ich noch vor der Tür, sehe ihr beim Schreiben und Spielen zu. Wünsche mir, ihre Kreativität wie ein Schwamm in mir aufsaugen zu können. Ein kleiner Tropfen würde mir für den Anfang schon reichen. Alles ist besser als diese Saharatrockenheit in mir.

Was zur Hölle mache ich hier eigentlich? Ich bin aufgestanden, um Hope zu sagen, dass sie gefälligst Schluss machen soll. Aber ich kann nicht. Es würde sich falsch anfühlen, diesen Flow zu unterbrechen. Immerhin weiß ich, wie kostbar diese Zeitfenster sind. Und wie rar. Gerade als ich die Tür schließen und in mein Zimmer gehen will, vibriert Hopes Handy auf dem weißen Nachtschrank. Sie beugt sich zu ihrem Telefon, und der Anblick, den sie mir dabei bietet, ist nicht ohne. Ihre Schlafshorts sind so weit nach oben gerutscht, dass ich den Ansatz ihrer Arschbacken sehen kann. Fuck. Sie präsentiert mir gerade eindeutig zu viel Haut dafür, dass sie nichts von meiner Anwesenheit weiß. Ich überschreite gerade mehr als eine Grenze, so viel steht fest.

Bilder entstehen in meinem Kopf, die da echt nichts zu suchen haben. Davon, wie ich zu ihr aufs Bett steige, meine

Hand auf ihren Rücken lege und ihren Oberkörper in die Matratze presse, um den Anblick noch etwas länger zu genießen. In meiner Jogginghose wird es enger, und ich kann mich erst wieder auf etwas anderes als ihren Arsch konzentrieren, als sie das Telefonat annimmt.

»Noah?«

Sein Name ist alles, was ich über ihren kleinen Bruder weiß. Seit ihrer Ankunft verschanzt er sich in seinem Gästezimmer am Ende des Flurs. Hope entfährt ein Seufzen, und ich spüre regelrecht, wie ihre Kreativität weicht und der Sorge Platz macht.

»Ich dachte, er wäre in seinem Zimmer.« Hope fährt sich mit der Hand über das Gesicht. Scheinbar ist das am anderen Ende der Leitung gar nicht ihr Bruder. Ohne auf ihre Notizen zu achten, springt sie vom Bett auf, zieht ihre Reisetasche hervor und kramt darin herum, bis sie ein paar Klamotten gefunden hat, die sie sich jetzt überzieht. Dann dreht sie sich in meine Richtung. Schnell trete ich zur Seite, damit sie mich nicht sieht. Im Flur ist es stockfinster.

»Ich bin gleich da.« Hope klingt angespannt, besorgt. »Danke, William.«

Sekunden später tritt sie auf den Flur, und ohne das Licht einzuschalten, marschiert sie Richtung Treppe.

Geh einfach auf dein Zimmer und leg dich pennen, Isaac. Du wolltest, dass sie aufhört zu spielen, und das hat sie getan. Hau ab!

Aber ich kann nicht. Da ist etwas an ihr, das mich nicht loslässt. Wo will sie mitten in der Nacht ihren Bruder suchen? Es sollte mir egal sein, aber der Gedanke, dass sie so aufgelöst davonstürmt, gefällt mir nicht.

Leise folge ich ihr nach unten. Ich weiß, dass ich mich bemerkbar machen sollte, aber ich kriege kein Wort heraus. Selbst dann nicht, als sie wie ein hektisches Wiesel in die Küche marschiert, den Kühlschrank aufreißt, scheinbar wahllos Lebensmittel herausholt und auf die Kochinsel wirft. Eine Packung Brot, etwas Gemüse, die Reste der Lasagne, die Megan gestern Abend für uns alle gekocht hat. Als sie den Kühlschrank beinahe vollkommen geplündert hat, öffnet sie ein paar Schubladen, bis sie eine Papiertüte gefunden hat, die groß genug ist, und wirft die Lebensmittel hinein. Mit der Tüte in der linken Hand geht sie zur Eingangstür, noch immer, ohne mich zu bemerken.

Und Scheiße, spätestens als sie in ihre durchgelatschten Chucks schlüpft und nach draußen geht, sollte ich sie einfach ihr Ding machen lassen und mir meinen wohlverdienten Schlaf holen. Stattdessen fluche ich in mich hinein, stapfe ebenfalls auf die Tür zu und fische im Vorbeigehen eine schwarze Sweatjacke von der Garderobe. Noch haben die Paparazzi dieses Haus nicht auf dem Schirm, aber ich sollte trotzdem nichts riskieren. Also ziehe ich die Kapuze tief in meine Stirn, schnappe mir den Schlüssel von Connors alter Karre und trete nach draußen. Mitten in der Nacht folge ich diesem Gartenzwerg und habe absolut keine Ahnung, wohin. Geschweige denn, wieso.

Kapitel 12

Hope

»Ich bin so schnell gekommen, wie ich konnte.« Völlig außer Atem umarme ich William. Heute ist hier unten im alten Bahnhofsgebäude die Hölle los, und ich bin froh, dass ich mir wenigstens für den Hinweg ein Taxi leisten konnte.

»Ich wollte dich wirklich nicht mitten in der Nacht aufscheuchen, Kindchen.« William sieht so müde aus, wie ich mich nach der Fahrt hierhin fühle.

»Schon gut, ich bin froh, dass du mich angerufen hast.« Ich sehe mich hier unten um, aber meinen Bruder kann ich nirgends entdecken. Dutzende Menschen haben sich um die Feuertonne versammelt, im Hintergrund höre ich jemanden auf einer verstimmten Ukulele spielen. Es riecht nach Weed, und augenblicklich schrillen bei mir alle Alarmglocken. Mit einem miesen Gefühl sehe ich zu William auf, der sich mit der linken Hand auf seinem Gehstock abstützt und die andere tief in seiner löchrigen braunen Cordhose vergraben hat. Er kann meine Gedanken lesen, das konnte er schon immer.

»Hat er nur getrunken, oder mehr?« Am liebsten würde ich mir die Ohren zuhalten, damit ich die Antwort, vor der ich mich fürchte, nicht hören muss. Aber ich bin Noahs große Schwester, und ich kann vor der Wahrheit nicht davonlaufen, so gern ich auch manchmal würde. Denn was würde dann aus ihm werden?

»Soweit ich weiß, hat er nur zu viel getrunken. Liegt hinten auf der Bank.« Williams Blick ist weich und voll Sorge.

Am Abend habe ich noch mit Noah gesprochen, und er hat mir versichert, dass er gleich ins Bett gehen würde. Entweder hat er mich angelogen, um sich später heimlich rauszuschleichen, oder er konnte nicht schlafen. Ich bin die Letzte, die es ihm verübeln könnte, immerhin habe auch ich Angst davor, die Augen zu schließen. Aber ich greife nicht zu irgendwelchen Substanzen, um mich zu beruhigen. Ich greife zu Moms Gitarre. Ich habe definitiv die gesündere Copingstrategie entwickelt und wünschte, mein Bruder hätte ebenfalls so einen Anker. Einen Anker, der nicht *ich* bin.

»Ich nehme ihn mit nach Hause.«

»Ich weiß nicht, ob er in seinem Zustand weit laufen kann, Hope.« William ist der Einzige hier unten, der von meinem Job bei der Band weiß, und ich möchte, dass es genau so bleibt. Ich will es nicht an die große Glocke hängen, solange ich nicht weiß, ob ich auch wirklich das Zeug zur Frontsängerin habe.

»Mir fällt schon was ein.« Müde sinke ich gegen Williams Schulter, lasse mich für wenige Sekunden in seine Umarmung fallen und in seinen Duft nach Kautabak und Vanille hüllen. Mein Blick fällt auf die voll beladene Papiertüte in meiner Hand.

»Fast vergessen. Das ist für dich.«

William nimmt mir die Tüte ab und späht hinein. Als er die ganzen frischen Lebensmittel sieht, kann ich seinen Magen als Antwort beinahe knurren hören.

»Das wäre doch nicht nötig gewesen, Hope.« Aber ich winke nur ab. »Keine große Sache.« Und das ist es wirklich nicht. Der Kühlschrank im Bandhaus platzt aus allen Nähten, während William morgens nicht weiß, was er abends im Magen haben wird. Da ich noch auf das Geld von Robert warte, ist es das Mindeste, dass ich mich ein wenig an den Lebensmitteln bedienen kann, um einem guten Freund zu helfen. Einem Freund, der mir mehr bedeutet als ein Vater. Schließlich habe ich den nie kennengelernt.

»Die Gemüselasagne ist übrigens der Hammer!« Megan hat gestern Abend für uns gekocht, und fast war es harmonisch gewesen mit allen am Esstisch. Selbst Noah konnte ich dazu überreden, sich zu uns zu setzen.

»Danke, Kindchen.«

Ich drücke William einen Kuss auf die stoppelige Wange und mache mich auf die Suche nach meinem Bruder. Er liegt wie von William prophezeit auf der selbst gebauten Stahlbank, hat die Kapuze tief ins Gesicht gezogen und einen Unterarm über seine Augen gelegt. Die andere Hand baumelt auf dem Boden. Neben ihm liegt eine leere Bierflasche. Mist. Ich habe meinen Bruder des Öfteren betrunken heimgebracht, aber in diesem Stadium kann ich ihn eigentlich nur hinter mir herschleifen. Vor allem, wenn wir über mehrere Kilometer reden.

In mir toben die widersprüchlichsten Gefühle. Auf der einen Seite sticht es in meiner Brust, wenn ich ihn so sehe, weil ich genau weiß, wieso er sich immer wieder so zulaufen lässt. Auf der anderen Seite bin ich wütend auf ihn, weil er scheinbar kein einziges Mal daran denkt, wie es mir dabei geht, wenn ich ihn vom Boden aufkratzen muss. Ich bin immer diejenige, die die Risse kittet, die die Wogen glättet. Aber dieses Mal habe ich keine Ahnung, wie ich ihn bis zur Villa bringen soll. Selbst der Weg in unsere Wohnung wäre viel zu weit. Geld für ein weiteres Taxi habe ich nicht.

»Hey.« Ich gehe vor der Bank in die Hocke und nehme den Unterarm behutsam von seinen Augen. »Hey, Noah.«

»Sis?« Er lallt, das erkenne ich schon an diesem einen Wort. Seine Augen hält er geschlossen, und seine dichten Wimpern werfen Schatten auf seine Wangen. Immer, wenn er Alkohol intus hat, sieht man es ihm sofort im Gesicht an. Seine Wangen werden fleckig und die Augen glasig.

»Ich dachte, du wolltest schlafen.« Ich versuche, nicht allzu tadelnd zu klingen, obwohl ich weiß, dass er sich morgen ohnehin nicht an dieses Gespräch erinnern wird.

»War mir zu still«, murmelt er und rollt sich auf die Seite. Seine Augen klappen müde auf, und ihrer Rötung nach zu urteilen, hat er seine Grenzen längst überschritten.

»Zu still?« Ich versuche, die anderen Leute um uns herum auszublenden, damit ich mich einzig und allein auf Noah konzentrieren kann, aber das ist gar nicht so einfach bei dem Lärm.

»Im Haus.« Noah rappelt sich auf, und es sieht aus, als würde er sofort wieder zur Seite kippen, also stütze ich ihn, indem ich mich zu ihm setze. »Im Haus war's zu still. Mir is' die Decke auf 'n Arsch gefallen.«

»Auf den Kopf«, korrigiere ich ihn lachend, auch wenn mir alles andere als zum Lachen zumute ist.

»Von mir aus.« Er zuckt fahrig mit den Schultern.

»Komm, lass uns nach Hause gehen. Du brauchst ein richtiges Bett.«

»Das ist nicht unser Zuhause, Hope.« Er klingt plötzlich seltsam klar, und als er zu mir herübersieht, bilde ich mir ein, einen Vorwurf in seinem Blick zu erkennen. Ist er wütend, weil ich ihn dazu überredet habe, mich zu begleiten?

»Vorübergehend schon. Und jetzt komm.« Ich stehe auf und ziehe ihn mit mir, aber sobald er auf den Beinen ist, schwankt er noch stärker. Schon nach den ersten drei Schritten bricht mir der Schweiß aus. Ich trage immer noch meinen Pyjama unter der Jeans und der Strickjacke, und beides werde ich hiernach erst mal in die Wäsche werfen müssen.

Wir bahnen uns irgendwie einen Weg durch das Getümmel. Ich suche die Meute nach William ab und schenke ihm ein dankbares Lächeln, als ich ihn in der Ecke des Raumes entdecke. Er schaufelt sich gerade die Lasagne mit der Gabel rein, die ich in die Tüte gelegt habe, und es erleichtert mich zu wissen, dass er wenigstens heute nicht hungrig einschlafen muss. Das ist ein kleiner Sieg. Neben ihm liegt Pumpkin auf seiner karierten Decke und schläft seelenruhig.

Noah lehnt sich mit seinem vollen Gewicht gegen mich,

als ich ihn die Treppe zur Straße hinaufmanövriere, und meine Muskeln schmerzen schon jetzt.

»Scheiße, es pisst ja wie aus Eimern«, lallt Noah und wirft den Kopf in den Nacken. Innerhalb von Sekunden sind wir bis auf die Knochen durchnässt, weil London mir mal wieder grinsend den Mittelfinger präsentiert. Es ist keine Seltenheit, dass unangekündigte Regenschauer über das Land und die Stadt fegen, aber ausgerechnet jetzt? *Danke für nichts, Wettergott!*

Ich kann es mir auf keinen Fall erlauben, krank zu werden, immerhin muss meine Stimme gerade mehr Leistung abliefern denn je. Sie muss besser werden. Professioneller. Starwürdig eben. Und ich glaube nicht, dass ich schon so weit bin.

Noah kichert, als ihm der Sommerschauer ins Gesicht plätschert, wohingegen ich nur noch heulen könnte. Aber es bringt nichts, den Kopf in den Sand zu stecken, also muss ich die Arschbacken zusammenkneifen und da durch. Das könnte mittlerweile mein Lebensmotto sein: *Arschbacken zusammen und durch.*

»Einen Fuß vor den anderen«, weise ich Noah an, als wäre er ein kleines Kind, das seinen ersten Gehversuch startet. In den letzten Monaten und Jahren hatte er unzählige dieser Versuche, und bei jedem war ich an seiner Seite. Weil es das ist, was uns ausmacht. Wir sind füreinander da, in guten wie in schlechten Zeiten. Wobei die schlechten Zeiten eindeutig überwiegen.

»Du wärst echt eine gute Mom, Sis.«

»Haha.«

»Mein's ernst. Du hast so was Mütterliches an dir.« Noah schwankt zur Seite und stützt sich in letzter Sekunde an einer hüfthohen Mauer ab, bevor er mit dem Gesicht auf dem Bürgersteig landet.

»Ich habe mit dir schon genug zu tun. Außerdem war ich bei meiner letzten Bestandsaufnahme single.« Eigentlich war ich nie nicht single. Klar, ich hatte ein paar Typen, mit denen ich mich getroffen habe, und mit einigen davon ist auch mehr gelaufen, aber eine Beziehung im klassischen Sinn? Die hatte ich nie. Mir fehlt auch keine, weil ich ohnehin keine Zeit für ein weiteres Drama in meinem Leben hätte. Und die meisten Beziehungen bedeuten genau das.

»Wenn dich der Rockstar weiter so mit seinen Blicken auszieht, hast du bald einen potenziellen Kandidaten«, gibt Noah im Suff von sich. Dafür würde ich ihn am liebsten hier im Regen stehen lassen. Verdient hätte er es für diesen Spruch auf jeden Fall.

»Nicht witzig!«

»Aber wahr«, hält er dagegen und taumelt einen Schritt zur Seite. »Er steht auf dich.«

»Wir hassen uns.« Oder viel eher hasst er mich. Ich bin zu wahrem Hass gar nicht in der Lage, aber er nervt mich tierisch.

»Sind das nicht die besten Lovestorys?« Noah spitzt den Mund wie bei einem Kuss, und ich boxe ihm als Antwort gegen die Schulter.

»Jetzt halt den Mund und komm mit, ich will ins Bett.« Das ist gelogen. Die Vorstellung, mich gleich schlafen zu legen, fühlt sich scheiße an. Die Vorstellung, mich wieder meinem neuen Song zu widmen, ist hingegen pures Gold. Vielleicht sollte ich heute einfach die Nacht durchmachen, damit ich direkt nach dem Frühstück aufgewärmt ins Studio kann. Schließlich rinnt mir die Zeit aus den Fingern, die erste Woche ist beinahe um. Noch immer fühlt es sich surreal an, dass sich mein Leben in so kurzer Zeit um einhundertachtzig Grad gewendet haben soll. Aber ich kann nicht sagen, dass mir die schweißtreibende Arbeit im Starbucks fehlt. Oder unsere Wohnung, in der es nach Schimmel müffelt.

Ich hake mich bei Noah unter, und wir nehmen die ersten Schritte in die richtige Richtung, aber wie zu erwarten kommen wir keine drei Meter weit, ohne dass sich Noah übergeben muss. Er stützt sich an der Hauswand des Gebäudes ab und erbricht sich auf dem Bürgersteig. Der saure Gestank steigt mir in die Nase, aber ich bin inzwischen so daran gewöhnt, dass es mir nichts mehr ausmacht.

»Braucht ihr Hilfe?« Eine tiefe Stimme reißt mich aus dem »Wie-oft-wird-Noah-sich-übergeben«-Counter. Mit schmalen Augen sehe ich mich um und traue meinen Sinnen nicht, als ich Isaac Walker wenige Meter entfernt an einem Wagen stehen sehe. Mitten im Regen, mit einer Kapuze, die so tief in sein Gesicht gezogen ist, dass man ihn nur schwer erkennt. Aber die Stimme erkenne ich sofort, und das gibt mir echt zu denken. Seine Stimme hat sich in mein Gedächtnis gebrannt, ohne dass ich etwas dagegen tun konnte.

»Was zum Teufel machst du hier?«, blaffe ich ihn an. »Bist du mir gefolgt?« In mir brodelt es, und der Deckel meines Wutkochtopfs wackelt bereits gefährlich. Ich habe ihn seit dem Abendessen nicht mehr gesehen, und jetzt steht er ausgerechnet hier? In diesem Teil der Stadt, vor dem Zuhause von Londons ärmsten Menschen? Ich glaube ja an Zufälle, aber irgendwo gibt es auch für mich Grenzen. Er muss mir gefolgt sein.

»Ich wollte wissen, wieso du mitten in der Nacht unseren Kühlschrank plünderst.« Der Wagen, an dem er lehnt, gehört Connor. Es ist ein alter Ford, der aussieht, als stünde er bereits mit zwei Reifen auf dem Schrottplatz. Dieses Teil muss einen emotionalen Wert für ihn haben, anders lässt es sich nicht erklären, dass er diese Karre fährt. Vor lauter Schreck lasse ich Noah los, der immer noch am Kotzen ist. Isaac tritt ins Licht der Straßenlaterne. Erst jetzt bemerke ich, dass er eine Brille mit schwarzem Gestell trägt, die ich noch nie an ihm gesehen habe. Ich will es nicht zugeben, aber sie steht ihm. Sehr sogar. Lässt ihn noch attraktiver wirken. Wie einen Mann, der tagsüber Streber und nachts Badboy ist. Nur in diesem Fall umgekehrt.

»Du scheinst Hilfe zu brauchen.« Er hat die Hände tief in den Taschen seiner schwarzen Hose vergraben und deutet mit dem Kopf in Noahs Richtung. Ich sehe zu meinem Bruder hinüber, der sich inzwischen auf die Bordsteinkante hat sinken lassen und unglaublich blass aussieht. Er braucht dringend eine Aspirin, ein Glas Wasser und ein trockenes Bett zum Ausnüchtern.

»Ich brauche deine Hilfe nicht.« *Aber mein Bruder schon,* rufe ich mir ins Gedächtnis. Hier geht es nicht um mich und meinen Stolz.

»Okay.« Isaac zuckt mit den Schultern und wendet sich dem Ford zu. Bevor mich mein Stolz richtig in die Kacke reitet, springe ich über meinen Schatten. »Aber es wäre gut, wenn du Noah mit zum Haus nehmen könntest.«

Isaac hält mitten in seiner Bewegung inne, seine breiten Schultern unter der schwarzen Jacke spannen sich an. Anschließend geht er um den Wagen herum und öffnet wortlos die Hintertür, während ich Noah stütze und die wenigen Meter zum Auto überbrücke. Seufzend lässt sich mein Bruder auf die Rücksitzbank des Fords fallen, und ich versuche, ihn anzuschnallen.

»Aber wehe, du kotzt in Connors Wagen, Mann. Er liebt diese Schrottkiste.«

Wieso ist Isaac mir mitten in der Nacht in dieser Schrottkiste gefolgt? Die Frage brennt regelrecht unter meinen Nägeln. Nur, weil ich ein paar Einkäufe habe mitgehen lassen? Seinem Geldbeutel schadet es sicher nicht. Vermutlich hat er eh keinen Penny dafür ausgegeben.

»Keine Sorge. Hab ausgekotzt«, nuschelt Noah. Sein Kopf klappt zur Seite, und ein tiefes Schnarchen dringt aus seinem Mund. Wie kann jemand nur so schnell einschlafen? Ich kann die Tage, an denen ich weniger als zwei Stunden wach liege, an beiden Händen abzählen. Und meistens schlafe ich dann so unruhig, dass ich auch gleich hätte wach bleiben können.

Ich prüfe, ob Noahs Gurt richtig sitzt, und schließe die Tür. Dann wende ich mich an Isaac, um mich zu bedanken, aber ich kriege die Worte nicht über meine Lippen. Dafür geht mir sein Egogehabe viel zu sehr auf den Sack. Ich brauche keinen edlen Ritter mit starken Armen, der mich aus dem Sumpf zieht. Das »Aus-dem-Sumpf-Ziehen« liegt mir im Blut. Also werfe ich Isaac lediglich einen Blick zu, der so viel aussagt wie: Fahr ja vorsichtig und bringe ihn heile nach Hause. Anschließend drehe ich mich um und stapfe davon.

»Und was wird das jetzt, Freckles?«

»Na, was soll das schon werden? Ich laufe!«, rufe ich ihm zu und zittere bereits jetzt vom Regen durchnässt am ganzen Leib.

»Es schüttet wie aus Eimern.« Isaac klingt … amüsiert? Bei unserer ersten Begegnung hat er sich genauso angehört, so sorglos. Es ist, als würde es zwei Versionen von ihm geben. Und beide nerven mich, weil sie mir zu sehr unter die Haut gehen.

Ich drehe mich zu Isaac um und gehe rückwärts von ihm weg. »Spoileralarm: Wir leben in London, und ich bestehe nicht aus Zucker.«

Uns trennen bereits einige Meter, aber ich bilde mir ein, ihn ein »Ja, aus Zucker bestehst du bestimmt nicht« sagen zu hören. *Idiot!*

»Jetzt mach keinen Scheiß und steig endlich in den verfluchten Wagen. Wenn du bei dem Wetter bis zum Haus läufst, kannst du deine Stimme morgen vergessen.«

Punkt für ihn. Meine Schritte werden langsamer, bei jedem einzelnen schmatzt es in meinen Schuhen, weil die Sohlen undicht sind. Isaac hat recht. Ich sollte einfach zu ihm ins Auto steigen und meinen Stolz herunterschlucken. Außerdem bin ich so viel schneller zu Hause und kann mich wieder meinem Song widmen. Ein Kribbeln zieht durch meine Fingerkuppen, lässt sie vorfreudig zucken.

Mitten auf dem Bürgersteig bleibe ich stehen. Isaac greift

nach der Beifahrertür und öffnet sie für mich, als würde unter seiner harten Schale tatsächlich irgendwo ein Gentleman hocken, der nur ans Licht kommt, wenn er einen guten Tag hat. Oder eine gute Nacht. Immerhin ist es fast fünf Uhr in der Früh.

»Ich warte nicht ewig, Freckles.« Inzwischen habe ich den Kampf gegen diesen dämlichen Kosenamen aufgegeben, auch wenn er mich immer noch auf die Palme bringt. Isaac hat recht: Ich darf jetzt nicht krank werden.

Ohne ein weiteres Wort kapituliere ich und gehe zurück zu dem blaugrauen Ford. Bevor ich einsteige, sehe ich Isaac an. Er ist inzwischen ebenfalls komplett durchnässt, und ich frage mich, wieso er mit seiner angeschlagenen Stimme so viel riskiert. Eine fette Erkältung würde ihn in seiner Genesung um weitere Wochen zurückwerfen.

Isaacs Brillengläser sind von Regentropfen bevölkert, aber seine eisblauen Huskyaugen deshalb nicht weniger stechend auf mich gerichtet.

»Ich wusste gar nicht, dass du eine Brille trägst«, necke ich ihn, auch wenn ich sie echt süß an ihm finde. Irgendwie wirkt er damit weniger arschig, auch wenn es albern ist. Ein Gestell mit zwei Gläsern ändert schließlich rein gar nichts an seinem Machocharakter.

»Und ich wusste nicht, dass du ohne BH aus dem Haus gehst.« Sein Blick ist fest auf mein Gesicht geheftet, während ich an mir hinabblicke. Der Regen hat mein dünnes Schlaftop so dicht an meine Haut gepresst, dass man meine Brustwarzen sehen kann. Na wunderbar. Ich habe ihm echt die perfekte Show geboten. Seine Mundwinkel zucken verdächtig Richtung bewölktem Himmel, während ich mein Kinn recke. Ich könnte meine Strickjacke enger um meinen Oberkörper schlingen, damit man meine Knospen nicht mehr sehen kann. Aber diesen Erfolg werde ich ihm nicht gönnen.

»Wir leben im einundzwanzigsten Jahrhundert, Walker. Frauen müssen keinen BH tragen, wenn sie es nicht wollen.« Mit dieser mehr oder weniger toughen Ansage schlüpfe ich ins Auto und ziehe die Tür schnell zu, damit Isaac nicht mitbekommt, wie mein Atem rasselt. Keine Ahnung, was dieser Kerl an sich hat, dass er mich regelmäßig so aus dem Konzept bringt. Während Isaac grinsend um die Motorhaube herumgeht, höre ich es auf der Rückbank rascheln. Noah scheint wieder wach zu sein. Zumindest halbwegs.

»Siehst du es jetzt auch?«, murmelt er.

»Was?«

»Dass er auf dich steht, Sis.«

»Unsinn!« Als Antwort erhalte ich lediglich ein betrunkenes und müdes Lachen meines kleinen Bruders, gefolgt von einem weiteren Schnarchen. Noch bevor Isaac auf der Fahrerseite eingestiegen ist und den Motor gestartet hat, habe ich mir die Strickjacke geschnappt und sie über meine Brüste gezogen. So viel zu meiner Ansprache.

Kapitel 13

Isaac

Noch bevor ich die Fahrertür schließen kann, bereue ich meine Entscheidung. Nicht nur die Entscheidung, Hope meine Hilfe mit ihrem besoffenen Bruder angeboten zu haben, sondern auch die, ihr überhaupt gefolgt zu sein. Als sie in dieses verlassene Gebäude marschiert ist und ich die Musik, die aus dem alten Bahnhof drang, gehört habe, wusste ich, dass ich ihr nicht nachgehen kann.

Wenn da unten viele Leute waren, hätte man mich schnell erkannt, und das ist das Allerletzte, was ich heute Nacht gebrauchen kann. Es ist sowieso schon riskant, mit Connors Karre durch die Gegend zu fahren. Mit viel Pech entdeckt mich jemand und folgt mir bis ins Bandhaus. Dann wäre es vorbei mit der Ruhe für Megan und Heather.

Jetzt hockt ihr nach Kneipe stinkender Bruder auf der Rückbank und sabbert die Verkleidung von Connors Ford voll, während ich versuche, mich auf meine Aufgabe zu konzentrieren: so schnell wie möglich nach Hause kommen.

Ich stecke den Schlüssel ins Schloss, starte den Motor

und fahre aus der Parklücke heraus. Aus dem Augenwinkel sehe ich, dass Hope aus ihren Schuhen schlüpft und ihre durchnässten Socken abstreift. Die nackten Füße zieht sie anschließend auf den Sitz und umarmt ihre Schienbeine. Dass ihr kalt ist, ist nicht zu übersehen. Ganz automatisch wandert meine Hand zum Armaturenbrett, wo ich die Heizung wärmer drehe.

»Danke«, murmelt sie und sieht mich von der Seite an. Mir geht das Bild ihres hellblauen Tops, das sich wie eine zweite Haut um ihre runden Titten gelegt hat, nicht mehr aus dem Kopf. Als würde dieser Gedanke nicht reichen, um mich aus dem Konzept zu bringen, erfüllt ihr Himbeerduft den kompletten Wagen und überdeckt bald sogar den der Schnapsleiche hinten.

»Also: Was hast du mit dem geklauten Essen gemacht?«

Ich habe einen Arm am Fenster abgestützt und den anderen locker auf dem Lenkrad abgelegt. Der Verkehr ist um diese Zeit nicht existent, weshalb ich auf den ersten paar hundert Metern allein auf der Straße bin.

»Ich hab im Bahnhof ein Buffet angerichtet, was sonst? Nachts leite ich nämlich heimlich eine Cateringfirma«, erwidert sie mit honigsüßer Stimme. Wieso dachte ich, dass sie mir die Wahrheit sagen würde? Immer, wenn wir miteinander sprechen, gehen wir uns regelrecht an die Gurgel. Keine Ahnung, wie wir auch nur einen gemeinsamen Gig lebend überstehen sollen. Aber dieses Mal können weder sie noch ich das Weite suchen, also muss ich die Chance nutzen, mehr über sie zu erfahren. Bis jetzt weiß ich noch immer viel zu wenig über dieses Mädchen, das meinen Platz einnehmen soll.

»Erzähl mir etwas über dich.«

Hope sieht mich mit nach oben gezogenen Brauen an. »Ich bin seit fast einer Woche bei euch im Haus, und bis jetzt hast du noch nie Interesse an mir gezeigt. Was hat sich geändert?«

»Du kratzt mir seit einer Woche beinahe die Augen aus. Hier im Auto bin ich wenigstens sicher vor deinen Krallen«, kontere ich, und meine Mundwinkel zucken, was sie nur wütend schnauben lässt. Es macht einfach zu viel Spaß, den kleinen Giftzwerg zu provozieren. Dumm nur, dass sie scheinbar auch gut darin ist. Sie schlüpft aus ihrer nassen Strickjacke, breitet sie auf dem Armaturenbrett zum Trocknen aus und dreht sich leicht in meine Richtung. Ich versuche mich weiter auf die Straße zu konzentrieren, aber das ist fucking schwer, wenn sie so durchnässt und leicht bekleidet neben mir sitzt. Sie weiß, welche Wirkung sie auf mich hat, und sie nutzt es eiskalt aus.

Für eine Sekunde stelle ich mir vor, wie sie zu mir auf den Schoß krabbelt und ich sie in Connors heiligem Wagen vögle. Ich konnte Autosex nie etwas abgewinnen, weil es einfach zu eng ist, aber gerade gefällt mir die Vorstellung etwas zu gut. Ob sie es schon mal in einem Wagen getrieben hat? Ich schüttele den Gedanken ab.

»Also, erzähl mir etwas über dich. Immerhin willst du meinen Platz einnehmen, da ist es nur fair, dass ich dich besser kennenlerne.«

Hope knibbelt inzwischen an ihren Fingernägeln und

kratzt den schwarzen Nagellack ab. Das macht sie oft, wenn sie nervös ist. Immer, wenn Connor ihr Tipps für ihre Atmung gibt oder David ihr mit den Lyrics hilft, kaut oder kratzt sie an ihren Fingernägeln. Ich frage mich, was sie so nervös macht. Die Tatsache, dass sie mit uns auf Tour gehen wird? Oder sind es die Selbstzweifel, die an ihr nagen? Von denen könnte ich in den letzten Wochen ein Lied singen. Selbst die eine Zeile, die ich vorhin aufs Papier gebracht habe, konnte ich nur in meinem Kopf singen.

»Da gibt es nicht viel zu sagen.« Sie zuckt mit den nackten Schultern, und ihr linker Träger rutscht dabei nach unten. Dieses Detail sollte mich echt nicht so aus dem Konzept bringen, aber das tut es. Ihr Schlüsselbein steht verführerisch hervor, und wäre sie eine meiner Bettgeschichten, würde ich mich an ihm entlangküssen, bevor ich weiter Richtung Süden wandere.

»Ich bin in London geboren und aufgewachsen. Hauptsächlich bei meiner Großmutter. Musik habe ich schon immer geliebt, aber erst seit ein paar Jahren mache ich sie jeden Tag.«

»Und du singst nur Cover?« Ich biege in eine stärker befahrene Straße ab und sehe den Scheibenwischern dabei zu, wie sie versuchen, die Suppe vom Glas zu wischen. Es schüttet echt wie aus Kübeln.

»Nicht nur.« Hope hat immer noch ihre nackten Füße auf dem Sitz und fährt jetzt mit dem Zeigefinger die Konturen ihrer ebenfalls schwarz lackierten Zehennägel nach. »Ich schreibe auch eigene Songs.«

»Aber du spielst sie nie.« Meine Antwort klingt wie ein

Vorwurf. Kein Künstler sollte seine eigenen Songs verstecken, so wie sie es tut. Vor allem nicht mit einer einmaligen Stimme wie ihrer.

»Nicht vor Publikum.« Hope lehnt ihren Kopf gegen die Fensterscheibe. Ihr Blick geht dabei immer noch in meine Richtung, sodass ich mich etwas zu sehr beobachtet fühle. Normalerweise macht es mir nichts aus, immerhin ruhen seit Jahren alle Augen auf mir, aber bei Hope macht es mich nervös. »Die Leute lieben Coverversionen. Wenn ich auf der Straße stehe, wollen sie Songs hören, die sie kennen. Songs, bei denen sie mitsingen können. Damit verdiene ich mein Geld.«

»Hast du es denn schon mal mit deinen eigenen probiert?«, bohre ich weiter nach. Das Radio ist ausgestellt, und die Geräusche der Scheibenwischer, gepaart mit Noahs Geschnarche, ersetzen die Musik.

Hope schüttelt als Antwort lediglich den Kopf und dreht sich von mir weg. Offenbar dringe ich zu tief in ihre Privatsphäre ein, lege den Finger zu tief in ihre Wunden. Aber ich habe es ernst gemeint: Wenn sie für mich einspringen soll, muss ich sie besser kennen. Das hier läuft nicht ohne einen Funken Vertrauen.

»Und was hat es mit deinem Bruder auf sich?« Ich werfe einen Blick in den Rückspiegel zu Noah, der so tief und fest pennt, dass ihn nicht mal die starken Schlaglöcher dieser Nebenstraße wecken.

»Was soll es mit ihm auf sich haben? Er hat zu viel getrunken. Hast du sicher auch schon das ein oder andere Mal.« Ihre Stimme klingt jetzt wieder so gereizt, wie ich sie kennengelernt habe. Und sie hat recht. Ich weiß bestens, wie Noah sich fühlen wird, wenn er am Nachmittag aus seinem Vollrausch erwacht. Aber hier geht es nicht um mich.

»Wieso hast du ihn mit ins Haus gebracht, wenn er sich doch offensichtlich so unwohl fühlt?«, konkretisiere ich meine Frage. Ich sehe Noah so gut wie nie. Entweder hat er sich auf seinem Zimmer verschanzt, oder er ist wortlos über den Flur nach draußen verschwunden. Andere Jungs in seinem Alter würden es feiern, mit uns zusammenzuwohnen, ihn scheint es nicht die Bohne zu interessieren.

»Das ist kompliziert.« Hope ist inzwischen dazu übergegangen, die Spuren der Regentropfen auf der Fensterscheibe nachzuzeichnen. Dieses Bild ließe sich perfekt in ein Lied verwandeln. Sie sieht in diesem Moment genauso verloren aus wie jeder einzelne Tropfen an der Scheibe. In einem Augenblick noch da, im nächsten ganz weit weg.

»Du kontrollierst ihn.«

Meine Worte sind vielleicht wie ein Schlag ins Gesicht, aber sie sind wahr. Ihre Reaktion bestätigt es. Hope sieht mich mit feurigem Blick an, und ich warte nur darauf, dass sie mir etwas entgegenschmettert.

»Du hast keine Ahnung, was ich tue. Du kennst uns nicht.«

»Punkt für dich. Aber ich bin nicht blind.« Ich tippe mit zwei Fingern gegen das Gestell meiner Lesebrille. »Eigentlich sehe ich ziemlich klar.«

»Dann erleuchte mich, Walker. Erzähl es mir. Was sind wir deiner Meinung nach?«

»Ihr scheint ein sehr inniges Verhältnis zu haben.« Wieder wandert mein Blick in den Rückspiegel, um zu prüfen, ob Noah noch im Schnapskoma liegt. Tut er. Deshalb lasse ich das Thema noch nicht fallen. »Wie alt ist dein Bruder?«

»Achtzehn.«

»Dann kann er doch mittlerweile ganz gut auf sich selbst aufpassen, oder?«

Hope blickt ihren Bruder über die Schulter an und schluckt schwer. Ihre Gedanken rasen so laut, dass sie selbst sein Schnarchen übertönen. »Sieht es so aus, als würde er gut auf sich aufpassen können?«

»Er ist ein Teenager. Da schlägt jeder mal über die Stränge.« Die Worte kommen mir so leichtfertig über die Lippen, obwohl ich mich im selben Augenblick wie ein Heuchler fühle. Ja, vielleicht stimmen sie. Aber ich weiß auch, wie schmal der Grat zwischen jugendlicher Abenteuerlust und einem echten Problem ist. Schließlich stamme ich von Michael Walker ab, dem Meister der Probleme.

»So oder so. Du kannst ihn nicht kontrollieren.«

»Das weiß ich, danke.« Hope stößt ihren Atem rasselnd aus und dreht sich wieder nach vorn. Inzwischen sind wir fast am Haus angekommen, und ich habe das Gefühl, die letzten zwanzig Minuten sind nur so an mir vorbeigerauscht.

»Wieso versuchst du es dann?«

Ich parke Connors Wagen in der Auffahrt, werfe einen Blick die Straße hinab, um zu prüfen, ob uns jemand gefolgt ist, und stelle erleichtert fest, dass wir allein sind. Alle Häuser sind dunkel, niemand ist mehr wach. Nur wir.

»Gegenfrage: Wieso reden wir nur über mich? Du könntest mir auch etwas über dich erzählen.« Hope dreht sich erneut in meine Richtung, woraufhin mein Blick wieder auf dieses verboten dünne Top fällt, das sie zum Schlafen angezogen hat. Ich lasse den Motor sterben, schnalle mich ab und drehe mich in ihre Richtung. Uns trennen nur noch wenige Zentimeter und Connors abgeranzte Mittelkonsole voneinander. Ergo: Wir sind uns eindeutig zu nah. Meine Selbstbeherrschung wackelt wie ein fucking Jenga-Turm.

»Wieso habe ich das Gefühl, einen wunden Punkt getroffen zu haben?« Fast automatisch sind wir uns noch näher gekommen. Ich müsste nur meine Hand ausstrecken, und schon würde ich ihre Schenkel berühren, die ich vorhin ganz ohne Stoff gesehen habe. Hope reagiert wieder mit einem Schnauben. Sie sieht ertappt aus, und ich stecke meinen Finger noch etwas tiefer in die Wunde. Weil ich es nur so schaffe, die nötige Distanz zwischen uns zu wahren.

»Achtung, Freckles. Man könnte fast glauben, dass du Schwächen hast.« Hope schürzt ihre Lippen, rückt noch etwas dichter an mich heran und präsentiert mir dabei einen viel zu tiefen Einblick in ihr Dekolleté. Shit, sie ist gut. Sie weiß ihren Körper als Waffe einzusetzen. Ihre helle Haut leuchtet in der Dunkelheit, und der Drang, ihr den Träger endlich wieder über die Schulter zu schieben, wird übermächtig.

»Ich habe dich durchschaut, Walker. Du fragst mich nicht aus, weil du mich kennenlernen willst, sondern um von dir selbst abzulenken. Wieso bin ich wirklich hier, hm?« Sie klimpert mit ihren hübschen Augen und lässt ihre Lippen einen Spaltbreit offen. Verflucht, sie nutzt ihre Wirkung auf mich schamlos aus. »Geht es wirklich nur darum, dass deine Stimme geschont werden muss?«

Innerhalb von Sekunden sinkt die Temperatur in diesem Wagen in den Keller. Sie hat den Spieß umgedreht, hat mich zur Zielscheibe gemacht. Sie kann unmöglich wissen, was der wahre Grund für meinen Ausfall ist. Allen Leuten, die davon wissen, vertraue ich mein Leben an. Keiner von ihnen würde diese Bombe hinter meinem Rücken vor ihr platzen lassen. Hope blufft.

Weil ich nicht antworte, tritt ein siegessicheres Grinsen auf ihre Lippen. Lippen, die mir jetzt noch näher gekommen sind. Ihr warmer Atem kitzelt mein Kinn, während ich versuche, die Fassung zu wahren. Aber das ist verflucht schwer, wenn eine Versuchung wie sie so kurz davorsteht, mich zu küssen.

»Achtung, Walker.« Ihre Stimme ist wie Honig, klebrig süß und absolut gefährlich, wenn man sich darin verfängt. »Man könnte fast glauben, dass du Schwächen hast.«

Unsere Blicke sind fest ineinander verkeilt, und ich kann ihr Herz beinahe rasen hören. Oder ist es meines? Scheiße, ich weiß es nicht. Ich kann ihren Körper kaum noch von meinem trennen, weil wir uns so nah sind. Ihr unwiderstehlicher Duft vernebelt meine Sinne, lässt mich unvorsichtig werden.

Meine Hand findet wie von selbst ihren Weg auf Hopes Unterarm, und als ich sie berühre, stellen sich ihre feinen Härchen auf. Recken sich meiner Hand entgegen. Vielleicht bilde ich es mir nur ein, aber ich bin mir ziemlich sicher, dass sie am ganzen Körper erschaudert. Langsam, Zentimeter für

Zentimeter, wandert meine Hand höher, und als ich den Träger ihres hellblauen Satintops erreiche, schiebe ich ihn quälend langsam über ihre Schulter nach oben. Auch wenn alles in mir nach dem Gegenteil schreit. Ich will ihr dieses Top vom Leib zerren und ihre Knospen mit meinen Lippen umschließen. Ich muss nicht nachsehen, um zu wissen, dass sie sich hart gegen den weichen Stoff drücken. Aber dieses Mal hat der Regen nichts damit zu tun. Es ist meine Hand, die sie so reagieren lässt.

»Du willst etwas über mich erfahren?«, frage ich sie und bin erstaunt darüber, wie rau meine Stimme klingt. »Alles, was du über mich wissen musst, findest du im Internet.«

Mit diesen Worten lasse ich von ihr ab, öffne die Fahrertür und steige aus dem Ford. Ich muss hier weg, ehe ich noch auf die dumme Idee komme, dieses Spiel auf die Spitze zu treiben. Bevor ich die Tür schließen kann, hält Hope mich auf.

»Warte! Was ist mit Noah?« Man hört und sieht ihr an, dass sie die letzten Minuten genauso aus dem Konzept gebracht haben wie mich.

»Lass ihn im Auto pennen.« Ich selbst habe mehr als eine Nacht auf der Rücksitzbank einer Karre verbracht. In diesem Zustand sollte man den Kerl lieber schlafen lassen, anstatt ihn zu wecken und ins Bett zu schleifen.

»Arschloch!«, faucht Hope und ist plötzlich wieder ganz die Alte. Zu meinem Glück. Denn gerade hat sie gefährlich nah an einer Wahrheit geschabt, die sie nichts angeht. Ich schließe die Tür, gehe um den Wagen herum und werfe Hope den Autoschlüssel zu, nachdem sie ebenfalls ausgestiegen ist. Inzwischen trägt sie wieder ihre Strickjacke.

»Leg den Schlüssel auf die Kommode neben der Tür.« Ohne sie eines weiteren Blickes zu würdigen, marschiere ich auf das Haus zu und gehe ohne Umschweife in mein Schlafzimmer.

Und auch wenn ich hundemüde bin und im Stehen einschlafen könnte, finden meine Hände ganz von allein mein Instrument. Ich setze mich in klammen Klamotten auf mein Bett, ziehe die Gitarre auf meinen Schoß und verfeinere die Melodie, die ich vorhin komponiert habe.

Als ich zufrieden bin – und das war ich seit Wochen nicht mehr –, nehme ich mein Notizbuch zur Hand, lese meine durchgestrichene Textzeile und schreibe sie ein zweites Mal darunter.

Mit dem Unterschied, dass ich sie dieses Mal stehen lasse. Noch mehr als das. Ich schreibe weiter. Vielleicht hatte Robert recht, und Hope ist doch meine Muse, aber das darf sie niemals erfahren.

And all these endless thoughts are running through my twisted brain
Like a train
Filled with passengers named fears
Or like shooting stars, leaving scars
In the night sky of my soul
Forever

Kapitel 14

Isaac

Es ist bereits später Nachmittag, als ich vollkommen verschlafen ins Erdgeschoss gehe, um mir einen Kaffee zu machen, der mich hoffentlich aus dem Wachkoma holt. Nachdem ich Hope und ihren Bruder an Connors Karre zurückgelassen habe, bin ich noch weitere vier Stunden wach geblieben, um an meinem neuen Song zu arbeiten.

Dementsprechend im Arsch bin ich, als ich die Küche betrete. Doch als ich sehe, dass Megan weinend am Esstisch sitzt, bin ich innerhalb von Sekunden hellwach. Hope ist ebenfalls da, sitzt neben meiner Schwester und hält auf dem Tisch ihre Hand, als wären sie alte Freundinnen. Zum ersten Mal, seitdem sie hier ist, verspüre ich keinen Groll über ihre Anwesenheit, weil es gerade Wichtigeres gibt. Und das ist meine weinende Schwester.

»Was ist passiert?«, frage ich alarmiert. Es fällt mir schwer, zu schlucken, weil es sich anfühlt, als würde sich ein faustgroßes Geschwür in meinem Hals bilden und dort mit jeder Sekunde weiter wuchern.

»Ich war vorhin mit Heather draußen.« Megan wischt sich mit dem Rücken der freien Hand über die Wange, um ihre Tränenspuren zu trocknen. Dabei weiß sie, dass sie sich nie vor mir verstecken muss.

»Wo warst du?« Ich will nicht harsch klingen, immerhin ist es Megans gutes Recht, das Haus zu verlassen. Aber wir waren uns alle einig, dass sie bis auf Weiteres erst einmal hierbleibt. Umgehend räuspere ich mich, um die Verärgerung aus meiner Stimme zu vertreiben. Sie hat hier nichts zu suchen. »Was haben diese Wichser getan?«

Ich blicke zu Hope, die schweigend neben Megan sitzt und ihren Handrücken streichelt. Sie ist gut darin, still für jemanden da zu sein. Selbst mich beruhigt ihre Anwesenheit, und das ist vollkommen schräg, wenn man bedenkt, wie sehr sie mich sonst auf die Palme bringt.

»Ich wollte mit Heather spazieren gehen. Und auf dem Weg ist mir aufgefallen, dass wir neue Windeln brauchen. Also dachte ich, dass ich wenigstens kurz in einen Supermarkt gehen könnte.«

»Aber das konntest du nicht«, stelle ich schluckend fest.

Megan schüttelt den Kopf.

»Als ich am Regal mit den Babysachen stand, wurde ich von zwei Frauen wie eine Außerirdische angestarrt. Sie haben über mich geredet, aber das war mir noch egal. Sollen sich die dummen Hühner doch an ihrem Tratsch verschlucken.« Megan reckt ihr Kinn wie die Königin, die sie ist. Eine einzelne Träne stiehlt sich aus ihrem Auge und kullert quälend langsam über ihre dunkle Haut.

»Draußen wurde es dann schlimm. Keine Ahnung, wie

mich die Paparazzi gefunden haben, aber da waren gleich drei von ihnen. Sie haben mich regelrecht eingekesselt, mich mit Fragen bombardiert und haufenweise Fotos geschossen. Heather hat richtig Angst bekommen.«

»Wo ist sie jetzt?« Meine Kiefer mahlen. Meine Fäuste sind bereit, diese Wut an jemandem auszulassen. Am allerbesten an diesen Scheusalen, die eine junge Frau so lange belagern, bis ihr Baby vor Angst zu weinen anfängt. Wie kann man nur so abgebrüht sein? Für einen lächerlichen Schnappschuss?

»Sie ist in meinem Zimmer und schläft. Es war echt übel, Isaac.« Ihr Blick huscht zu Hope, die ihre Position noch immer nicht verlassen hat. Zum Glück. Zum Pech. Scheiße, ich weiß es nicht. »Du hast noch geschlafen und bist nicht rangegangen. Wäre Hope nicht gewesen, wüsste ich nicht, wie ich es nach Hause geschafft hätte.«

»Du hast sie abgeholt?«, richte ich das Wort zum ersten Mal an Hope. Sie sieht aus klaren, wachen Augen zu mir auf. Umgehend wird es hinter meiner Brust warm, als hätte jemand die Heizung in mir aufgedreht. Von der ich nicht mal wusste, dass ich sie habe.

»Ich habe mir Connors Wagen ausgeliehen.« Sie zuckt entschuldigend mit den Schultern. »Hoffe, er wird mir dafür nicht den Arsch aufreißen.«

»Dann reiße ich ihm den Arsch auf.« Dankbarkeit flutet mich und macht den Kloß in meinem Hals etwas erträglicher.

»Sind euch die Wichser gefolgt?« Wenn sie wissen, wo wir uns aufhalten, könnten die nächsten Wochen ziemlich stressig werden. Als die Presse zum ersten Mal herausgefunden hat, wo ich wohne, haben sie wochenlang meine Haustür belagert. Irgendwann haben sie Ruhe gegeben, aber es war ätzend.

»Nein, ich glaube nicht.« Megan schürzt die Lippen. »Hope hat sie abgehängt.«

»Mit der alten Schrottkiste?«, entfährt es mir lachend. Connors Ford hat kaum über einhundert PS und fällt bei jedem Starten beinahe auseinander. Die Vorstellung, wie Hope darin Need-for-Speed-mäßig durch London rauscht, ist einfach irre komisch.

»Was soll ich sagen? Bin halt ein Naturtalent.« Hope grinst mich frech an. Und dieses freche Grinsen stellt eindeutig zu viele Dinge mit mir an, die hier absolut nichts verloren haben.

»Würde es dir etwas ausmachen, wenn ich kurz allein mit meinem Bruder spreche?«

Hope steht unverzüglich auf, drückt noch einmal Megans Hand und will an mir vorbeigehen. In letzter Sekunde packe ich sanft ihren Arm, um sie aufzuhalten. Aus ihren großen Rehaugen sieht sie zu mir auf. Wieder hängen ihr die Fransen ihres frechen blonden Ponys in die Stirn. Ich sehe, dass Hope den Atem anhält. Vielleicht tue ich es auch. Vielleicht fällt es uns leichter, einander so nah zu sein, wenn wir nicht atmen.

»Danke«, flüstere ich. Ohne sie wäre Megan nicht unbeschadet nach Hause gekommen, und dafür stehe ich wohl in ihrer Schuld.

»Nicht dafür.« Hope stößt ihren Atem kaum hörbar aus,

und als sie mir ihren Arm entzieht, fühlen sich meine Fingerspitzen irgendwie leer an. Als Hope nach oben verschwunden ist, setze ich mich zu Megan an den Tisch.

»Ich habe in den letzten Tagen viel nachgedacht, Bruderherz.« Megan macht eine Pause, die das Geschwür in meiner Kehle wieder größer werden lässt. »Mir ist heute klar geworden, dass ich nicht hierbleiben kann.«

»Was meinst du damit? Wo solltest du sonst hin? Du bist gerade nirgendwo sicherer als hier. Wir passen auf dich auf. Ich passe auf dich auf. Auf euch beide.«

»Das weiß ich«, sagt sie schnell. »Aber ich will nicht, dass Heather in den nächsten Wochen nie das Haus verlassen kann. Ich will nicht, dass sie meine Panik spürt, jedes Mal, wenn ich am Fenster vorbeigehe und Angst habe, dass da jemand vor unserem Haus sein könnte. Glaub mir, die Kleine spürt *alles*.«

Megan hat recht. Mein Patenkind hat wahnsinnig scharfe Antennen für die Stimmungen anderer, weshalb ich immer darauf achte, gut drauf zu sein, wenn ich sie auf den Arm nehme. Zumindest gebe ich mein Bestes. Aber sobald ich sie an mich presse und sie an meinen Haaren zupft, sind ohnehin alle Sorgen vergessen. Heather ist die fucking beste Medizin auf diesem Planeten. Ich selbst will keine Kinder in diese Welt setzen, aber ihre Geburt hat mir klargemacht, dass es kaum etwas gibt, das näher an das Wort *Wunder* herankommt.

»Der Vorfall heute hat mir klargemacht, dass ich etwas Abstand brauche. Nicht von euch, sondern von London. Und deshalb habe ich vorhin mit Carter gesprochen.« Carter ist Heathers Vater und ein ziemlich guter Kumpel. Er hat uns vor einiger Zeit auf unserer Europatournee begleitet und ein Buch über unsere Geschichte geschrieben, das wochenlang die Spitze der Bestsellerliste angeführt hat. Ich liebe den Kerl, und ich weiß, dass er sich gut um Megan und seine Tochter kümmern wird, aber es gibt einen Haken: Carter wohnt nicht in England.

»Du willst nach Texas?«

»Vorübergehend.« Megan hatte immer ein freies und wildes Leben. Seitdem sie ebenfalls ins Scheinwerferlicht gerutscht ist, ist dieses Leben jedoch enorm eingeschränkt.

»Du weißt, dass ich ohnehin überlegt habe, mir mal eine Wohnung da drüben anzusehen. Heather vermisst ihren Dad, und ich glaube, ihm geht es genauso.« Mein Patenkind ist das Ergebnis einer verheißungsvollen Nacht, die Carter und Megan miteinander geteilt haben. Als ich die beiden einander vorgestellt habe, haben sie sich sofort gut verstanden, aber mehr als dieser One-Night-Stand war da nie, mehr als Freundschaft hat sie nie verbunden. Bis Heather zur Welt kam und unser aller Leben auf den Kopf gestellt hat.

»Du überlegst wirklich, nach Texas zu ziehen.«

Diesen Schock muss ich erst einmal verarbeiten. Am besten mit einem Shot. Oder zwei. Megan und ich sind unzertrennlich. Seit meine Mutter zu ihrem Lover – Megans Vater Duncan – gezogen ist, ist sie meine Schwester. Keine Stiefschwester, sondern eine richtige. Es war von Anfang an, als wären wir zusammen aufgewachsen.

»Ich wäre ja nicht aus der Welt. Außerdem ist noch nichts in trockenen Tüchern. Aber solange die Presse mich zerfleischen will, wäre es die beste Lösung, meinst du nicht?« Megan fragt mich immer nach meiner Meinung, vor allem bei den großen Entscheidungen. Nur bei der Frage, ob sie das Baby behalten soll oder nicht, hat sie zu Recht niemanden mitbestimmen lassen. Weil sie dieses Kind wollte, auch wenn es nicht in ihre Planung passte. Und ich könnte nicht stolzer auf mein Patenkind sein. Genauso wie auf Megan, weil sie die beste Mutter ist, die man sich nur vorstellen kann.

»Das alles ist meine Schuld.« Ich fühle Tränen in mir aufsteigen, auch wenn Megan gerade direkt vor mir sitzt und Heather oben schläft. Sie sind noch hier. Aber der Gedanke, dass uns bald über zehn Flugstunden trennen werden, fühlt sich mies an.

»Stopp, Zac! Nichts hiervon ist deine Schuld.« Megan schiebt ihren Stuhl zurück, steht auf und tritt hinter mich. Sie schlingt ihre Arme um mich, und ich umgreife ihre Hände. Anschließend drückt sie ihren Kopf seitlich gegen meinen. »Hast du mich gehört? Du hast nichts falsch gemacht.«

»Aber ich konnte es auch nicht verhindern«, presse ich hervor. »Es ist auf *unserem* Konzert passiert, Meg. Und jetzt zerreißt dich die Presse, und du musst London verlassen.« Ich vergrabe das Gesicht in den Händen, damit sie nicht sieht, wie meine Augen endgültig von Tränen geflutet werden. Fuck!

»Es tut mir so leid«, wispert sie. Sie klingt unglaublich traurig, so wie auch ich mich gerade fühle. Weil dieses Leben, das ich mir aufgebaut habe, immer schattiger wird. Immer kälter. Als würde nach Jahren des Sommers zum ersten Mal der Winter Einzug halten.

»Was tut dir leid? Du bist das Opfer hier, Meg. Nicht ich.«

»Dass du … also falls du … meinetwegen nicht mehr singen kannst. Dann tut es mir furchtbar leid. Ich wollte euch nie in diese beschissene Lage bringen. Und dich erst recht nicht, Bruderherz.«

Megan kann nichts für mein Versagen, das hier geht allein auf meine Kappe. Weil ich Berufliches und Privates nicht trennen kann. Weil ich diesem Kloß in meiner Kehle zu viel Macht über mich gebe. Weil ich es nicht schaffe, über den Dingen zu stehen. Nicht aus verletztem Stolz, sondern aus anderen Gründen. Gründen, die ich gar nicht tiefer beleuchten will, wenn ich ehrlich bin. Manche Türen sollten besser verschlossen bleiben.

»Es tut mir trotzdem leid. Aber ich glaube an dich, Bruderherz.« Sie hält kurz inne und schaut mich an. »Vielleicht solltest du …«

»Vielleicht sollte ich was?« Ich fahre mir mit der Hand über das Gesicht und bin erleichtert, weil sich keine nassen Spuren auf meinen Wangen finden.

»Vielleicht solltest du jemanden suchen, der dir hilft, deine Stimme wiederzufinden.« Ihr Vorschlag ist absurd. Es bräuchte schon eine Zauberärztin, um meine Blockade zu lösen.

»Ich kann deine Gedanken beinahe hören, so laut sind sie.« Megan drückt mir einen Kuss auf die Schläfe und setzt sich wieder neben mich. »Du glaubst nicht, dass dir jemand helfen kann, aber ich bin da anderer Meinung. Ich kenne eine

Therapeutin, die sich spontan für dich Zeit nehmen kann. Einen Versuch ist es doch wert, oder?« Ihre Schokoladenaugen funkeln mitfühlend, während sich in mir alles verkrampft. Doch je länger ich meine Schwester ansehe, desto mehr löst sich diese Anspannung. Ich weiß, dass sie es nur gut mit mir meint und mir helfen will.

»Ich könnte es ja mal probieren.« Die Worte schmecken bitter auf meiner Zunge, aber ich zwinge mich zu einem Lächeln. Währenddessen beginnt Megan zu strahlen.

»Ich bin stolz auf dich, Bruderherz. Glaub mir, du wirst deine Stimme wiederfinden. Und sie wird besser denn je sein.«

Ich wünschte, sie hätte recht. Aber meine Selbstzweifel sind noch viel erdrückender als der Kloß in meinem Hals.

»Das wird sie.« Und dieses Mal belüge ich nicht nur mich selbst, sondern auch einen der wichtigsten Menschen in meinem Leben.

Kapitel 15

Isaac

»Du musst dir keine Sorgen um Meg machen, Isaac. Ich passe auf sie auf. Und Sky freut sich auch schon riesig.« Bei Carter ist es noch ziemlich früh am Tag, während bei uns schon die Sonne untergegangen ist. Ich habe ihn gebeten, mich sofort anzurufen, wenn er wach ist. Jetzt telefonieren wir seit einer halben Stunde, während ich versuche, zu realisieren, dass Megan gerade nach einem passenden Flug sucht und vermutlich schon nächste Woche in Texas sein wird.

»Das weiß ich, Alter. Und wenn nicht, würdest du auch ziemlichen Ärger mit ihrem großen, bösen Bruder bekommen.« Ich liege ausgestreckt auf meinem Bett und starre an die Decke, das Telefon liegt neben mir auf dem Kopfkissen.

»Apropos großer, böser Bruder. Wie geht es dir, Mann? Hab von Megan gehört, dass es gerade … schwierig ist.«

Schwierig ist wohl die Untertreibung des Jahres. Beschissen passt besser. Aber ich bin nicht wie Carter, der ohne Probleme über seine Gefühle sprechen kann. Er ist ganz anders aufgewachsen als ich, und damit meine ich nicht, dass er ein leichtes Leben gehabt hätte. Er wurde seiner drogenabhängigen Mutter sehr jung weggenommen und kam in eine Pflegefamilie, in der er seine beste – und mittlerweile feste – Freundin Sky kennenlernte. Bei seinen Pflegeeltern hat er gelernt, dass es okay ist, traurig zu sein. Dass es okay ist, wütend zu sein. Er hat gelernt, dass jedes Gefühl seine Daseinsberechtigung hat. Aus diesem Grund hat er Megan gefragt, ob sie ihre Tochter nach seiner verstorbenen Pflegemutter Heather benennen können. Und sie hat sich sofort in die Idee und den Namen verliebt. Es gibt keinen, der besser zu diesem kleinen Menschenbündel passen würde.

Bei mir zu Hause war es anders. Gefühle zu zeigen, war, wie Gift zu schlucken. Mein Erzeuger hat es geschafft, alle Gefühle außer Zorn im Keim zu ersticken. Ohne zu bemerken, dass er damit auch seine ganze Familie erstickt hat.

»Hörst du mir überhaupt noch zu, Alter?« Carter lacht am anderen Ende der Leitung, während ich wieder zurück in den Moment falle.

»Sorry, bin ziemlich platt. Wie geht es Sky?«

»SkySky? Wie geht es dir?«

»Wer will das wissen?«, fragt sie mit ihrer warmen Stimme. Habe ich schon erwähnt, wie großartig seine Freundin ist? Sie passt perfekt zu Carter, ist wie das Puzzleteil, das für ihn geschnitzt wurde.

»Isaac.«

Es raschelt am Telefon, dann höre ich Skylars Stimme glasklar.

»Hey, Rockstar.«

»Hey, Sonnenschein. Wie geht es dir?« Dieses Gespräch

fühlt sich so herrlich leicht, so herrlich unbeschwert an. In den letzten Wochen hat sich immer alles um mich und mein Versagen gedreht, um das Fast-Aus der Band. Es ist schön, mal über etwas anderes zu sprechen. Carter und Sky haben genug Abstand zu dem Drama, das sich hier gerade abspielt. Wir sind zwar inzwischen auch international bekannt, aber unsere größte Fangemeinde kommt nach wie vor aus England.

»Mir geht es blendend. Aber weißt du, wann es mir noch besser gehen würde?« Ich kann sie förmlich mit den vollen Wimpern klimpern hören.

»Du wirst es mir sicher gleich sagen.«

»Wenn ihr Jungs mal wieder ein Konzert in Texas gebt. Unsere Ohren vermissen euren Sound.« *Ich vermisse ihn auch.*

»Wir kommen sicherlich bald wieder nach Texas«, verspreche ich Skylar, auch wenn ich keine Ahnung habe, ob ich dieses Versprechen halten kann. Eine Weile unterhalten wir uns noch zu dritt, reden über Gott und die Welt, bevor wir das Telefonat nach über einer Stunde beenden. Ich schiebe das Handy auf meinen Nachttisch, und gerade, als ich nach meiner Gitarre greifen will, um mich möglichst schnell mit ein paar schwierigen Akkorden abzulenken, ertönt ein Schrei.

Ein Schrei, so glockenhell, so laut, dass mir das Blut in den Adern gefriert. Sekunden später höre ich mehrere Türen, die sich öffnen, und als ich selbst auf den Flur trete, stürmt Noah gerade zum Zimmer seiner Schwester. Ist es Hope, die wie am Spieß schreit? Und wenn ja, warum, verdammt? In mir macht sich ein mulmiges Gefühl breit.

»Was ist los?«, frage ich Noah. Er sieht noch ziemlich hinüber, aber nicht mehr besoffen aus.

»Ist das Hope, die so schreit?« Megan hat Heather auf dem Arm und tätschelt ihren Kopf behutsam.

»Das ist meine Schwester, ja.« In den letzten Tagen habe ich Noah noch nie so aktiv, so klar und wach erlebt. Wenn ich ihn überhaupt zu Gesicht bekomme, gleicht er eher einem wandelnden Zombie, der sich hin und wieder ein Toastbrot in den Mund schiebt, aber sonst nicht viel macht. Megan und ich folgen Noah in Hopes Zimmer, und als ich sie auf dem Bett entdecke, rutscht mir das Herz in die Hose.

Hope sitzt aufrecht im Bett und atmet so schnell und heftig, als wäre gerade ein Serienkiller hinter ihr her. Aber da ist niemand. Da ist nur sie. Und jetzt Noah, der zu seiner großen Schwester aufs Bett klettert, sich hinter sie setzt und sie zwischen seine Beine zieht. Es ist das erste Mal, dass ich sehe, wie er sich um sie kümmert und nicht umgekehrt.

»Hey, Sis. Alles ist gut.« Aber Hope scheint ihn nicht zu sehen, nicht einmal zu bemerken. Ihre braunen Augen sind weit aufgerissen, aber ich bin mir sicher, dass sie keinen von uns wirklich wahrnimmt. Stattdessen starrt sie apathisch Löcher in die Luft und schreit nach wie vor aus vollem Hals. Fuck, hatte sie einen Albtraum? Aber ein Albtraum endet meistens, wenn man geweckt wird.

Schweiß steht ihr auf der Stirn, ihre blonden Fransen kleben an ihrer Haut, genau wie ihr graues Shirt.

Sie zittert am ganzen Leib, während Megan und ich nur wie zwei Vollidioten vor dem Bett stehen und dabei zusehen, wie Noah sie sanft hin und her wiegt. Er hat sie gegen seine

Brust gezogen und flüstert ihr etwas ins Ohr. Etwas, das sie scheinbar ruhiger werden lässt, denn der Schrei verstummt allmählich.

»Was ist mit ihr?«, frage ich Noah atemlos. Ich fühle mich hilflos, weil ich keine Ahnung habe, was man in dieser Situation am besten macht.

»Sie hat Nachtangst«, ist seine knappe Antwort. »Hat sie schon seit dem Tod unserer Mutter.«

Wieder wird meine Kehle eng. Ich weiß so gut wie gar nichts über Hope, nur, dass sie auf der Straße Musik macht und bei ihrer Großmutter aufgewachsen ist. *Weil ihre Mutter gestorben ist.* Auf einmal fühle ich mich mies, weil ich so ein Arsch zu ihr war.

»Was kann man tun, um ihr zu helfen?«, will Megan wissen und gibt Heather einen Kuss auf die Schläfe. Die Kleine schmatzt müde und steht kurz davor, an ihrer Schulter einzuschlafen.

»Man muss abwarten, bis sie wach wird.«

»Sie ist gerade nicht wach?«, frage ich und klinge total dämlich dabei. Jeder Blinde würde sehen, dass sie nicht wirklich anwesend ist, nur weil sie die Augen offen hat.

»Nicht richtig. Sie ist in einer Art Zwischenwelt. Nicht wirklich wach, aber auch nicht wirklich schlafend. Meistens dauert es ein paar Minuten, bis sie wieder ganz da ist.«

»Wie oft hat sie das?«

»Ganz unterschiedlich. Manchmal hat sie wochenlang keinen Schub, manchmal mehrere Male die Woche. Je nach Stress, schätze ich.« Und gerade hat sie mehr als nur ein wenig Stress, immerhin arbeitet sie Tag und Nacht durch. Hope wird in den Armen ihres kleinen Bruders immer ruhiger, ihr Blick wird langsam klarer und ihre Atemzüge werden wieder länger.

»Hey, Sis. Bist du da?« Noah klingt so viel einfühlsamer, als ich von ihm erwartet hätte.

»Was macht ihr alle hier?« Hope sieht erst mich, dann Megan fragend an. Die Falte auf ihrer Stirn wird tiefer. Dann bemerkt sie Noah hinter sich und scheint zu verstehen, was passiert ist.

»Scheiße!«, flucht sie und schlägt sich umgehend die Hand vor den Mund.

»Habe ich euch alle wach gemacht?« Schuldgefühle blitzen in ihrem Gesicht auf, das von einem ganz leichten Schweißfilm überzogen ist. Es muss anstrengend und auslaugend sein, so heftig zu schreien. Und für ihre Stimme ist es sicher auch nicht angenehm, nachdem sie eine Woche lang wie ein Tier durchgearbeitet hat.

»Hast du nicht«, versichert Megan ihr. »Können wir dir etwas Gutes tun, Süße?«

Hope schüttelt den Kopf und rappelt sich auf. Dann rutscht sie von Noah weg und drückt ihm einen Kuss auf die Wange. »Danke, Bruderherz. Es geht schon wieder.«

»Immer, Sis. Weißt du doch.« Er wuschelt seiner großen Schwester durch die Haare und steht auf. Megan geht wieder mit der quengelnden Heather auf ihr Zimmer. Nur ich bleibe wie festgewurzelt im Raum stehen und sage kein Wort. Dabei sollte ich längst verschwunden sein, weil ich mich echt fehl am Platz fühle. Fehl am Platz *bin*.

Die Stimmung im Raum ist zum Zerreißen gespannt, sobald Hope und ich allein sind. Sie sitzt im Schneidersitz auf dem Bett, versucht, tief zu atmen. Und ich stehe hier wie ein Vollidiot und habe Tausende Fragen an sie auf der Zunge.

»Schläfst du deshalb kaum?« Diese Frage rutscht mir als Erstes heraus. »Wegen der Nachtangst, meine ich?«

Hope schürzt die Lippen, klopft sich ein paar Mal auf die Wangen, um wacher zu werden, und nickt. »Schlafen ist für mich nicht sonderlich erholsam.« Kein Wunder, wenn man ständig Angst haben muss, wieder von der Panik gepackt zu werden. Wieder fühle ich mich scheiße, weil ich sie in den letzten Nächten am liebsten vor die Tür gesetzt hätte. Mit dem Wissen im Hinterkopf, wieso sie so wenig pennt, fällt es mir schwer, sauer zu sein.

»Gibt es etwas, das dir hilft?« Die Antwort auf meine Frage kenne ich bereits, aber ich will ihr irgendwie das Gefühl geben, dass es jemanden gibt, der sich dafür interessiert. Jemanden, der nicht ihr Bruder ist.

»Musik«, erwidert Hope mit ihrer rauen, einmaligen Stimme. Zum ersten Mal, seit sie hier ist, will ich, dass sie singt. Dass sie Musik macht. Weil ich weiß, wie heilsam sie sein kann. Egal, wie tief die Wunden sind, die wir an uns tragen, Musik macht sie erträglicher. Vielleicht fuckt es mich deshalb so stark ab, dass ich nicht mehr singen kann. Weil ich mein Heilmittel verloren habe. Einem Impuls folgend gehe ich zu dem grauen Ohrensessel in der Ecke des Raumes, schnappe mir Hopes alte, mittelklassige Gitarre und setze mich auf den Sessel.

»Was wird das jetzt?«

Skeptisch sieht sie mich an. Dass ich kein Shirt trage, fällt mir erst jetzt auf. Und ihr scheint es auch aufzufallen, denn ihr Blick klebt an meinem nackten Oberkörper, gegen den ich jetzt ihre Gitarre halte.

»Ich spiele, du singst.«

Natürlich singt sie. Weil ich nicht kann. Aber spielen, spielen kann ich. Und wenn es ihr hilft, sich von dem Schock zu erholen, dann habe ich heute wenigstens irgendwas Brauchbares auf die Beine gestellt.

»Wirklich?« Hopes Miene leuchtet nahezu, und ich verstehe sie *so* gut. Musik schaltet das Licht in einem an, selbst wenn da sonst nur Dunkelheit herrscht. Ich übergehe ihre Frage einfach, positioniere die Gitarre richtig und sehe zu ihr hinüber. »Welches Lied soll ich spielen, Freckles?«

Kapitel 16

Hope

Isaac schlägt die Saiten meiner Gitarre zweimal an und beginnt anschließend, sie zu stimmen, während ich ihm vollkommen perplex zusehe. Er meint das tatsächlich ernst. Er will, dass ich singe, während er spielt. Bin ich in eine seltsame Parallelwelt geschlittert?

Meine Knochen tun mir weh, so wie jedes Mal, wenn ich einen Schub hatte. Meistens fühlt es sich wie ein fieser Muskelkater an, weil ich mich am ganzen Körper verspanne, aber gerade kann und will ich mich nicht darauf konzentrieren. Es ist mir unangenehm, dass Isaac und Megan Augenzeugen meiner Angst geworden sind. Einer Angst, die mich inzwischen seit über sechzehn Jahren begleitet und die zu einem festen Teil von mir geworden ist. Der letzte Schub ist schon einige Wochen her, und ich hatte gehofft, dass ich die Zeit im Bandhaus ohne überstehen würde.

»Also, was ist?« Isaac hat die Gitarre inzwischen gestimmt und sieht mich erwartungsvoll an. Was hier gerade passiert, ist vollkommen surreal. Wir mögen uns nicht, können uns nicht ausstehen. Und doch sitzt er jetzt hier, mit meiner Gitarre an seiner nackten Brust, und wartet darauf, dass ich einen Song aussuche, den er spielen kann.

»Wie wäre es mit ›Iris‹?« Dieses Lied kann ich im Schlaf singen, und ich bin mir sicher, dass jemand wie Isaac es auch im Schlaf spielen kann. Seine Haare hängen ihm wild in die Stirn, während er nickt und den ersten Akkord greift.

»Gute Wahl.« Dann fängt er an zu spielen. Innerhalb von Sekunden füllt sich nicht nur der Raum mit Magie, sondern auch mein Herz. Isaac spielt den Song blind, legt sein ganzes Gefühl in die Akkorde, und als ich mit meiner leicht angeschlagenen Stimme einsetze, passiert etwas völlig Unerwartetes. Wir werden zu einer Einheit. Meine Stimme, seine Melodie. Ich habe den Song selbst Tausende Male gespielt, weil er ein Klassiker der Straßenmusik ist, aber heute klingt er irgendwie anders. Noch schöner.

Meine Stimme ist anfangs etwas holprig, weil mich die Situation maßlos überfordert, aber sobald ich den Refrain singe, fällt die Anspannung von mir ab. Meine Augen halte ich geschlossen, aber ich könnte schwören, dass Isaac mich beobachtet. Sein Blick brennt sich auf meine Lippen, als würde er jedes Wort, das sie verlässt, tief einsaugen und in sein Gitarrenspiel einfließen lassen.

Sanft wiege ich mich von links nach rechts, lege eine Hand auf mein Herz und spüre, wie es allmählich langsamer wird. Ihn spielen zu hören, beruhigt mich. Zu seiner Melodie zu singen, beruhigt mich. Und in diesem Augenblick kann ich mir zum ersten Mal vorstellen, wie es wäre, mit ihm zusammen auf der Bühne zu stehen. Ich fühle, dass wir harmonieren. Obwohl wir so unterschiedlich sind, sind wir in der Musik gleich. Die zweite Strophe fliegt nur so dahin, und als ich den Refrain ein weiteres Mal singe, schlage ich die Lider auf.

Wie zu erwarten, sieht Isaac mich an. Er lehnt lässig im Sessel, hält die Gitarre meiner Mutter und lässt seine geschickten Finger über die Saiten tanzen. Ich kann nichts in seiner Mimik lesen, weil er mir nichts preisgibt, aber seine Augen verraten ihn. Er findet das hier genauso gut wie ich. Er findet *uns* in Kombination genauso stark. Meine Stimme wird kraftvoller, emotionaler, und Tränen bilden sich in meinen Augenwinkeln.

Während ich darüber singe, wie es ist, sich vor der ganzen Welt verstecken zu wollen, zeige ich Isaac alles von mir. Den Schmerz, der mich seit meiner Kindheit begleitet wie ein festgezurrter Rucksack. Eine Träne löst sich aus meinem Wimpernkranz, während sich unsere Blicke ineinander verlieren. Mein Herz schlägt wieder schneller, aber dieses Mal ist nicht die Angst schuld daran. Er ist es. Weil sich etwas Fundamentales verändert hat, in dem Moment, in dem er nach meiner Gitarre griff. Es fühlt sich vertraut an. Intimer als alles, was ich bisher mit einem Mann geteilt habe.

Isaac improvisiert etwas, scheint das Lied in die Länge ziehen zu wollen. Vielleicht will auch er nicht, dass es schon endet. Vielleicht will er diesen magischen Moment noch etwas länger genießen. Ein paar Akkorde lang lasse ich ihn einfach spielen, lausche seinem Können, der ganz eigenen Note, die er in diesen Song packt. Und dann singe ich den Refrain ein letztes Mal aus voller Kehle, blende alles andere um mich herum aus.

Ich habe die Wahrheit gesagt, als ich Isaac anvertraut habe, dass mir die Musik durch meine Nachtangst hilft. In seinen Augen habe ich gelesen, dass er meine Antwort längst kannte. Weil wir beide Vollblutmusiker sind. Weil Musik unser Heilmittel für alles ist. Vor allem für die Probleme, die niemand sieht. Die Probleme, die wir unter unseren Masken bei uns tragen wie Brandmale. Jetzt gerade sehe ich zum ersten Mal Isaacs Maske beim Verrutschen zu.

Seine Finger streicheln am Ende des Songs nur noch über die Saiten meiner Gitarre, lassen das Lied ganz langsam ausschleichen. Ich schlucke schwer, als es schließlich endet. Uns trennen vielleicht zwei Meter voneinander, weil der Sessel recht nah an meinem Bett steht, aber irgendwie fühlt es sich an, als säße er direkt hier, neben mir. Als könnte ich seinen Atem auf meiner Haut spüren, seine Hände, die so behutsam mit meinem wichtigsten Besitz umgegangen sind.

Keiner von uns beiden sagt etwas, weil es nichts zu sagen gibt. Wir haben die Musik für uns sprechen lassen, weil sie besser ausdrücken kann, was wir fühlen. Während des Songs konnte ich ausblenden, dass er halb nackt hier in meinem Schlafzimmer sitzt, aber jetzt? Jetzt wird mir nahezu schmerzlich bewusst, dass er kein Shirt trägt. Seine Schultern gehen in starke, sehnige Arme über. Arme, die in unglaublich talentierte Hände münden. Händen, die ich mir gerade auf meinen nackten Schenkeln vorstelle. Was zur Hölle? Ich presse meine Beine etwas fester aufeinander, erreiche damit jedoch nur, dass ein unerträgliches Pochen in meiner Mitte entsteht.

Scheiße, macht Isaac mich gerade wirklich an? Oder ist es nur die Situation, die meinen Körper so zum Glühen bringt? Mein Mundraum wird trocken, weil mein Körper an ganz anderen Stellen Feuchtigkeit braucht.

»Danke«, flüstere ich, um das Schweigen zu brechen. »Das hat geholfen.«

»Musik hilft immer.« Die Antwort kommt leise über seine Lippen. Lippen, die mir gestern in Connors Wagen so nah waren. Und auch wenn ich diesen Kerl eigentlich nicht ausstehen kann, habe ich mich gefragt, wie es wäre, von ihm geküsst zu werden. Wie es wäre, wenn wir die letzten Millimeter überbrücken, obwohl wir es nicht sollten.

»Meinst du, du kannst jetzt schlafen? Oder wollen wir noch einen Song spielen?«

Ich beiße mir auf die Unterlippe, weil ich nicht weiß, was ich antworten soll. Zwischen meinen Beinen pocht es immer noch verlangend. Ich hatte seit Monaten keinen Sex mehr, und eigentlich dachte ich, dass es mir nicht fehlen würde. Isaac belehrt mich unwissentlich eines Besseren.

Er sieht mich abwartend an, während ich an den Rand des Bettes rutsche, aufstehe und mein Shirt zurechtzupfe. Es reicht mir bis zur Mitte meiner Schenkel, eine Hose trage ich nicht. Nur einen dünnen Slip, der bereits feucht ist, ohne dass Isaac mich auch nur angefasst hat. Jedenfalls nicht körperlich, denn sein Gitarrenspiel hat mich sehr wohl berührt. Es hat einen Punkt in mir getroffen, der mich nicht mehr klar denken lässt. Einen G-Punkt, den nur Musiker haben. Und er hat ihn gefunden.

Langsam gehe ich auf ihn zu und will ihm meine Gitarre abnehmen. Will ihm sagen, dass er jetzt gehen kann. Dass ich ruhig genug bin, um wieder schlafen zu gehen. Aber ich kriege die Worte nicht über die Lippen. Stattdessen nehme ich ihm lediglich meine Gitarre ab und stelle sie an die Wand neben dem Fenster.

Isaac sitzt immer noch auf dem Sessel. Die Beine breit aufgestellt, sodass ich nur einen kleinen Schritt nach vorn machen müsste, um mich zwischen sie zu schieben. Die Luft um uns herum scheint zu vibrieren. Ich halte den Atem an.

Isaacs Oberkörper ist wie aus Stein gemeißelt, jeder Muskel scheint den perfekten Platz gefunden zu haben.

Isaac räuspert sich, während sein Blick über meinen Hals nach unten gleitet. Über das weite Schlafshirt, das ich trage und das leicht klamm ist, weil ich während meiner Attacke so stark geschwitzt habe. Sein Blick passiert meine Brust, meinen Bauch. Ob er sieht, wie stockend ich atme? Wie flach und schnell sich meine Brust hebt und senkt? Und dass er allein der Grund dafür ist?

An meinen nackten Schenkeln hält er inne. In seinen eisblauen Augen blitzt ein tiefes, nahezu dunkles Verlangen auf. Ich sehe, dass er schluckt. Er kämpft, genau wie ich. Scheiße, wir sind wie Pole, die sich in der einen Sekunde abstoßen und in der nächsten viel zu stark anziehen.

Bevor ich mich gegen mein Verlangen wehren kann, bin ich bereits auf seinen Schoß geklettert. Seine Hände finden automatisch meine Hüften, und dann drückt er mich fest auf seinen Schritt.

Er ist bereits hart, die Ausbeulung unter seiner Jogginghose presst sich verlangend gegen meinen dünnen Slip. *Fuck, fuck, fuck! Was zur Hölle machen wir hier?*

Noch bevor ich ihn fragen kann, was all das zu bedeuten hat, ist er bereits einen Schritt weiter. Er beugt sich zu mir vor, seine Lippen sind direkt vor meinen, wie letzte Nacht im Auto. Und dann bin ich es, die den letzten Funken Verstand ausschaltet und ihn küsst.

Unsere Lippen treffen aufeinander, brennend vor Verlangen. Ich schlinge meine Arme um seinen muskulösen Nacken, presse mich dichter an ihn. Isaac stößt ein tiefes Brummen aus, und dann geraten wir beide in einen Rausch. Einen Rausch, in dem es nur uns und unsere Lust gibt. Seine Hände gleiten über meine nackten Schenkel und schieben mein Shirt nach oben. Sekunden später hat er mit seiner rechten Hand meine nackte Brust umfasst. Er packt sie genauso fest, wie ich es in diesem Moment brauche, und wird noch härter unter mir. Keuchend küssen wir uns, lassen unsere Zungen miteinander tanzen, miteinander harmonieren.

»Fuck, Freckles.« Dieses Mal – zum ersten Mal – macht mich der Kosename an. Ich seufze gegen seine weichen Lippen. Wie kann ein Mund nur so weich und gleichzeitig so fordernd sein? Wie eine Festung nimmt mich seine Zunge ein. Und währenddessen zupft Isaac mit Daumen und Zeigefinger an meiner Brustwarze, um mich noch mehr aus dem Konzept zu bringen.

Ich schmelze nahezu unter seinen Berührungen, die

nicht zu sanft, sondern genau richtig sind. Und als ich beginne, mich an ihm zu reiben, stößt Isaac ein Stöhnen aus, das mir direkt in den Unterleib schießt. War das Stöhnen eines Mannes jemals so scharf wie seines? Wenn ja, erinnere ich mich nicht. Ich hatte mit einigen Kerlen Sex, aber keiner hat das in mir ausgelöst, was Isaac gerade in mir auslöst. Ganz ohne in mir zu sein.

Widerwillig löse ich mich von seinem Mund, aber nur, um mir das Shirt auszuziehen. Sobald es irgendwo am Boden hinter mir landet, sieht Isaac mich einen Moment einfach nur an. Meine nackten Brüste, die nichts sehnlicher wollen, als von ihm berührt zu werden. Meine Taille, meine Hüften, die kleine Schleife an meinem schwarzen Slip.

»Shit, du machst mich fertig«, murmelt er, beugt sich nach vorn und saugt an meiner rechten Brustwarze, während er meine linke Brust wieder mit seiner geschickten Hand umschließt. Seine Fingerspitzen sind leicht rau, die Hand eines Gitarristen. Diese Rauheit treibt mich vollkommen in den Wahnsinn.

Seine Zunge umkreist meinen Nippel, während er den zweiten nun sanfter mit seinem Daumen streichelt. Wieder beginne ich, mein Becken auf ihm zu bewegen. Kreisend rutsche ich über seinen Schoß, spüre, wie er unter dem Stoff, der uns trennt, pulsiert. Ich grabe meine Finger in sein wirres braunes Haar, presse seinen Kopf noch dichter gegen meine nackte Brust und schließe stöhnend die Augen. Atemlos genieße ich diesen Tanz, bis sich Isaac von meinen Brüsten löst und sein Gesicht Sekunden später vor meinem schwebt. Wir atmen uns gegenseitig ein und aus.

Sein Blick wird dunkler, und als er mich packt und zum Bett trägt, entweicht mir ein leises Stöhnen. Weil mein Körper es kaum erwarten kann, ihn in mir zu spüren, auch wenn es ein verdammt großer Fehler ist.

Kapitel 17

Isaac

Ich lege Hope auf dem Bett ab und beuge mich über sie. Erkunde ihre weiche Haut mit meinen Lippen und küsse das Tal zwischen ihren runden Brüsten. Die wohlgemerkt verdammt scharf sind. Noch schärfer als in meiner Vorstellung. Ihr Körper fühlt sich umwerfend an. Hope schnurrt wie ein braves Kätzchen, als ich den Weg nach unten fortführe und ihren flachen Bauch küsse. Sie biegt ihren Rücken durch, wölbt mir ihr Becken verlangend entgegen. Und ich könnte allein bei diesem Anblick und ihrem leisen Stöhnen direkt in meinen Boxershorts kommen. Scheiße, ich fühle mich wie ein pubertärer Teenie.

Und Hope ist wie eine verfluchte Sexgöttin, die sich so verboten geil an mir bewegt.

Meine Zunge umkreist ihren Bauchnabel, woraufhin sie ihre Hände erneut in mein Haar gräbt. Dieses Mal gröber. Hope muss meinen Schwanz sicher nur ansehen, und schon komme ich, so verlangend zieht es in meiner Lendengegend.

Ich lecke über ihren Bauch, passiere ihren Rippenbogen und widme mich ein weiteres Mal ihren weichen Brüsten. Hin und wieder stöhnt Hope in dieser perfekten Tonlage, dann wird ihr melodisches Stöhnen von einem lustvollen Keuchen abgelöst. Meine Hände tanzen über ihre zarte Brust, passieren ihre Schultern, fahren andächtig über ihre Arme, auf denen sich die feinen blonden Härchen aufstellen. Dass sie Tattoos hat, weiß ich, aber zum ersten Mal schenke ich ihnen wirklich meine Aufmerksamkeit. Zwei filigrane Blumenkränze schlängeln sich über ihren rechten Oberarm.

»Bitte, Isaac.« Ich sehe zu ihr auf, sehe die Ungeduld in ihren braunen Augen tanzen. Genieße, wie sehr ihr Körper auf mich reagiert. »Ich will nicht mehr warten. Ich will dich, jetzt.«

»Du willst mich«, wiederhole ich ihre fast schon absurden Worte. »Merk dir das«, stöhne ich an ihrem Hals. »Denn ich werde es auf jeden Fall gegen dich verwenden.«

Mit zuckenden Mundwinkeln beuge ich mich wieder über sie, sodass unsere Gesichter übereinander schweben.

»Bild dir nicht zu viel drauf ein.« Ihre raue Stimme zittert.

Mit dem Knie schiebe ich ihre straffen Schenkel auseinander, drücke ihr mein Bein gegen die Mitte. Ihre Atmung wird kürzer, genau wie meine. Normalerweise vögle ich Frauen schnell, ohne großes Vorspiel. Aber heute will ich es anders angehen lassen. Langsamer. Und das nicht nur, weil ich sonst zu schnell fertig bin.

Knurrend presse ich meine Lippen wieder auf ihre, lecke über ihre perfekt geraden Zähne und drücke sie fest in die Matratze. Derweil beginnt sie wieder, sich unter mir zu bewegen. Ihr Becken schmiegt sich fordernd und voller Verlangen gegen meinen Ständer, und auch wenn es sich umwerfend anfühlt, merke ich, dass etwas nicht stimmt.

Auf einmal prasseln Tausende Gedanken auf mich ein, obwohl ich beim Sex normalerweise meinen Kopf ausschalte und mich voll und ganz auf das Geschehen konzentriere. Ich sehe die anklagenden Blicke meiner Bandkollegen, das tadelnde Kopfschütteln unseres Managers. Höre die Stimme meines Vaters, der mir ins Ohr brüllt, dass ich ein Schwächling bin.

Fuck, was zur Hölle ist hier los? Während Hope unter mir immer ekstatischer wird, merke ich, dass mein Schwanz langsam, aber stetig abschwillt. Wir küssen uns immer noch, aber ich überlasse Hope jetzt die Führung, weil sich in meinem Kopf alles dreht. Warum zum Teufel passiert das? Ich will sie. Ich will sie sogar mehr, als gut für uns beide ist, aber mein Körper spielt nicht mehr mit, scheint andere Pläne zu haben. Pläne, in die er mich nicht einweiht. Wieder einmal.

Hope bemerkt die Veränderung ebenfalls und löst unsere Lippen voneinander. Aus ihren großen braunen Augen sieht sie zu mir auf. »Stimmt etwas nicht?« Sie klingt erschreckend einfühlsam dafür, dass sie mich nicht leiden kann. Und ich fühle mich erschreckend mies dafür, dass es mir egal sein sollte.

»Tut mir leid«, nuschle ich und atme tief durch. Meine Arme habe ich links und rechts neben ihr in der Matratze abgestützt. Sie zittern leicht vor Spannung. Mein Brustkorb wird immer enger, genau wie meine Kehle. Ich versage schon wieder.

Wusste doch, dass du ein Schlappschwanz geworden bist. Das kommt davon, wenn man sein Leben etwas so Lächerlichem wie der Musik verschreibt. Hättest mal besser gleich auf mich gehört, Sohn.

Ich schließe die Augen, versuche, mich zu sammeln, damit ich gleich wieder bereit bin, aber inzwischen ist meine Erektion komplett abgeklungen.

»Es ist okay.« Etwas berührt mich am Arm. Aber ich kann sie nicht ansehen. Will sie nicht ansehen. Weil ich mich scheiße fühle. Hundeelend, um genau zu sein. Vor mir liegt eine der schärfsten Frauen, die ich je gesehen habe, und ich … kann nicht. Die Stimme meines Vaters kämpft sich aus dem Sumpf meines Unterbewusstseins und bahnt sich ihren Weg mit aller Kraft zurück an die Oberfläche. Wie so oft in den letzten Wochen.

»Das hier ist ein Fehler«, knurre ich und löse mich von ihr. Lasse sie halb nackt auf dem Bett zurück, obwohl ich nichts dringender will, als wieder über ihr zu sein. In ihr zu sein. Es ist, als würde mein ganzes System einbrechen. Als würde mein Körper alle Dienste einstellen und mich im Stich lassen. Erst verpisst sich meine Stimme, und jetzt auch noch mein Schwanz.

»Isaac, warte.«

»Ich kann nicht. Die Jungs würden mir die Eier abschneiden, wenn sie wüssten, dass ich fast mit dir im Bett gelandet wäre. Vergiss es einfach.« Meine Worte sind hart, zerschneiden die Luft wie Schüsse. Ich starre Löcher in den Teppichboden, weil ich nicht sehen will, wie sehr sie meine Worte verletzen.

»Schon geschehen«, antwortet sie scharf. Ich höre ihren

Vorwurf, auch wenn sie ihn nicht ausspricht. Und dann rausche ich aus ihrem Zimmer, schmeiße die Tür mit Wucht hinter mir zu und lasse meine Faust neben ihr gegen die Wand krachen. Ein scharfer Schmerz zieht von meinen Fingerknöcheln über meine Ellbogen bis in den donnernden Klumpen in meiner Brust. Das Ding, was man bei mir wohl bloß organisch als Herz bezeichnet.

Das Blut rauscht in meinen Ohren, als ich meine Faust ein zweites und drittes Mal gegen die Wand donnere und anschließend meine Stirn gegen sie lehne. Mit stockendem Atem stehe ich hier, höre nur noch die Stimme meines Vaters in meinem Kopf. Eine Stimme, die mir sagt, dass ich genau das bekommen habe, was ich verdiene.

Kapitel 18

Isaac

Ich klopfe gegen die Zigarettenschachtel in meiner Hand, damit eine Kippe herausfällt, und drehe sie anschließend nervös zwischen den Fingern. Seit einer Viertelstunde hocke ich hier im Wartezimmer dieser kleinen Privatpraxis.

Ich brauche keinen Seelenklempner, der in meiner Kindheit herumstochert wie in fadem Reis. Meine Vergangenheit schmeckt niemandem. Mir am allerwenigsten. Trotzdem habe ich mich von Megan hierzu überreden lassen. Weil sie mich aus ihren dunklen Kulleraugen angesehen und mich damit schachmatt gesetzt hat.

Jetzt bereue ich es, aber als die Tür des Behandlungszimmers geöffnet wird und mich die Psychologin begrüßt, ist es zu spät. Es gibt kein Zurück mehr. Dr. Livington könnte vom Alter her meine Mutter sein, und ich weiß nicht, ob mir diese Tatsache eher ein Gefühl von Sicherheit oder Unbehagen beschert. Schließlich könnte ich auch mit Mom über meine Kindheit sprechen, sie war immerhin hautnah dabei. Aber seitdem sie mit Duncan zusammen ist, ist unser Verhältnis sehr distanziert geworden. Meistens jettet sie mit ihrem Lover durch die Weltgeschichte, und wir telefonieren nur alle paar Wochen miteinander. Telefonate, die wir uns auch sparen könnten, weil wir nie über etwas Wichtiges reden. Damit haben wir schon vor langer Zeit aufgehört.

»Mr Walker. Schön, Sie zu sehen. Darf ich Sie Isaac nennen?« Die Psychologin hat eine warme, leicht quirlige Stimme. Sie trägt einen beigen Hosenanzug, hat rot gefärbte Haare mit einer Dauerwelle, die aus einem anderen Jahrzehnt zu stammen scheint.

»Klar.« Jede Gelegenheit, diesen Termin angenehmer zu machen, muss ich am Schopf packen. »Also, wie läuft das Ganze jetzt ab?«

Ich sehe mich in ihrem geräumigen Büro um. Der Schreibtisch ist aus hellem Holz und fast schon ekelhaft ordentlich. Nichts liegt herum, alles ist akkurat gestapelt. In der Ecke befindet sich eine braune Ledercouch, und ich frage mich, ob die Klischees doch stimmen. Ob man bei einem Psychologen wirklich auf dem Sofa liegt und sich die Augen aus dem Kopf heult, während man vergangene Traumata durchlebt. Neben dem Sofa stehen mehrere Grünpflanzen in beigen Töpfen, und durch die geputzten Fenster fällt das Licht dieses warmen Augusttages ins Zimmer.

»Erst einmal führen wir ein Gespräch zum Kennenlernen. Ganz unverbindlich, ganz in Ihrem Tempo. Setzen Sie sich, Isaac.« Innerlich wische ich mir den Schweiß von der Stirn, weil sie auf den Stuhl am Schreibtisch und nicht auf das Sofa deutet. Wenigstens das bleibt mir erspart.

»Hier darf man vermutlich nicht rauchen, oder?« Ich

halte meine Kippe hoch, woraufhin Dr. Livington etwas verkniffen lächelt.

»Nein, das geht leider nicht. Aber ich bin mir sicher, dass wir diese Stunde auch ohne Nikotin über die Bühne kriegen.« Ich bin mir da nicht so sicher. Seufzend schiebe ich die Kippe hinter mein Ohr, damit ich sie nach diesem Höllentermin sofort griffbereit habe.

»Also, Isaac. Warum sind Sie hier?«

»Wenn ich das wüsste.« Ich zucke mit den Schultern, klopfe nervös mit den Fingern auf die Lehne des Stuhls, auf dem ich sitze. Mein Knie wippt unter dem Tisch auf und ab, und der Blick der Therapeutin saugt jedes noch so kleine Detail auf wie ein fucking Dyson 500.

»Ist es in Ordnung, wenn ich mir während des Gesprächs ein paar Notizen mache? Nur für den Fall, dass Sie nach dem Termin noch einmal zu mir kommen wollen.« Wieder ein Schulterzucken meinerseits, eine gleichgültige Erlaubnis, die ich ihr erteile. Das Büro ist zwar frisch gelüftet, aber für mich wird die Luft trotzdem langsam dünn.

»Sie sagen also, dass Sie nicht wissen, wieso Sie hier sind. Aber ich bin mir sicher, dass Sie zumindest eine Idee haben. Nicht wahr?«

»Vielleicht«, murmle ich. Mein Vater war ein Scheißalkoholiker, der nicht nur meine Mutter in regelmäßigen Abständen verprügelt hat, sondern auch mich. Ich hab ihn seit Ewigkeiten nicht mehr gesehen, weiß aber, dass er noch lebt. Irgendwo in London, vermutlich nicht gerade gesund und glücklich. Interessiert mich aber nicht.

Außerdem kann ich nicht mehr singen, lasse damit

meine Band geradewegs in den Abgrund rasen und kriege seit Neuestem keinen mehr hoch. Okay, das ist nur die halbe Wahrheit. Schließlich war ich gestern bis zu einem bestimmten Punkt verdammt hart für Hope. Bis ich es eben nicht mehr war. Nachdem ich aus ihrem Zimmer gestürmt war und mir die Fingerknöchel an der Wand fast blutig geschlagen hatte, bin ich ins Bett gegangen und habe mich stundenlang von einer Seite zur anderen gewälzt. Es gibt schon ein paar Gründe, wieso ich hier bin. Aber keine, über die ich unbedingt mit dieser fremden Frau reden will.

»Ich singe in einer Band.«

»Crashing December, richtig?« Es erstaunt mich nicht, dass sie den Namen unserer Band kennt, immerhin sieht man ihn und unsere Gesichter an jeder Underground-Station auf Plakaten. Dennoch sehe ich sie überrascht an.

»Hören Sie unsere Musik?«

»Ich nicht, mein Geschmack ist eher klassischer Natur. Aber meine Teenager-Tochter liebt Ihre Musik.« Ihre Mundwinkel zucken, und die grünen Augen unter ihrer goldgerahmten Brille leuchten freundlich. Sie ist echt nett, das muss man ihr lassen. Und irgendwie hat sie es geschafft, dass ich mich in den letzten Minuten etwas entspannen konnte. Mein Knie wippt immer noch nervös auf und ab, aber ich kann wieder besser atmen.

»Ich kann ihr ein Autogramm schreiben, wenn Sie wollen«, schlage ich vor.

»Das wäre wahnsinnig lieb von Ihnen, Isaac. Molly hat mir von Ihrer Stimmbandentzündung erzählt.« Molly ist demnach wohl ihre Tochter.

»Ja, die Stimmbandentzündung. Die gibt es nicht.« Shit. Wieso lasse ich diese Bombe einfach so platzen? Wenn sie ihrer Tochter davon erzählt und die ihren Freunden, dann breitet sich das Gerücht aus wie ein Lauffeuer. Gerade in Zeiten von Social Media geht so was unfassbar schnell.

»Es gibt also einen anderen Grund für Ihren Rückzug von der Bühne und aus der Öffentlichkeit?«

»Kann man so sagen.« Meine Stimme wird von Wort zu Wort leiser. »Ich kann ...« Sie wartet geduldig, bis ich die richtigen Worte gefunden habe, aber es fällt mir schwer, den Faden zu behalten. Weil ich gerade so kurz davor stehe, einer Wildfremden von meinen Problemen zu erzählen. Aber dafür bin ich ja auch hier, oder nicht?

»Lassen Sie sich alle Zeit der Welt. Wir müssen hier rein gar nichts erreichen, Sie müssen sich nicht unter Druck setzen.« Ihre Worte lassen mich innerlich zusammenfahren, und ich verziehe zynisch das Gesicht.

»Nicht unter Druck setzen?«, wiederhole ich ihre Worte und lache bitter. »Druck ist alles, was ich kenne.«

»Das klingt anstrengend. Wer macht Ihnen den Druck, Isaac?«

»Na wer wohl? Die Medien. Meine Band. Mein Manager. Unsere Fans. Die Musikbranche an sich. Unser letztes Album war ein riesiger Erfolg, und alle erwarten, dass wir an diesen Erfolg, anknüpfen. Das ist halt so, nichts Überraschendes.«

»Wie ist es mit Ihnen?«

»Was soll mit mir sein?«

»Setzen Sie sich auch selbst unter Druck?«, konkretisiert sie ihre Frage, auf die es nur eine logische Antwort gibt.

»Nicht zu vermeiden, oder? Wenn gefühlt die ganze Welt auf einen blickt, kann man schlecht sagen: Fickt euch, ich bin raus.«

Dr. Livington sieht mich forsch an, notiert anschließend etwas auf ihrem Block und lässt mich mit meinen Gedanken allein zurück. Am liebsten würde ich ihr den Block aus der Hand reißen und sehen, was sie sich über mich notiert hat.

Arroganter Rockstar, glaubt, dass alle Welt nur Augen für ihn hat. Hochstapler. Schlappschwanz. Kann nicht mal eine Stunde ohne Nikotin aushalten.

»Für mich klingt es etwas unfair, meinen Sie nicht?«

»Was genau?«

»Dieser Druck, der Ihnen gemacht wird. Wieso haben Sie ursprünglich angefangen, Musik zu machen, Isaac?«

»Na ja, weil ich Bock drauf hatte.« *Weil es mir das Leben gerettet hat.* »Weil ich gut darin bin.« *Weil die Musik mir geholfen hat, Moms Schluchzen und die Schreie meines Vaters zu übertönen.* »Weil es mein Leben ist.« Zumindest der letzte Satz ist die Wahrheit.

»Wollen Sie mir sagen, warum Sie der Presse erzählt haben, dass Ihre Stimmbänder entzündet sind, obwohl es nicht stimmt?«

»Es ist einfacher so.«

»Einfacher als was?«

»Einfacher, als die Wahrheit zu sagen.« Scheiße, sie stochert wirklich tief. Stellt unangenehme Gegenfragen. Trotzdem kann ich nicht leugnen, dass ich sie irgendwie mag, dass sie mir ein gutes Gefühl gibt.

»Was ist die Wahrheit?«

»Ich kann nicht mehr singen.« Boom. Die Wahrheit ist raus. Einfach so, ohne darüber nachzudenken, ob es eine gute Idee ist, habe ich ihr davon erzählt. Und Scheiße, es fühlt sich irgendwie befreiend an, so offen darüber zu sprechen. In geschütztem Rahmen. Ich bin kaum zwanzig Minuten hier und lege direkt einen Seelenstriptease hin. Ob das bei jedem so schnell geht?

»Inwiefern können Sie nicht mehr singen? Sie werden es wohl kaum verlernt haben.«

»Es ist mehr wie eine Blockade oder so. Ich kann's nicht mehr.«

»Wann ist Ihnen diese Blockade zum ersten Mal begegnet?« Damals, an meinem zehnten Geburtstag, nachdem mein Vater auf Mom eingedroschen und meine Gitarre kaputt geschlagen hat. Aber das sage ich ihr nicht. Noch nicht. Ich habe wenig Interesse am Auseinanderrupfen meiner Vergangenheit, wenn mein Problem doch so offensichtlich in der Gegenwart liegt. Die Vergangenheit ist nicht ohne Grund hinter und nicht vor mir.

»Vor vier Wochen. Wir hatten einen Gig hier in London, und als ich auf die Bühne ging und auf meinen Einsatz gewartet habe, ist es passiert. Ich erinnere mich ehrlich gesagt nicht mehr genau daran. Ist alles etwas verschwommen.«

»Was haben Sie in dem Moment gefühlt?«

Nichts. Alles. Zu viel. Und gleichzeitig zu wenig.

»Zwanzigtausend Menschen standen vor mir und haben darauf gewartet, dass ich ihnen eine gute Show biete. Wie soll man sich da schon fühlen? Es war beschissen.«

»Haben Sie sich beschissen gefühlt, weil Sie den Erwartungen der Fans nicht gerecht werden konnten oder Ihren eigenen?« Dr. Livington notiert weiterhin fleißig, ihre leicht faltige Hand rauscht nahezu über das Papier. Eine Weile bohrt sie noch weiter in diesen miesen Erinnerungen, will wissen, welche Gedanken ich in diesem Moment und nach dem verkackten Konzert hatte. Sie denkt, dass ich danach vermutlich eine Panikattacke hatte, aber ob es stimmt, weiß ich nicht. Ehrlich gesagt will ich es auch gar nicht richtig benennen, weil es dann so real wird. Mein Mund fühlt sich inzwischen richtig trocken an, weil ich dafür, dass ich in letzter Zeit nicht der gesprächigste Geselle war, wahnsinnig viel geredet habe.

»Ich würde mich wirklich freuen, wenn ich Sie einmal in der Woche hier sehen könnte, Isaac. Aber nur, wenn es sich für Sie gut anfühlt. Wenn Sie sich hier wohlfühlen.«

Ich zucke mit den Schultern. »Muss ich mir überlegen.«

»Das ist völlig in Ordnung. So eine Entscheidung muss man nicht übereilt treffen. Ich gebe Ihnen noch einmal meine Karte mit. Sie können mich auch jederzeit anrufen, wenn etwas ist. Ich versuche, schnellstmöglich zurückzurufen, sollte ich nicht erreichbar sein.«

Ich murmle ein »Danke«, nehme die kleine weiße Visitenkarte an mich und stecke sie in meine Jeanstasche. »Ich melde mich bei Ihnen, Doc.« Ich weiß nicht, ob ich wieder herkommen werde, ob mir das hier wirklich dabei helfen könnte, wieder der Alte zu werden. Ich stehe auf, nicke Dr. Livington zu und lasse mich von ihr aus dem Büro begleiten. Bevor ich den Wartebereich verlasse, drehe ich mich noch einmal um.

»Ich habe das Autogramm für Ihre Tochter vergessen.«

»Das können wir beim nächsten Mal nachholen«, erwidert sie und klingt dabei fest entschlossen, dass es ein nächstes Mal geben wird. Scheinbar weiß sie mehr als ich.

»Okay.« Ich atme tief durch.

»Apropos Ihre Tochter … Es wäre gut, wenn …«

»Ich werde ihr natürlich nichts von Ihren Problemen sagen, Isaac. Alles, was wir heute besprochen haben, unterliegt meiner Schweigepflicht.« Erleichterung durchfährt mich, und ich entspanne mich etwas. »Danke.« Sobald ich an der frischen Luft bin, setze ich mir die Kapuze auf, ziehe sie tief in mein Gesicht und fische die Kippe hinter meinem Ohr hervor.

• • •

Als ich eine halbe Stunde später das Bandhaus betrete, herrscht in der Küche reges Treiben. Die komplette Band ist da, und auch Hope, Megan und Robert. Heather liegt auf ihrer Spieldecke unter ihrem Mobile und tastet vor Freude krächzend nach den fliegenden rosa Elefanten, die über ihrem Kopf baumeln. Ich drücke ihr einen Kuss auf die braunen Kringellocken, bevor ich mich den anderen zuwende.

Louis sitzt am Esstisch und schaufelt sich labbrige Pizza vom Vortag hinein, während David sich über etwas weitaus Gesünderes hermacht: einen Salat mit viel buntem Gemüse. Connor, Megan und Hope schnippeln gemeinsam. Als meine Schwester mich sieht, tritt sie mit fragendem Blick auf mich zu. Sie ist die Einzige, die weiß, wo ich war. Ich schüttele kurz den Kopf, um ihr zu signalisieren, dass ich jetzt nicht darüber reden will. Ehe sie mich weiter belagern kann, werden wir von Robert unterbrochen.

»Wir haben ein Attentat auf dich vor.« Robert legt mir seine Pranke auf die Schulter und führt mich zu einem Stuhl am Esstisch.

»Ooookay?« Fragend sehe ich meine Bandkollegen an, aber David und Louis sind zu sehr mit ihrem Essen beschäftigt. Connor wirft mir einen zuversichtlichen Blick zu. »Keine Sorge, ist nichts Schlimmes, Mann.« Wieso glaube ich ihm nicht?

Mit aller Macht versuche ich, Hope auszublenden. Weil ich, sobald ich sie ansehe, wieder mit voller Kraft an mein Versagen erinnert werde. Ich würde lügen, wenn ich behaupte, dass mein Schwanz mich noch nie im Stich gelassen hat. Aber meistens lag es am Alkohol. Dieses Mal war ich stocknüchtern. Vielleicht war genau das mein Problem.

»Nun rückt schon mit der Sprache raus!«

»Ich helfe zweimal im Monat in einer Suppenküche aus«, ergreift Hope das Wort. Augenblicklich wünschte ich, ich wäre gar nicht erst nach Hause gekommen. Sie klingt zwar nicht, als wäre sie wütend auf mich, weil ich sie letzte Nacht wie eine heiße Kartoffel im Bett liegen gelassen habe. Aber vielleicht ist sie auch nur eine gute Schauspielerin.

Mit gerunzelter Stirn sehe ich sie an und bereue es sofort. Ihr Anblick macht eindeutig zu viel mit mir. Letzte Nacht sind wir uns verflucht nahgekommen, nicht nur körperlich. Viel zu nah für meine Verhältnisse und die Grenzen, die ich normalerweise wahre. Weil sie mich schützen. Weil sie verhindern, dass sich meine Geschichte wiederholt. Dass schon wieder eine Frau mit mir spielt und nur meinen Namen für sich nutzt.

»Und?«

»Heute Nachmittag helfe ich wieder aus, weil die Kirche, die die Suppenküche finanziert, eine Art Sommerfest für Bedürftige gibt. Aber es sind superviele Ehrenamtler in letzter Sekunde abgesprungen.«

»Was hat das mit mir zu tun?«

»Nichts natürlich, weil du dir zu fein für das arme Gesindel bist, hm?«

Endlich kehrt wieder dieses wütende, herausfordernde Funkeln in Hopes Augen zurück. Fast habe ich es vermisst. Auf jeden Fall kann ich besser mit ihrer Nähe umgehen, wenn sie ihr süßes Gift versprüht.

»Hör dir an, was sie zu sagen hat, Bruderherz.« Megans warme Stimme sorgt umgehend dafür, dass ich entspannter werde.

»Also gut, von mir aus. Worauf willst du hinaus, Freckles?«

Während Louis sich köstlich über meinen Spitznamen für Hope amüsiert, verschränkt sie die Arme vor der Brust. Dass sie damit ihre hübschen Brüste provokant nach oben drückt, ist ihr entweder nicht bewusst oder es ist ihr egal. Vielleicht macht sie es auch absichtlich, um mir zu zeigen, was ich verpasst habe, weil ich es nicht bringen konnte. Es ist echt mies, zu wissen, wie gut sich ihre Brüste anfühlen, und gleichzeitig die Gewissheit zu haben, dass ich sie nie wieder berühren kann.

»Das Fest wird groß, und wir brauchen dringend mehr Leute. Es geht im Grunde genommen nur darum, Essen auszuteilen und den Leuten ein gutes Gefühl zu geben. Und da ich für dich einspringe – und euch damit aus der Klemme helfe …« Sie sieht uns nacheinander an. »Ist es nur fair, dass ihr auch etwas für mich tut.«

»Wir sollen in der Suppenküche helfen?« Mit erhobenen Brauen sehe ich Hope an.

Sie nickt entschlossen.

»Ich finde die Idee gut«, pflichtet Connor bei. Sein Ernst?

»Wollt ihr, dass die Presse euer Sommerfest crasht?«, frage ich voller Hohn in der Stimme.

»Ehrlich gesagt wäre es eine Win-win-Situation. Ihr könnt positive Schlagzeilen gebrauchen, vor allem nach deinem Abgang bei *Meet Your Idol*.« Robert sieht nur mich an. »Und ehrenamtliche Arbeit ist eine gute Schlagzeile.«

Wow, das klingt irgendwie … falsch. Uns für gute Publicity als Samariter aufzuspielen.

»Im Gegenzug bekommt die Suppenküche durch die Presse ebenfalls viel Aufmerksamkeit und vielleicht ja ein paar neue Sponsoren.« Das wiederum klingt richtig. Es wäre für alle Beteiligten sinnvoll, aber bei der Vorstellung, wieder in der Öffentlichkeit zu stehen, zieht sich eine Schlinge um meinen Brustkorb und drückt mir die Luft ab.

»Bitte, Isaac.« Hope richtet das Wort wieder an mich, und als ich zu ihr hinübersehe, verfluche ich den Glanz in ihren schönen Kakaoaugen. Das hier ist ihr wichtig.

Es fällt mir schwer, über meinen Schatten zu springen,

vor allem nach letzter Nacht. Doch ich reiße mich zusammen. »Na schön, von mir aus. Aber nur dieses eine Mal.«

Ich habe mit vielen Reaktionen ihrerseits gerechnet. Aber nicht damit, dass sie mir regelrecht um den Hals fällt. Sie presst ihren zierlichen Körper fest gegen mich, hüllt mich in ihren Himbeerduft und hat absolut keine Ahnung, was sie damit anstellt. Wie verflucht schwer sie es mir macht, sie nicht in ihr Schlafzimmer tragen zu wollen.

»Danke, Walker.« Als sie sich mit einem Räuspern von mir löst, weil sie scheinbar gemerkt hat, wie verwundert uns die anderen anstarren, sehen wir einander fest in die Augen. Und wieder einmal kann ich nicht fassen, wie sehr sie mich in der Hand hat.

Kapitel 19

Hope

Agatha, die rundliche Frau in den Sechzigern, die bereits vier Suppenküchen in und um London herum eröffnet hat, stemmt ihre Fäuste in die Hüften und sieht die Jungs nacheinander streng an. Am liebsten würde ich mich vor Lachen auf dem Boden kringeln, weil Agatha es schafft, dass vier der bekanntesten Kerle des Landes plötzlich ganz klein werden. Und das nur durch einen gezielt eingesetzten Blick.

»Also, ihr jungen Hähnchen. Hope hat mir erzählt, wer ihr seid, aber das spielt heute keine Rolle, haben wir uns verstanden?« Sie taxiert erst Isaac, dann den Rest der Band mit hochgezogenen Brauen. Ihre grauen Haare, die im Sonnenlicht weißsilbern schimmern, hat sie zu einem so strengen Dutt gebunden, dass kein einziges Haar absteht.

»Hier geht es darum, etwas Gutes zu tun. Menschen zu helfen, die nichts haben. Und mit nichts meine ich, dass sie vermutlich seit Wochen keine anständige Mahlzeit mehr zwischen den Zähnen hatten.«

Agatha ist die personifizierte Strenge, aber ich liebe genau das an ihr. Weil sie dadurch den Willen einer Löwenmama hat, mit dem sie so vielen Bedürftigen hilft, und das Herz eines Engels. Außerdem können die Egos der Jungs ruhig mal einen kleinen Dämpfer vertragen. Vor allem Isaacs. Ich bin davon ausgegangen, dass er meinen Vorschlag ablehnen würde, das Weite sucht, so wie gestern Nacht. Aber er hat mich echt überrascht. Wieder einmal. Langsam sollte ich anfangen, mir die Kontras an ihm aufzuschreiben, damit ich mir immer wieder vor Augen führen kann, was für ein arroganter Scheißkerl in ihm schlummert und wieso ich mich eigentlich von ihm distanzieren sollte. Vor allem emotional.

»Wir kriegen das schon hin«, wirft Louis lässig ein, zieht einen Joint aus seiner Hosentasche und schiebt ihn zwischen seine etwas zu trockenen Lippen. Schnalzend stapft Agatha auf ihn zu, schnappt sich den selbstgedrehten Blunt und wirft ihn auf den Boden, um mit ihrem Schuh einmal kräftig draufzutreten und das Tabak-Gras-Gemisch auf den grauen Fliesen zu verteilen.

»Hey!« Louis will protestieren, aber Agathas nahezu durchbohrender Blick schüchtert ihn ein. Er verstummt sofort.

»Keine Drogen in meiner Suppenküche! Und auch nicht auf meinem Grundstück! Du kannst dir die Gehirnzellen nach getaner Arbeit wegrauchen, Freundchen.«

Freundchen. Meine Mundwinkel verselbstständigen sich, ziehen nach oben, und ich lache laut auf.

»Wurde Zeit, dass mal jemand deiner Sucht Einhalt gebietet, Mann.« Connor klopft Louis auf die Schulter, woraufhin Isaac und David in mein Lachen einstimmen.

»Sagen Sie, Agatha, kann man bei Ihnen auch einen Entzug buchen?«, setzt Connor noch glucksend hinterher. »Unser Kumpel wäre sicher gut bei Ihnen aufgehoben.«

»Kein Entzug, Kindchen. Keine Zeit für so etwas. Hört ihr das?« Sie tippt sich mit dem Zeigefinger gegen das Ohr, in dem eine silberne Kreole baumelt, und sieht uns nacheinander fragend an.

»Nein? Das ist die Arbeit, die uns ruft. In einer Stunde öffnen wir unsere Türen. Ich war so frei, euch schon mal einzuteilen. Du, mein Freund, bist für den Müll verantwortlich.« Agatha zeigt auf David, der freundlich nickt. Er ist definitiv der Ruhigste unter den vieren. Keine Ahnung, wie er es vierundzwanzig Stunden, sieben Tage die Woche mit den anderen Chaoten aushält. David passt absolut nicht zu den anderen Jungs, die wahnsinnig gern im Rampenlicht zu stehen scheinen. Ja, vielleicht habe ich mir in den letzten Tagen das ein oder andere Interview der Band auf YouTube angesehen. Nur zu Recherchezwecken, versteht sich. Und dabei wurden mir die Unterschiede zwischen ihnen enorm bewusst. Connor und Isaac lieben es, sich selbst reden zu hören, wissen immer, wie sie das Interview in die richtigen Bahnen lenken können. Louis ist meistens nur da, um den weiblichen Fragestellerinnen Komplimente zu machen, und David hält sich im Hintergrund. Er spricht nur, wenn man ihn aktiv miteinbezieht.

»Sorg einfach dafür, dass der Müll, der entsteht, sofort weggeräumt und getrennt wird. Glaubt mir, ihr wollt das nicht erst am Schluss machen. Denn dann werdet ihr niemals Herr über das Chaos. Du und du?« Sie zeigt erst auf Connor, dann auf Louis. »Ihr macht den Abwasch!«

»Den Abwasch? Echt jetzt?« Louis wirft mir einen scharfen Blick zu, der so viel aussagt wie: In was hast du uns hier reingezogen? Ich schenke ihm als Antwort lediglich ein entschuldigendes Lächeln.

»Komm schon, Louis. Das kriegen deine unglaublich talentierten Hände schon hin, hm?« Connor stupst ihn neckend an. Er scheint genau wie David kein Problem damit zu haben, sich die Hände schmutzig zu machen. Ich mag ihn echt, das wird mir in diesem Moment noch deutlicher bewusst.

»Von mir aus«, murmelt Louis und hebt abwehrend die Hände.

Isaac hat sich bis jetzt sehr zurückgehalten, und ich frage mich, woran das liegt. Ob unser nächtliches Treffen gestern schuld daran ist, dass er so in sich gekehrt wirkt. Und die Tatsache, dass er unseren kleinen Ausbruch aus der »Ich-hasse-dich«-Blase unterbrechen musste, weil sein Körper ihn im Stich gelassen hat. Ich kann mir vorstellen, was das mit seinem Ego angestellt haben muss. Und genauso sicher bin ich mir, dass wir weiter gegangen wären, hätte er gekonnt. Irgendwie tut er mir leid. Nicht, weil er keinen hochbekommen hat, sondern weil ich in seinen eisblauen Augen gesehen habe, was er in diesem Moment von sich selbst gedacht hat. Er hat sich als Versager gesehen. Als Schwächling. Als Niete.

Ich würde ihm gern sagen, dass nichts davon stimmt. Dass seine Männlichkeit rein gar nichts damit zu tun hat, ob sein Schwanz funktioniert oder nicht. Aber da er mich seitdem wie Luft behandelt hat, hatte ich noch nicht die Gelegenheit dazu. Jetzt wird es ohnehin schwer, mit ihm über etwas anderes als die Arbeit zu sprechen, schließlich wird hier gleich die Hölle los sein.

»Und was mache ich?« Zum ersten Mal, seit wir hier sind, ergreift Isaac das Wort. Augenblicklich nehme ich ihn viel schärfer wahr. Seinen Duft, seine Aura, sein Sein. Seinen Mund, der gestern Nacht Stellen meines Körpers in Brand gesetzt hat, die noch heute glühen. Diese Empfindungen hat noch nie ein Kerl in mir ausgelöst. Meine One-Night-Stands haben nie bleibende Spuren hinterlassen. Weder auf meinem Körper noch in meinem Herzen.

»Du, Kindchen, hilfst Hope bei der Essensausgabe. Soweit ich weiß, bist du der Sänger eurer kleinen Popband. Vielleicht gibt es ein paar Fans unter den Besuchern, denen du neben dem Essen auf dem Tablett auch ein Lächeln schenken kannst.« Ich sehe, wie die Jungs mit den Zähnen knirschen, weil Agatha Crashing December als Popband bezeichnet hat. Aber sie haben inzwischen genügend Zeit mit der Küchenchefin verbracht, um zu wissen, dass sie diese Pille einfach würdevoll schlucken müssen.

In mir spielen zwei Gefühle Tauziehen. Auf der einen Seite kann ich mir etwas Besseres vorstellen, als den ganzen Nachmittag mit Isaac zusammenzuarbeiten – so dicht beieinander. Auf der anderen Seite gibt es einen kleinen Part in mir, der genau das will. Der die Hoffnung hat, doch kurz mit ihm über letzte Nacht sprechen zu können.

»Okay.«

Moment mal, keine Widerworte? Kein Gezeter? Erstaunt sehe ich Isaac an, und als er meinen Blick erwidert, blende ich alles um uns herum aus. Shit. Ich marschiere gerade schnurstracks in meine ganz persönliche Hölle. *Wo ist die Notbremse, wenn man sie braucht?*

»Was, Freckles? Denkst du, dass ich mir zu fein dafür bin?«

Schulterzuckend sehe ich zu ihm auf. »Wir werden ja sehen, wie gut du bist und was dein Status dir bringt, wenn es darauf ankommt.« Es wäre nämlich schön, heute ein paar lächelnde Gesichter zu sehen.

»Hope wird dich in alles einarbeiten. Derweil kommt ihr drei –«, sie zeigt nacheinander auf Connor, David und Louis, »mit mir mit!« Agatha dreht sich schwungvoll um und winkt die Jungs hinter sich her. Wie Entenbabys folgen sie ihr in die Küche, und dieses Bild ist wirklich köstlich.

Neben uns gibt es noch zehn weitere Volunteers. Schon als wir hier ankamen, haben einige von ihnen die Köpfe zusammengesteckt und über die Jungs getuschelt. Eine Frau hat sich sogar dazu überwunden, sie nach einem Autogramm zu fragen. Natürlich hat sie es bekommen, neben einem Schnappschuss, den ich mit ihrem Handy gemacht habe.

»Also, dann wollen wir mal an die Arbeit.« Ganz selbstverständlich greife ich nach Isaacs Arm und ziehe ihn hinter mir her. Erst nach ein paar Schritten wird mir klar, dass ich ihn berühre. Und dass es für uns beide das Allerbeste wäre, wenn wir einfach den nötigen Abstand zueinander wahren.

Mit einem Räuspern lasse ich Isaac los und konzentriere mich auf das, was uns hergeführt hat.

»Hier geben wir den Leuten gleich das Essen aus. Sie schnappen sich vorne ein Tablett und kommen dann zu uns.« Ich klopfe auf die mit einer weißen Wegwerftischdecke ausgelegte Tischplatte. »Dort werden die Wärmebehälter mit dem Essen stehen. Es wird drei Gerichte geben, allesamt vegetarisch. Agatha legt viel Wert darauf, dass keine Tiere für ihr Essen sterben mussten.« Für sie macht es keinen Sinn, einem Lebewesen helfen zu wollen, indem sie einem anderen schadet. Und wie recht sie damit hat. Isaac hört mir beinahe akribisch zu und scheint alle Informationen in sich aufzusaugen wie ein Schwamm. Fast schon fehlen mir seine frechen Sprüche und Neckereien.

»Es wird einen Kartoffelauflauf geben, eine Minestrone und ein Reisgericht mit Nussbraten. Außerdem bekommt am Ende jeder noch ein Dessert.«

»Dürfen sich die Leute nur einmal etwas holen?« Isaac blickt sich in dem gemütlichen Saal um, der gleich voller Menschen sein wird. In meinen Fingern kribbelt es bereits, weil ich unbedingt anfangen will. Das Lächeln der Leute ist für mich die allerbeste Bezahlung, das war sie schon immer. Und da ich weiß, wie es sich auf der anderen Seite dieses Tisches anfühlt, ist mir auch klar, wie selten diese Leute lachen. Wie selten sie einfach abschalten können. »Jeder kann sich so viel Nachschlag holen, wie er will. Aber erst, wenn alle bedient sind.«

»Gibt es noch etwas, worauf ich achten muss?« Isaac dehnt seinen Nacken, als würde er sich auf einen Kampf vorbereiten, und sieht mich fragend an. Uns trennen vielleicht zwei Meter voneinander. Ein gesunder Abstand. Eigentlich. Aber seit gestern Nacht fühlt sich jeder Zentimeter zwischen uns nur noch wie ein Millimeter an.

»Nur darauf, gute Laune zu haben und den Leuten eine Freude zu bereiten. Meinst du, das schaffen wir zusammen?« Ich halte ihm meine Hand hin, damit er einschlagen kann. Und als er es schließlich tut, bereue ich es sofort. Seine warmen Fingerspitzen sind genauso rau, genauso elektrisierend wie gestern in meinem Bett. Mein Mundraum wird wieder trocken, während meine Kehle irgendeinen undefinierbaren Laut von sich gibt. Ein Laut, irgendwo zwischen Glück und Verwirrtheit. Ich kann es kaum erwarten, dass die ersten Leute reinkommen. *Denn ich brauche dringend Ablenkung!*

Kapitel 20

Hope

Wie zu erwarten, stürmten die Leute pünktlich um sechzehn Uhr den Saal. Viele sind allein hergekommen, andere haben ihre gesamte Familie im Schlepptau. Es dauerte genau fünf Minuten, bis Isaac von den Ersten erkannt wurde. Einige sind ihm eher skeptisch gegenübergetreten, vor allem die älteren Gäste, aber er hat es bei jedem Einzelnen geschafft, das Ruder herumzureißen. Keine Ahnung, woher plötzlich dieses mehr als charmante Lächeln kommt, aber es ist wirklich schön und hat eine ziemlich krasse Wirkung auf andere. Mich eingeschlossen.

Während der ersten halben Stunde konnten Isaac und ich nur Gesprächsfetzen miteinander teilen. Ich rief ihm ein »Teller sind alle!« zu, und er erwiderte es mit einem »Hole neue aus der Küche«. Ich hätte heute Nachmittag mit vielem gerechnet, aber nicht damit, dass wir ein so gutes Team abgeben würden. Es ist, als hätten wir schon zig Male so zusammengearbeitet. Wieder keimt der Gedanke in mir auf, dass wir auf der Bühne vielleicht gut harmonieren würden.

In weniger als drei Wochen haben wir unseren ersten Auftritt zusammen, und zwar in Birmingham. Und es wäre die Untertreibung des Jahrtausends, wenn ich behaupten würde, dass mir der Arsch auf Grundeis geht. Allein die Vorstellung des Moments, in dem ich die Bühne betreten werde, sorgt bei mir für die heftigsten körperlichen Reaktionen. Ich schüttele den Gedanken ab und konzentriere mich auf das Jetzt, denn das ist gerade bei Weitem wichtiger.

Ich bin großen Ansturm gewohnt, aber heute scheinen noch mehr Menschen den Weg zu uns gefunden zu haben. Alle Tische sind bereits von mampfenden Leuten besetzt, und trotzdem wird die Schlange an unserem Ausgabetisch nicht kürzer. Im ganzen Saal riecht es nach der köstlich würzigen italienischen Suppe und dem wundervollen Nussbraten. Hoffentlich bleibt nachher noch ein kleiner Rest übrig, den ich mir in der Küche stibitzen kann.

»Na, wen haben wir denn da?« Vor mir ertönt Williams warme Stimme, die mir in so vielen verzweifelten Nächten Mut zugesprochen hat. Seine braunen Augen strahlen mit seinen Lippen um die Wette, während ich mit einem ebenso strahlenden Lächeln antworte.

»Du hast es geschafft!«

»Denkst du, ich lasse mir Kartoffelauflauf entgehen? Sicher nicht!« William liebt Kartoffelgerichte fast so sehr wie Pumpkin, der brav neben ihm sitzt und die Menschen hechelnd mustert.

»Dann einmal Kartoffelauflauf für dich!« Ich gebe ihm extra viel auf seinen Teller. Aber William scheint etwas hinter mir entdeckt zu haben, das seine Aufmerksamkeit mehr auf sich lenkt als die dampfenden Kartoffeln.

»Erde an William!« Er ist vollkommen versunken. Prüfend sehe ich hinter mich und entdecke Agatha, die gerade David mit zwei vollgepackten Müllbeuteln durch den Saal scheucht. Wieder sehe ich meinen Freund an, der jede ihrer Bewegungen genauestens beobachtet. Oh mein Gott. So hat William noch nie eine Frau angesehen. Nicht, seit ich ihn kenne.

»Ähm.« Er schüttelt sich einmal, als wäre er ein Hund, der in den Regen gekommen ist. »Entschuldige. Wer ist das?«

Himmel, William ist schockverliebt in Agatha!

»Das ist meine Chefin. Wenn du willst, kann ich sie dir später vorstellen.« Ihr Mann ist vor drei Jahren verstorben, und seitdem stürzt sie sich kopfüber in die Arbeit. Vielleicht könnte ihr ein bisschen Abwechslung guttun.

»Um Gottes willen, nein. Ich bin viel zu alt für so was.«

»Red keinen Unsinn! Du stehst in der Blüte deines Lebens.« Ich wackle anzüglich mit den Brauen. »Aber wenn du nicht gleich deinen Teller nimmst, fällt mir die Hand ab!«

Räuspernd schnappt er sich den Kartoffelauflauf, wirft einen letzten Blick zu Agatha und marschiert schmunzelnd zu einem der Tische. Pumpkin folgt ihm schwanzwedelnd, als wüsste er bereits, dass gleich die ein oder andere Kartoffel in seiner Schnauze landen wird.

Ich wische mir lächelnd den Schweiß mit einem frischen Handtuch aus dem Nacken, weil es wahnsinnig warm hier drin ist. Ein Blick zu Isaac verrät mir, dass ihm die Hitze weitaus weniger ausmacht. Er sieht immer noch genauso frisch aus wie heute Mittag, als wir ihn mit unserer Idee überfallen haben. Nur die Ringe unter seinen Augen sind dunkel wie immer. Er scheint genauso wenig Schlaf zu bekommen wie ich, nur kennt er jetzt den Grund für meine Schlaflosigkeit, während ich immer noch so gut wie nichts über ihn weiß. Vielleicht sollte ich wirklich mal Google anschmeißen.

»Zweimal den Nussbraten, bitte.« Eine junge Frau, vielleicht in den Mittzwanzigern, taucht vor meiner Nase auf. Erst auf den zweiten Blick erkenne ich, dass da ein kleines Mädchen an ihrem Bein klammert wie ein Äffchen. Sie hat ihr Gesicht im Hosenbein der Erwachsenen vergraben. Ihr Shirt war sicher einmal knallgelb, ist jetzt aber nur noch ein ausgewaschenes Cremeweiß. Die kleinen roten Stickblüten lösen sich an manchen Stellen von den Ärmeln.

Während ich der Frau ein Lächeln schenke und zwei Teller mit Braten, Reis und Soße befülle, beugt sie sich über den Tisch zu mir herüber. »Ich will die Leute nicht aufhalten, aber meine Tochter hätte gern ein Autogramm von Ihrem Kollegen.« Sie deutet auf Isaac, der gerade mit einer Ladung frisch abgewaschener Teller auf uns zukommt.

»Du bist also ein Fan von Isaac, hm?« Ich wende mich direkt an das kleine Mädchen, das mich jetzt schüchtern anblickt und nickt. Gott, ich zergehe wie ein Stück Butter in der prallen Sonne. Wie kann jemand nur so süß sein?

»Na dann fragen wir ihn doch mal, ob er dir deinen Wunsch erfüllen kann.« Ich wende mich Isaac zu, der die sauberen Teller jetzt neben den Wärmebehältern stapelt.

»Wir haben hier einen kleinen Fan von dir.« Ich deute auf das Mädchen, das jetzt wieder ihr Gesicht im Bein ihrer Mutter vergräbt. Ihre aschblonden Haare sind leicht fettig und zu zwei schiefen Zöpfen geflochten.

»Hey, wie heißt du denn?« Isaac stützt seine Hände auf dem Tisch ab, wodurch die Rundung seines Bizepses enorm zur Geltung gebracht wird. Sein marineblaues Shirt spannt über den definierten Muskeln und bietet mir einen verdammt schönen Anblick.

»Sie ist etwas schüchtern«, sagt die Frau entschuldigend, geht vor ihrer Tochter in die Hocke und hebt ihren Kopf an, indem sie ihre Hand unter ihr Kinn legt. »Willst du den netten Leuten deinen Namen verraten, Süße?« Zögernd nickt die Kleine, und als sie zu Isaac aufblickt, funkeln ihre Augen wie zwei Sterne am Firmament. Ich erinnere mich daran, dass ich damals einen ähnlichen Ausdruck auf dem Gesicht hatte, wenn ich die Backstreet Boys im Fernsehen gesehen habe. »Mila«, flüstert die Kleine. Währenddessen sehe ich den älteren Mann, der als Nächstes dran ist, entschuldigend an. »Einen Moment noch! Es geht gleich weiter.« Doch keiner von den Leuten hier scheint wütend oder ungeduldig zu sein. Die Stimmung ist trotz allem friedlich. Der Mann grinst mich nur mit seiner breiten Zahnlücke an und nickt mir verständnisvoll zu.

»Mila also.« Isaac sieht die Kleine lächelnd an. »Was meinst du, Mila? Willst du ein cooles Autogramm haben?«

Umgehend werden ihre grünbraunen Augen noch größer, und ihre Wangen fangen Feuer. Diese Wirkung hat Isaac Walker auf viele Damen, das ist mir heute noch mal klar geworden. Er nimmt die schwarze Schürze ab, legt sie auf den Tisch und geht um die Essensausgabe herum. Vor der Kleinen geht er in die Hocke. Man kann sehen, dass für das Mädchen gerade ein Traum in Erfüllung geht.

»Wo soll ich unterschreiben, Mila?« Isaac spricht so behutsam mit ihr, so liebevoll, dass mein Herz seinen Dienst quittiert. Ich weiß nicht, was Männer an sich haben, die gut mit Kindern umgehen können, aber sie machen etwas mit mir und meinem Hormonhaushalt. Sie machen *zu viel* mit mir, das steht fest.

Das Mädchen überlegt kurz und hält anschließend die Fahrkartenhülle hoch, die an ihrem Hals baumelt. Ich schnappe mir den Stift, mit dem ich eine Strichliste für Agatha führe, und werfe ihn Isaac zu. Er fängt den Edding in der Luft ab, öffnet ihn und steckt sich die Kappe anschließend zwischen die Zähne, während er dem kleinen Mädchen die Hülle abnimmt und darauf zu schreiben beginnt. Mila starrt ihn derweil weiterhin aus ihren süßen Kulleraugen an, als könnte sie nicht glauben, dass das hier gerade wirklich passiert.

Ich sehe aus dem Augenwinkel, wie Isaac die Schrift trocken pustet und den Stift anschließend in seiner hinteren Hosentasche verschwinden lässt.

»Danke«, piepst Mila, und als Isaac sie in seine starken Arme zieht, spielen meine Hormone verrückt. Er kann wahnsinnig gut mit Kindern umgehen, das sehe ich jedes Mal, wenn er sein Patenkind auf dem Arm hat. Und scheinbar ist er sich auch nicht zu schade für schweißtreibende Arbeit. Die Pro-Spalte meiner Liste wächst viel zu schnell!

»Danke schön!« Die Mutter des Mädchens reicht Isaac die Hand, welche er ergreift und sanft drückt. Anschließend tritt er wieder an meine Seite, bindet sich die Schürze um und winkt dem Mädchen noch einmal zu, bevor es an der Seite seiner Mutter zu einem der wenigen freien Plätze im Raum verschwindet.

Und sosehr ich mich auch davon abhalten will, so verflucht schwer fällt es mir, den Blick von Isaac abzuwenden. Etwas, das er – leider Gottes – zu bemerken scheint. Er sieht zu mir herüber, bemerkt mein Starren und zieht fragend die Brauen hoch. Seine Augen wirken heute noch heller als sonst, noch einnehmender. Wie flüssiges Gletscherwasser, eingeschlossen in seiner Iris.

»Was ist, Freckles?«

»Nichts«, erwidere ich wie aus der Pistole geschossen. »Lass uns wieder an die Arbeit gehen.« Aber Isaac ist nicht blind. Und blöd auch nicht. Er weiß ganz genau, dass mir gerade Dinge durch den Kopf gehen, die ich nach letzter Nacht definitiv nicht denken sollte …

Kapitel 21

Isaac

»Meine Hände sehen aus wie ein alter Männerarsch!« Louis sitzt auf der Arbeitsplatte neben der Spüle und betrachtet naserümpfend seine vom Abwasch schrumpeligen Finger.

»Keine Kraftausdrücke in meiner Küche, Freundchen!« Agatha hat scheinbar ein feines Gespür für Regelverstöße, denn sie war bis eben nirgends zu sehen und steckt jetzt ihren weißen Schopf in den Raum. Die Frau ist echt der Knüller.

»›Alter Männerarsch‹ is doch kein Kraftausdruck«, verteidigt sich unser Bassist, aber gegen Agatha hat er nicht den Hauch einer Chance. Den hat keiner von uns.

»Also echt mal, Louis. Hüte deine freche Zunge!« Connor nimmt lachend einen Schluck seiner Limo, während ich meine Flasche gedankenversunken in der Hand drehe. Wir alle haben eine von der Leiterin der Suppenküche ausgegeben bekommen. Für die gute Arbeit, die wir geleistet haben. Es war seltsam befreiend, das Essen zu verteilen und ein paar

Stunden nicht an meine eigenen Probleme denken zu müssen.

Heute wurde mir bewusst, dass meine Probleme in die Kategorie First-World fallen. So viele Menschen, denen ich heute begegnet bin, waren regelrecht ausgehungert und hatten nur lumpige Klamotten an ihren Leibern. Und meine einzige Sorge ist es, nicht mehr auf der Bühne stehen zu können. Nicht mehr singen zu können. Diese Kluft ist riesig, und ich fühle mich beschissen.

»Ihr wart wirklich fleißig heute, das muss ich euch lassen. Aber wir sind noch nicht ganz fertig. Wir müssen noch die Tische und Stühle abbauen. Außerdem braucht Hope Hilfe im Lager.« Ihr bestimmter, aber liebevoller Blick fällt auf mich. »Du! Du hast den ganzen Tag so gut mit ihr zusammengearbeitet.« Langsam glaube ich, dass sie mich und Hope verkuppeln will. Wieso sonst sollte sie uns schon wieder für dieselbe Arbeit einteilen? Ich rieche den Braten auf Meilen Entfernung.

»Was kann ich tun?« Ich stelle meine Limo auf die Mikrowelle und wische mir die Hände an der Jeans ab. Eigentlich wäre mir eher nach etwas Hochprozentigem zumute, aber man muss sich eben mit dem zufriedengeben, was man hat. Das wurde mir heute verdammt deutlich klar.

»Die Kisten mit den Konserven müssen wieder eingelagert werden. Hope ist schon dabei, aber zu zweit geht es sicher schneller.« Da bin ich mir nicht so sicher. Ja, wir haben heute perfekt zusammengearbeitet. Fast war es, als hätten wir noch nie etwas anderes gemacht. Aber wir standen auch unter Dauerstrom, schließlich hatten wir kaum eine Minute zum Verschnaufen. Die Vorstellung, jetzt mit ihr allein zu sein – und keine Ausrede mehr zu haben, wieso wir uns nicht über letzte Nacht unterhalten können –, behagt mir nicht. Mich überkommt dieselbe Nervosität wie heute Mittag bei Dr. Livington.

»Wird erledigt«, sage ich dennoch, weil ich gegen diese Frau eh nicht ankomme. Ich schnappe mir die beiden voll beladenen Kisten und mache mich auf den Weg ins Lager, das Agatha uns bei unserer Ankunft kurz gezeigt hat. Die Tür der Kammer – denn viel mehr ist dieser kleine Raum nicht – steht einen Spalt offen. Ich atme tief durch, straffe meine Schultern und versuche, die nagenden Gedanken in mir abzuschütteln. *Alles ist gut, Walker. Sie wird dich schon nicht auf dein Versagen ansprechen. Und wenn doch, kannst du immer noch das Weite suchen, wie jedes Mal, wenn es dir zu viel wird.*

»Hab gehört, hier braucht jemand Hilfe?« Mit diesen Worten stoße ich die Tür zur dunklen Vorratskammer mit dem Fuß auf.

»Nicht die Tür zufallen lassen!« Sekunden später höre ich bereits, wie sie hinter mir einrastet.

»Zu spät.«

»Isaac!« Hope leuchtet mir mit ihrer kleinen Taschenlampe mitten ins Gesicht.

»Willst du mir vielleicht verraten, wieso du hier im Dunkeln hockst?«

»Die Birne ist kaputt.« Sie nimmt die Taschenlampe herunter und drängt sich an mir vorbei, um die Tür zu öffnen. Aber egal, wie kräftig sie daran zieht, sie gibt nicht nach. Tja, das könnte ein Problem werden.

»Na super. Du hast uns eingesperrt.«

Ich stelle die beiden Kisten mit den Konserven vor mir ab, trete an Hopes Seite und versuche ebenfalls, die Tür zu öffnen. Keine Chance. Wir sind tatsächlich eingesperrt. Auf engstem Raum, im Dunkeln. Fuck!

»Wieso hast du mir nicht gleich gesagt, dass ich aufpassen muss?«

»Hab ich doch!«, motzt Hope und beginnt, von innen gegen die Tür zu klopfen. Die Vorratskammer misst vielleicht zehn Quadratmeter, und der meiste Platz wird von den Regalen für die Lebensmittel eingenommen, sodass ich Hope unweigerlich berühren muss.

»Hey, hört uns jemand?« Hope klopft wie eine Irre gegen die Tür, doch als uns nach Minuten niemand zu Hilfe eilt, umfasse ich ihre kleine Faust und hindere sie daran, erneut gegen das Türblatt zu hämmern.

»Wenn du so weitermachst, bekomme ich gleich Migräne.« Das Lager ist am anderen Ende des Gebäudes, die Küche also zu weit entfernt, als dass jemand Hopes klägliche Hilfeschreie hören könnte.

»Und was schlägst du vor?«

»Lass uns einfach die Sachen einräumen. Irgendwer wird schon kommen. Oder hast du dein Handy da, um einen der Jungs anzurufen?«

»*Nope.* Das liegt in meinem Rucksack, und der steht in der Küche.« Mist. Genau wie meins.

»Dann bleibt uns wohl nichts anderes übrig.« Es ist, als würde mir das Universum schön breit ins Gesicht lachen und mir parallel dazu den Mittelfinger zeigen. Ich wollte einer Konfrontation mit Hope um jeden Preis aus dem Weg gehen, und jetzt hocken wir hier gemeinsam auf engstem Raum, und ich kann nicht fliehen. Ist das dieses Karma, von dem alle sprechen? Wenn ja, ist es ein ziemlicher Wichser, und ich hätte gut darauf verzichten können, ihn heute Abend kennenzulernen.

Hope leuchtet mir wieder mit der grellweißen Taschenlampe ins Gesicht, bevor sie das Monsterteil in einem Regalfach ablegt, damit wir wenigstens etwas Licht hier drin haben. Der modrige Geruch der Kammer wird bald von Hopes süßem Himbeerduft überlagert. »Na dann an die Arbeit.« Sie schnappt sich eine der beiden Kisten, hievt sie von der anderen herunter und beginnt, die Konserven in das freie Regalfach auf der rechten Seite zu räumen. Ich tue es ihr gleich. Wir stehen Rücken an Rücken, während wir unsere Arbeit verrichten, und jedes Mal, wenn wir leicht gegeneinanderstoßen, könnte ich schwören, dass Hope den Atem anhält. Genau wie ich.

Kapitel 22

Hope

»Wieso zur Hölle kommt niemand, um nach uns zu sehen?«, jammere ich und lasse mich an den nun voll beladenen Regalen nach unten gleiten. Ich habe mein Zeitgefühl verloren, aber eine halbe Stunde müssen wir hier mindestens schon eingesperrt sein. Als Isaac sich neben mich auf den Boden setzt und gegen das Regal in unserem Rücken lehnt, merke ich erst, wie anstrengend der Tag war. Mir tun alle Glieder weh, und ich werde morgen einen fetten Muskelkater haben, so viel steht fest.

»Irgendwann müssen sie ja nach uns sehen«, antwortet er und legt seinen Kopf zurück. Ich sehe ihn im Licht der Taschenlampe von der Seite an und bereue es sofort. Er sieht auch nach diesem anstrengenden, schweißtreibenden Tag umwerfend aus. Sein Adamsapfel hüpft leicht, als er ein Lachen ausstößt, das mir direkt bis in den Bauch schießt. Wieso stellt ein einfaches Geräusch so viel mit mir an?

»Warum lachst du so?« Ich boxe ihm freundschaftlich gegen den Oberarm.

»Ach nichts.«

»Nun komm schon, sag es mir!« Ich drehe mich leicht in seine Richtung und werde mir unserer Nähe umso bewusster. Diese Kammer kam mir schon immer klein vor, aber jetzt wirkt sie wie eine Streichholzschachtel.

»Ich bin dir den ganzen Tag aus dem Weg gegangen, nur um jetzt mit dir in diesem Loch eingesperrt zu sein. Wenn du mich fragst, ist das hier ganz großes Kino.«

»Wieso gehst du mir überhaupt aus dem Weg?«

Isaac zuckt mit den Schultern. Auch wenn ich die Antwort insgeheim längst weiß, lasse ich mich nicht so leicht abwimmeln. »Ich werde dich so lange nerven, bis du endlich mit der Sprache rausrückst. Und glaub mir, ich kann richtig gut nerven, frag meinen Bruder.«

»Den muss ich nicht fragen. Du hast es in den letzten Tagen oft genug unter Beweis gestellt«, erwidert Isaac mit einem schiefen Grinsen. Erneut boxe ich ihm gegen den Oberarm, auch wenn sich in mir ein ganz anderer Wunsch regt. Der Wunsch danach, mich einfach an seine Schulter zu lehnen, die Augen zu schließen und mich an seiner Seite auszuruhen, bis uns jemand hier rausholt.

»Arsch«, murmle ich träge.

»Selber Arsch.«

»Sagst du mir jetzt, wieso du mir aus dem Weg gegangen bist?« Ich weiß, dass ich in einer noch frischen Wunde herumstochere, aber hier kann Isaac mir wenigstens nicht entwischen und das Weite suchen. Vielleicht hat das hier also auch etwas Gutes an sich.

»Muss ich es wirklich laut aussprechen?« Der Ausdruck

auf seinem Gesicht ist gequält, seine Miene verfinstert sich. Gerade lässt er mich seine Gedanken sehen, ohne dass er sie laut sagen muss.

»Falls es daran liegt, dass du … dass dein …« *Mein Gott, Hope! Hör auf zu stammeln!*

»Falls es daran liegt, dass mich mein Schwanz im Stich gelassen hat, meinst du?«

»Er hat dich nicht im Stich gelassen«, korrigiere ich ihn. »Vielleicht stand dein Schwanz ein bisschen unter Erfolgsdruck?« Meine Frage bringt ihn glücklicherweise zum Lachen.

»Du weißt, dass so was jedem passieren kann, oder?« Moment mal, sitze ich gerade echt neben Isaac Walker auf dem Boden einer staubigen Kammer und spreche mit ihm über seine Potenz? *Holy shit.* Das wird mir niemand abkaufen. Gut, dass ich sowieso nicht vorhatte, es jemandem zu erzählen. Eine beste Freundin habe ich nicht, und die Themen, über die ich mit Noah spreche, haben ihre Grenzen. Das hier ist so eine.

»Schon klar, Dr. McCarthy.« Er hält die Augen geschlossen, seine dichten Wimpern werfen kleine Halbmonde aus Schatten auf seine markanten Wangen. »Jetzt habe ich eine Frage an dich.«

Natürlich lenkt er das Gespräch sofort wieder von sich weg. »Schön, was willst du wissen?«

»Wieso hast du mich vorhin so seltsam angestarrt, nachdem ich dem kleinen Mädchen ein Autogramm gegeben habe?« Jetzt schlägt Isaac die Augen auf, dreht seinen Kopf in meine Richtung und kommt mir damit noch ein Stück näher. Wir sind eingekesselt zwischen Regalen und Konserven, und alles, was ich wahrnehme, ist sein Atem, der mein Gesicht streift. Ich lecke mir flüchtig über die Unterlippe.

»Du willst wissen, wieso ich dich so angesehen habe? Weil dir gute Taten stehen«, antworte ich ehrlich. Scheiße, gute Taten stehen jedem Menschen, aber Isaac ganz besonders. »Du hast heute so viele Menschen glücklich gemacht.« *Du hast mich glücklich gemacht.* Das will ich sagen, aber ich verkneife es mir. Ich lasse meine Hand zwischen uns auf den Boden fallen und zucke zusammen, als ich Sekunden später eine zaghafte Berührung an der Außenseite meiner Finger spüre. Sein kleiner Finger berührt meinen, und kurz scheint die Welt um uns herum stillzustehen. Wir beide sind maßlos überfordert mit der Situation, das ist deutlich zu spüren. Ich räuspere mich. »Jedenfalls weiß ich, dass du mir nicht hättest helfen müssen.«

»Ich hätte dir nicht helfen müssen, aber ich wollte es.« Isaac zieht scharf die Luft ein, als könnte er nicht glauben, dass er gerade so ehrlich und offen mit mir spricht. Zum ersten Mal, seit ich ihn kenne, habe ich das Gefühl, dem wahren Isaac Walker zu begegnen. Neben ihm zu sitzen. So dicht, dass sich unsere Oberschenkel berühren.

»Und dafür wollte ich dir in dem Moment danken.« Meine Stimme ist kaum mehr als ein Hauchen, weil sich die Atome zwischen uns plötzlich verdammt stark aufladen. Als Isaacs kleiner Finger beginnt, langsam über meinen Handrücken zu streichen, halte ich die Luft an. Wie kann sich eine simple Berührung nur so markerschütternd anfühlen? Wie ein als unscheinbare Regentropfen getarnter Monsun.

Dieselbe Hitze, die ich gestern Nacht in seiner Nähe verspürt habe, bahnt sich erneut ihren Weg durch meinen Körper. Schnell presse ich die Schenkel aufeinander, wohl wissend, dass ich nicht schon wieder schwach werden darf. Aber da ist diese immer lauter werdende Stimme in mir, die mich vom Gegenteil überzeugen will. Die mir sagt, dass ich ein bisschen Glück verdient habe, wenn auch nur für eine Nacht. Oder für ein paar Minuten in diesem dunklen Lager, das ich ab heute wohl nie wieder betreten kann, ohne an ihn zu denken.

»Isaac.« Sein Name kommt über meine Lippen, als bestünden die einzelnen Buchstaben allesamt aus Schleifpapier.

»Ja, Freckles?« Mein Herz beginnt zu tanzen, und in meinem Magen steigen kleine Glücksbläschen auf.

»Wir sollten …« Bevor ich meinen Satz beenden kann, hat Isaac mich unterbrochen. Mit seinen Lippen. Hart und verlangend presst er sie auf meine, und ehe ich michs versehe, hat er mich auf seinen Schoß gezogen. Schon wieder. Seufzend lasse ich mich in diesen Kuss fallen, auch wenn es falsch ist. Der Wunsch, ihn zu spüren, ist stärker als meine Zweifel.

Isaacs Hände rutschen auf meinen Rücken. Er zieht mich dichter auf sich, und die letzten Mauern zwischen uns sind überwunden. Seine Hände fahren nahezu andächtig über meinen Rücken, hinauf zu meinem Nacken. Währenddessen biege ich ihm mein Becken dichter entgegen, reibe mich an ihm wie letzte Nacht. Keiner von uns wagt es, den Kuss zu unterbrechen, und als ich seine Finger auf den Außenseiten meiner Schenkel spüre, erschaudere ich am ganzen Körper. Ich trage nur eine dünne schwarze Seidenstrumpfhose und darüber ein knielanges Shirtkleid, das er jetzt ganz langsam über meinen Po nach oben schiebt. Die feinen Härchen auf meinen Oberschenkeln stellen sich auf, recken sich ihm entgegen.

»Fuck, Freckles. Du weißt schon, dass jederzeit jemand hier reinplatzen könnte?« Atemlos nicke ich, rücke aber dennoch nicht von ihm ab. Vielleicht ist es hochgradig kopflos: Sollte uns hier jemand erwischen, würde ich vor Scham im Erdboden versinken, aber jetzt aufzuhören, ist keine Option. Nicht mehr. Ich lasse widerwillig von Isaacs weichen Lippen ab, küsse mich seine Wange entlang, bis ich an seinem Ohr innehalte.

»Berühr mich endlich richtig.«

Er zieht rasselnd die Luft ein, tanzt mit den Fingern über meine Schenkel und packt sie so fest, dass ich ein leises Quieken von mir gebe. Mit zwei Fingern fährt er über den dünnen Stoff zwischen meinen Beinen, und mein Quieken wird zu einem Wimmern. Weil ich unbedingt ohne Stoff dazwischen von ihm berührt werden will. Vielleicht schaffe ich es, mir Isaac aus dem Kopf zu schlagen, wenn wir diese Grenze ein einziges Mal überschritten haben. Vielleicht …

»Scheiße, bist du nass, Hope.« Die Art und Weise, wie er meinen Namen ausspricht, gibt mir den Rest. Ich packe seine Hand, führe sie tiefer zwischen meine Beine und schließe lustvoll die Augen, als er beginnt, mich an meiner empfindlichsten Stelle zu streicheln.

»Da ist noch zu viel zwischen uns«, murmelt er heiser,

während ich unter mir spüre, dass sein Schwanz härter wird. Sekunden später höre ich das Reißen von Stoff. Isaac hat meine Strumpfhose zerrissen, schiebt jetzt meinen dünnen Slip zur Seite und spaltet meine Schamlippen mit seinen Fingern. Himmelherrgott. Sein kalter Siegelring trifft auf meine erhitzte Haut, lässt mich erschaudern. Diese Mischung aus Kälte und Hitze treibt mich vollkommen in den Wahnsinn.

»Schon besser.« Seine Reibeisenstimme ist kaum mehr als ein Flüstern, das ich mir auch nur einbilden könnte. Und als er meine Lippen mit seinen warmen Fingerspitzen entlangfährt und anschließend mit zwei Fingern in mich eindringt, kralle ich mich in seine Schultern wie eine Ertrinkende. Ich grabe meine Nägel in sein Shirt, während er mich berührt, wie ich noch nie berührt worden bin. Zumindest hat es sich noch nie so gut angefühlt. Immer wieder gleiten seine Finger aus mir heraus, um anschließend noch etwas tiefer in mich zu stoßen. Es ist perfekt.

Meine Oberschenkel beginnen zu zittern, und ich lasse meinen Kopf nach vorn gegen seine Schulter fallen. Derweil fährt Isaac noch einmal durch meine nassen Schamlippen, verteilt die Feuchtigkeit auf meiner Haut und umkreist anschließend mit seinem Daumen meinen Kitzler. Ein Stöhnen drängt sich aus meiner Kehle, so laut, dass ich mir Sekunden später auf die Zunge beiße. Eben noch wollte ich unbedingt, dass uns jemand hier rausholt. Jetzt hoffe ich, dass niemand kommt. Nicht, solange wir in dieser Pose verschmolzen sind.

Isaac weiß genau, mit welchem Druck er mich berühren muss, um mich in den Himmel zu befördern. Sein Daumen fährt sanft über meine Perle, nur um sie dann wieder loszulassen. Jeder Muskel in meinem Unterleib ist zum Zerreißen gespannt.

»Sieh mich an, Hope.« Ich hebe den Kopf und sehe ihm direkt in die Augen. Und ich bin mir sicher, dass ich ihn noch nie schöner gefunden habe als in diesem Moment. Seine eisblauen Augen funkeln, während die Schatten unter ihnen noch tiefer wirken. Die Hälfte seines Gesichts liegt im Dunkeln, die andere wird diffus vom Licht der Taschenlampe erhellt. Seine Hand ist immer noch zwischen meinen Beinen, während ich seinen Schwanz verlangend gegen den Stoff seiner Jeans pochen spüre. Kurz keimt der Gedanke in mir auf, dass wir gestern schon einmal an diesem Punkt standen, aber als Isaac seinen Mund öffnet, ist dafür kein Platz mehr.

»Ich will, dass du mich ansiehst, wenn du kommst.«

Seine Worte, in Kombination mit dieser wunderschönen Stimme, geben mir den Rest. Ich beginne, mich auf seiner Hand zu bewegen, und zerspringe beinahe in all meine Einzelteile, als er sanft an meinem Kitzler zupft. Er spielt mich wie eine Gitarre, auf eine verdammt erotische Art und Weise.

Immer höher bauen sich die Wellen in mir auf, wollen über mir einbrechen wie ein Tsunami aus Lust. Mein Blick rastet in seinem ein, hält ihn gefangen. Und dann komme ich. Ich komme so heftig, dass ich mein Stöhnen nicht länger zurückhalten kann. Isaacs Mundwinkel zucken, während er seine freie Hand auf meine Lippen presst, damit ich leise bin. Ich stöhne gegen seine geöffnete Hand, während sich meine Mitte rhythmisch zusammenzieht und mein Kopf in den Wolken ist.

»Wenn sie uns jetzt nicht gehört haben, sind sie eindeutig taub.« Seine Worte entlocken mir ein erschöpftes Lachen. Er nimmt die Hand von meinem Mund, und ich sinke müde gegen seine Schulter. Die Anstrengung des Tages fällt mit einem Mal komplett von mir ab, und ich könnte auf der Stelle einschlafen. Auf Isaacs Schoß, während seine Hand noch immer zwischen meinen Beinen ruht. Das war … bewusstseinserweiternd.

»Hey, nicht einschlafen!« Isaac schüttelt mich sanft, aber ich gebe lediglich ein müdes »Nur ganz kurz« von mir. Anschließend beginnt er, mich zu kitzeln, woraufhin ich von seinem Schoß springe und Abstand aufbaue. »Vergiss es!«

»Du bist also kitzelig. Gut zu wissen.« Was zur Hölle ist gerade passiert? Bis jetzt war die Stimmung zwischen uns immer geladen, entweder von Wut oder Verlangen. Zum ersten Mal, seit wir uns kennen, ist da eine Art Leichtigkeit zwischen uns. Und das fühlt sich verdammt gut an.

Ich zupfe mein Kleid zurecht, prüfe, ob man den Riss in meiner Strumpfhose sieht, und stelle erleichtert fest, dass alles bedeckt ist.

Isaac rappelt sich ebenfalls auf. Ein Blick auf seinen Schritt zeigt mir, dass er immer noch erregt ist. Ich beiße mir auf die Unterlippe, während ich mir vorstelle, wie ich mich bei ihm revanchieren könnte. Wie ich vor ihm auf die Knie gehe und …

»Sagt mal, habt ihr zwei euch echt eingesperrt?«, ertönt Agathas strenge Stimme gedämpft aus dem Flur. Sekunden später reißt sie die Tür der Vorratskammer auf und lässt das Licht des Flurs in den kleinen Raum sickern. Ertappt drehe ich mich zu meiner Chefin, während Isaac dichter an mich herantritt. Er steht so nah bei mir, dass ich seine Erektion an meinem unteren Rücken spüren kann. Das macht dieser Arsch doch absichtlich! Weil er ganz genau weiß, was es mit mir anstellt.

»Isaac hat die Tür zufallen lassen«, erkläre ich mich atemlos. *Reiß dich zusammen, Hope! Wenn du dich so auffällig verhältst, weiß Agatha sofort, was ihr hier drin getrieben habt. Und das fällt sicher nicht unter die Hygienebestimmungen.*

»Anfängerfehler«, murmelt Agatha, sieht sich unsere getane Arbeit an und nickt zufrieden. »Kommt jetzt raus. Zeit für Feierabend!« Sie winkt uns hinter sich her, doch ich bleibe wie festgewachsen stehen, weil ich noch etwas länger das Gefühl von Isaacs warmem Körper an meinem Rücken genießen will. Ich bereue es in dem Moment, in dem ich seinen Atem an meinem Nacken spüre. Seine Lippen streifen flüchtig die empfindliche Haut unter meinem Haaransatz.

Ich laufe puterrot an, als Isaac den Raum verlässt, um Agatha in die Küche zu folgen. Laut ausatmend sinke ich gegen das Regal, lehne meine Schläfe gegen eine der Konserven und versuche, einen gleichmäßigen Atem zu bekommen. Auch wenn ich weiß, dass es ohnehin keinen Sinn hat. Ich werde Isaac nie wieder unter die Augen treten können, ohne daran zu denken, wie ich auf seiner geschickten Hand gekommen bin.

Kapitel 23

Hope

»Wie lange werdet ihr unterwegs sein?« Noah liegt verkehrt herum auf meinem Bett und hat alle viere von sich gestreckt. Wie immer hat er die Kapuze seines schwarzen Lieblingshoodies tief in die Stirn gezogen. Ich muss ihn echt mal dazu kriegen, das Teil in die Wäsche zu geben.

»Eine Woche. Wir haben Freitag den ersten Auftritt in Birmingham und Samstag direkt den zweiten, weil das erste Konzert wohl ziemlich schnell ausverkauft war.« So viele Menschen freuen sich darauf, Isaac am Mikrofon zu sehen, und genauso vielen Menschen werden die Augen aus den Köpfen fallen, wenn sie sehen, dass ich an seiner Stelle singe. Bis jetzt hat die Band noch kein öffentliches Statement abgegeben, und das macht meine Nervosität nur noch größer. Ich hasse Überraschungen, und dieses Mal bin ich selbst eine.

Ich stopfe meine Boyfriendjeans in den Rucksack und schiele zu Noah hinüber, der nichts mehr sagt. Während er mein Bett in Beschlag genommen hat, hocke ich im Schneidersitz auf dem Boden, um meine Tasche zu packen.

»Du weißt, dass du uns begleiten kannst, oder?« Ich rutsche dichter an das Bett heran, lege meine Unterarme auf die Matratze und platziere mein Kinn darauf. »Du könntest während des gesamten Konzerts im Backstagebereich abhängen und dich von vorn bis hinten vom Personal bedienen lassen.« Seit Tagen versuche ich, ihm die Tour nach Birmingham schmackhaft zu machen, und beiße mir die Zähne an ihm aus.

»Nee, lass mal. Da sind mir zu viele Menschen.« Noah streicht sich die glänzenden blonden Locken aus der Stirn. Irgendetwas stimmt nicht mit ihm, und ich kann einfach nicht zu ihm durchdringen. Er sagt zwar, dass alles okay sei, aber ich glaube ihm nicht. Mein Vertrauen in seine Aussagen hat in den letzten Jahren ziemlich gelitten, weil er so oft gelogen hat. Ich bin vorsichtig geworden.

»Bist du dir sicher?«

»Bin mir sicher«, murmelt er und dreht sich auf die Seite, damit wir uns direkt ansehen können. »Ich mag es nicht, wenn du nicht in der Stadt bist, Sis. Das ist alles.«

»Ich mag es auch nicht, wenn ich nicht in der Stadt bin.« Genau genommen hasse ich es. Weil ich nie zu einhundert Prozent abschalten kann. Weil ich mein Handy nie länger als zwei Stunden aus den Augen lassen kann, aus Angst, Noah könnte in Probleme geraten.

»Wieso bleibst du dann nicht einfach? Scheiß auf den Job. Wir kommen auch so klar. Kamen wir doch immer.« Noah greift nach meiner Hand, und sobald wir unsere Finger ineinander verschränkt haben, wird mein Herz ganz schwer. Er ist nicht derjenige, der jede Nacht wach liegt und darüber grübelt, wie wir unsere Rechnungen bezahlen sollen. Das alles bleibt an mir hängen, weil ich die große Schwester bin. Es wird Zeit, dass auch er selbstständig wird. Aber ich will ihn nicht bedrängen, also schlucke ich den Groll herunter, wie jedes Mal. Weil es so einfacher ist. Wäre echt kein Wunder, wenn ich eines Tages ein Magengeschwür bekomme, weil ich zu viel in mich hineingefressen habe.

»Du weißt, dass das nicht geht. Ich kann die Band jetzt nicht hängen lassen, sie zählen auf mich.« Außerdem will ich es. Ich will es sogar dringender, als mir anfangs klar gewesen ist. In den letzten vier Wochen habe ich gemerkt, dass ich *mehr* brauche. Mehr als ein paar Auftritte auf der Straße. Ich bin zu Größerem bestimmt, das hat Mom mir schon gesagt, als ich gerade richtig laufen konnte.

»Ist mir klar. Aber einen Versuch war es trotzdem wert.« Noah rappelt sich auf, drückt mir einen Kuss auf die Stirn und krabbelt vom Bett. Mit gesenktem Kopf und hängenden Schultern steuert er die Zimmertür an.

»Gute Nacht, Sis. Hab dich lieb.« Seine Schritte schlurfen, weil er kaum die Beine hebt.

»Ich dich auch, Bruderherz. Und Noah?«

»Ja?«

»Ich hoffe, du bleibst in der Woche hier im Haus. Robert wird jemanden vorbeischicken, der den Haushalt und die Einkäufe macht.« Ich will nicht, dass er zurück in unsere trostlose Wohnung geht, vor der mehr als ein Dealer abends sein Unwesen treibt.

»Aye, aye.«

Sobald ich allein bin, vergrabe ich mein Gesicht in der

Matratze und schreie stumm hinein. Es gefällt mir nicht, Noah eine ganze Woche lang aus den Augen lassen zu müssen, aber mir bleibt keine Wahl. Da Megan bereits vor einer Woche mit Heather abgereist ist, kann ich sie nicht bitten, auf ihn aufzupassen. Mir bleibt also nichts anderes übrig, als Noah zu vertrauen und die Zähne zusammenzubeißen. Es sind ja nur ein paar Tage …

Ich will endlich zu Ende packen und ziehe den Rucksack aufs Bett. Dabei rutscht etwas aus ihm heraus und landet mit einem dumpfen Geräusch auf dem weichen Teppichboden. Als ich erkenne, dass es sich um Isaacs schwarzes Notizbuch handelt, beiße ich mir auf die Unterlippe.

»Mist«, murmle ich. Ich hatte ganz vergessen, dass ich das Teil immer noch habe. Wenn ich es ihm jetzt zurückgebe, kurz vor unserem ersten gemeinsamen Auftritt, bricht die Hölle aus. Ich nehme das schmale Lyricbuch auf, um es zu schließen, da fällt meine Aufmerksamkeit auf eine Textzeile.

Meine Selbstermahnung reicht nicht aus, um meine Neugier zu unterdrücken. Ich weiß, dass ich das Buch einfach wieder zurücklegen sollte, aber irgendwie kann ich es nicht. Außerdem habe ich in den letzten vier Wochen jeden einzelnen Song, den Isaac geschrieben hat, in- und auswendig gelernt. Was ist also schon dabei? Es handelt sich schließlich nicht um sein Tagebuch.

Ich lehne mich mit dem Rücken gegen das Bettgestell, winkle die Beine an und lege das geöffnete Notizbuch auf meine nackten Oberschenkel. Dann lese ich die Lyrics eines Songs.

Er heißt »Carry You Inside Of Me«, und wenn ich Isaacs

Schrift interpretieren müsste, würde ich behaupten, dass er den Text voller Wut im Bauch geschrieben hat.

I should look up to you, Dad
not down at you
While you make the cold kitchen floor your bed
You should be proud of me and protect me
instead
Of poisoning my head with all of your bads

Ich schlage das Buch zu, fühle mich auf einmal hundeelend, weil ich gerade eine Grenze überschritten habe. Weil ich schon in der ersten Zeile wusste, dass dieser Songtext verdammt persönlich ist. Man spürt die Emotionen, man spürt Isaacs Wut, gepaart mit einer verdammt traurigen Hoffnungslosigkeit.

Dieser Song handelt von ihm und seinem Vater. Ich weiß nichts über Isaacs Familie, weil er bis jetzt nie über sie gesprochen hat – nur über Megan. Meine Kehle verengt sich, als ich das Buch wieder an der entsprechenden Stelle aufschlage und den Refrain lese. Mit jedem Wort bricht mir das Herz etwas mehr, bei jedem Satz empfinde ich tiefes Mitgefühl für Isaac. Der Song erzählt von Schlägen, von Tränen, von panischer Angst, von einer Vater-Sohn-Beziehung, die schon lange keine mehr ist. Meine Augen werden feucht.

Ich lese den Refrain zum zweiten Mal, und es kommt mir wie ein Déjà-vu vor. Als hätte ich dieses Lied schon einmal gehört, an einem anderen Ort, in einer anderen Zeit. Kopfschüttelnd vertreibe ich den Gedanken, fahre mit dem Daumen über Isaacs wutverzerrte Schrift und schlage das Buch zu. Ich bin eindeutig zu weit gegangen, habe meine Nase in Angelegenheiten gesteckt, die mich nichts angehen. Und das Schlimmste daran? Ich habe das dringende Bedürfnis, mich in Isaacs Zimmer zu schleichen, mich zu ihm zu legen und ihn fest in den Arm zu nehmen.

Kapitel 24

Hope

»Ich weiß nicht, ob ich das kann.« Mein Herz rast wie verrückt, und mir wird von Sekunde zu Sekunde schwindeliger. Ich drehe durch. Na super. Das hat mir gerade noch gefehlt.

»Hey, Freckles.« Isaac ist sofort bei mir und nimmt mich fest in den Arm. Ich kralle mich in seine Oberarme und versuche, nicht zusammenzuklappen. »Atmen, okay? Du kannst das.«

Ich blinzle gegen den grauen Schleier vor meinen Augen an, und als ich die Zuversicht in seinem Blick sehe, entspanne ich mich etwas. Wer hätte gedacht, dass Isaac mal derjenige sein würde, der an mich glaubt?

»Was, wenn ich einen Aussetzer habe? Ich hatte nur vier läppische Wochen zum Üben, das ist gar nichts.« Es ist, als würde mir jetzt erst die Tragweite meiner Entscheidungen bewusst. Im Hintergrund hört man die Leute bereits toben. Die Konzerthalle, in der wir heute Abend spielen, bietet fünfzehntausend Menschen Platz. Fünfzehntausend Menschen, die gleich vom Glauben abfallen werden, wenn sie statt Isaac mich am Mikrofon sehen.

»Glaubst du, ich hatte nie einen Aussetzer? Ich hatte Hunderte. Die Band fängt dich auf, wenn du fällst. Das ist das Gute daran. Keiner von uns wird im Stich gelassen, wenn er einen Hänger hat.« Isaacs Hand umfasst meine und drückt sie leicht. Seit wir zusammen in Agathas Vorratskammer eingesperrt waren, hat sich etwas grundlegend verändert. Wir gehen netter miteinander um, viel liebevoller. Wir haben uns seitdem zwar nicht mehr geküsst, aber diese Spannung zwischen uns ist trotzdem noch da. Sie ist heute sogar stärker denn je.

»Und wenn die Fans mich ausbuhen? Wenn sie mit faulen Tomaten nach mir schmeißen?«

»Ich glaube nicht, dass sie mit einer Tasche voller fauler Tomaten an den Securitys vorbeigekommen wären. Alles wird gut, Hope. Du bist gut. Außerdem ist das Einzige, was uns während eines Konzerts um die Ohren fliegt, die Unterwäsche unserer weiblichen Fans.«

»Haha«, erwidere ich augenverdrehend. Und dabei weiß ich, dass er keinen Scherz gemacht hat. Die Jungs werden wie Götter gefeiert, besonders vom weiblichen Publikum. Aber ich habe gerade echt keine Nerven dafür, mich deshalb verrückt zu machen. Außerdem wäre jegliche Eifersucht in Bezug auf Isaac Walker vollkommen fehl am Platz, schließlich sind wir kein Paar. Wir sind Kollegen, mehr nicht. Kollegen, die in zwei kopflosen Nächten gewisse Vorzüge miteinander geteilt haben.

»Geht es wieder?« Isaac und ich stehen direkt hinter der

Bühne, vor der Treppe, die uns von all den Menschen im Inneren der Halle trennt.

»Muss ja«, murmle ich und fahre mir mit der Hand über das Gesicht. »Shit!« Normalerweise schminke ich mich nicht, und ich habe ganz vergessen, dass ich für dieses Make-up zwei Stunden in der Maske gesessen habe. »Habe ich jetzt alles verschmiert?«

»Du siehst toll aus. Nichts verschmiert. Und jetzt versuch dich auf den Job zu konzentrieren, okay?« Ich atme durch. Es ist nur ein Job. Der wichtigste Job meines Lebens, aber das lassen wir mal außen vor.

»Wenn es ganz schlimm wird, stell dir das Publikum einfach in Unterhosen vor.«

»Funktioniert das wirklich?« Mit erhobener Braue sehe ich zu ihm auf.

»Keine Ahnung. Ich hatte noch nie Lampenfieber.«

»Oh allmächtiger Isaac«, spotte ich und blicke an mir hinunter. Ich wurde nicht nur von der Maske geschminkt, sondern auch komplett eingekleidet. Das schwarze Lederkleid sitzt wie angegossen, als wäre es mir auf den Leib geschneidert worden. Dazu trage ich eine zerrissene pinke Strumpfhose und Stiefel, die bis zu meinen Knien reichen. Meine Haare sind zu zwei frechen Space Buns nach oben gebunden. Ich fühle mich wie Avril Lavigne, als sie das Musikvideo zu »Sk8er Boi« aufgenommen hat. Und gleich werde ich von einem riesigen Publikum in diesem Outfit auf die Probe gestellt.

»Wie sieht's aus? Seid ihr so weit?« Robert schlüpft durch den schwarzen Vorhang, der die Bühne vom Backstagebereich trennt. Hinter ihm sind Connor, Louis und David. Während die anderen die Entspanntheit in Person sind, scheint David ebenfalls der Arsch auf Grundeis zu gehen. Seine roten Locken kleben ihm an der schweißnassen Stirn. *I feel him!*

»Wir sind so weit«, antwortet Isaac. Er trägt eine graue, löchrige Jeans und eine schwarze Lederweste über seinem sonst nackten Oberkörper. Außerdem komplettieren zahlreiche Ketten und Ringe das perfekte Rockstar-Bild, genau wie die schwarzen Combat-Boots.

»Ist wirklich alles gut, Kleine?« Connor legt seinen Arm um mich und grinst mich aufmunternd an. Ich werde von seinem Apfel-Minz-Geruch umhüllt und atme tief durch.

»Hmhm«, erwidere ich knapp, weil mir gerade echt nicht nach Reden zumute ist.

»Ich würde sagen, ihr Jungs geht zuerst auf die Bühne. Isaac, du solltest deine Stimme schonen, wenn Hope angekündigt wird … Du weißt schon, warum.« Robert wendet sich an Isaac und tauscht vielsagende Blicke mit ihm aus. Reden sie hier über seine Stimmbandentzündung? Inzwischen zweifle ich daran, dass er wirklich eine hat. Immerhin sehe ich ihn nie Medikamente nehmen, und seinen Hals schont er auch nicht wirklich. Irgendetwas ist da im Busch, aber ich lasse ihm Zeit, sich mir anzuvertrauen. Auf keinen Fall will ich dieses zarte Band, das in den letzten Wochen zwischen uns entstanden ist, kappen. Dafür läuft es gerade einfach zu gut.

»Sobald ich dich angekündigt habe, kommst du auf die

Bühne. Die Setliste hast du im Kopf?« Isaac ignoriert Roberts Worte einfach.

»Jap. Kenne sie im Schlaf«, erwidere ich aufgeregt.

»Zur Not klebt sie überall auf der Bühne, direkt neben dem Mikrofonständer zum Beispiel. Für den Fall, dass du mal nicht weiterweißt. Und wir anderen sind ja auch noch da.« Connor klopft mir auf die Schulter.

Ich nicke ihm dankbar zu und fühle mich auf einmal seltsam leer, als die Jungs ohne mich auf die Bühne stürmen und ich mit Robert unten an der Treppe zurückbleibe. Die Menge rastet wie zu erwarten komplett aus, als Crashing December ins Rampenlicht treten. *Holy shit,* was habe ich mir hierbei eigentlich gedacht? Der Aufstieg von einer Straßenmusikerin zu einer Frau, die vor ausgebuchten Sälen spielt, ging für meinen Geschmack etwas zu schnell.

»Ich glaube, ich kippe gleich um«, ächze ich. Robert tätschelt meine Schulter und sieht mich von der Seite an.

»Und ich glaube, dass du es packst, Hope. Ich habe dich nicht ohne Grund ausgesucht. Du bist ein Naturtalent, jetzt ist es an der Zeit, dass die Leute dieses Talent zu Gesicht bekommen. Du hast das hier verdient.« Seine Worte sind Balsam für meine Seele.

Nur vage höre ich Isaacs Stimme, weil das Blut in meinen Ohren so stark rauscht. Ich bekomme verschwommen mit, wie er über seine Entzündung spricht, höre das enttäuschte Raunen der Fans in der Crowd.

»Deshalb hoffe ich, dass ihr unseren Special Guest mit offenen Armen empfangen werdet!« Und dann sagt er lautstark meinen Namen. Mein Zeichen. Es gibt kein Zurück mehr. Robert drückt noch einmal meine Hand, bevor ich wie ferngesteuert die Treppe nach oben gehe. Meine Beine fühlen sich wie morsche Stelzen an, die jederzeit unter mir wegbrechen könnten. *Einfach atmen, Hope. Dir passiert nichts. Das Publikum trägt nur Unterwäsche.*

Als ich unter die Studioscheinwerfer trete, ist es, als würde ich in eine völlig fremde Welt schlittern. Der Boden unter meinen Füßen ist stabil, aber in diesem Augenblick fühlt es sich an, als würde ich über viel zu dünnes Glas laufen.

Ich blinzle gegen die Helligkeit an, werfe den Jungs einen unsicheren Blick zu und nehme meinen Platz vor dem Mikrofon ein. Wir hatten vor wenigen Stunden eine Probe, aber das hier ist etwas ganz anderes. Vorhin war der Saal bis auf ein paar Tontechniker leer, jetzt stehen so viele Menschen da unten, dass mir schwindelig wird.

»H-hey«, krächze ich ins Mikrofon und bin mir sicher, gleich ohnmächtig zu werden. Wieder zieht ein Raunen durch den Saal, das ich nicht deuten kann. Sind die Leute enttäuscht? *Natürlich sind sie es. Sie wollten Isaacs Stimme hören, nicht meine.*

»Mein Name ist Hope McCarthy.« Etwas fester spreche ich ins Mikro, spüre, wie mir die Jungs in meinem Rücken Mut machen. Isaac steht rechts neben mir, vielleicht drei Meter entfernt. Er wird die Gitarrenparts übernehmen, sodass ich mich voll und ganz auf meine Stimme konzentrieren kann.

»Ich weiß, dass ihr euch den heutigen Abend etwas anders vorgestellt habt und dass ihr Isaac auf diesem Platz sehen wolltet. Aber ich hoffe, dass wir trotzdem eine gute Zeit zusammen haben werden, bis Isaac wieder auf den Beinen ist.« Zaghaft klatschen die Leute, während ich vor allem die Blicke der Mädels aus der ersten Reihe wie Nadeln auf meiner Haut spüren kann. Sie hassen mich schon jetzt. Ich suche panisch Isaacs Blick, der seine schwarze Gibson bereits geschultert hat und mich ermutigend ansieht. Und dieser Blick gibt mir so viel Selbstvertrauen, dass ich über meinen Schatten springe. Ich werde den Leuten hier zeigen, dass meine Stimme es wert ist, gehört zu werden. Dass ich gut genug hierfür bin. So wie ich es Isaac gezeigt habe. Das hier mache ich für Mom, für Noah und für mich. Am meisten für mich.

»Wir starten mit ›Lonely‹!«, raune ich ins Mikrofon und warte darauf, dass die Instrumente einsetzen. Sekunden später durchfährt mich so viel Adrenalin, dass ich mir sicher bin, jemand hat mir Drogen ins Wasser gemischt. Connor schlägt seine Drumsticks im Takt gegeneinander, bevor er gemeinsam mit den anderen das Intro des Songs spielt. Die Melodie fließt durch meinen Körper. Ich höre jede Note, jeden Ton mit meinem Herzen. Auch wenn ich der Musik dieser Band bis vor Kurzem keine Aufmerksamkeit geschenkt habe, habe ich mich in den letzten Wochen in ihren Sound verliebt.

Und dann singe ich. Ich tue das, was ich am besten kann und wofür ich auf diese Welt gekommen bin. Mit geschlossenen Augen gebe ich die erste Strophe zum Besten, spüre, wie sich der Song nach und nach stärker aufbaut und sich bald mit voller Wucht entlädt. Ich schmettere den Refrain ins Mikrofon, fühle jedes einzelne Wort und werde mir bewusst, dass es genau darum geht: um das Gefühl. Musik ist zum Fühlen da. Die Jungs und ich verschmelzen zu einer Einheit, stimmen uns perfekt aufeinander ab. Hin und wieder schaffe ich es, die Augen zu öffnen, und als ich sehe, dass die Menge langsam auftaut, zucken meine Mundwinkel beim Singen. Vielleicht wird das hier doch keine Vollkatastrophe. Connor gibt am Schlagzeug alles, er hämmert auf die Becken wie ein Verrückter und erschafft damit genau die richtige Energie für den Song. Er ist schnell, energisch, intensiv.

David begleitet mich am Keyboard mit einer Präzision, die man ihm auf den ersten Blick gar nicht ansehen würde. Louis am Bass ist ebenfalls voll in seinem Element, und Isaac? Isaac zeigt wieder einmal, wie begabt seine Hände sind.

Der erste Song endet mit einem Solo von Connor, und sobald der letzte Ton abgeklungen ist, rast mein Herz wie ein Häschen auf Speed. Mein Blick rauscht durch die Crowd, die jetzt einen Applaus von sich gibt, der mir eine Gänsehaut am ganzen Körper beschert. Sie applaudieren mir. Uns. Der Band. Der Applaus ist zwar deutlich verhaltener, als ich ihn von den Livevideos auf YouTube gewohnt bin, aber er ist dennoch wahnsinnig berauschend.

Noch einmal sehe ich zu Isaac hinüber, der mich mit einem schmalen Nicken dazu animiert, weiterzumachen. Und auch Connor, Louis und David scheinen mit meiner Performance zufrieden zu sein. Also tue ich das, wofür ich hier bin. Ich vertrete einen der größten Rockstars unserer Zeit und fühle mich dabei unbesiegbar.

Kapitel 25

Isaac

»Das war der Wahnsinn!« Connor zieht Hope in seine verschwitzten Arme und wirbelt sie einmal im Kreis, bevor er sie wieder am Boden absetzt. David umarmt Hope als Nächstes. Danach streckt Louis ihr die Faust hin.

»Echt nicht übel, Hope.« Er wuschelt ihr durch die Haare, wobei sich die kleinen Knoten auf ihrem Kopf halb lösen. Sie zieht die Haargummis raus, schüttelt ihre blonde Mähne und bedankt sich bei meinen Bandkollegen für den Zuspruch. Robert kommt dazu und umarmt Hope ebenfalls überschwänglich.

Während alle anderen vollkommen berauscht sind, ist meine Stimmung komplett in den Keller gerauscht. Hope war bombastisch. Anfangs war sie noch etwas verunsichert, und das Publikum hat es ihr auch nicht leichter gemacht, reinzukommen. Aber sobald sie unsere Fans angefixt hatte, ist sie regelrecht aufgeblüht und hat allen gezeigt, was sie draufhat. Und das ist verdammt viel. Ihre Stimme hat perfekt mit unserem Sound harmoniert, und sie hat jedem einzelnen Song eine ganz eigene Note verliehen. Sie hatte einen kleinen Texthänger bei unserem Publikumsliebling »November Nights«, aber wir haben sie getragen und unterstützt, bis sie wieder drin war. Außerdem haben fünfzehntausend Menschen mitgesungen, dadurch ist ihr Stocken gar nicht aufgefallen.

Ich sollte stolz auf sie sein. Ich *bin* stolz auf sie. Aber ich bin auch zu stolz, um ihr das wie die anderen zu sagen. Was bin ich nur für ein Loser? Sie auf der Bühne zu sehen und zu merken, dass die Band mich nicht braucht, war hart. Dabei dachte ich, dass mein Ego inzwischen darüber hinweggekommen wäre. Fehlanzeige. Es fühlt sich bedroht und fletscht gerade die Zähne.

Also halte ich mich im Hintergrund, ziehe eine neue Kippenschachtel aus meiner Jeans und stecke mir eine Zigarette zwischen die Lippen. Ich beobachte die anderen mit gesundem Abstand, weil ich nicht will, dass sie von meiner Laune runtergezogen werden. Reicht ja, wenn ich mich selbst ankotze.

Hope hat diesen Ruhm, diesen Erfolg verdient. Sie hat in den letzten Wochen wie eine Irre dafür gearbeitet und heute einfach abgeliefert, als läge ihr das Rockstarleben im Blut. Sobald das Nikotin in mein System dringt, entspanne ich mich etwas. Meine Laune hebt es allerdings nicht, dafür bräuchte ich ganz andere Dinge. *Meine Stimme, beispielsweise.*

Hope rauft sich die Haare und ist verdammt schön dabei, aber ich kann nur daran denken, wie wichtig es ist, dass ich meine Stimme wiederfinde. Dass ich funktioniere. Erneut baut sich eine Welle aus Druck in mir auf und begräbt mich unter sich. Das hier wäre vermutlich ein guter Zeitpunkt, um meinen Doc anzurufen. Ich gehe seit meinem ersten Termin regelmäßig zu Dr. Livington, und sie hat mir gesagt, dass ich sie jederzeit erreichen kann. Aber ich bin auch dafür zu stolz. Weil ich zugeben müsste, wie armselig ich mich gerade fühle.

Mein Blick bleibt an Hopes hängen. Als könnte sie meine Aufmerksamkeit spüren, erwidert sie ihn, während Robert weiterhin völlig überwältigt auf sie einredet. Ihre Mundwinkel zucken nach oben. Sie ist so glücklich, während ich mich einfach nur in mein Schneckenhaus verkriechen und allein meine noch zu frischen Wunden lecken will.

»Entschuldigt mich kurz.« Hope lässt die anderen zurück und kommt mit wippenden Schritten auf mich zu. Wüsste ich es nicht besser, würde ich denken, dass sie betrunken ist. Ein erfolgreicher Gig dieser Größe ist besser als jeder Whiskey.

»Das. War. Der. Hammer!« Ehe ich michs versehe, hat Hope sich mir an den Hals geworfen. Wortwörtlich. Sie schlingt ihre Arme um mich, presst ihren zierlichen Körper an meinen und bettet ihre Wange auf meiner Brust. »Danke für alles, Isaac. Keine Ahnung, ob ich es ohne deinen Zuspruch vorhin geschafft hätte.«

Weil ich auch nach einer geschlagenen Ewigkeit nichts erwidere – auch nicht die Umarmung –, hebt sie den Blick und sieht von unten zu mir auf.

»Ist irgendwas?« Sie runzelt die Stirn und lässt von mir ab. Ich nehme einen letzten Zug von meiner Kippe, schnippe sie auf den Boden und drücke sie mit dem Schuh aus.

»Alles gut«, antworte ich schmallippig und versuche mich an einem Lächeln. Hope kauft es mir nicht ab. Zu Recht. Ich bin vielleicht ein guter Sänger, aber ein miserabler Schauspieler.

»Sicher? Du benimmst dich seltsam.« Sie piekst mich mit dem Zeigefinger, während ich überlege, wie ich mich am besten aus der unangenehmen Situation befreien kann. *Spring einfach über deinen beschissenen Schatten, Walker! Sag ihr, dass sie episch war. Sag ihr, dass sie ein Naturtalent ist. Sag ihr irgendwas, damit sie aufhört, dich so forsch anzusehen.*

»Das Konzert war gut.« *Wow. Mehr fällt dir nicht ein?*

»Gut?« Hope zieht die Unterlippe zwischen ihre Zähne und baut Abstand zu mir auf, als hätte sie erst jetzt bemerkt, dass ich gerade ein Problem habe. Ein Problem mit mir selbst, das ich an ihr auslasse, weil es so leichter ist.

»Nun rück schon mit der Sprache raus. Habe ich etwas falsch gemacht? Habe ich einen Song verkackt? Du kannst ehrlich zu mir sein.« Ich wünschte, ich könnte es. Aber dann müsste ich erst mal ehrlich zu mir selbst sein.

»Es dreht sich nicht alles um dich, Freckles. Das Konzert war gut, reicht das nicht als Lob?«, fahre ich sie an und könnte mir im selben Moment eine runterhauen. Wie erbärmlich kann man sein? Hopes Mund klappt auf, aber es kommt kein Wort über ihre Lippen. Sie verschränkt die Arme vor der Brust, sieht mich noch einen Moment mit ihrem herausfordernden Blick an und rauscht anschließend davon. Zurück zu den anderen, die sich mit ihr freuen und ihren Erfolg feiern können. Weil sie nicht so kaputt sind wie ich. Weil sie nicht ersetzt wurden. Sie wurden *ergänzt,* das ist etwas ganz anderes.

Ich sehe Hope noch ein paar Sekunden lang nach, bevor ich allein in den Backstagebereich stapfe. Ich brauche einen Drink, und zwar schnell.

Kapitel 26

Hope

Das Hotel, in dem wir die kommenden zwei Nächte verbringen, ist an Luxus kaum zu überbieten. Ich habe in meinem ganzen Leben noch nie in einem Hotel geschlafen, weshalb das hier für mich eine vollkommen fremde Welt ist. Die Badewanne hat eine Whirlpoolfunktion, und die Regendusche, unter der ich jetzt stehe, ist größer als das gesamte Bad in Noahs und meiner Wohnung.

Das warme Wasser prasselt auf meine nackten Schultern, während ich den Kopf in den Nacken lege und den Tag Revue passieren lasse. Es war der Wahnsinn. Die Energie im Saal, die lauten Zugabe-Rufe aus dem Publikum, die Glückwünsche der Jungs. Nur Isaacs seltsames Verhalten nach dem Gig trübt meine Stimmung, weil ich nicht weiß, was für ein verdammtes Problem er hat.

Vor dem Konzert war er ganz anders zu mir. Es ist, als hätte sich auf der Bühne ein Schalter umgelegt und ihn wieder in ein Arschloch verwandelt. Eigentlich war mir klar, dass er sich nicht innerhalb weniger Wochen ändern würde, aber es war trotzdem mies von ihm. Umso glücklicher bin ich darüber, dass mich die anderen drei Jungs so gut aufgefangen haben. Nach dem Konzert gab es noch eine wilde Aftershowparty, die allererste in meinem ganzen Leben. Heute kann ich viele erste Male auf meiner Bucketliste abhaken.

Die erste Nacht in einem protzigen Hotel mit prall gefüllter Minibar? *Check*. Das erste Mal vor großem Publikum auftreten? *Check*. Das erste Mal auf eine Aftershowparty gehen und von Leuten auf meine Musik angesprochen werden? *Check*.

Alles in allem war der Tag unglaublich schön, und ich hasse es, dass ich mir von Isaacs Verhalten fast die Laune habe verderben lassen. Er hat den gesamten Abend über Abstand zu mir gewahrt, mich aus der Ferne jedoch nicht aus den Augen gelassen. Dabei hat er sich die Kante gegeben, ein Glas nach dem anderen geleert und hin und wieder mit Leuten geredet, die ihn offensichtlich nicht die Bohne interessiert haben. Genau genommen haben sie Monologe gehalten, und er hat an einigen Stellen genickt und mit ihnen angestoßen. Wieso habe ich ihm überhaupt so viel Aufmerksamkeit geschenkt? Heute Abend ging es nicht um uns beide, sondern um die Musik.

Morgen haben wir noch ein zweites Konzert in derselben Halle, bevor wir nach Manchester weiterfahren. Das ist auch der Grund, wieso ich die Party kurz nach Mitternacht verlassen habe. Ich muss morgen fit sein und meine Stimme noch etwas schonen, damit ich ein weiteres Mal gut abliefern kann. Allein beim Gedanken daran kribbelt es in meiner Brust.

Nachdem ich mich mit dem himmlisch duftenden Vanilleduschgel eingeseift habe, spüle ich mir den Schaum vom Körper, stelle die Dusche ab und wickle mir zwei Handtücher um. Eines um meinen Körper, das andere als Turban. Ich wische mit dem Unterarm über den beschlagenen Spiegel und putze mir die Zähne. Meine Augen leuchten regelrecht, und meine Mundwinkel kriege ich heute kaum unter Kontrolle, weil ich so glücklich bin.

Gerade als ich mir den Mund ausspüle, klopft es an der Tür. Ob so spät noch der Zimmerservice vorbeikommt? Keine Ahnung, was in so noblen Schuppen üblich ist. Ich schiele durch den Spion in der Tür, und als ich Isaac an der Wand im Flur lehnen sehe, zieht sich alles in mir zusammen. Ich habe wirklich keine Lust auf seine miese Laune. Es sei denn, er will sich entschuldigen. Ich gebe mir einen Ruck, öffne die Tür und sehe ihn fragend an.

»Was gibt es?«

»Kannichreinkommen?« Seine Augen sind glasig und gerötet, und dem leichten Lallen in seiner Stimme nach zu urteilen, hat er in der letzten Stunde fröhlich weitergetrunken.

»Es ist gleich ein Uhr. Wir sollten schlafen gehen, Isaac«, versuche ich ihn abzuwimmeln. Aber er bleibt einfach vor mir stehen, schiebt die Hände in seine Jeanstaschen und sieht mich mit einem Welpenblick an, der mich schwach macht. Natürlich macht er das. *Ich habe eine Schwäche für Hunde.*

»Nur fünf Minuten?« Scheiße, schiebt er gerade echt die Unterlippe nach vorn?

»Na gut.« Ich öffne die Tür ganz, trete zur Seite und lasse ihn reinkommen. Sofort bereue ich es, weil er trotz Fahne immer noch nach Isaac riecht. Und das ist eindeutig zu gut. Er schwankt leicht, während er sich in meinem Zimmer umsieht, als hätte er ebenfalls noch nie ein Hotelzimmer von innen gesehen. Dabei besteht sein Leben aus diesem Luxus, während ich nur vorübergehend den kleinen Zeh darin eintauchen darf.

»Was gibt es denn so Wichtiges, dass es nicht bis morgen hätte warten können?«, frage ich ihn und wünschte, ich hätte mich schon angezogen. Schließlich trage ich nur ein weiches braunes Handtuch, sonst nichts.

»Wollte mich bei dir entschuldigen.« Er sieht mich mit einem schmalen Lächeln an. Sein Blick huscht kurz über meinen halb nackten, noch leicht feuchten Körper. »Dafür, dass ich so 'n Arsch vorhin war.«

»Das warst du wirklich«, antworte ich seufzend und lehne mich gegen die schöne weiße Kommode neben dem fetten Flatscreen. »Willst du mir sagen, was dein Problem war?« Eigentlich will ich mich nicht mit dem betrunkenen Isaac unterhalten, aber wenn er schon mal hier ist, kann ich den gigantischen Elefanten im Raum auch direkt ansprechen.

»Du warst mein Problem.« Isaac dreht sich um und tritt auf mich zu. In seinem Gesicht lese ich, dass es ihm wirklich leidtut. »Du warst so gut heute. Zu gut. Verstehst du?«

»Ehrlich gesagt nicht. Wäre es dir lieber gewesen, ich hätte das Konzert vermasselt? Hast du vergessen, dass es hier um *deine* Band geht?«

Wenige Zentimeter vor mir bleibt er stehen, aber nur, weil ich ihm meine flache Hand auf die Brust lege. Ich muss

Abstand wahren, bevor ich schon wieder eine meiner Grenzen überschreite.

»Natürlich nicht. Aber zu sehen, wie gut du warst, wie gut *ihr* zusammen wart … das hat mir gezeigt, dass ich ersetzlich bin.« Ich schlucke schwer, weil ich nicht mit einer so ehrlichen Antwort gerechnet habe, auch wenn ich sie haben wollte.

»Ich will dich nicht ersetzen.«

»Weiß ich.«

»Außerdem warst du auch auf der Bühne.«

»Hat sich nich' so angefühlt«, nuschelt er.

»Wie meinst du das?« Ich nehme meine Hand von seiner Brust und bereue es sofort, weil Isaac mir jetzt noch näher kommt. Er beugt sein Gesicht zu mir nach unten und nagelt mich mit seinen eisblauen, blutunterlaufenen Augen an der Kommode fest.

»Ich war zwar da, aber irgendwie auch nich' richtig. Wer braucht mich schon, Hope?«

»Du redest Unsinn, weil du betrunken bist!« Insgeheim weiß ich, dass sein Empfinden rein gar nichts mit dem Alkoholpegel in seinem Blut zu tun hat. Ich habe schon begriffen, dass Isaac Selbstwertprobleme hat, aber wie stark sie sind, wusste ich nicht. Er tut mir leid, auch wenn es sein heutiges Verhalten nicht entschuldigt.

»Ich sehe sogar ziemlich klar, Freckles.« Er blinzelt ein paar Mal, bevor er mir tief in die Augen sieht. Zu tief. Die Haare an meinen Armen stellen sich auf, weil ich mich auf einmal vollkommen nackt fühle. »Und was ich sehe, macht mir Angst.«

»Das Leben macht einem halt manchmal Angst, Isaac«, sage ich leise. »Das gehört dazu.«

»Lass es mich wiedergutmachen.«

Sein heißer Atem streift meine Wange, und trotz seiner Fahne fühle ich mich nicht von ihm abgestoßen. Eher im Gegenteil. Ich will ihm wieder so nah sein wie an jenem Abend in der kleinen dunklen Kammer.

»Alles.« Isaac atmet scharf ein und legt seine Stirn auf meiner Schulter ab. Seine weichen Haare kitzeln auf meiner Haut, und sein Atem streichelt über mein Dekolleté. Himmel, das fühlt sich zu gut an. »Alles tut mir leid. Dass ich dich anfangs nich' dabeihaben wollte. Dass ich mich nich' für dich freuen konnte. Alles. Ich bin einfach ein schlechter Mensch.«

»Du bist kein schlechter Mensch, Isaac.« Das ist er wirklich nicht. Er ist vielleicht verletzt, aber nicht schlecht. Ich bin vielen schlechten Menschen in meinem Leben begegnet, ich kenne den Unterschied.

»Schlechter als du allemal«, murmelt er und drückt einen Kuss auf mein Schlüsselbein, der mich seufzend die Augen schließen lässt. Er muss damit aufhören. Sofort. Sonst werfe ich wieder einmal meine Prinzipien über den Haufen und bereue es spätestens morgen. Wenn ich ihn jetzt weitergehen lasse, schlafen wir miteinander. Und ich will nicht, dass er dabei betrunken ist und sich am nächsten Tag an nichts erinnert. Ich will keine von seinen bedeutungslosen Bettgeschichten sein.

»Isaac …«, wispere ich, und als seine Lippen weiter nach unten wandern und er den Ansatz meiner Brüste küsst, donnert mein Herz in rekordverdächtiger Geschwindigkeit.

»Dein Herz rast«, nuschelt er dicht an meiner Haut. »Ich kann es fast hören.«

»Du solltest dich dringend hinlegen und deinen Rausch ausschlafen.« Schweren Herzens schiebe ich ihn von mir. Er hebt den Kopf. Seine dunklen Haare fallen ihm wirr in die Stirn und lassen ihn einfach nur zum Anbeißen aussehen.

»Unter einer Bedingung.« Er hält einen Zeigefinger zwischen uns und stupst damit anschließend meine Nase an. Es ist so albern, dass ich mir ein Kichern verkneifen muss.

»Welche Bedingung?«

»Du gehst auf ein Date mit mir.«

»Ein Date?« Ich verschlucke mich nahezu an seinen Worten und muss husten. »Du weißt nicht, wovon du redest.«

»Doch«, widerspricht er und kommt wieder dichter. Sein warmer Körper kesselt meinen ein, deckt ihn zu. »Wenn wir wieder in London sind, will ich, dass du mit mir ausgehst.«

»Ich wusste gar nicht, dass du überhaupt datest.« Ob er mir anmerkt, wie verwirrt ich bin? Wie nervös mich seine Nähe macht? Und die Tatsache, dass er allen Ernstes mit mir ausgehen will?

»Tue ich auch nich'.« Isaac zuckt mit den Schultern und fährt anschließend mit zwei Fingern über mein Schlüsselbein. Meine Selbstkontrolle gerät ins Wanken, aber ich habe einen Entschluss gefasst, und an den halte ich mich. »Nich' mehr jedenfalls. Aber ich war darin mal ganz gut.«

Er sollte echt aufhören, so schön zu sein. Und so zärtlich. Ich kann besser mit ihm umgehen, wenn ich ihm Paroli bieten kann. Diese handzahme Seite an ihm überfordert mich maßlos.

»Wann warst du gut darin?«

»Bevor ich berühmt wurde«, erwidert er und klingt auf einmal erschöpft. Seine Lider flattern müde, und sein Streicheln wird immer langsamer.

»Okay, Casanova. Ich gehe mit dir aus, wenn wir in London sind. Aber nur, wenn du jetzt ins Bett gehst.« Eindringlich sehe ich ihn an, woraufhin er dankbar nickt. Dann marschiert er ganz selbstverständlich auf das gigantische Kingsizebett in meinem Zimmer zu und lässt sich darauf fallen.

»Ich meinte in *dein* Bett!«, protestiere ich, aber Isaac rührt sich nicht mehr vom Fleck.

Ohne Hilfe werde ich ihn auf keinen Fall da rausbekommen, und ehrlich gesagt habe ich keine Lust, jetzt durch das Hotel zu marschieren, um einen der anderen Jungs zu holen. Also gebe ich mich geschlagen und husche ins Badezimmer, um das Handtuch gegen meinen Pyjama zu tauschen. Danach ziehe ich Isaac die Boots aus und stelle sie neben dem Bett ab. Anschließend schnappe ich mir eine der beiden Decken und lege sie über ihn. Sein Gesicht sieht unglaublich friedlich aus, wenn er schläft. Viel friedlicher, als ich es jemals gesehen habe. In diesem Augenblick wirkt er wie ein anderer Mensch.

Da er so viel Platz einnimmt, bleibt mir nichts anderes übrig, als mich auf den schmalen Streifen neben ihm zu legen. Und sobald ich ebenfalls unter die Decke geschlüpft bin, gibt Isaac ein tiefes Brummen von sich, dreht sich auf die Seite und zieht mich mit einem Ruck an sich.

Sein warmer Körper schmiegt sich von hinten an mich,

und wir passen zusammen wie zwei Puzzleteile. Schon wieder beginnt mein Herz zu poltern.

Isaac vergräbt sein Gesicht in meinem Haar, zieht mein Becken murmelnd noch etwas dichter zu sich und legt seinen Arm schließlich um mich, als hätte er Angst, ich könnte sonst das Weite suchen. Und auch wenn ich normalerweise genau das tun würde, weil es mir zu nah, zu intim ist, will ich gar nicht weg. Ich will nicht woanders sein. Weil es sich gut anfühlt, mit ihm zu kuscheln.

Isaac murmelt wieder etwas, das ich nicht verstehe, weil meine Haare seine Worte verschlucken. Ich konzentriere mich genau auf seine raue Stimme, halte den Atem an und stoße ihn anschließend rasselnd wieder aus, als ich zusammengesetzt habe, was er mir zugeflüstert hat. »Ich bin wirklich stolz auf dich, Freckles.«

Kapitel 27

Hope

»Du warst noch nie auf dem London Eye?« Isaac sieht mich an, als hätte ich ihm gerade anvertraut, dass ich nachts heimlich kleine Kinder esse. Das monströse Rad konnte ich schon von Weitem sehen, jetzt kommen wir ihm immer näher. Unser Fahrer, von dem ich immer noch nicht glauben kann, dass wir ihn haben, bringt uns trotz des regen Verkehrs geschmeidig durch die Straßen Londons.

»Ich stehe eigentlich nicht so auf Riesenräder«, erkläre ich Isaac, der auf der Rückbank neben mir sitzt. Er hat sein Wort gehalten und mich, sobald wir zurück in der Hauptstadt waren, nach einem Date gefragt. Und da sind wir jetzt. Auf dem Weg zu einem der größten Wahrzeichen unserer Stadt, an einem sommerlichen Sonntagabend.

»Das London Eye ist kein gewöhnliches Riesenrad. Gott, bist du wirklich hier geboren und aufgewachsen?«

Meine Finger streifen die kühle getönte Fensterscheibe des Mercedes. Meine Mom hat das London Eye geliebt, zumindest wenn ich den Erzählungen meiner Großmutter trauen kann. Leider hat sie nie die Möglichkeit bekommen, mich und Noah mit dieser Liebe anzustecken. Irgendwie gefällt mir der Gedanke, heute zum ersten Mal in eine der Gondeln zu steigen, die für mich wie kleine Ufos aussehen.

»Wenn du so ein Profi bist, kannst du mir ja sicher einiges über das Rad erzählen.« Ich sehe Isaac an und schenke ihm ein Lächeln. Das Konzert in Manchester war noch atemberaubender als das erste in Birmingham. Und dieses Mal konnte Isaac sich auch wirklich für mich freuen, was das Ganze umso schöner gemacht hat. Ich gebe es nur ungern zu, aber mit ihm auf der Bühne zu stehen macht süchtig. Genau wie neben ihm im Bett zu liegen und zu kuscheln.

»Klar. Willst du eher trockene Fakten oder witzige?« Bei dem schönen Sommerwetter trägt er heute ausnahmsweise keine Lederjacke. Sein weißes Shirt spannt an seiner gebräunten Haut, und seine sehnigen Unterarme machen mich schwach, seit wir in diesem Wagen sitzen.

»Beides.«

»Okay, wir fangen mit den trockenen Fakten an.« Isaac dreht sich leicht in meine Richtung, wodurch mir sein herber Geruch nach Holz und dunkler Schokolade in die Nase steigt. Habe ich schon erwähnt, dass ich diesen Duft liebe? Viel mehr, als gut für mich ist.

»Jede Kapsel des London Eye repräsentiert einen unserer Stadtbezirke, wiegt circa zehn Tonnen und kann ungefähr fünfundzwanzig Leute transportieren. Außerdem kann man von da oben die schönsten Wahrzeichen unserer Stadt sehen.« Er beugt sich zu mir herüber und deutet aus meinem Fenster zu dem Koloss, der in den letzten paar Minuten immer größer geworden ist. Langsam werde ich richtig aufgeregt. *Wie viel Strom das Teil wohl braucht?* Ich frage mich, wie Isaac auf die Idee kam, bei unserem Date ausgerechnet an einen so beliebten Ort zu gehen. Mich stört es nicht, wenn er hin und wieder ein Foto schießen oder Autogramme geben muss, aber ich glaube, für ihn könnte es nervig werden.

»Lahm! Erzähl mir doch lieber die witzigen Fakten.«

»Das London Eye hat 32 Kabinen, aber man kann trotzdem in die 33. Kabine einsteigen.«

»Hä?« Verwirrt sehe ich Isaac an, dessen Miene heute erstaunlich fröhlich ist.

»Beim Bau wurde die Kabinennummer dreizehn ausgelassen. Wegen des Aberglaubens«, erklärt er mir, woraufhin ich in schallendes Lachen ausbreche.

»Dein Ernst?«

Isaac nickt.

»Scheinbar haben die Leute befürchtet, dass sich keiner trauen würde, in die dreizehnte Gondel zu steigen. Aus Final-Destination-Gründen. Crazy, oder? Aber das Verrückteste weißt du noch nicht. Wetten?«

»Ich bin ganz Ohr.« Ich lehne mich in Isaacs Richtung. Sein Bart ist in den letzten Tagen etwas dichter geworden, und ich muss sagen, dass ich diesen verwegenen Look an ihm wirklich heiß finde.

»Ein durchschnittlicher Wombat ist einen Meter groß. Man müsste also 135 Wombats stapeln, um die Höhe des London Eye zu erreichen.« Jetzt ist es endgültig um mich geschehen, und ich muss mir den Bauch vor Lachen halten. Niemals hätte ich damit gerechnet, dass Isaac Walker weiß, was ein Wombat ist. Geschweige denn, wie viele dieser Tierchen man stapeln müsste, um auf die Höhe des Riesenrads zu kommen.

»Das ist die wertvollste Info, die ich je in meinem Leben bekommen habe!« Tränen kitzeln in meinen Augen, während Isaac mich mustert. Ich weiß nicht, wieso er mich so ansieht, aber ich lasse ihn. Mein Handy vibriert in der Tasche meines Rocks. Als ich es hervorziehe, sehe ich, dass ich zwei Nachrichten von Noah habe. Wir haben uns nach unserer Rückkehr lange über meine ersten großen Konzerte unterhalten, und ich glaube, er war nicht sonderlich begeistert davon, dass ich heute Abend schon wieder weg bin. Bevor ich seine Nachrichten lesen kann, stoppt der Wagen, und ich schiebe mein Handy zurück in die Tasche. Ich antworte Noah einfach, wenn wir in der Schlange stehen.

Als ich aus dem Fenster blicke, staune ich nicht schlecht. Dort, wo ich eine riesige Ansammlung von Touristen erwartet habe, laufen nur ein paar Leute vorbei. Mein Blick wandert zu den Gondeln, und auch diese sind allesamt leer. Komisch.

»Ich will dich ja nicht enttäuschen, Walker. Aber ich glaube, das Teil hat heute geschlossen.«

»Hat es.« Isaac öffnet die Wagentür, um auszusteigen, und eine warme Sommerbrise weht auf meine nackten Arme. Mit zig Fragezeichen im Gesicht steige ich aus, bedanke mich bei unserem Fahrer und schirme mir die Augen von der mittlerweile tief stehenden Sonne ab.

»Wenn es geschlossen ist, was machen wir dann hier?«, rufe ich Isaac über das schwarze Autodach hinweg zu. Er hat inzwischen den Kofferraum geöffnet und meine Gitarre und meinen Rucksack herausgeholt. Ohne mein Instrument gehe ich nirgendwohin. Und zu Recht: Dieser Himmel ist pure Inspiration. Sobald der Mercedes verschwunden ist, nickt Isaac in Richtung Themse und schultert meinen Koffer.

»Nur weil es geschlossen ist, heißt es nicht, dass wir nicht reindürfen.«

»Ah, ich habe vergessen, dass ich mit einer Legende unterwegs bin«, witzle ich, meine es aber todernst. Manchmal vergesse ich, wie berühmt Isaac wirklich ist. Als er dem blonden Kerl in grauem Hemd und schwarzer Anzughose am Eingang einen Handschlag verpasst, weiß ich, was hier vor sich geht. Isaac muss irgendeinen Deal mit dem Typen haben. Wer weiß, vielleicht hat er auch einfach das ganze London Eye für uns gemietet. Das Geld dafür hat er schließlich.

»Wie viel Kohle musstest du dafür hinblättern?« Ich halte Isaac zurück. Es gefällt mir nicht, dass wir eine Extrabehandlung bekommen. Und noch weniger würde es mir gefallen, wenn Isaac sich hierfür dumm und dämlich bezahlt hätte.

»Entspann dich, Freckles. Ich hatte noch etwas bei Mike gut.« Seine Hand greift nach meiner und zieht mich zu einer der 32 ufoartigen Kabinen. Etwas perplex winke ich diesem Mike zu, und er schenkt mir ein freundliches Lächeln. »Viel Spaß bei der Fahrt nach oben!«

Sobald wir in die Kabine geschlüpft sind, komme ich aus dem Staunen nicht mehr heraus. Diese Teile sind viel größer, als sie von Weitem aussehen. In der Mitte befindet sich eine ovale Sitzbank aus Holz, die locker mehr als zehn Menschen Platz bietet. Die Türen der Gondel schließen sich, und dann setzt sich die Glaskabine in Bewegung. Das Rad dreht sich und schickt uns immer höher Richtung Himmel.

Je weiter wir aufsteigen, desto ehrfürchtiger werde ich. Der Anblick ist unvergleichlich. Unter uns die breite Themse, vor uns die Skyline der wohl schönsten Stadt Europas. Zumindest mit Blick auf die Touristenzahlen. Ist ja nicht so, als hätte ich schon sonderlich viel von der Welt gesehen.

»Wow.« Ich stelle mich dicht an das Glas heran, lege meine Hand auf die kühle Scheibe und lasse die trubelige Stadt unter uns kleiner werden. »Die Aussicht ist wirklich der Hammer.« Ich sehe die schönsten Gebäude der Stadt zum ersten Mal aus der Vogelperspektive. Der Buckingham Palace sieht von oben noch majestätischer aus.

»Man kann ungefähr vierzig Kilometer weit blicken, wenn das Wetter so gut ist wie heute.« Fast hätte ich Isaacs Anwesenheit vergessen, weil mich die Aussicht so aus den Latschen haut. Mein Blick haftet an den fluffigen Wolken, die den Himmel wie Zuckerwatte schmücken.

»Das ist wirklich schön.« Ich drehe mich wieder zu Isaac um und traue meinen Augen kaum. Während ich mich vollkommen auf unsere Stadt und ihre Schönheit konzentriert habe, hat Isaac die ovale Sitzfläche der Kabine mit einer beigen Wolldecke ausgelegt. Darauf steht ein brauner Korb, in dem sich eine Flasche Wein und diverses Essen befinden. Das muss schon hier gewesen sein, bevor wir ankamen. Meinen Gitarrenkoffer hat er am Boden abgelegt.

»Moment mal. Wir picknicken hier oben?« Meine Stimme schießt einige Oktaven in die Höhe, während das London Eye am höchsten Punkt zum Stillstand kommt.

»Die Credits dafür gehen an Megan, es war ihre Idee. Ganz so viel Romantik liegt mir dann doch nicht im Blut.« Isaac klopft auf die Decke, und nur zu gerne komme ich seiner Einladung nach. Ich ziehe meine dreckigen Chucks aus und krabble auf die Sitzfläche. Zwischen Isaac und mir befindet sich nur der Korb mit dem Essen.

»So viel Romantik hätte ich dir auch gar nicht zugetraut«, sage ich feixend und werfe einen Blick in den Korb. Es gibt Weintrauben, eine Schale mit köstlich aussehenden Erdbeeren, Cracker und selbst gemachte Sandwiches.

»Wann hast du das alles vorbereitet?« Wir sind heute Mittag erst in London angekommen, und ich habe mich nach dem Gespräch mit Noah erst einmal ins Bett gehauen und drei Stunden geschlafen, weil die letzten Tage so anstrengend waren. Keine Ahnung, wie die Jungs eine ganze Tour überstehen. Sicherlich ist da die eine oder andere Substanz im Spiel.

»Ein Magier verrät nie seine Tricks.« Isaac holt die Rotweinflasche heraus, entfernt das Siegelpapier und entkorkt sie.

»Der Magier hat scheinbar Weingläser vergessen«, stelle ich grinsend fest, als ich im Korb keine finde.

Isaac zuckt mit den Schultern, nimmt einen Schluck direkt aus der Flasche und reicht sie mir. Der Wein ist herb, aber unglaublich lecker. Vermutlich war die Flasche arschteuer, aber darüber möchte ich heute nicht nachdenken. Heute genieße ich einfach nur. Die Flasche stelle ich neben mir am Boden ab, und als ich Isaac ansehe, merke ich, wie nervös ich bin.

»Ich hatte noch nie ein Date«, platzt es aus mir heraus. Ich beiße mir auf die Unterlippe und würde meine Worte gern zurücknehmen, weil ich mir auf einmal blöd vorkomme.

»Noch nie?« Er legt den Kopf schief und scheint mir nicht ganz glauben zu können. Ich greife derweil in den Korb und schiebe mir zwei Erdbeeren in den Mund. Gott, sind die lecker! Hier oben über der Stadt scheint alles besser zu sein.

»Nee. Hat sich einfach nie ergeben.« Ich war zu sehr damit beschäftigt, zu überleben. Da war kein Platz für Beziehungen oder Dates. Nur für Sex, aber ich habe nie einen Kerl mehr als zweimal getroffen. »Ich musste mich um Noah kümmern, und etwas Festes hat da einfach nicht reingepasst.« Wie trostlos das klingt, wird mir in dem Moment klar, in dem ich die Worte ein paar Sekunden lang in mir nachklingen lasse.

»Du schraubst dein Leben seinetwegen ziemlich zurück, kann das sein?« Seine Frage ist berechtigt, aber sie geht mir auch zu tief. Zu tief in Wunden, die dadurch aufs Neue aufreißen. Manche Menschen sagen, dass Zeit alle Wunden heilt. Ich warte immer noch darauf. Auf den Moment, in dem es leichter wird. Ich zeichne mit dem Zeigefinger den Rand des geflochtenen Picknickkorbs nach und schürze die Lippen, die jetzt nach Erdbeeren schmecken.

»Mir blieb nichts anderes übrig. Unsere Großmutter hat uns nach dem Tod unserer Mutter zwar bei sich aufgenommen, aber wirklich um uns gekümmert hat sie sich nicht. Man hat gemerkt, dass sie sich etwas Besseres vorstellen konnte, als plötzlich das Sorgerecht für zwei Kids zu haben.«

»Aber inzwischen ist Noah kein Kind mehr«, wirft Isaac ein.

Mein Blick gleitet wieder über unsere Stadt, die langsam vom Licht des Sonnenuntergangs verschluckt wird. London zeigt sich heute von seiner allerbesten Seite. Genau wie Isaac, wenn ich genauer darüber nachdenke. Als hätten die beiden ohne mein Wissen einen Pakt miteinander geschlossen.

»Er wird immer mein kleiner Bruder sein. Ich weiß, dass es schwer ist, das zu verstehen. Aber unsere Verbindung ist so unglaublich stark, weißt du? Wir hatten immer nur uns.«

Isaac denkt über meine Worte nach, und seine folgende Frage trifft mich unerwartet. »Darf ich fragen, wie eure Mutter gestorben ist?«

Eigentlich will ich nicht darüber sprechen, ich will nicht einmal daran denken. Aber vielleicht tut es gut, es mal mit jemandem zu teilen, der nicht Noah ist. Jemandem, der nicht dabei war. Mein Atem wird flacher, und mein Herz beginnt zu poltern. Es ist bereits sechzehn Jahre her, und dennoch reicht eine simple Frage, um mich wieder mit voller Wucht zurück zu diesem schrecklichen Tag zu katapultieren.

»Ich war fünf, als es passiert ist. Noah erst eins.« Meine Stimme zittert leicht, und eine unangenehme Gänsehaut fährt über meine nackten Arme. Isaac sagt nichts, und ich bin ihm dankbar dafür.

»Der Tag, an dem es passiert ist, war unglaublich schön. Wir haben ihn gemeinsam in der Stadt verbracht, uns viel zu viel Eis hineingeschaufelt und hatten den Spaß unseres Lebens. Mom hat unter der Woche fast jeden Tag auf der Straße gestanden und Musik gemacht, wenn sie nicht gerade im Supermarkt Regale eingeräumt hat. Dadurch haben wir viel Zeit bei Grandma verbracht, aber an diesem Mittwoch gab es nur uns drei. Mom, Noah und mich. Als wir abends nach Hause kamen, war es schon dunkel …« Ich ziehe die Unterlippe zwischen meine Zähne, sammle mich einen Moment.

»Ich erinnere mich nur vage daran, was dann passiert ist, immerhin war ich noch ziemlich klein. Aber ein paar Bilder und Geräusche haben mich nie losgelassen. Ich weiß noch, dass Mom mich im Hausflur hinter sich geschoben hat, als sie unsere aufgebrochene Wohnungstür gesehen hat. Sie hat sich zu mir umgedreht, ist in die Knie gegangen und hat mir gesagt, dass ich draußen mit Noah warten soll. Dass ich auf meinen kleinen Bruder aufpassen muss. Dann ist sie in die Wohnung gegangen. Das Handy bereits am Ohr, um die Polizei zu rufen.« Ein Kloß entsteht in meinem Hals, der mir das Schlucken erschwert.

»Auf einmal war da so viel Krach in der Wohnung.« Ich schließe die Augen, durchlebe zum tausendsten Mal dieselbe Angst, die ich damals verspürt habe. Es ist mucksmäuschenstill hier oben, man kann nicht das leiseste Knarzen oder Knacken hören. Dafür sind meine Erinnerungen umso lauter.

»Noah fing wie verrückt an zu schreien, und ich habe ihn aus seinem Kinderwagen geholt, um ihn irgendwie zu beruhigen. Schließlich hatte Mom mich gebeten, mich um ihn zu kümmern.« Bei der Erinnerung an sein lautes Schreien schaudert es mich. Eine Träne rollt über meine Wange, die ich eilig mit dem Handrücken wegwische. Das Letzte, was ich heute Abend wollte, war einen Flashback zu durchleben. Mit den Fingern fahre ich über meine linke Augenbraue und die kleine Narbe, die Noah dort hinterließ, als er mich gekratzt hat. Dieses kleine Menschenbündel, das zwar nicht wusste, was passiert, aber gespürt hat, dass etwas ganz und gar nicht stimmte.

»Ich habe mich in die Ecke des Hausflurs gestellt, Noah so fest es ging an mich gepresst und die Sekunden gezählt, bis Mom zurückkommt. Irgendwann ertönte ein Schrei aus der Wohnung, gefolgt von einem Schuss.«

»Jemand ist bei euch eingebrochen?«, mutmaßt Isaac mitfühlend.

»Drei Männer. Waren wohl irgendwelche Junkies, die dringend Geld für ihren nächsten Schuss brauchten. Ich erinnere mich nicht mehr an ihre Gesichter, nur an ihre Augen … an diese Kälte darin. Als sie mich entdeckt haben, sind sie fluchend im Treppenhaus verschwunden.« Kalte Schauder durchschütteln mich bei der Erinnerung an diesen Abend. Einen Abend, der alles verändert hat. Wären wir doch nur ein paar Minuten später nach Hause gekommen.

»Die Polizei kam kurz darauf und hat sich um uns gekümmert, während unsere Wohnung durchsucht wurde. Schließlich war sie zu einem Tatort geworden.«

Ein leises Wimmern dringt aus meiner Kehle, und ehe ich michs versehe, werde ich an Isaacs Brust gezogen. Er muss den Korb auf den Boden gestellt haben, sodass uns nichts mehr trennt. Ich kralle mich in seinem weißen Shirt fest, lasse meinen Tränen freien Lauf.

»Du bist jetzt hier«, murmelt er und streicht behutsam

über meinen bebenden Rücken. »Du bist jetzt in Sicherheit, Hope.« Tatsächlich schaffen es seine Worte, mich wieder zurück ins Hier und Jetzt zu holen. Zurück ins London Eye, zurück zu diesem Date, das ich gerade mit meiner Familiengeschichte gecrasht habe. Aber es tut mir nicht leid. Viel eher befreit es mich, mit ihm darüber gesprochen zu haben. Überhaupt einmal darüber gesprochen zu haben.

»Leidest du deshalb an Nachtangst?«, will Isaac wissen. Er hat sein Kinn auf meinem Kopf abgelegt, während ich noch etwas dichter an ihn heranrutsche. Schließlich sitze ich zwischen seinen Beinen, sinke mit meinem Rücken gegen seine Brust und lasse mich fest von ihm umarmen.

»Die ersten Schübe fingen in der Woche nach dem Überfall an. Seitdem kommen sie immer wieder, mal seltener, mal häufiger.«

»War deine Grandma nie mit dir bei einem Arzt?«

Ich schüttle den Kopf. »Wie gesagt, sie hat sich nicht wirklich für uns interessiert. Sie hatte nie das beste Verhältnis zu ihrer Tochter. Grandma konnte nie verstehen, dass Mom lieber ihrer Leidenschaft nachging, als sich einen in ihren Augen anständigen Job zu suchen. Ich glaube, irgendwie hat sie ihren Groll an uns ausgelassen. An mir und Noah.«

»Klingt, als wäre eure Großmutter ein ziemliches Biest.«

»Das war sie. Ist sie. Ich habe keinen Kontakt mehr zu ihr. Als Noah von zu Hause abgehauen ist, habe ich die Schule ebenfalls geschmissen und bin ihm gefolgt. Und sag mir jetzt bitte nicht, dass das dumm war, das weiß ich selbst. Aber ich konnte ihn nicht allein auf der Straße lassen. Wäre ich nicht bei ihm gewesen, wäre er heute vielleicht nicht mehr am Leben.«

»Ich werde dir keine Vorhaltungen machen. Keine Ahnung, wie ich in deiner Situation reagiert hätte, wenn es um Megan gegangen wäre. Für sie würde ich auch alles tun, und ich bin nicht einmal mit ihr aufgewachsen. Gemeinsame Tragödien reißen Menschen entweder auseinander oder sie schweißen einen zusammen.«

»Noah und mich hat der Tod unserer Mom zusammengeschweißt.« Meine Tränen sind inzwischen versiegt, und der Druck auf meiner Brust wird etwas leichter.

»Und trotzdem sollte diese Verbundenheit Grenzen haben.« Ich bette meinen Kopf auf seiner Schulter und blicke seitlich zu ihm auf. Isaacs Gesicht wird vom orangen Schein der untergehenden Sonne beleuchtet und sieht zum Küssen schön aus. Ich kann immer noch nicht ganz glauben, was hier gerade passiert. Wie eng umschlungen wir hier – 135 Wombats hoch – über der Stadt sitzen.

»Ich weiß. Und ich versuche schon, mich besser abzukapseln, aber es ist verflucht schwer. Noah hatte keine leichte Kindheit. Er war schon immer sehr in sich gekehrt, sehr melancholisch. Es ist, als würde ihn seit diesem Tag eine dunkle Gewitterwolke umgeben, die er einfach nicht abschütteln kann. Es fiel ihm schon immer wahnsinnig schwer, Kontakte zu knüpfen, und in der Schule wurde er wie ein Alien behandelt. Wie jemand, der anders ist. Irgendwann ist er dann in die falschen Kreise geraten und fing an, sich mit Drogen zu betäuben.« Während ich Noahs Leben Revue passieren lasse, klopft hinterrücks ein mieses Gefühl bei mir an. Ein Gefühl von Wut, das ich gern wieder in meinen emotionalen Keller sperren würde. Für immer.

»Ich bin stinksauer auf ihn, weil er nicht sieht, was er sich selbst antut. Was er mir antut. Aber man kann schlecht auf jemanden böse sein, der krank ist.«

»Du kannst ihn nicht heilen, Hope. Wenn er krank ist, braucht er professionelle Hilfe. Hilfe, die du ihm als Schwester nicht geben kannst. Das musste ich bei meinem Vater auch lernen.«

Mein Herz zieht sich bei seinen Worten unsanft zusammen. Ich rapple mich auf, drehe mich auf seinem Schoß um und setze mich wieder auf ihn. Jetzt sind unsere Gesichter einander ganz nah, und der Schmerz in seinen Augen, der mir so vertraut vorkommt, ist glasklar zu erkennen. Der Schmerz aus seinem Song, den ich in jeder Zeile lesen konnte. Es ist das erste Mal, dass Isaac mir etwas so Persönliches erzählt.

»Welche Krankheit hat dein Vater?« Oder hatte? Ich weiß schließlich nicht, ob er noch lebt.

»Er ist Alkoholiker. Aber Alkohol ist keine Entschuldigung dafür, dass du dich wie ein cholerisches Drecksschwein verhältst.«

»Wo ist dein Vater jetzt?« Ich verschränke unsere Hände miteinander, um ihm Halt zu geben. Man sieht, wie schwer es ihm fällt, über seinen Vater zu sprechen. Meine Geste soll ihm zeigen, dass er nicht allein ist. Dass ich für ihn da bin, ohne ihm dabei zu viel Raum nehmen zu wollen.

»Keine Ahnung. Vielleicht unter einer Brücke. Vielleicht

in einem Obdachlosenheim. Vielleicht hat er sich auch gefangen, wer weiß. Hab ihn seit Jahren nicht mehr gesehen.«

»Würdest du ihn denn gern wiedersehen?« Die Frage ist vielleicht forsch, aber es interessiert mich. »Es gibt sicher vieles, was noch nicht ausgesprochen wurde.« In mir wallt ein Bild auf. Von Isaac, der seinem Vater diesen Song vorspielt und ihm klarmacht, was er ihm mit seinem Verhalten angetan hat. Ob er es überhaupt weiß?

»Kein Bedarf.« Isaacs Miene verhärtet sich.

»Tut mir leid, falls das zu weit ging.«

»Schon okay.« Er wendet den Blick von mir ab und starrt in die Ferne. »Ich rede nur nicht viel über ihn.« Zu gern würde ich ihn auf den Songtext von »Carry You Inside Of Me« ansprechen. Würde ihn fragen, wieso er ihn nie veröffentlicht hat. Aber dann müsste ich ihm auch sagen, dass ich ihn nicht nur bestohlen habe, sondern auch in seine Privatsphäre eingedrungen bin. Und das könnte mächtig nach hinten losgehen. Also behalte ich diese Frage für mich und sehe gemeinsam mit ihm dabei zu, wie sich der Tag draußen immer weiter dem Ende zuneigt. Der komplette Himmel brennt inzwischen, als hätte jemand Tausende Kerzen für uns angezündet.

Das knallige Orange legt sich wie eine wärmende Decke auf die Häuser unserer Stadt, die ich noch nie so schön gefunden habe wie an diesem Abend. Und das liegt nicht allein an der phänomenalen Aussicht. In meinen Fingerspitzen kribbelt es, weil mich eine Welle der Inspiration durchflutet. Ich möchte diesen Zauber hier oben mit den Fingern packen und in eine Melodie verwandeln.

»Ist es okay für dich, wenn ich ein bisschen Gitarre spiele?« Ich deute auf meinen Koffer am Boden.

»Nur zu.«

Ich krabble von seinem Schoß herunter, schnappe mir meine Gitarre und setze mich wieder zwischen seine Beine. Dann schlage ich die Saiten des Instruments meiner Mutter an. In diesem Augenblick fühle ich mich Mom unglaublich nah. Weil ich weiß, dass sie diese Magie ebenfalls kannte.

Kapitel 28

Isaac

Ich könnte Hope stundenlang beim Spielen zuhören und mich durch ihre Musik von meinen Gedanken an meinen Vater ablenken lassen. Ihre Leidenschaft hat etwas unglaublich Tröstliches an sich. Sie sitzt zwischen meinen Beinen, und ihr Hintern rutscht dichter gegen meinen Schritt. Ich habe mein Kinn auf ihrer Schulter abgelegt, sehe ihren flinken Fingern zu und wünschte, ich könnte ihr Gitarrenspiel mit meiner Stimme begleiten.

Aber da ist immer noch dieser tennisgroße Ball in meiner Kehle, der jedes Mal anschwillt, wenn ich nur daran denke, wieder zu singen. Ob er jemals verschwinden wird? Langsam glaube ich nicht mehr daran.

Hope spielt eine Melodie, die ich noch nie gehört habe. Sie ist traurig und zur selben Zeit voller Hoffnung. Vielleicht wusste ihre Mutter, welche Wirkung sie eines Tages auf die Welt haben würde, als sie ihr ihren Namen gab.

»Hast du die Melodie geschrieben?« Mein Kopf ruht immer noch auf ihrer Schulter, und sie lässt sich weder von meiner Nähe noch von meiner Frage aus dem Stück reißen. Ihr süßer Duft macht es mir schwer, mich auf die Musik zu konzentrieren.

»Ich arbeite jedenfalls dran. Ist noch nicht ganz fertig.«

»Was hältst du davon, wenn du auf einem unserer künftigen Konzerte ein paar deiner eigenen Songs spielst?« Umgehend nimmt Hope die Finger von den Saiten ihrer Gitarre, dreht sich ungläubig zu mir um und bekommt diese roten Flecken im Gesicht, wie jedes Mal, wenn sie etwas aus der Fassung bringt.

»Ich soll meine Songs spielen?«

»Ich meine ja nur … du könntest. Wenn du willst.«

»Keine Ahnung, ob das eine gute Idee ist. Schließlich sind das eure Konzerte, und ich bin nur dabei, um euch zu unterstützen, bis ihr mich nicht mehr braucht.« Scheiße, wie gern würde ich ihr sagen, dass ich sie nicht nur auf der Bühne an meiner Seite brauche. »Und das wird nicht mehr allzu lang dauern.«

»Wie kommst du darauf?«

Hope pustet sich eine verirrte Strähne aus dem Gesicht, legt ihre Gitarre wieder am Boden ab und setzt sich neben mich. Ihre Beine schlägt sie geschlossen über meinen Schoß, als könnte sie nicht aufhören, mich zu berühren. In diesem Punkt verstehen wir uns ziemlich gut.

»Na ja, du wirst bald wieder auf den Beinen sein, oder nicht?« Fragend sieht sie zu mir auf. In diesem Augenblick wird mir klar, wie unfair ich mich ihr gegenüber verhalten habe. Nicht nur wegen meiner fiesen Sprüche, sondern auch wegen der Unehrlichkeit. Sie hat die ganze Wahrheit verdient.

»Meinen Stimmbändern geht es gut, Hope.« Es ist raus. Und es fällt mir viel leichter als gedacht. Hope sieht mich mit zusammengepressten Lippen an und nickt.

»Du wusstest es längst, oder?«, frage ich und verziehe gequält das Gesicht.

»Gewusst habe ich es nicht, aber geahnt. Ich bin ja nicht doof, Isaac. Ich hatte zwar noch nie entzündete Stimmbänder, aber ich kann mir vorstellen, wie mies es einem damit geht. Außerdem schonst du deine Stimme nicht und nimmst keinerlei Medikamente.« Unsere Hände sind ineinander verschlungen, mein Daumen streicht über ihren. Warum zum Teufel habe ich das dringende Bedürfnis, sie die ganze Zeit streicheln zu wollen? Irgendetwas stimmt hier nicht. Normalerweise wecken Frauen in mir andere Instinkte. Animalischere. Nicht, dass Hope diese nicht ebenfalls wecken würde, aber eben nicht nur. *Mit ihr will ich mehr.*

»Wieso hast du nichts gesagt? Es wäre dein gutes Recht gewesen, die Wahrheit zu erfahren, immerhin springst du für mich ein.«

»Ich weiß, wie es ist, auf Themen angesprochen zu werden, über die man nicht sprechen möchte. Ich habe einfach nur die Chance für meinen Bruder und mich gesehen und wollte sie um jeden Preis ergreifen. Der Grund dafür war mir anfangs egal.«

»Und jetzt ist er dir das nicht mehr?«, hake ich stirnrunzelnd nach.

»Warum bin ich wohl hier?« Hope zupft an meinen Haaren und sieht mich mitfühlend an. »Also: Willst du mir den wahren Grund für deine Pause verraten?«

Pause. Sie klingt so fest überzeugt davon, dass ich nur auf »Pause« gedrückt habe und es eines Tages einfach wie immer weiterlaufen wird. Ich habe Angst, dass mittlerweile aus der »Pause« ein »Stopp« geworden ist. Aus, Ende, vorbei. Crashing December wird in meinen Augen nie wieder dasselbe sein.

»Hast du von Megans Skandal gehört?«, taste ich mich langsam vor.

»Ja, sie hat mir selbst davon erzählt. Es geht um das Video, oder?«

Beim Gedanken an diese widerwärtigen Kerle, die ihr das angetan haben, balle ich meine Hände zu Fäusten und möchte gerne wieder auf etwas eindreschen. Die Videos sind zwar aus dem Netz verschwunden, aber die Artikel und Bilder sind noch da. Kein Wunder, dass Megan es nicht mehr in dieser Stadt ausgehalten hat.

»Jemand hat sie beim Sex gefilmt und das Tape inklusive Bildmaterial an die Presse verkauft. Der Scheiß hat sich wie ein Lauffeuer verbreitet. Am nächsten Tag hätten wir den letzten Auftritt vor unserer Pause gehabt, aber als ich auf der Bühne stand, konnte ich nichts mehr. Es war, als hätte jemand meine Festplatte gelöscht. Alle Daten, die ich in den letzten Jahren gespeichert hatte, waren weg. Alle Lyrics, alle Techniken. Da war nichts mehr. Ich hab den Mund einfach nicht aufbekommen.«

»Oh Gott.« Hope sieht mich so mitfühlend an, dass ich mich am liebsten wieder verkriechen und nicht mehr aus meinem Loch herauskommen würde. Ich hasse es, mich so verletzlich zu zeigen. Ich hasse es, weil mein Vater es mir so eingetrichtert hat. Mit seinen Worten. Und seiner Faust.

»Gibst du dir die Schuld an der Sache mit Megan?«, will Hope wissen. Jetzt ist sie es, die meinen Handrücken streichelt. So behutsam, dass sich meine Faust ganz automatisch öffnet und meine Muskeln sich entspannen.

»Wie könnte ich nicht? Es ist auf einem unserer Konzerte passiert.«

»Das heißt noch lange nicht, dass du daran schuld bist. Diese Männer tragen die komplette Verantwortung, nicht du. Es ist kein Wunder, dass deine Psyche dich blockiert, wenn du dir diesen Rucksack aufsetzt.« Hope ist selbst Expertin darin, den Rucksack anderer Menschen zu tragen, aber das will ich ihr jetzt wirklich nicht unter die süße Stupsnase reiben.

»Ich kann dir helfen, deine Stimme wiederzufinden. Wenn du es willst.«

»Ich weiß ja nicht mal, wann ich sie verloren habe. Ob die Sache mit Megan nur der Tropfen auf dem heißen Stein war. Wer weiß, vielleicht hatte ich meine Stimme ja noch nie richtig gefunden?«

Diese Frage habe ich mir in letzter Zeit oft gestellt. Vielleicht habe ich in den letzten Jahren immer nur eine Show abgespielt, ein Theaterstück aufgeführt. Ja, vielleicht ist Isaac Walker nichts als ein Produkt der Medien. Die Person, die die anderen sehen wollen. Ich dachte immer, ich wäre ein schlechter Schauspieler. Vermutlich bin ich das genaue Gegenteil davon. Ich bin *zu gut* darin geworden.

»Glaubst du das wirklich?« Hope rutscht noch etwas dichter an mich heran, sodass mich eine Wolke ihres zuckersüßen Himbeerdufts einhüllt. Fuck, sie riecht einfach unglaublich.

»Ich weiß es nicht. Mein ganzes Leben lang wurden mir Dinge eingeredet. Dinge, die echt scheiße sind. Schätze, ich habe irgendwann angefangen, den Mist zu glauben, den mein Vater mir eingepflanzt hat.«

»Nicht alles, was du über dich denkst, ist automatisch wahr. Ich bin mir sogar sicher, dass die meisten Dinge falsch sind. Aber das spielt keine Rolle, solange du sie für wahr hältst. Ich kann dir zehnmal sagen, dass du keine Schuld an Megans Skandal trägst, aber es ändert nichts an deinem Empfinden.«

Ihre Worte berühren etwas tief in mir. Etwas, das ich seit einer Ewigkeit in mir eingesperrt habe. Weggesperrt, damit es mir nicht wieder in die Quere kommt. Wieso zur Hölle schafft dieses Mädchen es immer wieder, hinter meine Fassade zu blicken?

Ich scanne ihr hübsches, filigranes Gesicht. Sehe die Sommersprossen, die wie Sternenstaub auf ihren Wangen verteilt liegen, und würde gern jede einzelne mit meinen Lippen berühren. Dieser Abend ist pure Magie. Das Licht über der Stadt, Hopes Gitarrenspiel, das Funkeln in ihren kakaobraunen Augen. Scheiße, ich bin so heftig verknallt, dass ich nicht mehr klar denken kann. Wann ist das nur passiert? Wann habe ich aufgehört, einen Störfaktor in ihr zu sehen?

»Ich würde dich jetzt echt gern küssen«, murmle ich und fahre mit meinem Daumen die Herzform ihrer Lippen nach.

Ich sehe, wie sie schluckt. Gerade als ich ihren linken Mundwinkel passiere, schnappt sie sich mein Handgelenk, stoppt meine Bewegung und sieht mir tief in die Augen. Ihr Atem rasselt, während meiner für eine Sekunde stoppt.

»Worauf wartest du dann noch?«

Kapitel 29

Hope

Dieser Kuss ist anders als unsere vorherigen. Er ist vertrauter, intimer, und bringt meinen Körper innerhalb kürzester Zeit in Höhen, in denen ich schon lange nicht mehr war. Vielleicht auch nie. *Ganz sicher noch nie.* Daran würde ich mich erinnern.

Isaac umfasst meinen Nacken, zieht mich noch dichter an seine Lippen und taucht mit seiner Zunge in meinen Mund ein. Wir geben uns diesem Strudel hin, verschmelzen miteinander und werden zu einer Einheit. Nach einer kleinen Ewigkeit drückt Isaac mich nach unten, bis ich auf der Wolldecke unter ihm liege, und schiebt sich zwischen meine Beine.

Bis jetzt sind wir noch nie weiter gegangen, aber heute will ich es. Heute will ich alles von ihm, und ich spüre an seinen Berührungen, dass es ihm genauso geht. Ich blicke an die Decke der Gondel und erstarre am ganzen Leib.

»Isaac?«

»Hm?«, raunt er und stellt seine Berührungen nicht ein.

»Da sind Kameras in der Ecke.« Ich zeige auf die kleinen Geräte, und mich durchspült Enttäuschung. Weil es bedeutet, dass wir schon wieder nicht weiter gehen können. Wird es immer etwas geben, das uns ausbremst? Es ist zum Haareraufen.

»Die sind aus.« Seine Zunge fährt über mein Ohrläppchen, woraufhin ich leise stöhne. Himmel, er weiß genau, wie er mich berühren muss.

»Bist du dir sicher?« Nach der Sache mit Megan will ich nicht das nächste Opfer der Medien werden.

»Ganz sicher. Ich kenne Mike, man kann ihm vertrauen.« Und ich glaube ihm, auch wenn es vielleicht ein bisschen kopflos ist. Für jemanden, der sonst niemals kopflos handelt, ist das ein riesiger Schritt.

Seine Hände fahren über meine Schultern, passieren meine Seiten und halten auf meiner Taille inne, bevor er mir das Croptop auszieht und es zur Seite wirft. Da ich keinen BH trage, recken sich ihm meine Brüste sofort nackt entgegen. Der Tag neigt sich immer weiter seinem Ende zu, nur noch ein schmaler goldener Streifen ist am Horizont zu sehen. Die Lichter der Stadt sind inzwischen angeschaltet, und die Gondel wird in Schatten getaucht.

Isaac küsst sich durch das Tal zwischen meinen Brüsten, verteilt weitere Küsse auf meinem Bauch und schiebt anschließend den Rock über meinen Hintern. Mich trennt nur noch mein Slip von seiner Hand, die jetzt andächtig über meine Innenschenkel streichelt.

Ich biege meinen Rücken durch, kralle mich an den Rändern der Sitzfläche fest und warte mit geschlossenen Augen darauf, dass Isaac mir den Slip auszieht. Was er Sekunden später so quälend langsam tut, dass mir ein ungeduldiges Wimmern entweicht.

Seit Tagen herrscht diese sexuelle Spannung zwischen uns, und jetzt scheint er sich alle Zeit der Welt zu lassen, um mich in den Wahnsinn zu treiben.

»Du bist zu ungeduldig.« Sein Atem trifft auf die Innenseite meiner Schenkel, und erst als ich die Augen flatternd öffne, wird mir klar, wie weit er bereits mit seinem Kopf nach unten gewandert ist. Seine blauen Augen glühen nahezu in der Dunkelheit, während er mein Becken mit den Händen umfasst. Ich rutsche nervös auf der Sitzfläche von links nach rechts und kann es kaum erwarten, endlich von ihm erlöst zu werden.

Und als Isaac schließlich beginnt, meinen nackten Venushügel zu küssen, keuche ich vor Lust. Ich beiße mir auf die Zunge, will nicht schon wieder so laut stöhnen wie beim letzten Mal, als er mich dort berührt hat.

»Hier kannst du so laut sein, wie du willst.« Isaac liest meine Gedanken. »Es hört dich keiner. Außer mir.« Seine weichen Lippen fahren über meine glatt rasierte Haut, wandern weiter Richtung Süden und treffen anschließend das kleine Nervenbündel zwischen meinen Schenkeln.

Wieder entweicht mir ein Keuchen, und dieses Mal halte ich es nicht zurück. Meine Hände finden sein dichtes braunes Haar, pressen ihn noch enger gegen mich. Seine Zunge fährt zum ersten Mal über meinen Lustpunkt. Meine Glieder zucken, als hätte jemand Strom durch meine Venen geschossen.

Isaac beginnt, mich zu lecken, und Scheiße, er ist phänomenal. Seine Zunge umkreist mich, neckt mich, weiß genau, welchen Druck sie ausüben muss. Als er schließlich seine Finger dazunimmt und mit einem Stoß in mich eindringt, kann ich meine Augen nicht länger offen halten. Ich stöhne haltlos, während die angestaute Lust der letzten Wochen wie eine Welle über mir zusammenbricht. Durch meine intensiven Empfindungen fällt es mir schwer, nicht weiter über die Sitzfläche zu rutschen, doch Isaacs Hände halten mein Becken auf der Decke fest.

Meine Muskeln zucken bereits, aber ich bin noch nicht bereit. Ich will es hinauszögern, also setze ich mich auf, beuge mich über Isaac und fahre mit den Händen über die Beule unter seiner Jeans. Meine Finger zittern leicht, als ich seine Gürtelschnalle löse, den Rand seiner Hose nachfahre und sie ihm anschließend mitsamt Boxershorts abstreife. Sein harter Schwanz springt mir entgegen. Ohne zu zögern, beuge ich mich über ihn und lasse ihn in meinen Mund eintauchen.

Isaac gibt ein animalisches, verdammt scharfes Knurren von sich, lässt sich auf den Rücken fallen und sieht dabei zu, wie ich ihn wieder und wieder tief in meinem Mund aufnehme. Meine Zunge liebkost seine Spitze, bevor ich sanft an ihm sauge und meine Hand zu Hilfe nehme. Zwischen meinen Beinen pocht es wie verrückt, während ich ihm einen blase und weiß, dass er jede meiner Bewegungen genauestens betrachtet. Ich mag es, von ihm angesehen zu werden. Nicht nur gerade, sondern immer. *Vor allem, wenn wir zusammen auf der Bühne stehen.*

Sein salziger Geschmack verteilt sich auf meiner Zunge, und ich koste jede Sekunde hiervon aus. Isaacs Hand wandert in mein Haar, packt es fest und bestimmt die Geschwindigkeit, mit der ich ihn in mir aufnehme.

»Scheiße, Freckles. Das halte ich nicht lange aus«, murmelt er und stöhnt so lustvoll, dass ich allein dank dieses Klangs für ihn kommen könnte. Aber ich will heute mehr, ich will das ganze Programm. Also lasse ich von seiner Erektion ab, greife in die zweite Tasche meines Rocks und hole das Kondom heraus, das ich vorsichtshalber mitgenommen habe. Isaacs Mundwinkel verziehen sich zu einem schiefen Grinsen, während ich das Päckchen öffne, das Silberpapier zur Seite werfe und ihm das Kondom überstreife. Seine Härte pulsiert unter meinen Händen und wird noch größer.

»Du überraschst mich immer wieder.«

»Du mich auch«, erwidere ich kess und krabble auf seinen Schoß. Ich schiebe sein Shirt nach oben und zeichne mit den Fingern seine Bauchmuskeln nach. Er ist göttlich gebaut, das muss man ihm lassen.

»Setz dich endlich auf mich!« Einen quälend langen Moment lasse ich ihn noch zappeln, bevor ich auf ihn gleite. Ein Stöhnen dringt aus meiner Kehle. Er fühlt sich umwerfend an. Sein Schwanz füllt mich auf zuckersüße Weise aus.

Ich sinke noch etwas tiefer auf ihn, verharre in meiner Position und beginne, einen sanften Rhythmus zu finden. Immer wieder gleitet er aus mir heraus, um anschließend noch etwas tiefer in mir zu sein. So tief, wie es unsere beiden Körper zulassen.

»Oh mein Gott!« Ich sinke nach vorne, falle nahezu auf

seine Brust, während Isaac selbst das Tempo bestimmt. Sein Becken beugt sich mir entgegen, sodass er die Intensität steuert, mit der wir eins werden. Seine Hände fahren sanft durch meine blonden Strähnen, geben mir das Gefühl, bei ihm in vollkommener Sicherheit zu sein. Vielleicht zum ersten Mal in meinem Leben.

Isaac lässt mir noch ein paar Sekunden in dieser Position, bevor er sich aufrichtet, mich von seinem Schoß hebt und auf den Rücken legt, um wieder zwischen meine Beine zu gleiten. Sekunden später dringt er tief in mich ein. Ich schlinge meine Beine um seine Hüfte, ziehe ihn noch dichter an mein Becken und sehe ihm fest in die Augen. Betrachte die Gletscher in seiner Iris, die heute wärmer als sonst wirken.

Isaacs Hände greifen nach meinen. Er hält sie links und rechts neben meinem Kopf fest, während er mich mit langsamen und intensiven Stößen nimmt. Ich schließe stöhnend die Augen, konzentriere mich voll und ganz auf das Gefühl unserer Körper, die genauso gut harmonieren wie unsere Musik.

»Dieser Anblick ist echt unvergleichlich«, murmelt er und küsst sich mein Gesicht entlang. Anschließend beißt er mir neckend in den Hals, in die Stelle, unter der mein Puls einen neuen Rekord aufstellt.

»Welcher. Anblick?«, frage ich abgehackt.

»Du, nackt. Unter dir die Stadt.«

Isaac kitzelt meine Neugier wach. Ich beuge mich vor, drehe meinen Kopf leicht zur Seite und erhasche einen Blick auf die inzwischen beleuchtete Stadt unter uns. Isaac hat recht: Dieser Anblick ist Gold wert.

Seine Hände fahren andächtig über die Rundung meines Hinterns und lassen meine Knie noch weicher werden.

»Hattest du jemals mit so einer Aussicht Sex?«, fragt Isaac grinsend und dringt dabei in mich ein, beschleunigt das Tempo, mit dem er mich nimmt. Und die Antwort auf seine Frage ist ein klares Nein. Ich hatte noch nie Sex mit einer so atemberaubenden Aussicht. Die Lichter der Stadt funkeln wie Sterne unter uns, während der Himmel von Dunkelheit verschluckt wird.

Ich grabe meine Finger in den weichen Stoff seines Shirts, spüre jeden Millimeter seiner Härte in mir. Und dann kommen wir gemeinsam. Mein Herz hüpft mir beinahe aus der Brust heraus, während Isaacs Stöße langsamer und sanfter werden. Ich spüre, wie er in mir pulsiert, und fühle mich auf seltsame Weise angekommen.

Seine Hände fahren über meine nackten Arme, hoch zu meinen Schultern. Er entfacht eine Gänsehaut auf meinem Körper, die mir in seiner Nähe schon vertraut geworden ist.

»Das war schön«, wispere ich und sehe zu ihm auf. Isaac blickt auf mich herab, stupst mit dem Finger meine Nase an und fährt anschließend über meine Wangen.

»*A face full of freckles in a town full of rain.*« Die Schmetterlinge in meinem Bauch beginnen, wild mit ihren Flügeln zu schlagen.

»Woher hast du das?«, frage ich ihn außer Atem.

»Ach. Ich schreibe gerade in Gedanken einen Song über

dich. Keine große Sache«, erwidert er und hat keine Ahnung, was er damit in mir anrichtet. Von wegen, Romantik liegt ihm nicht. Meine Lider werden schwerer mit jeder Sekunde, die vergeht, und jeder Berührung, die Isaac mir schenkt. Ich kuschle mich fester an ihn und schließe erschöpft und selig die Augen.

»Den Song musst du für mich singen, wenn er fertig ist.« Vage wird mir klar, dass ich einen wunden Punkt getroffen habe. Aber zu meiner Überraschung reagiert Isaac anders als erwartet. Er macht nicht dicht, zieht keine Mauern um sein Herz. Stattdessen lässt er es weiterhin für mich geöffnet. Diese Aussicht ist noch viel schöner als die auf die Stadt, aber das behalte ich für mich.

»Ich werde ihn für dich singen. Irgendwann.«

• • •

Ein Vibrieren reißt mich aus dem Schlaf und Isaacs warmer Umarmung. Während ich nach meinem Handy suche, das ich irgendwann im Picknickkorb finde, gibt Isaac nur ein verschlafenes Brummen von sich. Ein Blick auf die Uhr verrät mir, dass wir Mitternacht haben und schon seit vier Stunden hier sind.

Der Anrufer ist Connor. Kurz ist mir das Herz aus der Brust gesprungen, weil ich Angst hatte, es könnte Noah sein, dem etwas passiert ist. Jetzt setze ich mich entspannt auf, lasse meinen Nacken kurz kreisen und nehme das Gespräch an.

»Hey.« Ob er mir den Sex in der Stimme anhört? *Ich* höre ihn mir an. Und ich mag es irgendwie.

»Hey, Kleine. Ist unser Rockstar zufällig bei dir?« Im Hintergrund spielt laute Musik, und ich höre Stimmengewirr. Ob er auf einer Party ist?

»Ähm. Ja?« Ich weiß nicht, wie viel Isaac Connor und den anderen Jungs anvertraut, aber ich will ihn auch nicht anlügen. »Gut, dann schick ihn umgehend nach Hause. Eine Geburtstagsparty ohne das Geburtstagskind? Das geht nicht.«

»Moment mal, Isaac hat heute Geburtstag?« Ich sehe zu ihm hinunter, und als er mich ertappt ansieht, kneife ich ihm spielerisch in die Seite. Wieso hat er das mit keiner Silbe erwähnt?

»Oh, du wusstest es nicht? Na ja, wie auch immer. Wäre echt cool, wenn er sich mal blicken lässt, um die ganzen Geschenke auszupacken und anzustoßen.«

»Na klar, ich schicke ihn nach Hause. Sorry!« Ich beende das Gespräch und sehe Isaac tadelnd an. »Du hättest mir ruhig sagen können, dass du Geburtstag hast!«

»Ist für mich keine große Sache, Freckles.« Isaac zieht mich zu sich runter, bis ich wieder auf seiner Brust liege. »Außerdem habe ich das beste Geschenk schon bekommen.« Ich höre das anzügliche Grinsen in seiner Stimme und kneife ihn erneut, dieses Mal in den Oberarm.

»Idiot! Ich hätte dir trotzdem ein richtiges gekauft, wenn ich es gewusst hätte. Deine Jungs schmeißen wohl eine Party für dich.« Ich schiele zu ihm auf und sehe, dass er die Augen verdreht. Eigentlich lässt Isaac nie eine Party sausen, aber gerade wirkt es nicht, als hätte er es sonderlich eilig, nach

Hause zu kommen. Wenn es nach mir ginge, könnten wir die ganze Nacht hier verbringen. So sorglos habe ich mich lange nicht gefühlt, und ich habe Angst, dass mich die Realität wieder einholt, sobald ich die Gondel verlasse.

»Können wir nicht einfach hierbleiben, bis uns Mike rauswirft?«, fragt Isaac in die Stille. Stimmt. Mike, der Kerl, der uns reingelassen hat. Sitzt der etwa immer noch unten und wartet darauf, dass er Feierabend machen kann? Ein schlechtes Gewissen überkommt mich, also rapple ich mich auf und lasse schweren Herzens von Isaac ab.

»Ich habe Connor versprochen, dass ich dich nach Hause schicke. Nun komm schon.« Nachdem ich mich angezogen habe, werfe ich erneut einen Blick auf mein Handy. Noah hat mir neben den beiden Nachrichten von vorhin noch zwei weitere geschickt. Mist, ich wollte ihm doch antworten!

Während Isaac unsere Sachen zusammenräumt, öffne ich WhatsApp und lese die Nachrichten meines Bruders. Schon beim ersten Satz packt mich das schlechte Gewissen.

19:45 Mir geht's heut ziemlich mies, Sis.
Könntest du vielleicht nach Hause kommen?

Die zweite Nachricht macht es nicht besser.

20:01 Ich weiß, dass du heute etwas vorhast.
Aber ich brauche dich ☹

Meine Kehle zurrt sich zu, während ich die letzten zwei Nachrichten lese.

22:05 Die Jungs geben wohl eine Geburtstagsparty für Isaac. Das ganze Haus is' voller Leute und Alk.

22:20 Ich werd mich schon beschäftigt kriegen.

Die letzte Nachricht kam vor knapp zwei Stunden.

»Scheiße!« Mich beschleicht ein ungutes Gefühl. Ich habe vorhin schon gemerkt, dass es Noah nicht sonderlich gut ging, doch ich wollte Isaac auch nicht vor den Kopf stoßen und ihm absagen. Aber jetzt fühle ich mich hundeelend, weil ich bei Noah hätte bleiben müssen. Weil ich gemerkt habe, dass etwas nicht stimmt, und trotzdem gegangen bin.

»Was ist?« Isaac sieht mich besorgt an, während ich aufspringe. »Wir müssen schnell nach Hause. Jetzt sofort!« Plötzlich ist da dieses miese Gefühl in meinem Bauch. Hätte ich gewusst, dass Connor eine Party gibt, hätte ich Noah ohnehin nicht allein gelassen. Zu viel Alkohol ist nie gut für ihn, und wer weiß, was für Zeug es noch auf der Party gibt.

»Hey, Hope. Was ist denn los? Du bist ja ganz außer dir.«

»Bring mich einfach nach Hause, okay?« Mit Tränen in den Augen sehe ich zu Isaac auf, der besorgt nickt und anschließend Mike per SMS Bescheid gibt, dass er uns runterlassen soll. Ich wähle Noahs Nummer, aber die Mailbox geht sofort ran, wodurch mir endgültig flau im Magen wird. Die Gondel setzt sich langsam in Bewegung, während in mir alles stillzustehen scheint. Mein Herz, meine Lunge, das Blut in meinen Venen. Alles ist wie zugefroren. Weil mich dieses miese Gefühl nicht loslässt, dass ich Noah heute Abend im Stich gelassen habe.

Kapitel 30

Hope

Während der Fahrt nach Hause sage ich kein Wort. Die Schönheit der letzten Stunden mit Isaac wird von der vollen Wucht der Angst um meinen Bruder überdeckt. Nervös knabbere ich mir die Fingernägel blutig, während ich einen Punkt in der Dunkelheit draußen fixiere. Was, wenn Noah etwas zugestoßen ist? Er schaltet sein Handy nie aus. Wieder und wieder gehe ich seine Nachrichten im Kopf durch, versuche, zwischen den wenigen Zeilen zu lesen, aber mein Geist ist wie benebelt. So benebelt, dass ich heftig zusammenzucke, als Isaac nach meiner Hand greift. Er sagt etwas. Ich sehe es daran, dass sich seine Lippen bewegen, aber ich höre ihn nicht, weil das Rauschen meines Blutes lauter als seine Worte ist. Sein Daumen streichelt beruhigend über meinen Handrücken.

Unser Wagen kommt vor dem Haus zum Stehen, und während Isaac kurz mit dem Fahrer spricht, verharre ich einfach auf meinem Sitz. Am liebsten will ich davonlaufen. Unserem grauhaarigen Chauffeur sagen, dass er mich irgendwo anders hinbringen soll. An einen Ort, an dem ich wieder richtig atmen kann. Die Tür auf meiner Seite wird geöffnet, und die frische Nachtluft strömt mir ins Gesicht.

Dann werde ich an der Schulter berührt und aus dem Wagen gezogen. All das nehme ich nur verschwommen wahr, weil mich dieser betäubende Dunst umgibt. Auf der einen Seite will ich so schnell wie möglich ins Haus kommen, um nach Noah zu sehen, auf der anderen Seite habe ich zu große Angst vor dem, was mich drinnen erwarten könnte. Diese böse Vorahnung, dass heute etwas Endgültiges passiert sein könnte, lässt sich einfach nicht abschütteln.

»Hey.« Isaac umfasst mein Gesicht mit seinen Händen. Diesen Händen, die vor wenigen Stunden noch meinen Körper zum Beben gebracht haben. Jetzt schützen sie mich vor dem Erdbeben meiner Gedanken.

»Lass uns reingehen und nach ihm sehen, okay? Es wird ihm gut gehen.«

Ich habe Isaac nicht gesagt, was meine Angst ausgelöst hat, aber scheinbar kennt er mich inzwischen gut genug, um von selbst draufgekommen zu sein. Er weiß, dass es um meinen Bruder geht.

Jeder Schritt zum Haus fühlt sich falsch an. Als würde ich vor meinem Ziel weglaufen. Weil ich nicht mehr wirklich weiß, was mein Ziel überhaupt ist. Wegrennen oder kämpfen? Ich bin zu müde für beides. Im Haus brennt überall Licht. Wummernde Bässe dringen bis auf die Straße, und ich frage mich, wie lange es wohl noch dauern wird, bis die Presse vom Aufenthaltsort der Band Wind bekommt.

Ich setze einen Fuß vor den anderen, stolpere über die

Treppenstufen und betrete Sekunden später das brechend volle Haus. Das hier ist keine kleine Feier unter Freunden, das ist die Geburtstagsparty für einen Rockstar. Isaac ist dicht hinter mir, ich kann seinen warmen Körper in meinem Rücken spüren, und sein Duft ist allgegenwärtig.

Es dauert nicht lang, bis uns die Leute entdecken und sich wie Hyänen auf Isaac stürzen. Connor kommt ebenfalls auf uns zu, drückt mir einen Kuss auf die Wange und zieht anschließend seinen besten Freund in eine Umarmung. »Happy Birthday, Zac! Beim nächsten Mal machst du dich nicht einfach aus dem Staub und ruinierst mir die Überraschung!«

»Connor?« Meine Stimme ist hauchdünn, sodass ich ihn antippen muss, um auf mich aufmerksam zu machen. *Ich darf keine Zeit verlieren.* Er dreht sich zu mir um.

»Wo ist Noah?«

Er sieht sich im vollen Wohnzimmer um, wo sich ein Körper an den nächsten drückt. So viele Leute kenne ich nicht mal im Entferntesten, und sie alle sind nur hier, um Isaac zu gratulieren. Am liebsten würde ich jeden einzeln rauswerfen, aber das Recht dazu habe ich nicht. Ich bin hier immerhin nur Gast.

»Keine Ahnung, vorhin war er noch hier.« Connor kratzt sich nachdenklich am Hinterkopf und deutet auf die Küche, in der sich die Alkoholflaschen und Pappbecher türmen. »War irgendwie nicht so gut drauf heute, aber mit ein bisschen Booze ging es.« Mir steckt ein sarkastisches Lachen im Hals fest. Weil Alkohol bekanntlich das gesündeste Heilmittel für ein gebrochenes Herz ist. Das Herz meines Bruders ist an diesem Abend in dem kalten Hausflur aus dem Takt geraten. Ich habe es gespürt. Habe es in seinen Schreien gehört. Er war noch ein Baby, aber diese Angst hat sich tief in seinem Herzen eingenistet. So wie die Angst um ihn tief in meinem Herzen sitzt.

Ich murmle ein »Danke«, obwohl Connor mir nicht wirklich helfen konnte. Mein Blick rauscht zu Isaac, der immer noch von den Gästen belagert wird. Er ist nicht bei der Sache, sieht immer wieder besorgt zu mir und will die Leute abschütteln. Aber sie sind ganz schön hartnäckig.

Ich kann nicht länger auf ihn warten, ich muss mich allein auf die Suche nach Noah machen. Mit angehaltenem Atem dränge ich mich an den Fremden vorbei, steuere die Treppe an und kämpfe mich vorbei an verschwitzten, nach Alkohol stinkenden Körpern. Selbst in der oberen Etage ist es brechend voll. Wo zur Hölle kommen diese ganzen Leute her?

Ich setze einen Tunnelblick auf, schiebe alles zur Seite, was mir in die Quere kommt, und visiere Noahs Zimmer am Ende des Ganges an. Ohne anzuklopfen, drücke ich die Klinke herunter, aber die Tür springt nicht auf. Wieder rüttle ich an ihr, aber keine Chance. Sie ist verschlossen.

»Noah!«, rufe ich und hämmere mit der Faust gegen das helle Holz. »Noah, mach die Tür auf. Ich bin es, Hope!« Wieder und wieder klopfe ich, aber es regt sich nichts. Er hat sich eingesperrt. Warum zur Hölle tut er so was?

Mein Herz stolpert immer schneller hinter meinem Brustbein, während ich mir die schlimmsten Szenarien ausmale. Eine Tragödie, die ich in Gedanken schon Tausende

Male durchlebt habe. Es ist nur eine Frage der Zeit, bis sie wieder Realität wird.

»Noah, komm schon! Mach auf!« Immer noch regt sich nichts, und als ich an der Schulter berührt werde und Isaac hinter mir auftaucht, verspüre ich den tiefen Drang, mich in seine Arme zu werfen und mein Gesicht an seiner Brust zu vergraben. Mich in seinen Armen aufzulösen. Wie vorhin.

»Hat er sich eingesperrt?«, will Isaac wissen. Ich nicke, bekomme aber kein Wort über meine Lippen. Die ersten Tränen kündigen sich bereits in meinen Augenwinkeln an, aber noch lasse ich sie nicht raus. Gerade muss ich nur eins: funktionieren. Und das kann ich nicht, wenn ich zusammenbreche. Dafür habe ich keine Zeit.

»Geh zur Seite. Ich mach das.« Isaac schiebt mich sanft nach links und tritt mit Schwung gegen das Türblatt. Der Krach sorgt dafür, dass die Leute ihre Augen auf uns richten, aber das ist mir gerade so was von egal. Von mir aus sollen sie geiern, was das Zeug hält. Isaac tritt ein zweites Mal kräftig gegen die Tür, aber erst beim dritten Versuch bricht sie aus den Angeln.

Mein Blick fällt sofort auf Noah. Er liegt rücklings auf dem Bett, das Gesicht zur Decke gerichtet. Seine Füße schweben dicht über dem Boden, und seine Arme hat er links und rechts von sich gestreckt.

»Noah!« Ich schiebe die lädierte Tür ganz auf, stürme auf das Bett zu und … falle. Ich falle kopfüber in den Anblick, den mein kleiner Bruder mir bietet. »Oh mein Gott.« So schnell ich kann, bin ich auf dem Bett, knie mich über ihn und klopfe sanft gegen seine fleckigen Wangen. Seine trockenen Lippen stehen einen Spalt offen, eine Spur schaumigen Speichels zieht sich über sein stoppeliges Kinn. Seine Augen sind halb geschlossen, und seine Lider flattern hektisch, als würde er gegen die Sonne anblinzeln. Ich muss das kleine Päckchen mit weißem Pulver auf dem Nachttisch nicht genauer ansehen, um zu wissen, was passiert ist. Geschweige denn die weißen Reste der Line direkt daneben. Er hat Kokain geschnupft. Und ich bin mir sicher, dass er das Teufelszeug hier auf der Party gekauft hat.

»Ruf einen Krankenwagen!«, brülle ich Isaac an, der inzwischen hinter mir steht. Er antwortet etwas, aber nichts kommt bei mir an. Weil da nur Noah ist. Noah, der regungslos auf seinem Bett liegt und am ganzen Körper wie Feuer glüht. Noah, der sich in meiner Abwesenheit nicht nur mit Alkohol, sondern auch mit Koks gepusht hat, bis es zu viel wurde. Ich weiß, wie verdammt gefährlich diese Mischung ist. Weiß, wie schlimm das hier enden kann, wenn wir nicht rechtzeitig handeln.

»Komm schon, Noah«, schluchze ich und lege meine Hand auf seine glühend heiße Stirn. Wieder flattern seine Lider. Wieder bricht mein Herz etwas mehr. »Mom?«, krächzt er und versucht, seine Hand nach meinem Gesicht auszustrecken, aber auf halbem Weg sackt sein Arm wieder herunter, weil er zu schwach ist. »Du bist hier.« Seine Mundwinkel sind rissig, so trocken sind sie. »Mom.«

»Ich bin es, Hope.« Ich bin nicht Mom. Und dass er glaubt, ich wäre sie, zeigt mir, wie viel er sich durch die Nase gezogen haben muss. Da ich mich nach seiner ersten Überdosis mit dem Thema beschäftigt habe, weiß ich auch, dass solche Fieberhalluzinationen nicht selten auftreten.

»Der Krankenwagen ist unterwegs.« Isaac kommt mit einer Flasche Wasser zu mir zurück. Ich schraube sie eilig auf, ziehe den Kopf meines Bruders auf meinen Schoß und führe das Wasser an seine spröden Lippen.

»Du musst etwas trinken, Noah. Dein ganzer Körper steht in Flammen.«

Langsam lasse ich ein bisschen Wasser in seinen Mund sickern, und als er schluckt, beginnt er, wie wild zu husten. Im nächsten Augenblick kneift Noah schmerzerfüllt die Augen zusammen und verzieht das Gesicht, als hätte ihm jemand mitten in den Magen getreten. Oder ein Messer in die Rippen gerammt. Seinen Kopf wirft er von einer zur anderen Seite, und dann beginnt er wie verrückt zu zittern. Direkt in meinen Armen, sodass ich alles spüren kann.

»Alles wird gut, Noah. Ich bin hier. Ich bin hier.« *Und ich hätte nicht gehen dürfen.* Aber gerade habe ich keine Zeit für Schuldgefühle. Solange Noah nicht im Krankenhaus und von den besten Ärzten umgeben ist, muss ich mich zusammenreißen.

Ein Schluchzen dringt aus seiner Kehle, das mir das Herz aus der Brust reißt. Dieses Schluchzen erinnert mich an seine kindlichen Schreie. Es katapultiert mich zum zweiten Mal in kürzester Zeit zurück in die schlimmste Nacht meines Lebens.

Isaac ist die ganze Zeit bei mir, aber ich nehme ihn kaum wahr. Noah braucht meine volle Aufmerksamkeit. Die Minuten, bis der Krankenwagen schließlich kommt und die Sanitäter ins Zimmer stürmen, fühlen sich wie eine Ewigkeit an. Hoffnungsvoll blicke ich die Männer in Orange an, sehe dabei zu, wie sie vor Ort Noahs Lage einschätzen und ihm eine Sauerstoffmaske aufsetzen.

Er wird auf eine Liege geschnallt. Währenddessen stellt mir ein weiterer Sanitäter Fragen, die ich wie in Trance beantworte. Darüber, wie ich ihn vorgefunden habe. Was er genommen haben könnte. Wie alt er ist. Ob es seine erste Überdosis ist. Während des Gesprächs reiße ich mich zusammen, beantworte alles, was der grauhaarige Mann von mir wissen will. Meine Arme habe ich um meinen Oberkörper geschlungen, trotzdem zittere ich wie verrückt. Auch die Wärme von Isaacs Hand, die mich Sekunden später packt und gegen seine Brust zieht, kommt nicht bei mir an. In mir ist nur diese alles einnehmende Kälte, die bis in meine Knochen zieht.

»Ich muss mit in den Krankenwagen«, krächze ich und sehe zu Isaac auf. Seine hellblauen Augen sind vor Schock ebenfalls geweitet.

»Okay. Ich komme mit Connors Wagen nach.«

Schluchzend nicke ich, löse mich von ihm und stolpere rückwärts Richtung Flur. Ich muss raus aus diesem Zimmer, weg von diesen Bildern und dem Kokain auf dem Nachttisch, das mir vor Augen führt, wie sehr ich versagt habe.

Kapitel 31

Hope

Noah kam sofort auf die Intensivstation. Ich weiß nicht, was jetzt mit ihm passiert, geschweige denn, wie schlimm die Überdosis gewesen ist. Die Sanitäter haben mir versichert, dass sich ein Arzt bei mir melden wird, wenn es neue Informationen über seinen Zustand gibt. Das war vor einer Viertelstunde, die sich wie fünf Stunden angefühlt hat. Wieso vergehen Momente, in denen wir glücklich sind, immer blitzschnell, während sich die traurigen eine Ewigkeit hinziehen? Die Stunden mit Isaac im London Eye kommen mir auf einmal nur noch wie ein flüchtiger Gedanke vor. Wie ein kurzer Wimpernschlag.

Isaac muss kurz nach der Abfahrt des Krankenwagens in Connors Ford gestiegen sein, denn als sich die Glastüren der Station öffnen, kommt er bereits mit meinem Rucksack über der Schulter auf mich zu. Dass er daran gedacht hat, meine Sachen mitzubringen, ist alles andere als selbstverständlich.

»Wie geht es ihm?« Er tritt an meine Seite. Die dunklen Strähnen kleben an seiner Stirn, und sein Atem geht schnell, als wäre er den Weg vom Parkplatz bis zur Station gerannt. Isaac hat seine eigene Geburtstagsparty verlassen, um mir hier beizustehen. Ich bin ihm unendlich dankbar dafür.

»Er ist jetzt auf der Intensivstation. Mehr haben sie mir noch nicht gesagt.« Ich kratze mir hektisch den roten Nagellack von den Fingernägeln. »Das ist ein Albtraum.« Isaac drückt mir einen Kuss auf die Stirn, aber ich bin nicht in der Lage, seinen Trost wirklich anzunehmen.

»Alles wird gut, Hope. Wir sind rechtzeitig da gewesen.«

»Ach ja?«, frage ich und klinge harscher als beabsichtigt. »Bist du neuerdings auch Arzt?« Ich beiße mir auf die Zunge, um nicht noch sarkastischer zu werden. Isaac hat das nicht verdient. Noah hat das nicht verdient. Und ich? Ich weiß nicht mehr, was ich verdient habe.

»Tut mir leid«, nuschle ich. »Das alles ist nur etwas viel. Ich hätte ihn heute nicht allein lassen dürfen. Er hat mir gesagt, dass es ihm nicht gut geht, aber ich bin trotzdem mit dir auf dieses Date gegangen.«

»Du bereust es«, kommt es jetzt von Isaac. Er klingt verletzt, aber gerade geht es nicht um unser Date oder darum, ob ich es bereue. Es geht darum, was in der Zwischenzeit passiert ist. Alles andere ist zweitrangig.

»Ich bereue es nicht. Aber ich hätte einfach für ihn da sein müssen.«

»Es ist nicht deine Schuld, Hope.« Es kommt leider nicht in meinem Herzen an. Weil sich die Worte meiner Mutter so tief in mich gebrannt haben, dass ich sie nicht einfach ausradieren kann. Auch nach sechzehn Jahren nicht.

Pass auf deinen kleinen Bruder auf, Hope.

Ich will sie nicht enttäuschen, und doch passiert es immer wieder.

»Noah war ein Jahr lang clean, Isaac. Ich habe ihm beim Heroin-Entzug zur Seite gestanden. Habe ihn leiden sehen. Ihn kotzen sehen. Ihn heulen sehen wie ein Baby. Und dann lasse ich ihn allein in einem Haus voller Rockstars, die allesamt Koks ziehen und ihn wieder dazu verleiten, Drogen zu nehmen!« Ich beginne, auf dem Flur auf und ab zu laufen. Es ist mir egal, dass uns die Schwester hinter der Glasscheibe hören kann. Von mir aus soll sie diese Show doch genießen.

»Hörst du dir eigentlich zu? Dein ganzes Leben dreht sich um Noah. All deine Gedanken gehören ihm. Wo bleibst du in dieser Gleichung?«

»Das spielt keine Rolle«, sage ich erschöpft. Ich habe schon vor langer Zeit aufgehört, mich in dieser Gleichung zu sehen.

»Das ist das Traurigste, was ich seit langer Zeit gehört habe.« Bilde ich es mir nur ein, oder klingt Isaac wütend? Auf mich? Wir sind heute Abend beide geladen, und das ist – wie wir wissen – keine sonderlich gute Mischung. Isaac und ich sind wie Benzin und Feuer, wenn wir aufeinandertreffen, fackelt alles ab.

Meine Lippen beben, und die ersten Tränen stehlen sich aus meinen Augen. Ich bin so unfassbar müde und wacher denn je zugleich. Isaac antwortet mir nicht. Ich weiß, dass er recht hat, aber es ist ja nicht so, als wäre Isaac das Paradebeispiel, wenn es um einen Umgang mit den eigenen Dämonen geht. Er hat der ganzen Welt erzählt, dass seine Stimmbänder entzündet sind, anstatt dazu zu stehen, dass es eigentlich sein Herz ist, das streikt. Wir beide sind Meister unserer eigenen Copingstrategien. Er muss sich nicht als mein Therapeut aufspielen, und ich mich nicht als seiner.

»Miss McCarthy?« Die Frau hinter dem Tresen räuspert sich, und ich bin dankbar für die Ablenkung. Alles, was mich kurz aus meinem Gedankenstrudel herauszieht, ist Gold wert.

»Ja?«

»Sie sind die Schwester des Patienten, richtig? Dann müssen Sie dieses Dokument hier ausfüllen.« Nickend gehe ich auf den Tresen zu, ziehe das Klemmbrett mitsamt Kugelschreiber zu mir heran und beginne, das Formular auszufüllen. Da ich schon weiß, welche Daten von mir verlangt werden, geht es wie von selbst.

»Haben Sie vielleicht einen Ausweis für mich?«, will die Schwester mit der goldgerahmten Brille und den kurzen roten Haaren wissen. Sie strahlt eine unfassbare Wärme aus, und ich fühle mich in dem sterilen Flur in ihrer Anwesenheit gleich etwas wohler.

»Einen Moment.« Ich drehe mich zu Isaac um. Er hat sich inzwischen gegen die Wand gelehnt und den Kopf in den Nacken gelegt. Seine Arme hat er vor der Brust verschränkt, und diese Abwehrhaltung geht auf meine Kappe. Die Glücksbläschen, die vorhin in uns beiden tanzten, sind zerplatzt. Jetzt befinden wir uns nicht mehr über der romantisch schönen Stadt, sondern auf dem kalten Boden der Tatsachen.

»Würdest du mir meinen Geldbeutel aus dem Rucksack geben?«, frage ich ihn und merke, wie meine Stimme jeden

Augenblick zu brechen droht. Ich will nicht mit ihm streiten. Anfangs wollte ich nichts lieber, weil ich ihn nicht ausstehen konnte, aber das ist jetzt anders. Vor allem nach dem Abend, den wir zusammen verbracht haben. *Während sich mein kleiner Bruder munter eine Line nach der anderen gelegt hat.*

Isaac stellt meinen Rucksack am Boden ab, zieht den Reißverschluss auf und kramt in meinen Sachen herum. Mit den Fingern tippe ich nervös auf das Klemmbrett, und als Isaac schließlich meinen Geldbeutel herausfischt und mir zuwirft, ziehe ich eilig meinen Ausweis heraus und reiche ihn der Frau hinter dem Tresen.

Mein Blick gleitet wieder zu Isaac, und im nächsten Moment entweicht nicht nur ihm, sondern auch mir die Farbe aus dem Gesicht. Er hält ein kleines schwarzes Notizbuch in seinen Händen. *Sein Notizbuch.* Das ich ihm gestohlen und nie zurückgegeben habe. Es war die ganze Zeit in meinem Rucksack, weil ich nicht wusste, wo ich es sonst hinlegen sollte. *Fuck!*

Unsere Blicke treffen sich, und ich kann nicht sagen, was ihm gerade durch den Kopf geht, weil immer noch dieser Schleier über allem liegt, was ich empfinde.

Ich schiebe der Schwester das ausgefüllte Dokument zu, nehme meinen Ausweis zurück und gehe schluckend auf Isaac zu. Wieso zur Hölle habe ich nicht daran gedacht, dass er es finden könnte? Das ist echt das Letzte, was ich jetzt gebrauchen kann.

»Lass es mich erklären«, ergreife ich als Erstes das Wort, um die Wogen direkt zu glätten. Meine Stimme klingt bleiern, meine Worte lallend. Dabei bin ich stocknüchtern.

»Was erklären?« Isaac gräbt seine Finger in den schwarzen Einband des Buches und schlägt es auf, wie um sicherzugehen, dass er auch nichts falsch interpretiert hat. Er überfliegt seine eigenen Texte und schlägt das Buch zynisch lachend wieder zu.

»Ich wollte es dir längst wiedergeben. Es ist nicht so, wie du denkst.«

Aber Isaac hört mir nicht richtig zu. Ich kann aus der ersten Reihe dabei zusehen, wie er seine Mauern hochzieht. Stein für Stein baut er sie auf, verdeckt all das, was er mir in den letzten Stunden von sich gezeigt hat.

»Ich muss hier weg«, knurrt er und steuert die Fahrstuhltüren an. Ich hefte mich an seine Fersen, weil ich mich erklären will. Auf keinen Fall möchte ich ihn jetzt ohne ein Wort davonrauschen lassen. Es gibt definitiv bessere Orte für dieses Gespräch, aber ich werde das Krankenhaus nicht verlassen, bis ich weiß, dass es Noah wieder gut geht.

»Isaac, warte!« Ich packe ihn an der Schulter, will ihn aufhalten, aber er schüttelt mich nur ab wie ein lästiges Insekt und drückt mehrfach auf den Knopf des Fahrstuhls. Die Türen gleiten umgehend auf, doch anstatt ihn jetzt einfach gehen zu lassen, folge ich ihm in die kleine Kabine. Das Krankenhaus ist nahezu gespenstisch leer, weshalb wir allein im Aufzug sind.

»Du kannst nicht einfach abhauen, ohne mir zuzuhören!«

»Kann ich nicht?« Herrgott, sein Blick lässt mir das Blut in den Adern gefrieren.

»Glaub mir, Hope. Es ist besser, wenn du mich gehen lässt.«

»Lass uns erst darüber reden!« Klinge ich so erbärmlich, wie ich mich fühle?

»Du willst reden?« Isaac gräbt seine Schneidezähne in die Unterlippe. »Okay, dann lass uns reden. Wie lange hast du das schon?« Er hält das Buch hoch und durchbohrt mich mit seinem Blick. Hinter uns schließen sich die Türen des Fahrstuhls. Da keiner von uns auf eine der Tasten drückt, bleiben wir einfach hier auf der Etage stehen.

»Ich wollte es dir nicht stehlen, es war ein Missverständnis.«

»Ein Missverständnis.« Ein tiefes Brummen dringt aus seiner Kehle. »Wie lange, Hope?« Seine Stimme gleicht einem drohenden Knurren.

Ich will ihm die Wahrheit sagen, aber seine Wut schüchtert mich ein. Ich wusste, dass er nicht erfreut sein würde, aber dieser Wut habe ich nichts entgegenzusetzen. Vor allem nicht in einer Nacht wie dieser. Ich brauche meine Energie für Noah und nicht für diesen kindischen Streit um ein verdammtes Notizbuch. Ich weiß, dass ich Scheiße gebaut habe, aber gerade spielt es einfach keine Rolle.

»Seit ich zum ersten Mal in eurem Tourbus war.«

»Wusste ich es doch«, sagt er kühl. Uns trennen nur zwei Meter voneinander, aber zwischen uns reißt gerade eine heftige Kluft auf.

»Du weißt gar nichts!« Scheiße, ich werde ebenfalls wütend. Weil ich gerade auf die ganze verkackte Welt stinksauer bin. Auf meinen Bruder, der sein Leben wieder einmal für ein fucking High aufs Spiel setzt. Auf mich, weil ich es nicht verhindert habe. Und auf Isaac, weil er wegen dieses dämlichen Buchs komplett austickt.

»Warst du deshalb im Bus? Um mich zu bestehlen?«

»Ja, genau. Ich habe nichts Besseres zu tun!«, zische ich. »Pumpkin ist mir entwischt und in euren dämlichen Bus gerannt, weil er offen stand. Deshalb war ich da.« Meine Nasenlöcher blähen sich auf. »Ja, ich habe etwas mitgehen lassen. Aber eigentlich waren es nur irgendwelche Kopfhörer, die da rumlagen. Das Notizbuch habe ich aus Versehen eingesteckt, als ich gehört habe, dass jemand kommt. Es ist mir erst aufgefallen, als ich zu Hause war. Und dann war es zu spät.«

»Erzähl mir doch keinen Scheiß, Hope. Du hattest zehntausend Möglichkeiten, es mir zurückzugeben. Was wolltest du *wirklich* damit?« Seine eiskalten Augen lassen mich erschaudern. Ich fühle mich auf einmal splitterfasernackt unter seinen Blicken. »Wolltest du dich damit in unsere Band schleichen? Oder wolltest du etwas haben, womit du die Presse später um den Finger wickeln kannst, wenn du unseren Erfolg lange genug für dich ausgenutzt hast?«

»Weißt du was? Fick dich, Walker! Mein Bruder liegt gerade dadrin und kämpft um sein Leben, während ich mit dir über ein bescheuertes Notizbuch streite!«

Wieder bebt meine Stimme und steht kurz davor, zu brechen.

Isaac schluckt, in seinen Augen ein Ausdruck, den ich einfach nicht deuten kann. Warum ist ihm das Buch so verdammt wichtig?

»Da liegt das Problem. In deiner Welt dreht sich alles nur um deinen Bruder und sein Drama. Spoiler: Es gibt auch noch andere Menschen, die eine echt beschissene Kindheit hatten. Du hattest nicht das Recht, mich zu bestehlen.«

»Das weiß ich!«, brülle ich. Es wird nicht lange dauern, bis jemand vom Krankenhauspersonal kommt, um uns rauszuschmeißen. Aber ich werde nicht gehen, das können sie vergessen. Vorher kette ich mich im Wartebereich der Intensivstation fest. »Und es tut mir leid! Wenn es um den Song über deinen Vater geht, verstehe ich deine Wut. Wirklich. Aber …«

»Du hast ihn gelesen?«, unterbricht Isaac mich scharf. Erst jetzt wird mir klar, dass ich die Situation nur schlimmer gemacht habe. Wieso konnte ich nicht einfach den Mund halten?

Pure Enttäuschung schimmert in seinen Augen, und über sein Gesicht huschen Schatten, die jegliche Sanftheit in seinen Zügen in Härte verwandeln.

»Was hier drin steht, geht dich nichts an. Das tat es nie, und das wird es nie!«

»Gut, dann hätten wir das ja geklärt«, zische ich und ignoriere die Tränen, die über meine Wangen rollen. Ich bin einfach so scheißwütend auf ihn! Und gleichzeitig auf mich, weil ich sein Vertrauen missbraucht habe und nicht ehrlich zu ihm war.

»Ich habe keine Kraft, um mit dir zu streiten«, sage ich müde. Vorhin lagen wir noch Arm in Arm nebeneinander, nachdem wir den wohl besten Sex meines Lebens hatten. Wir haben uns einander anvertraut, und es gab einen Teil in mir, der wirklich dachte, dass wir eine Chance zusammen hätten. Jetzt stehen wir mitten in der Nacht in einem Krankenhausaufzug und schreien uns an. Feuer und Benzin. Diese Kombination kann kein gutes Ende nehmen.

»Das alles war von Anfang an eine dämliche Idee. Wir beide baden schon seit unserer Kindheit in Problemen, Isaac. Und ich kann nicht noch mehr Dinge in meinem Leben ertragen, die mich nachts um den Schlaf bringen.« Ich wische mir mit dem Handrücken über die nassen Wangen und sehe Isaac noch einen Moment lang an. Sehe, wie dieses zarte Band zwischen uns gefährlich unter Spannung steht. Noch ein falsches Wort, und es reißt endgültig. Wenn es nicht längst gerissen ist.

»Und was bedeutet das jetzt?«, will er heiser wissen. Inzwischen scheint auch er zu erschöpft zum Streiten zu sein. Noch immer umklammert er das Buch, als hinge sein Leben davon ab. Das schlechte Gewissen nagt an mir, weil ich weiß, dass es falsch war, ihm die Wahrheit vorzuenthalten. Aber heute Nacht habe ich keine Nerven für ein weiteres Drama. Nicht, solange ich nicht weiß, dass Noah die kommenden Stunden überstehen wird.

»Dass wir lieber hier einen Cut machen sollten, bevor wir uns in etwas verrennen, das ohnehin keine Zukunft hat. Es tut mir leid, dass ich dein Buch habe mitgehen lassen. Es tut mir leid, dass ich es dir nicht gesagt habe. Und es tut mir leid, dass ich deinen Platz auf der Bühne eingenommen habe und du dich fühlst, als würde dich jemand ersetzen wollen. Aber gerade spielt das alles keine Rolle für mich. Alles, was zählt, ist, dass Noah am Leben bleibt.« Ich drücke auf eine Taste im

Fahrstuhl, und Sekunden später öffnen sich die Türen. Ich muss raus aus dieser engen Kabine, in der es keinen Sauerstoff mehr zu geben scheint. Unser Streit hat jedes Molekül verschluckt.

»Willst du aufhören?« Seine Worte treffen mich mitten in der Brust. Wir blicken einander an, aber ich sehe nur diesen dichten Nebel, der mich verschluckt. Auf der Bühne zu stehen und mein Talent unter Beweis zu stellen war atemberaubend. Es war berauschend und genau das, was ich immer wollte. Aber zu welchem Preis? Vielleicht war mir nur diese eine Woche im Rampenlicht vergönnt, und alles andere steht mir nicht zu. Ohne Isaac zu antworten, stolpere ich aus der Kabine.

»Gut, dann steig doch aus!«, brüllt er mir hinterher. Ein Keuchen entweicht mir, das sich Sekunden später in ein Schluchzen verwandelt. Ich muss weg von ihm, weg von diesem Streit, der mir die Luft abschnürt.

Die Türen schließen sich, und ich höre nur noch dumpf, wie Isaac im Fahrstuhl ein lautes »Fuck« ausstößt, bevor sich der Aufzug in Bewegung setzt. Noch immer laufen mir heiße Tränen über die Wangen. Doch ich vergieße sie nicht für Noah. Diese Tränen gelten Isaac und dem, was wir verloren haben, bevor es überhaupt richtig beginnen konnte.

Kapitel 32

Hope

»Miss McCarthy?« Jemand berührt mich an der Schulter, woraufhin ich heftig zusammenzucke und mich aufsetze. Mein Rücken schmerzt, weil ich auf der unbequemen Sitzbank im Wartebereich der Intensivstation eingeschlafen sein muss. Als ich einen Blick auf meine silberne Armbanduhr werfe, stelle ich erschrocken fest, dass über vier Stunden vergangen sind. Wann habe ich zuletzt so lange durchgeschlafen? Die Antwort auf diese Frage schmerzt. *In Isaacs Armen im Hotelzimmer in Birmingham.*

»Miss McCarthy, ich wollte Ihnen Bescheid geben, dass Ihr Bruder jetzt wach ist.« Innerhalb von Sekunden bin ich ebenfalls hellwach.

»Danke fürs Wecken.« Ich schenke der blonden Krankenschwester, die scheinbar die vorherige abgelöst hat, ein mattes Lächeln. »Kann ich schon zu ihm?«

Noahs Zustand war kritisch, als er eingeliefert wurde, weil sein Körper überhitzt war. Der Begriff »Hyperthermie« ist nicht zum ersten Mal in meiner Gegenwart gefallen, schließlich musste ich meinen Bruder schon einmal mit Fieberschüben ins Krankenhaus bringen.

»Sie können ihn gern besuchen. Ihr Bruder ist jedoch noch sehr schwach. Dr. Mitchell hat es geschafft, seine Temperatur in einen gesunden Bereich zu senken, aber die letzten Stunden waren für seinen Körper sehr kräftezehrend. Wundern Sie sich also nicht.«

Es wundert mich nichts mehr. Das will ich ihr seufzend antworten, aber nicke lediglich. Ich will einfach nur den dämlichen Streit mit Isaac aus dem Kopf bekommen und meinen Bruder sehen. Will mit ihm sprechen und wissen, dass er okay ist. So okay, wie man nach einer Überdosis Kokain eben sein kann.

»Ich bringe Sie zu ihm.« Meine Glieder fühlen sich eingerostet an, aber ich bin froh über die paar Stunden Schlaf, die ich bekommen habe. So konnte ich wenigstens für einen gewissen Zeitraum den dunklen Gedanken entfliehen, die gleich, wenn ich Noahs Zimmer betrete, wieder mit voller Wucht auf mich einprasseln werden.

»Wie viel Glück hatte mein Bruder heute Nacht?«, frage ich die nette Krankenschwester. Ihr Blick wird noch etwas wärmer, als sie mich ansieht.

»Wenn Sie mich fragen, hatte er einen echt engagierten Schutzengel. Die Kombination aus Alkohol und Kokain sollte man wirklich nicht auf die leichte Schulter nehmen.« Sie lächelt mich ermutigend an, doch es löst nichts in mir aus: Mich hat der Mut schon lange verlassen. Es ist, als wären Noah und ich vor Jahren in ein Karussell gestiegen, das wir nicht mehr verlassen können. Es dreht und dreht seine Runden, ohne dass wir aussteigen können. Er der Junkie, ich die große Schwester, die ihn retten will. Selten habe ich mich so hoffnungslos gefühlt wie an diesem Morgen. Wie viele Schlachten muss man verlieren, bis man erkennt, dass ein Sieg unmöglich ist?

Die Schwester führt mich durch zwei Glastüren, und als wir vor dem Zimmer meines Bruders ankommen, wird mir das Herz ganz schwer. Ich habe Angst vor der Begegnung mit ihm, auch wenn ich es kaum erwarten kann, ihn in die Arme zu schließen.

»Er ist wie gesagt noch etwas schwach, und die Medikamente, die er bekommen hat, machen ihn zusätzlich träge. Falls er einschlafen sollte, lassen Sie ihn einfach schlafen, okay? Sein Körper braucht gerade so viel Ruhe wie möglich.«

»Mach ich. Danke.«

Sie öffnet die Tür, lässt mich ins Zimmer treten und schließt sie leise hinter mir. Die Luft im Raum ist angenehm warm, aber der sterile Geruch, der in jedem Krankenhaus vorherrscht, sorgt nicht gerade dafür, dass ich mich entspanne. Mein Blick fällt auf das einzige Bett im Raum. Ich bin froh, dass Noah ein Einzelzimmer bekommen hat, schließlich ist er nicht gerade der geselligste Mensch auf dieser Erde. In diesem Punkt ähneln wir uns.

»Hey, Sis.« Seine Stimme ist kaum mehr als ein Hauchen, und sobald ich ihn ansehe, bricht etwas in mir. Meine Hoffnung, ihn nie wieder in dieser Lage sehen zu müssen, zerschellt zwischen uns auf dem hellen Linoleumboden. Mein Schluchzen wird noch lauter, als ich die Sorgenfalten auf seiner Stirn sehe.

»Hey, bitte nicht weinen«, flüstert Noah. Ich kann nichts anderes tun, als den Kopf zu schütteln. Dieses Bild wird mich nie wieder loslassen, da bin ich mir sicher. Mein kleiner Bruder an einen Tropf gebunden, mit tiefen Schatten unter den Augen und so trockenen Lippen, dass meine eigenen nur beim Hingucken zu schmerzen beginnen.

»Es tut mir leid.« Ich sage die Worte lautlos, weil ich sie nicht rauslassen kann, ohne wie ein Baby zu heulen. Sekunden später habe ich die Distanz zum Bett überwunden und Noah in die Arme gezogen. Er ist immer noch ziemlich heiß, aber ich glaube der Schwester, dass seine Temperatur im grünen Bereich ist. Vielleicht ist es auch mein eigener Körper, der so glüht. Alles verschwimmt schon wieder.

»Du hast mir eine Todesangst eingejagt«, schluchze ich und halte mich so stark an ihm fest, dass man mich nicht einmal mit einem Brecheisen von ihm würde lösen können. Noah riecht leicht nach Schweiß, was bei der Hitze, die er ausstrahlt, auch kein Wunder ist. »Normalerweise habe ich es immer geschafft, dich wenigstens unter die Dusche zu stellen und für dich da zu sein, bis der Krankenwagen kommt. Aber dieses Mal … dieses Mal war es schlimmer, Noah. Das weißt du, oder?«

Er nickt und wendet den Blick beschämt von mir ab, während ich mich seitlich auf seine Bettkante setze. Dabei lasse ich ihn nicht los. Noah hat überlebt. Aber etwas in mir ist heute Nacht gestorben, als ich ihn zitternd in seinem Bett vorgefunden habe. Manche Bilder brennen sich so stark in dein Gedächtnis ein, dass du sie niemals vergessen kannst. Noah füllt bereits ein ganzes Album solcher Erinnerungen.

»Mir tut es leid.« Ehe ich michs versehe, hat Noah seine Arme um mich geschlungen und sein Gesicht an meiner Schulter vergraben. Seine schweißnassen blonden Locken kitzeln an meinem Hals, während wir einander halten.

»Es tut mir so leid«, wiederholt er, und dann scheinen auch in ihm die Dämme zu brechen. Ich habe meinen kleinen Bruder lange nicht mehr weinen gesehen. Es fällt ihm schwer, seine Emotionen zu zeigen, selbst vor mir. Es gab eine Zeit, in der wir all unsere Gedanken miteinander geteilt haben, aber irgendwann fing er an, sie vor mir zu verstecken. Zur selben Zeit kamen die Drogen in unser Haus.

»Schh.« Ich streichle ihm über den Rücken, drücke ihn so fest es geht an mich und wünschte, dieser Augenblick würde niemals vergehen. Weil ich, solange ich ihn halten kann, weiß, dass er mir nicht entgleitet. Letzte Nacht ist er das, während ich das beste Date meines Lebens hatte.

»Es ist einfach so verflucht einsam in meinem Kopf, Hope.« Noah löst sich schniefend von meiner Schulter, wischt sich mit dem Unterarm über die Nase und wendet den Blick ab.

»Ich wollte mich nicht … ich wollte nicht …« Er muss die Worte nicht aussprechen, damit ich verstehe. Das musste er nie.

Meine Hand findet seine Wange, und ich wische mit dem Daumen seine warmen Tränen fort. »Du bist nicht allein damit, hörst du? Ich bin hier. Ich werde immer hier sein. Und es tut mir leid.« Meine Lippen beben. »Es tut mir leid, dass ich gestern Abend nicht für dich da war, obwohl du mich gebraucht hast.«

Noah schmiegt sein warmes Gesicht an meine Handfläche und schließt die Augen. In seinen dichten Wimpern ruhen Tränen, die mir das Herz brechen. Es gibt kaum einen schmerzhafteren Anblick, als einen Menschen weinen zu sehen, der einem die Welt bedeutet. Wie schön wäre es, könnte Noah sich durch meine Augen sehen. Ohne diesen Schleier des Selbsthasses, der ihn seit seiner Kindheit umgibt.

»Du kannst nicht immer da sein.« Mein Atem stockt bei seinen Worten. Kraftlos lässt er sich wieder auf den Rücken gleiten und rollt sich auf die Seite. Ich nutze den Moment, um mich neben ihn zu legen. Gesicht an Gesicht, Herz an Herz mit der einzigen Familie, die ich noch habe.

»Du hast mir gesagt, dass es dir schlecht geht. Ich habe deine Nachrichten gesehen, aber ich …« *Ich fühle mich wie der schlechteste Mensch der Welt.*

»Hope.« Noah schließt seine Augen und versucht, die richtigen Worte zu finden. »Ich mache dir keinen Vorwurf. Du bist nicht schuld daran, dass ich mein Scheißleben nicht auf die Reihe kriege. Wenn ich ehrlich bin, wäre ich vielleicht gar nicht mehr da, wenn es dich nicht gäbe.« Sein Blick ist aussagekräftiger, als es eine Entschuldigung je sein könnte.

»Siehst du die Narbe in meiner Braue?«, frage ich ihn und fahre mit dem Daumen über sie.

Noah nickt, seine Stirn liegt immer noch in Falten. »Was ist damit?«

»Ich habe dir nie erzählt, woher ich sie habe, oder?«

»Nee, hast du nie. Ich dachte, du wärst mit dem Fahrrad gestürzt oder so.«

»Die Narbe habe ich von dir.« Ich falte meine Hände und

schiebe sie unter meine Wange, eine Träne rollt darüber und verliert sich auf meinem Handrücken. »An dem Abend, als Mom starb, habe ich dich auf dem Arm gehalten. Du warst noch ein Baby, und ich habe es kaum geschafft, dich zu tragen. Und auch wenn du nicht verstehen konntest, was in der Wohnung passiert ist, scheinst du es irgendwie gespürt zu haben. Du wusstest, dass etwas Schreckliches geschieht, also hast du wie am Spieß gebrüllt, und ich habe versucht, dich zu beruhigen, indem ich dir ein Lied vorgesungen habe. Einen Disneysong aus *König der Löwen*, weil das damals mein liebster Film war. ›Can You Feel The Love Tonight‹.« Auch heute noch gibt mir dieses Lied unglaublich viel Kraft. Eine Kraft, die ich jetzt mehr denn je brauche. Mein Disneyzauber fehlt mir. »Du hast mich an diesem Abend an der Augenbraue gekratzt.«

»Daher hast du die Narbe?« Noahs Adamsapfel hüpft leicht.

»Ja. Und seit diesem Abend erinnert sie mich daran, was meine Aufgabe im Leben ist. Sie erinnert mich jeden Tag daran, dass ich mich um dich kümmern muss.«

»Du vergisst dabei etwas, Sis.« Seine Stimme ist wieder leiser geworden, als hätte er Angst, die folgenden Worte laut auszusprechen. »Du vergisst dich. Du hast aufgehört, dich um dich selbst zu kümmern.« Isaac hat vorhin etwas Ähnliches zu mir gesagt, aber bei ihm konnte ich die Botschaft nicht wirklich annehmen. Das hier ist anders. Sie aus dem Mund meines Bruders zu hören, ist pure Medizin. Da ist kein bitterer Beigeschmack, nur Heilung. Tränen kitzeln in meinen Augenwinkeln, während in mir ein Tornado an Gefühlen wütet. Da ist so viel Schuld, so viel Scham, so viel Traurigkeit. Und gleichzeitig so verdammt viel Liebe und Erleichterung.

»Ich habe mich vor langer Zeit vergessen«, gestehe ich Noah, und es fühlt sich unglaublich befreiend an, ehrlich zu ihm zu sein und kein schützendes Blatt vor den Mund zu nehmen. Er hat mich nie darum gebeten, es war meine eigene Entscheidung. Zum ersten Mal sehe ich, dass ich mich ganz allein in diesen Käfig gesperrt habe.

»Es darf nicht deine Aufgabe sein, mich zu retten, okay? Ich fühle mich wie ein Stück Scheiße, wenn ich dir diesen Mist aufbürde. Wenn ich dir das Gefühl gebe, dass du für mich verantwortlich bist.« Noah wendet den Blick ab, aber ich will nicht, dass er sich mir jetzt verschließt, also umgreife ich sein Kinn mit Daumen und Zeigefinger.

»Du bist kein Stück Scheiße, Noah. Du bist mein kleiner Bruder, den ich über alles liebe. Den ich so sehr liebe, dass mich der Gedanke, ihm könnte etwas zustoßen, umbringt.«

»Ich brauche Hilfe, hm?« Die Falte zwischen seinen Brauen wird tiefer, während der dunkle Schleier über seinem Blick etwas heller zu werden scheint. »Richtige Hilfe, meine ich.«

»Ja«, flüstere ich. »Ja, du brauchst Hilfe. Hilfe, die ich dir nicht geben kann. Aber eins kann ich dir versprechen, Noah. Ich bin immer an deiner Seite, bei jedem Schritt. Bei jedem Stolperstein, bei jedem Zusammenbruch. Und auch bei jedem Sieg.« In dem Moment, in dem mein kleiner Bruder die Hände vor sein Gesicht schlägt und laut zu weinen beginnt, brechen auch in mir alle Dämme.

Ich ziehe ihn erneut in meine Arme, und wir weinen um all das, was wir verloren haben. Um unsere Mom, eine unbeschwerte Kindheit. Um einen Vater, den wir nie hatten, und eine Großmutter, die uns nie wirklich wollte. Wir weinen um uns. Um all die verpassten Möglichkeiten. Und wir tun es gemeinsam. Zum ersten Mal seit einer Ewigkeit fühlt es sich wieder wie eine Begegnung auf Augenhöhe an. Ja, er wird immer mein kleiner Bruder sein, aber er ist auch ein fast erwachsener Mann.

»Ich hab dich lieb«, murmelt Noah in mein Haar. »Und ich gebe dich hiermit frei, hörst du? Du musst nicht mehr meine Babysitterin spielen. Ich bin nämlich kein Kleinkind mehr, auch wenn ich mich oft so verhalte.« Wir lösen uns voneinander, sehen uns an und erkennen so viel von uns in dem Gesicht des anderen. So viele Ängste, so viele Gedankenkriege. Aber auch so viel Mut und Hoffnung. Dieser Augenblick ist die komplette Emotionspalette des Lebens.

»Du bist kein Kleinkind mehr«, stimme ich ihm zu. »Und ich bin unglaublich stolz auf dich, Noah. Wir werden dir gemeinsam die Hilfe suchen, die du brauchst.« Ich drücke ihm einen Kuss auf die Stirn, verharre mit meinen Lippen so lange darauf, bis sich auch seine letzte Sorgenfalte glättet.

»Aber jetzt zu den wichtigen Dingen. Was hast du deinem Rockstar zum Geburtstag geschenkt? Einen Ausflug in dein Höschen?« Noahs trockene Mundwinkel ziehen sich nach oben, und ich muss augenblicklich losprusten, weil ich nicht glauben kann, was ich da gerade gehört habe. Wieso zur Hölle geht das Gespräch jetzt in so eine Richtung?

»Oh mein Gott, das hast du nicht wirklich gesagt, oder?«

»Was denn? Die Spannung zwischen euch war nich' mehr normal. Also, hast du?« Er wackelt mit den Brauen, während ich mir die Ohren zuhalte. Mit meinem kleinen Bruder sollte ich echt nicht über so was sprechen. Und während Noah sich lachend auf den Rücken dreht und tief ausatmet, schweifen meine Gedanken zu Isaac und dem wunderschönen Abend ab, den wir hatten. Die Enttäuschung in seinem Blick, als er das Notizbuch fand, hat sich in mir eingebrannt. Und auch wenn ich wünschte, es wäre anders, weiß ich, dass wir keine Chance haben. Dass wir sie nie wirklich hatten, weil ich nicht von Anfang an ehrlich zu ihm war. Wieder stehlen sich Tränen aus meinen Augenwinkeln, die Noah sofort bemerkt.

»Fuck, hat er dir das Herz gebrochen?« Noah sieht mich erschrocken an, und als ich mit den Schultern zucke, verspüre ich nur noch Wut auf mich selbst. *Eigentlich habe ich mir selbst das Herz gebrochen.*

»Dieser Mistkerl!« Noah zieht mich an seine Brust, und ich lasse alles heraus. Weine in sein Krankenhausshirt und kann gar nicht richtig glauben, was hier gerade passiert.

»Du musst mich nicht trösten, Noah. Ich bin selbst schuld. Außerdem hast du gerade genug auf dem Herzen.«

»Red nich' so einen Unsinn. Ich glaube, es ist an der Zeit, dass wir zur Abwechslung mal die Rollen tauschen, meinst du nicht?«

Kapitel 33

Isaac

Drei Tage sind vergangen, seit ich das Krankenhaus verlassen habe. Drei Tage, an denen ich vor allem eins getan habe: mich selbst bemitleiden. Ich habe Connor gebeten, nach Hope zu sehen, und von ihm weiß ich auch, dass es Noah inzwischen besser geht. Ich fühle mich scheiße, weil ich sie nicht selbst fragen konnte, aber die Vorstellung, ihr nach unserem Streit unter die Augen zu treten, fuckt mich ab. Weil ich immer noch sauer auf sie bin. Weil ich immer noch enttäuscht bin.

Robert hat mir in den letzten drei Tagen permanent in den Ohren gelegen, weil er Angst hat, dass Hope unseren Deal wegen des Streits platzen lassen und die letzten drei Konzerte dieses Sommers absagen könnte. Und niemand weiß, ob ich je wieder hinter einem Mikro stehen werde.

Wenn Hope uns hängen lässt, ist all das hier sowieso bald vorbei. Lange kann ich unsere Fans schließlich nicht mehr hinhalten. Die Gerüchteküche brodelt bereits, was es mit meinem Ausfall auf sich hat. Unser ehrenamtliches Engagement in Agathas Suppenküche hat die Geier zwar milde gestimmt, aber lange hat dieser Frieden leider nicht gehalten.

Meine Haare sind fettig, mein Bart gleicht einem ungepflegten Urwald, und ich stinke sicherlich wie ein abartiger Iltis. Das bestätigt mir mein bester Freund, als er ins Wohnzimmer kommt und die Nase rümpft.

»Scheiße, du solltest echt mal wieder duschen, Mann.«

»Später«, vertröste ich ihn, und damit auch mich selbst.

Connor sagt nichts mehr, aber seine anklagenden Blicke sind ohnehin lauter als jede Beleidigung, die er mir an den Kopf werfen könnte.

»Nun lass es schon raus.« Ich winke ab. »Dein Schweigen ist ja nicht auszuhalten.«

»Okay, wenn es das ist, was du willst.« Er kratzt sich am Nacken, geht um das Sofa herum und setzt sich direkt vor mich auf den stylishen Couchtisch, nachdem er ein paar leere Dosen zur Seite geschoben hat. »Ich bin der Meinung, dass du mit Hope sprechen solltest.«

»Wozu?«, murmle ich und schlage den Unterarm über die Augen, damit mir das grelle Sonnenlicht nicht länger auf die Eier geht. Außerdem soll Connor nicht sehen, wie rot meine Augen vom Heulen sind.

»Hast du vergessen, dass sie mich bestohlen hat?« Ich habe Connor von dem Notizbuch erzählt, das ich in Hopes Rucksack gefunden habe. Er ist der Einzige, der meinen persönlichsten Song kennt und von dem Drama weiß, das damit einherging.

Inzwischen habe ich auch Louis, David und Robert darin eingeweiht. Und ich hasse es, dass sie jetzt wissen, wie dumm ich damals war. Wie leicht ich mich habe manipulieren und ausnutzen lassen. Ausgerechnet von der Frau, mit der ich zu dieser Zeit mein Bett geteilt habe.

»Hast du ihr denn die Chance gegeben, sich zu erklären?«

»Mehr oder weniger. Sie meinte, es sei ein Missverständnis, und dass ihr das Notizbuch aus Versehen in den Rucksack gefallen wäre, während sie irgendwelche Kopfhörer mitgehen lassen hat. Wer's glaubt.«

»Was hätte sie davon, dich anzulügen?«

»Na was wohl? Sie will ihren Arsch retten.«

»Ehrlich gesagt ist Hope einer der ehrlichsten Menschen, die ich kennenlernen durfte, Mann. Das passt nicht in das Bild, das ich von ihr habe.«

»Manche Bilder sind optische Täuschungen, Con.« Und Hopes eine ganz besonders krasse. »Warum hat sie die Songs dann gelesen?« Fragend sehe ich meinen besten Freund an, der mir eindeutig zu viel Partei für den blonden, verlogenen Gartenzwerg ergreift. »Wenn sie es nur aus Versehen eingesteckt hat, hätte sie es einfach wegschmeißen können. Keiner hätte es je gemerkt. Oder sie hätte es mir irgendwo hinlegen können. Aber nein, sie hat den Songtext gelesen.«

»Du glaubst, dass sie wie Bailey ist«, schlussfolgert Connor und bekommt dafür glatte einhundert Punkte.

Allein der Name meiner Exfreundin lässt mich die Fäuste ballen.

»Wer kann mir versichern, dass es nicht so ist? Ich muss dich ja nicht daran erinnern, was Bailey getan hat, oder?«

Connor schürzt die Lippen und schüttelt den Kopf. »Natürlich nicht, Mann. Aber Hope ist anders, so weit reicht meine Menschenkenntnis. Bailey war hungrig nach Erfolg und wäre über Leichen gegangen, um ihn zu erreichen. Also hat sie genau das gemacht, ohne Rücksicht auf Verluste.« Die anderen Jungs aus unserer Band sind vom Glauben abgefallen, als sie die Wahrheit über den Song »Carry You Inside Of Me« erfahren haben. Aber ihr Mitleid brauche ich nicht, davon habe ich genug in mir.

Insgeheim weiß ich, dass Connor recht hat. Hope ist nicht wie meine Ex. Sonst hätte sie sofort mein Angebot, ihre Songs auf einem unserer Konzerte zu spielen, angenommen. Dennoch sitzt ihr Verrat tief. Ich sehe das Notizbuch neben Connor auf dem Tisch liegen, zwischen den leeren Bierflaschen und dem überfüllten Aschenbecher, der dringend mal geleert werden müsste.

»Hast du noch mal mit ihr gesprochen?«, wechsle ich das Thema und sehe meinen Freund von der Seite an. Connor nickt. Am liebsten würde ich ihn schütteln, damit er mir sofort sagt, was er weiß.

»Und?«

»Ihr Bruder wird übermorgen aus dem Krankenhaus entlassen, aber so wie es sich anhört, werden sie nicht wieder herkommen.«

»Sie will nach Hause?« Fuck, warum macht es mir so viel aus? Ich sollte froh darüber sein, weil ich dann endlich wieder einen klaren Kopf kriegen kann. Einen Kopf, der nicht ständig an ihren Himbeerduft oder ihre weiche Haut denken muss. Oder daran, wie gut sie küssen kann. Wie schön sie stöhnt. Wie einzigartig sie ist. Wie perfekt ihre Sommersprossen im Sonnenlicht aussehen. Vor allem bei Sonnenuntergang …

»Ich habe schon mit Robert gesprochen. Sollte Hope unseren Deal canceln, müssen wir die letzten drei Konzerte absagen und irgendwie einen Weg finden, mit der Presse umzugehen. Aber ehrlich gesagt hoffe ich immer noch, dass ihr euch zusammenrauft. Ihr zwei harmoniert echt gut auf der Bühne.« *Erzähl mir was Neues, Mann.*

Ich habe diese Harmonie gespürt, als wir das erste Mal zusammen aufgetreten sind. Ich habe sie gespürt, als sie im London Eye zwischen meinen Beinen saß und auf ihrer Gitarre spielte. Und ich habe sie gespürt, als ich tief in ihr war und sie geküsst habe. Aber Hope hat recht: Wir haben beide zu viele Probleme. Unsere Band erträgt keine weitere Erschütterung, und Crashing December ist alles, was mir noch geblieben ist.

Kapitel 34

Hope

Hätte mir vor meinem Einzug ins Bandhaus jemand gesagt, dass ich diese Villa eines Tages vermissen würde, hätte ich ihm einen Vogel gezeigt. Dicht gefolgt von meinem Mittelfinger. Doch während ich die volle Schüssel Wasser zur Küche unserer Wohnung trage und dabei beinahe über eine Kerbe im Holzboden stolpere, vermisse ich das Bandhaus tatsächlich. Sehr sogar.

Als Noah über den Berg war, musste ich mich entscheiden. Entweder dafür, zurückzukehren, als wäre zwischen Isaac und mir keine Bombe geplatzt, oder dafür, mich wieder in dieses kleine Rattenloch zurückzuziehen, das Noah und ich Zuhause nennen. Der Gedanke, Isaac nach meinem Vertrauensmissbrauch unter die Augen zu treten, bereitet mir seit Tagen Magenschmerzen. Deshalb bin ich jetzt hier. Mit einer Schüssel voller Wasser, das durch unsere Wohnzimmerdecke getropft ist und jetzt mit einem lauten Plätschern in der Spüle landet. Die verrückte Katzenfrau aus dem Stock über uns hat scheinbar seit ein paar Tagen einen Rohrbruch, um den sich bis jetzt niemand gekümmert hat. Da sie außer ihren flauschigen Perserkatzen niemanden hat, konnte auch keiner die Rohre reparieren. Schließlich haben alle Leute, die in diesem Drecksloch wohnen, kaum Geld. Und Klempner sind scheiße teuer.

In wenigen Wochen wird dieses Gebäude ohnehin abgerissen, weshalb es keinen Sinn machen würde, noch Geld in die Reparatur zu stecken.

Als ich die Schüssel wieder unter die undichte Stelle gestellt habe, fällt der nächste Tropfen von der Decke. Ich binde mir die Haare zu einem hohen Knoten zusammen, um mich anschließend mit dem Chaos in der Küche zu befassen. Noah hat heute Abend für uns die wohl leckersten veganen Spaghetti Carbonara gezaubert, die ich je gegessen habe. Dafür bin ich mit Abwasch dran. Er hat sich vor einer halben Stunde auf den Weg zu der Selbsthilfegruppe gemacht, die er seit seiner Entlassung aus dem Krankenhaus zweimal wöchentlich besucht.

Es geht ihm viel besser, seit er wieder zu Hause ist, aber ich bin nicht so naiv, zu glauben, dass es jetzt immer so bleiben wird. Es wird Rückschläge geben, und zwar viele. Doch mit dem Wissen darüber, dass er mich nicht für seine Schlachten verantwortlich macht, fällt es mir deutlich leichter, für ihn da zu sein. Außerdem bin ich höllisch stolz auf ihn, schließlich weiß ich, wie schwer es ihm fällt, über die Dinge zu sprechen, die ihn nachts um den Schlaf bringen.

Gerade als ich den Topf mit den restlichen Nudeln abdecken und in den Kühlschrank stellen will, ertönt ein lautes Poltern im Hausflur. Sicherlich ist es wieder Mr Adams aus der Fünf, der von seiner abendlichen Bar-Runde nach Hause kommt, um in seiner Wohnung die nächste Flasche Wodka zu köpfen. Seit seine Frau ihn verlassen hat, geht es mit ihm rapide bergab.

Als es erneut poltert, halte ich inne. Sollte ich vielleicht nach ihm sehen? Nicht, dass er sich auf dem Weg in seine Etage noch ein Bein bricht.

Seufzend schiebe ich den Topf mit den Nudeln in den Kühlschrank und gehe Richtung Haustür. Durch den Schlitz am Boden sehe ich, dass im Hausflur Licht brennt. Ein dumpfer Ton erklingt, und unsere Tür ruckelt leicht, als würde sich jemand von außen daran abstützen. Mist, Mr Adams muss wirklich sternhagelvoll sein. Eigentlich kann ich mir etwas Besseres vorstellen, als mich von seiner Fahne begrüßen zu lassen, aber ich bin kein Unmensch.

Ich gehe leise auf die Tür zu, stelle mich auf Zehenspitzen und werfe einen Blick durch den Spion, um mir erst einmal einen Überblick über die Lage zu verschaffen. Doch da, wo ich meinen torkelnden Nachbarn mit der Halbglatze und dem Feuermal im Gesicht erwartet habe, ist niemand. Der Hausflur ist leer. Aber das Licht brennt, und ich hätte schwören können, dass es gerade noch im Flur gekracht hat.

Jetzt höre ich die gedämpfte Stimme eines Mannes. Eine Stimme, die meinen Namen sagt, und das in einer Tonlage, die mir sofort ins Mark schießt. Isaac? *Unmöglich.* Ich habe ihn seit unserem Streit im Krankenhaus weder gesehen noch gesprochen. Außerdem glaube ich nicht, dass ich ihm je meine Adresse verraten habe.

Aber da ist sie wieder. Seine Stimme, die leise meinen

Namen ruft. Halluziniere ich jetzt schon, weil ich ihn so sehr vermisse? Wieder linse ich durch den Spion, aber da ist niemand. Doch als ich mich noch etwas mehr auf die Spitzen meiner Zehen stelle und nach unten blicke, kann ich schwarze Boots sehen, deren Spitzen in den Hausflur hineinragen.

Er sitzt vor meiner Tür. Deshalb hat sie gewackelt. Fuck! Was mache ich nun? Ich kenne Isaacs Schuhe, und spätestens jetzt besteht kein Zweifel mehr daran, dass er auf der anderen Seite der Holztür sitzt und nach mir ruft. Ich muss ihn nicht einmal sehen, um zu wissen, dass er betrunken ist. Schon wieder. Isaac hat offensichtlich ein Problem mit Alkohol, und allein deshalb sollte ich auf keinen Fall diese Tür öffnen. Weil ich mich von einer Tragödie in die nächste stürze, wenn ich mein Helfersyndrom zukünftig an ihm auslebe. Einem Rockstar, der verdammt schwere Päckchen zu tragen hat. Päckchen, deren Inhalte mich nichts angehen.

»Denk nach, Hope!«, flüstere ich und lehne meine Stirn gegen das Holz. Während ich leise bin und die Luft anhalte, bilde ich mir ein, seine Atemzüge zu hören.

»Mach die Tür auf, Hope! Ich weiß, dass du da bist.« Er klopft an. Einmal, zweimal, dreimal. Beim vierten Mal scheint seine Faust nur noch das Türblatt zu streicheln. Weil es keinen Sinn hat, ihn weiterhin zu ignorieren, überwinde ich mich und schließe auf. Sobald das Licht des Flurs in meine Wohnung dringt und ich Isaac auf der Fußmatte sitzen sehe, zieht sich mein Herzmuskel kräftig zusammen. Er sieht miserabel aus. Sein Bart ist scheinbar seit unserem letzten Treffen nicht rasiert worden, und seine Haare hängen ihm strähnig in die Stirn.

Isaac rappelt sich auf, dreht sich zu mir um und schwankt leicht. Er stützt sich mit dem ausgestreckten Arm an der Wand neben der Klingel ab.

»Was willst du hier?«, frage ich ihn und versuche, meine Fassung zu wahren. Aber dass er hier sternhagelvoll vor meiner Wohnung steht, stört mich. Es stört mich so sehr, dass ich ihn am liebsten einfach auf die Straße setzen würde. Wäre meine Neugier nur nicht so verdammt groß. Warum ist er hier?

»Lässt du mich rein?« Isaac ist bemüht, klare Sätze zu formulieren. Sein Blick ist von Schatten verhangen, und die Wut, die er im Krankenhaus ausstrahlte, hat sich bestimmt nicht in Luft aufgelöst. Dennoch trete ich zur Seite und lasse Isaac in unsere Wohnung. Er steuert schwankend die Küche an, als kenne er sich bestens aus.

»Isaac, was willst du hier? Wir haben uns alles gesagt.« Nicht im Ansatz. Ich habe ihm nicht gesagt, dass es mir das Herz aus der Brust gerissen hat, als sich die Türen des Aufzugs zwischen uns geschlossen haben. Oder dass ich seit Tagen an nichts anderes als an ihn denken kann.

»Wieso, Hope?« Er ignoriert meine Frage einfach und geht hektisch in unserer kleinen, zugemüllten Küche auf und ab. Isaac rauft sich die Haare und ringt sichtbar um Fassung.

Ich lehne mit der Schulter am Türrahmen, weil ich etwas brauche, das mir ein wenig Halt gibt.

»Wieso ich das Notizbuch hatte? Ich habe es dir schon im Krankenhaus erklärt, und das war die Wahrheit. Ich wollte es dir zurückgeben, aber hatte Angst, dass du mich rausschmeißen würdest.«

»Ich meine nicht, wieso du es hattest«, sagt Isaac beherrscht und vermeidet jeglichen Blickkontakt zu mir.

»Was meinst du dann?« Isaac fischt sein Handy aus der Jeanstasche, tippt auf seinem Display und feuert es anschließend auf den runden Küchentisch, auf dem immer noch die Teller vom Abendessen stehen.

»Das meine ich.« Er deutet fahrig auf sein Handy, also stoße ich mich vom Türrahmen ab und gehe auf den Tisch zu. Ich nehme sein Smartphone in die Hand, auch wenn ich es eigentlich nicht will. Er hat eine Website geöffnet, die ich grob überfliege. Es ist der Blog von *Meet Your Idol,* einer der größten Musikwebshows der letzten Jahre.

Ich erinnere mich an eines der Interviews mit den Jungs, die ich mir auf YouTube angesehen habe. Das Interview, bei dem Isaac wie von einer Tarantel gestochen aufgesprungen und abgehauen ist. Das war kurz vor unserer Begegnung in ihrem Tonstudio. Jetzt weiß ich, wieso er damals das Weite gesucht hat. Weil er seine Stimme verloren hat und der Skandal um seine Schwester am Kochen war.

»Ich verstehe nicht, was du mir zeigen willst, Isaac.«

»Lies!«, knurrt er und fährt sich mit beiden Händen über das abgekämpfte Gesicht. Er trägt unter seiner Lederjacke ein weißes Shirt, das ziemlich dreckig aussieht. Wüsste ich es nicht besser, würde ich behaupten, er habe die letzten Tage auf der Straße gelebt oder sich von einer Party zur nächsten gekämpft. Aber dank Connor weiß ich, dass er im Bandhaus war und sich da seinem Selbstmitleid hingegeben hat. So wie ich mich hier in meinem gesuhlt habe. Irgendwie waren wir also trotz Funkstille miteinander verbunden.

Ich schlucke einen weiteren Protest herunter und nehme die Website genauer in Augenschein.

»Der letzte Blogbeitrag.« Isaac hat inzwischen aufgehört, wie ein gehetzter Löwe durch meine Küche zu marschieren, aber sein Körper steht immer noch unter Strom. Ich sehe es an seinen angespannten Muskeln. Derweil ziehe ich einen Stuhl zurück, lasse mich darauf fallen und überfliege den Beitrag.

Gehört der Megahit »Inside Me« von Poisoned Rain eigentlich Isaac Walker und seiner Band Crashing December?

Das ist die Überschrift. Laut Datum ist der Artikel erst heute Morgen erschienen. Hat Isaac sich deshalb so zulaufen lassen?

Stirnrunzelnd lese ich die Zeilen darunter und merke, wie mir bei jedem Wort mehr und mehr die Farbe aus dem Gesicht weicht. In dem Artikel wird die Vermutung aufgestellt, dass Isaac Walker einen Song geschrieben hat, der anschließend von der Band Poisoned Rain herausgebracht und zu einem weltweiten Hit gemacht wurde. Ich kenne den Song nur flüchtig, da ich eher selten Radio höre.

»Was bedeutet das?«

»Das weißt du doch am besten, Hope«, sagt Isaac krächzend. »Schließlich hast du mein Notizbuch geklaut und diesen Song gelesen.«

»Moment mal.« Ich schüttle den Kopf und lasse sein

Handy auf den Tisch fallen. »Du glaubst, ich habe etwas damit zu tun? Ich verstehe ja nicht einmal, was hier gerade abgeht!«

»Das Lied …« Isaac deutet auf sein Smartphone. »Das Lied von Poisoned Rain. Das habe ich geschrieben. Und du kennst es.« Auf einmal fällt es mir wie Schuppen von den Augen. Der Song, den Isaac über seinen Vater geschrieben hat. Ich erinnere mich daran, dass mir diese Lyrics bekannt vorkamen, als hätte ich sie schon einmal irgendwo gehört. Weil ich sie wirklich schon einmal gehört habe. Bei einer anderen Band. Aus dem Mund eines anderen Sängers. Shit! Was geht hier ab?

»›Carry You Inside Of Me‹«, wispere ich und presse mir die Hand vor den Mund. Wieso ist mir nicht sofort eingefallen, woher ich den Text kannte? »Aber ich verstehe es trotzdem nicht. Du hast den Song geschrieben. Wieso hat eine andere Band ihn herausgebracht? Wieso nicht ihr?«

»Ich wollte ihn nie rausbringen«, sagt Isaac und klingt so verzweifelt, dass er mir leidtut. Er strahlt mit jeder Faser seines Körpers eine so tiefe Traurigkeit aus, dass es mich innerlich fast zerreißt.

»Ich habe den Song nur für mich geschrieben. Um irgendwie mit meinem Erzeuger abzuschließen und all dem Scheiß, den er mir und Mom angetan hat. Er sollte mich therapieren.« Ihm entweicht ein Laut, der als Lachen oder Schluchzen durchgehen könnte. »Als könnte ein alberner Song ausradieren, was er mir jahrelang eingepflanzt hat.« Isaac tippt sich nervös gegen die Schläfe.

»Wie kam die Band an deinen Song, Isaac?« In mir macht

sich ein Verdacht breit. Während ich wie versteinert auf dem Stuhl sitze, lässt Isaac den Kopf hängen. Wie gern würde ich aufstehen, zu ihm gehen und ihn in den Arm nehmen. Weil man sieht, dass er gerade ganz dringend eine Umarmung braucht.

»Ihr Name ist Bailey.« Seine Stimme zittert. »Und ich habe ihr vertraut, verstehst du?« Er hebt den Kopf, sodass sich unsere Blicke treffen. Und in seinen Augen läuft ein ganzer Film ab. Ein Film ohne Happy End.

»Diese Bailey … wart ihr zusammen?«

»Ja«, haucht er. »Drei Jahre. Sie war meine erste Liebe und … ach, Scheiße!« Er donnert seine Faust auf die Tischplatte, wodurch die Teller wackeln und mich ein Schauder überkommt. Isaacs Wut ist berechtigt, wenn ich mit meiner Vermutung richtigliege.

»Sie hat mich dazu gebracht, den Song zu schreiben. Wollte, dass ich meine Gefühle aufarbeite, bla, bla, bla. Von wegen!«

Meine Brust zieht sich schmerzhaft zusammen, genau wie mein Magen. Isaac ist völlig neben der Spur, und ich kann nichts anderes tun, als ihm einfach nur zuzuhören. Er wirft mir diese Puzzleteile hin, aber das Bild erschließt sich mir noch nicht vollständig.

»Also habe ich es gemacht. Habe mich hingesetzt und aufgeschrieben, was in mir war, wenn ich an ihn gedacht habe. Sie hat mich ermutigt, hat mich bestärkt. Aber ich habe ihr von Anfang an gesagt, dass ich den Song niemals veröffentlichen werde, vor allem nicht mit Crashing December. Das war nie meine Intention.«

»Was hat sie dann gemacht?« Ich greife nach Isaacs Hand, weil diese Geste das Einzige ist, was ich ihm gerade geben kann. Seine Finger sind eiskalt.

»Sie hat mich verlassen und den Songtext an eine andere Band verkauft. Eine Band, in der ihr schäbiger Ex – oder nicht mehr Ex – der Frontmann ist. Ich habe es erst erfahren, als der Song rauskam und die Charts gestürmt hat.«

»Scheiße.«

Ich weiß, wie wertvoll das eigene Gedankengut ist. Wie wichtig einem Künstler seine Texte sind. Die Vorstellung, jemand würde meine persönlichsten Lieder stehlen und verkaufen … Mir kommt die Galle hoch, so wütend macht mich die Geschichte. Kein Wunder, dass Isaac solche enormen Vertrauensprobleme hat und mich anfangs nicht im Team haben wollte. »Das tut mir so leid, Isaac. Hast du sie angezeigt?«

Er schüttelt müde den Kopf.

»Wieso nicht? Dieses Lied gehört dir, Isaac. Jede einzelne Zeile davon!« Ich stehe auf und gehe auf ihn zu. Aber bevor ich ihn berühren kann, weicht er zurück, als hätte er Angst vor meinen Berührungen.

»Du verstehst nicht, wieso ich hier bin!«, fährt er mich an und ballt seine Hände wiederholt zu Fäusten. »Ich bin nicht hier, um dir mein Herz auszuschütten! Ich bin hier, weil ich die Wahrheit aus deinem Mund hören will. Du wusstest längst, dass der Song von mir ist, oder?«

»Wovon redest du, Isaac? Ich höre die Story gerade zum ersten Mal!«

»Schon klar«, murmelt er. »Tut mir leid, dass es mir

schwerfällt, dir das zu glauben. Jahrelang hat keiner von dieser Geschichte Wind bekommen, und wenige Tage nachdem du mein Buch gestohlen hast, weiß die Presse auf einmal davon?« Sein scharfer Tonfall tut mir unglaublich weh, aber noch mehr schmerzt der Inhalt seiner Worte. Er glaubt tatsächlich, dass ich etwas mit diesem Blogartikel auf *Meet Your Idol* zu tun habe.

»Hörst du dir eigentlich zu? Ich wusste bis eben nichts von dieser Bailey und eurer Beziehung! Es hätte auch genauso gut sein können, dass du den Songtext von Poisoned Rain geklaut hast. Was weiß denn ich, Isaac! Aber mir vorzuwerfen, dass ich etwas damit zu tun habe, tut scheiße weh. Wie kannst du das von mir denken?«

Schweigen setzt zwischen uns ein. Ich stehe hier, umschlinge meinen Oberkörper mit meinen Armen und will einfach nur, dass er verschwindet und seine albernen Vorwürfe direkt mitnimmt.

»Dann erklär es mir. Erklär mir das alles, Hope. Wieso kommt dieser Artikel ausgerechnet jetzt? «

»Ich weiß es nicht!«, wiederhole ich scharf. »Aber ich hatte nichts damit zu tun. Ob du mir glaubst oder nicht, spielt keine Rolle, weil ich die Wahrheit kenne. Ich würde dich niemals derart hintergehen und dir so etwas vorwerfen, ohne vorher mit dir gesprochen zu haben.«

Isaacs Unterlippe bebt. Ich spüre, dass er kurz davorsteht, die Fassung zu verlieren. Nach allem, was er mir gerade an den Kopf geworfen hat, sollte ich ihn einfach rauswerfen und mit meinem Leben ohne ihn weitermachen. Stattdessen wachse ich am Boden fest und sehe ihn an.

»Wieso hast du Bailey nicht angezeigt, Isaac?« Dieses Lied bedeutet ihm mehr, als ich mir vorstellen kann, und dass er sie einfach damit hat durchkommen lassen, verstehe ich nicht. Es ist, als hätte er einfach kampflos dabei zugesehen.

»Wozu? Damit es öffentlich wird? Damit jeder da draußen von der verkorksten Beziehung zu meinem Vater erfährt? Nein danke.« Zynisch lacht er auf. »Meine Seele ist kaputt, Hope. Aber ihre Scherben gehen da draußen niemanden etwas an!«

»Das verstehe ich.« Irgendwie. Auch wenn es nicht okay ist, dass diese Frau ungestraft davongekommen ist und eine andere Band vermutlich Millionen an dem Song verdient hat. Einem Song, der ihnen nicht im Geringsten zusteht.

»Es reicht schon, dass du diese Scherben gesehen hast.«

Ich blicke zu Isaac auf und sehe etwas auf seinem Gesicht glitzern. Eine nasse Spur aus Tränen zieht sich über seine Wange. Isaac weint.

Ehe ich mich davon abhalten kann, überwinde ich die letzten Meter zu ihm und nehme Isaac in den Arm. Er vergräbt sein Gesicht an meiner Schulter und drückt mich so fest, dass es fast wehtut. Aber ich lasse ihn gewähren, gebe ihm diese Umarmung, diesen Halt. Isaacs tränennasses Gesicht streift meinen nackten Hals, und ich streiche ihm behutsam über den Rücken.

»Es ist okay«, flüstere ich. Keine Ahnung, ob ich es zu ihm oder zu mir selbst sage. Vielleicht will ich mir auch klarmachen, dass es okay ist, gerade für ihn da zu sein, auch wenn ich Abstand wahren wollte.

»Nichts ist okay«, schnieft er und vergräbt sein Gesicht in meinen Haaren. »Nichts ist okay. Das war es nie, verstehst du? Und ohne dich ist es noch viel weniger okay.«

»Isaac …« Ich schließe die Augen und merke, wie auch mir die Tränen kommen. Es fühlt sich so gut an, ihm wieder nah zu sein, aber ich weiß auch, wie gefährlich es ist. Ich darf nicht wieder in dieses Muster rutschen und einen Menschen retten wollen. Isaac muss den Weg aus der Dunkelheit aus eigenem Antrieb gehen.

»Was ich im Krankenhaus zu dir gesagt habe, war die Wahrheit. Wir beide … das geht nicht. Du hast zu viele Baustellen, die noch nicht fertig sind. Und ich auch.«

»Glaubst du, das weiß ich nicht?« Sein warmer Atem kitzelt die Haut unterhalb meines Ohrläppchens. Die Gänsehaut trifft mich unerwartet. »Scheiße, Freckles, mein ganzes Leben ist eine Baustelle.«

»Ich kann dir nicht helfen«, wispere ich, und es kostet mich enorm viel Überwindung. Wieder muss ich an seinen Songtext denken, der sich sofort in mein Herz gebrannt hat. Weil ich den Schmerz, den Isaac in seiner Kindheit erlebt hat, tief in mir spüren konnte, als wäre es mein eigener.

»Du bist betrunken. Du bist ständig betrunken, Isaac. Siehst du das nicht?« Ich schiebe ihn an den Schultern von mir weg, damit er mich ansieht. Seine Wimpern sind von den Tränen so nass, dass sie kleine Zacken bilden. Seine blauen Augen sind selbst so gerötet wie jetzt wunderschön.

»Ich bin wie er geworden.« Die Qual in seinen Worten ist deutlich herauszuhören. So verflucht deutlich. »Ich bin zu meinem fucking Vater geworden.« Er presst die Augen zusammen, wodurch sich eine weitere Träne aus seinem Wimpernkranz löst.

»Du bist nicht wie er, Isaac.« Meine Hand findet den Weg auf seine Wange, und als er seine darauf platziert, wünschte ich, wir könnten die Zeit zurückdrehen. Wieder gemeinsam im London Eye stehen und die Welt unter uns kleiner und unbedeutender werden lassen.

»Doch, das bin ich.« Er schluckt. »Vermutlich ist das hier mein Schicksal. Es liegt mir im Blut.« Mein Daumen streichelt über seine Wange, während seiner Kreise auf meinen Handrücken malt. Seine Lider flattern, und ich merke, dass es ihn enorm viel Kraft kostet, aufrecht vor mir zu stehen.

»Komm, wir legen dich auf die Couch.« Isaac muss dringend ausnüchtern, und ich kann ihn in dem Zustand unmöglich nach Hause schicken. Das wäre unverantwortlich, und ich könnte die ganze Nacht kein Auge zubekommen.

»Woher wusstest du, wo ich wohne?«, frage ich ihn, während ich ihn stütze und Richtung Couch manövriere. Ich schiebe meine Gitarre mit dem Fuß zur Seite, damit Isaac Platz hat, und helfe ihm, sich hinzulegen. Umgehend rollt er sich auf den Rücken und sieht zu mir auf. Verdammt, warum fühlt sich mein Herz auf einmal so angekommen an? Wir stehen immer noch vor unseren gigantischen Baustellen. Nichts hat sich geändert.

»Hab in den Vertrag geguckt, den du mit Robert geschlossen hast.« Ich nicke und will ihm eine Decke aus dem Korb neben dem Fenster holen, aber bevor ich gehen kann, packt er meine Hand und hält mich auf.

»Bleib.«

»Ich muss dir eine Decke holen, Isaac.« *Außerdem brauche ich kurz einen Moment, um mich davon zu überzeugen, dass das hier kein Fehler ist.*

»Du kannst meine Decke sein«, schlägt er mir schwach lächelnd vor, aber so verführerisch der Gedanke auch ist, ich muss stark bleiben. Isaac ist vielleicht nicht wie sein Vater, aber er hat ein Problem, und dieses Problem kann ich nicht für ihn lösen.

»Das geht nicht, Isaac.«

»Können wir heute Nacht nicht eine Ausnahme machen?«

Oh Gott, sein flehender Blick killt mich. Wie zur Hölle soll ich so Nein zu ihm sagen? Vor allem, wenn mein Herz nichts anderes will, als mich zu ihm zu legen?

»Bitte, Hope. Ich … ich weiß, dass ich eine Bürde für dich bin. Dass ich nicht gut genug für dich bin.«

»Darum geht es nicht. Du bist gut genug für mich. Du bist nur nicht gut genug zu dir selbst.«

Isaac schließt wieder die Augen, und als er sie Sekunden später öffnet, wirkt sein Blick minimal klarer. Seine Hand umschließt meine, und ich merke, wie meine Selbstbeherrschung strauchelt. Der Wunsch, mich neben ihn zu legen, wird nahezu übermächtig.

»Nur heute Nacht, Hope. Ich will dich … nur im Arm halten. Ich kann besser schlafen, wenn du neben mir liegst.«

Und ich kann besser schlafen, wenn er mich im Arm hält. Weil ich dann das Gefühl habe, dass mir nichts passieren kann.

Meine Vernunft kämpft gegen mein Herz, ohne Schutzschild. Natürlich verliert sie. Haushoch.

»Okay. Aber nur heute Nacht. Zwischen uns hat sich nichts geändert, das muss dir klar sein.«

»Ist mir klar«, versichert er mir und rutscht dichter an die Lehne des Sofas heran, damit ich genug Platz habe. Seufzend lege ich mich zu ihm und rutsche so dicht an ihn heran, dass wir eins werden. Isaac schlingt seinen Arm um mich, vergräbt sein Gesicht in meinem Haar und atmet tief meinen Duft ein.

»Du bist mein Lieblingsobst.«

»Bitte was?«, frage ich lachend und glaube, mich verhört zu haben. Entweder hat er mich gerade als Lieblingsobst oder Lieblingstoast bezeichnet. Beides wäre echt seltsam.

»Du riechst nach Himbeeren. Und nach dir. Du bist mein Lieblingsobst.«

»Und du bist betrunken«, erwidere ich tadelnd.

»Etwas.«

»Etwas zu sehr.«

»Ich weiß«, seufzt er. Ich presse mich noch dichter gegen seinen warmen, schützenden Körper und schließe die Augen. Genieße diese Nähe, diese Umarmung, diesen schwachen Moment. Ab morgen bin ich wieder stark. Und ich kann nur hoffen, dass auch Isaac mehr Stärke findet, wenn die Sonne aufgeht.

Isaacs Finger tanzen über meinen Unterarm, passieren meinen Ellbogen und fahren hinauf zu meiner Schulter. Er schlüpft unter meinen Shirtärmel und zeichnet Kreise über meine Haut. Draußen hat es inzwischen zu regnen begonnen, die Tropfen prasseln gegen das Fenster und spielen uns eine traurige Melodie.

»Ich glaube, ich liebe dich.« Mein Herz wächst auf die doppelte Größe an, als er diese Worte in meinen Nacken haucht und weiterhin meinen Arm streichelt. »Ich glaube sogar, dass ich mir sicher bin.«

»Isaac …« Meine Unterlippe bebt, und ich wünsche mir nichts sehnlicher, als ihn zu küssen. Weil ich tief in mir weiß, dass ich dieselben Gefühle für ihn habe. Die Haut in meinem Nacken kribbelt, mein Herz schlägt Purzelbäume.

»Du musst nichts dazu sagen, Freckles. Aber ich will, dass du es weißt. Es tut mir leid, dass ich hier einfach auftauche und so eine Szene mache.«

Langsam drehe ich mich auf den Rücken und liege ihm mit dem Gesicht gegenüber. Unsere Nasenspitzen küssen sich beinahe, genau wie unsere Münder, weil dieses Sofa echt winzig ist. Die Luft um uns herum flirrt, und in meiner Brust entzünden sich Wunderkerzen.

»And right now, you're lying here with all of my demons«, murmelt Isaac, während mich sein Atem kitzelt.

Fragend sehe ich ihn an.

»Erinnerst du dich an den Song, den ich für dich schreiben wollte? Er ist inzwischen fertig.«

Mein Mund wird trocken beim Gedanken daran, dass er mir tatsächlich ein Lied geschrieben hat. Wie gern würde ich es in diesem Moment hören, hier mit ihm eng umschlungen auf dem Sofa.

»Spiel es mir vor, wenn es dir besser geht, okay?«

Isaac sieht mir tief in die Augen, und in dieser Sekunde

ist die Verbindung zwischen uns stärker denn je. Denn er hat recht. Ich liege hier mit all seinen Dämonen, sehe sie, kann sie regelrecht fühlen. So wie er meine inneren Kämpfe sieht und fühlt.

»Versprichst du mir das, Isaac? Versprich mir, dass du mir diesen Song vorspielst, wenn es dir besser geht. Wenn du deine Dämonen im Griff hast und auf dem Weg der Heilung bist. Heile nicht für mich, sondern für dich.«

»Ich verspreche es dir«, erwidert er leise. Ich glaube ihm.

»Danke«, wispere ich und beuge mich vor, um seine Lippen zaghaft mit meinen zu berühren. Der Kuss geht kaum als solcher durch, aber trotzdem ist er schöner und ehrlicher als alles, was wir bisher miteinander geteilt haben.

»Glaubst du, dass du mich eines Tages zurücklieben kannst?« Seine Frage löst ein Erdbeben an Gefühlen in mir aus. In ihr schwingt eine Angst mit, die fundamental ist. In diesem Augenblick sehe ich, dass Isaac Walker hungrig nach Liebe ist.

»Ich glaube, das kann ich«, wispere ich. Ein sanftes Lächeln stiehlt sich auf sein Gesicht und lässt ihn sofort nüchterner wirken. »Ich glaube sogar, dass ich es schon tue«, setze ich hinterher. Innerhalb von Sekunden wird sein Lächeln zu einem Grinsen. Und meine Zweifel werden zu Hoffnung.

• • •

Als ich am nächsten Morgen wach werde, bin ich allein. Eine Decke liegt über mir, aber Isaacs warmer Körper fehlt. Müde rapple ich mich auf. Wann ist er gegangen? Ich erinnere mich nicht daran, dass er sich verabschiedet hat. Die ganze Nacht haben wir uns gehalten. Wir haben nichts mehr gesagt, uns nicht geküsst. Wir waren einfach zusammen und haben die Stille genossen. So lange, bis Noah nach Hause kam, seinen Kopf ins Wohnzimmer steckte und uns beiden ein anzügliches Zwinkern geschenkt hat, bevor er auf seinem Zimmer verschwunden ist.

Jetzt habe ich Angst, mir alles nur eingebildet zu haben. Ich reibe mir über die Augen, um den Schleier des Schlafs loszuwerden, und setze mich richtig hin.

»Guten Morgen, Schlafmütze.« Noah erscheint im Türrahmen, in seiner Hand eine bauchige Einhorntasse mit dampfendem Kaffee. Kurz glaube ich, im falschen Film zu sein. Normalerweise verlässt Noah sein Bett nie vor Mittag. »Wo ist dein Rockstar hin?«

»Dir auch einen guten Morgen.« Ich strecke mich und sehe mich im Raum um. »Keine Ahnung. Scheint, als wäre er mitten in der Nacht verschwunden. Wie war die Gruppe gestern Abend?«

»Ganz gut.« Noahs Mundwinkel zucken kaum merklich. »Hab noch nicht so viel gesagt, aber die Leiterin meint, dass ich mir Zeit lassen kann.« Er nimmt einen Schluck Kaffee und schlürft dabei ultralaut.

»Ich bin stolz auf dich.« Ich wickle mich in die graue Kuscheldecke ein und wünschte, sie würde nicht nach unserem Waschmittel, sondern nach einem ganz bestimmten Mann mit gletscherblauen Augen riechen.

»Danke, Sis.« Noah deutet in die Küche. »Wie wäre es mit einem Frühstück? Pancakes oder so?«

»Du weißt, dass ich zu Pancakes niemals Nein sagen kann.«

Mein Bruder grinst mich schief an und verschwindet anschließend in der Küche. Nach einer Weile höre ich, wie er eine Schüssel aus dem Schrank räumt und den Teig anrührt. Ich bin eindeutig im falschen Film gelandet. Noah hat mir noch nie Frühstück gemacht!

Mein Blick fällt auf einen Zettel auf dem Couchtisch, der da gestern ganz sicher noch nicht lag. Eilig nehme ich ihn an mich und ziehe die nackten Füße auf die Couch. In die Decke und die Erinnerungen an Isaac eingewickelt, falte ich den Zettel auseinander.

Ich hoffe, du bist mir nicht böse, weil ich gegangen bin, ohne dich zu wecken. Aber erstens hätte ich es nicht übers Herz gebracht, weil du so süß ausgesehen hast, und zweitens hätte ich nicht gehen können, wenn du mich dabei angesehen hättest.

Danke für letzte Nacht, Hope. Danke, dass du für mich da warst. Ich weiß, dass du etwas Besseres verdient hast als einen abgewrackten Rockstar mit Selbstwertproblemen, der betrunken an deine Tür klopft.

Also werde ich jetzt das tun, was ich dir versprochen habe. Ich werde mir Hilfe suchen, damit ich dir bald den Song vorspielen kann, den ich für dich geschrieben habe. Ich glaube, ich weiß jetzt auch, wo meine Heilung anfangen sollte.

Wir hören uns bald wieder.

Versprochen.

Ich glaube, ich vermisse dich.

Ich glaube, ich habe dich sogar schon vermisst, als ich dich noch nicht einmal kannte.

Isaac

Kapitel 35

Isaac

Mein Schädel dröhnt wie nach einer vierwöchigen Tour, als ich unser Studio in der Stadt betrete. Wir haben uns schon lange nicht mehr als Team hier getroffen, aber das heutige Gespräch will ich lieber nicht im Bandhaus führen. Ich habe Connor, Louis, David und Robert herbestellt, und sie sind bereits vor mir da. Bei unserem letzten Treffen im Studio hat Robert uns Hope vorgestellt, und ich wollte sie am liebsten sofort rausschmeißen.

Und heute Morgen konnte ich mich kaum von ihr trennen. Aber das, was ich in der Notiz geschrieben habe, ist die Wahrheit. Ich hätte es nicht gepackt, zu gehen, wenn sie mich dabei aus ihren braunen Augen ansieht. Weil ich weiß, dass wir in den nächsten Wochen keine Zeit zusammen verbringen werden.

Ich habe ihr versprochen, meinen Scheiß auf die Reihe zu kriegen, und genau das werde ich tun. Heute fange ich damit an.

Robert sitzt auf einem der Sessel, hat die Beine übergeschlagen und tippt beschäftigt auf seinem Smartphone herum, während David und Connor über den letzten Spieltag der Premier League debattieren. Louis hat sich auf der Couch zurückgelehnt und die Augen geschlossen, weil er erst ab mittags zu einem richtigen Menschen wird.

»Guten Morgen.« Ich schäle mich aus meiner Lederjacke, werfe sie über den Stuhl am Mischpult und setze mich zu meiner Band. Alle Blicke treffen auf mich. Ich sehe sicherlich noch beschissener aus, als ich mich fühle, aber das lassen sie sich nicht anmerken.

»Hast du mal auf die Uhr geschaut?«, murmelt Louis, ohne die Augen zu öffnen. »Is' noch nich' mal neun, und du schmeißt uns schon aus dem Bett. Absolut unmenschlich.«

»Sorry, Louis. Aber das hier ist wichtig und konnte nicht warten.«

»Was gibt es, Zac?« Connor nimmt seinen Espresso vom Tisch und kippt ihn in einem Zug herunter.

»Ich habe heute Nacht eine Entscheidung getroffen, und ich will euch darauf vorbereiten.«

»Okay, jetzt wird's spannend.« Louis rappelt sich auf und zieht sich die Kapuze seines olivfarbenen Pullis tief in die Stirn.

»Nun spann uns nicht so auf die Folter«, sagt David und sieht mich aus seinen warmen grünen Augen an.

»Ich möchte, dass unsere Fans die Wahrheit erfahren.«

»Die Wahrheit worüber?«, hakt unser Manager misstrauisch nach.

»Die Wahrheit über meinen Ausfall hinter dem Mikrofon. Ich bin es leid, die ganze Welt anzulügen, um den wahren Grund hinter Verschluss zu halten. Und der wahre Grund ist, dass ich echt am Arsch bin. Seit dem Skandal um Megan geht es mir beschissen, aber ich glaube, das war nur der Tropfen auf dem heißen Stein. Eigentlich geht es mir schon viel länger nicht gut. Und ich weiß nicht, ob ihr es mitbekommen habt, aber ich habe mir in den letzten Monaten etwas zu oft die Kante gegeben. Das muss aufhören.«

»Isaac«, unterbricht Robert mich.

»Ich bin noch nicht fertig.« Sein Mund geht wieder zu, aber der Protest in seiner Mimik bleibt. »Es ist scheiße, dass ich den wahren Grund verschleiert habe, anstatt unseren Fans die Wahrheit zu sagen. Weil wir dadurch psychische Krankheiten tabuisieren, anstatt offen dazu zu stehen. Wir sind nicht unfehlbar, keiner von uns ist das. Unsere Reichweite ist enorm, und ich glaube, wir sollten sie nutzen, um auf dieses Thema aufmerksam zu machen.«

»Ich weiß nicht …« Robert verzieht gequält das Gesicht. »Nach dem Skandal von gestern? Lass uns erst einmal den Streit um diesen Song gewinnen.« Er sagt es so, als stünde das tatsächlich zur Debatte. Niemand hat gesagt, dass ich einen Rechtsstreit anzetteln will, das geht von ihm aus. Natürlich geht es das.

»Was sagt ihr?« Mein Blick gleitet zu den anderen, weil ich wissen will, was *sie* davon halten.

David lächelt mich ermutigend an. »Ich bin auf deiner Seite. Natürlich bin ich das.«

»Ich auch.« Louis zieht die Füße in den löchrigen weißen Tennissocken aufs Sofa und stützt die Unterarme auf den Knien ab.

»Und ich sowieso.« Mein bester Freund sieht mich mit einem Ausdruck auf dem Gesicht an, der mich nur in meiner Entscheidung bestärkt. »Wir stehen alle hinter dir, Zac. Und hier geht es schließlich um dich und deine Gesundheit. Wenn es dir hilft, die Wahrheit zu sagen, sind wir natürlich dabei.«

Dankbar sehe ich meine Freunde an, bevor mein Blick wieder zu Robert wandert. Er sieht zerknirscht aus und ist alles andere als begeistert vom Verlauf dieses Gesprächs.

»Meinst du nicht, dass ich da auch ein Wörtchen mitzureden habe? Schließlich versuche ich seit Wochen, die Band vor einer Vollkatastrophe zu bewahren.«

»Tust du das wirklich?« Ich beuge mich vor und nagle ihn mit meinem Blick auf seinem Sessel fest. »Denn ehrlich gesagt bin ich mir bei deinen Absichten nicht mehr ganz sicher.« Der Gedanke kam mir heute Morgen, und rückwirkend betrachtet, gab es ein paar Alarmsignale, die ich übersehen habe. Die wir alle übersehen haben.

»Was meinst du?« Connor wird hellhörig.

Ich bin gestern betrunken bei Hope aufgekreuzt, weil ich dachte, dass sie etwas mit dem Beitrag auf *Meet Your Idol* zu tun hatte. Dass sie irgendwie von dem Songklau Wind bekommen hat und damit zur Presse gegangen ist. Aber ich glaube ihr, dass sie nichts damit zu tun hatte. Man muss nur eins und eins zusammenzählen, um die Verbindungen zu durchschauen. Fuck, ich frage mich echt, wie ich so lange so blind sein konnte.

Robert rutscht nervös auf seinem Sessel umher. Er weiß, dass ich etwas auf der Spur bin.

»Ich war gestern bei Hope, weil ich einfach nicht fassen konnte, dass die Sache mit meinem Song nach so vielen Jahren ans Licht gekommen ist. Aber sie hätte keinen Grund dazu, oder? Außerdem wusste sie nichts von Bailey. Bis vor wenigen Tagen war Connor der Einzige, der die ganze Story kannte. Doch dann habe ich es euch erzählt.« Als Letztes sehe ich Robert an. »Ich habe es *dir* erzählt.«

Er erstarrt zur Salzsäule, während ich mich vollkommen entspanne. Die Wut von letzter Nacht scheint sich mit Hope in meinem Arm vollkommen aufgelöst zu haben. Jetzt sehe ich klarer denn je.

»Isaac, ich weiß nicht, worauf du hinauswillst, aber du bist auf dem Holzweg.«

»Bullshit«, unterbreche ich ihn hart. »Ich vertraue diesen Jungs mein Leben an.«

»Und mir vertraust du nicht?« Entsetzen spiegelt sich auf seinem Gesicht. Unser Manager gerät gerade völlig aus der Spur, rudert wild mit den Armen, aus Angst, gleich in der Wahrheit abzusaufen.

»Du hast in den letzten Wochen mehrere Entscheidungen über unsere Köpfe hinweg getroffen. Zum Beispiel die Entscheidung, Hope mit ins Boot zu holen. Versteht mich nicht falsch, sie hat uns den Arsch gerettet, und wenn es nach mir ginge, wäre sie jetzt hier. Aber es geht ums Prinzip. Crashing December ist unsere Band. Unser Baby. Unser Traum. Und du hast – auch wenn du unser Manager bist – nicht das Recht dazu, Entscheidungen zu treffen, ohne vorher mit uns darüber zu reden. Und jetzt will ich, dass du mir die Wahrheit sagst. Aus welchem Grund hast du die Story, die ich dir anvertraut habe, an die Presse gegeben? Und hör auf, uns anzulügen. Ich habe auf dem Weg ins Studio mit Luanne Holder telefoniert, und sie hat mir erzählt, dass du sie kontaktiert hast.«

»Scheiße, sag uns, dass das nicht stimmt«, wirft Connor knurrend ein.

Man sieht, wie unserem Manager von Sekunde zu Sekunde mehr die Felle davonschwimmen.

»Es war zu eurem Besten!«, entgegnet Robert scharf. Connor flucht, während David nur den Kopf schüttelt.

»Er sagt die Wahrheit?« Louis runzelt die Stirn. »Das is' echt mies, Mann.«

»Unfassbar«, setzt David leise hinterher.

»Ich wollte, dass die Welt erfährt, was euch genommen wurde.«

»Was *mir* genommen wurde«, korrigiere ich ihn. »›Carry You Inside Of Me‹ ist mein Song, und ich hatte nie vor, ihn zu veröffentlichen. Es war nicht dein Recht, mit dem Songdiebstahl an die Presse zu gehen. So etwas hättest du niemals ohne meine Zustimmung abziehen dürfen. Ich dachte, ich könnte dir vertrauen. In dem Song steckt meine blanke Seele, Robert. Hätte ich gewollt, dass jemand erfährt, dass ich ihn geschrieben habe, hätte ich längst einen Anwalt eingeschaltet.« Mein Kiefer ist so angespannt, dass man es von außen sehen muss. »Und Scheiße, deine Motivation ist so klar und deutlich zu erkennen, dass ich mir selbst eins aufs Maul geben könnte, weil ich es nicht vorher geschnallt habe.«

»Meine Motivation? Was soll das deiner Meinung nach sein? Ich wollte Gerechtigkeit!«

»Du wolltest Geld«, fahre ich ihn an. »Und gute Publicity. Du dachtest, dass uns Poisoned Rain eine fette Stange Kohle zahlen muss und du dich als Held aufspielen kannst. Spoiler: Wir brauchen keinen Helden.«

Connor erhebt sich und sieht abschätzig auf Robert hinab. »Ich fasse es einfach nicht. Warum zum Teufel machst du so eine Scheiße im Alleingang?«

»Jungs, lasst uns vernünftig darüber reden. Alles, was ich in den letzten Jahren getan habe, war, euch noch größer zu machen. Vielleicht war es ein Fehler, euch nicht in all meine Pläne einzuweihen, okay. Aber wir sollten das hier wie erwachsene Leute regeln.«

»Ich glaube langsam, dass du nicht für uns, sondern nur für deinen Geldbeutel arbeitest.« Meine Worte sind hart, ja. Aber in den letzten Jahren hat Robert immer mehr Druck aufgebaut, wollte uns unbedingt größer machen, uns zu Ruhm verhelfen. Etwas, das uns bei der Gründung der Band vollkommen egal gewesen ist. Wir waren nur ein Haufen Jungs, der Musik machen wollte. Irgendwie haben wir das Ziel aus den Augen verloren, und Robert hat einen großen Teil dazu beigetragen.

»Dass du dir so etwas herausnimmst.« Robert tippt mit seinem Zeigefinger auf die Lehne seines Sessels und starrt mich voller Empörung an. »Gerade du, Isaac, wo du doch ganz eindeutig der Schwachpunkt dieser Band bist. Du bist instabil, und das wirkt sich auf alle aus! Eine Kette ist nur so stark wie ihr schwächstes Glied, und das bist du!« Zum ersten Mal wird er in unserer Gegenwart lauter und zeigt uns sein wahres Gesicht. »Die Sache mit Megan hat nur gezeigt, wie wenig du für dieses Business gemacht bist. Weißt du, wie man mit einem solchen Skandal umgehen sollte? Indem man seine Krone richtet und Kraft daraus schöpft. So und nicht anders!«

»Hörst du dir überhaupt zu? Meine Schwester konnte nicht mehr auf die Straße gehen, ohne angegriffen zu werden. Meine Nichte war in Gefahr. Und du gibst so einen Bullshit von dir.«

Die anderen Jungs sind inzwischen verstummt.

»Wisst ihr was? Ihr könnt mich mal! Dass ich Hope gefunden und in die Band geholt habe, war das Beste, was euch passieren konnte. Und wenn ich euch einen Rat geben darf …« Er sieht Connor an. »… dann solltet ihr die Schwachstelle eliminieren und Hope fest aufnehmen.«

»Du willst mich aus der Band kicken?«, frage ich spottend. Wir liefern uns ein Blickduell, das die dicke Luft hier drin schneidet. »Was für ein Mensch bist du eigentlich?«

»Ich denke, du solltest jetzt gehen.« Mein bester Freund klingt wütend, aber er hat sich immer wahnsinnig gut im Griff.

»Und was soll das jetzt bedeuten? Wollt ihr mich feuern?«, fragt Robert lachend. Er scheint den Ernst der Lage noch nicht richtig verstanden zu haben und das hier als Joke anzusehen.

»Wir werden uns ein paar Tage Zeit nehmen und darüber abstimmen, ja. Denn genau so sollte man als Team zusammenarbeiten.«

Connor wirft Robert noch einen zornigen Blick zu, geht

zur Tür unseres Studios und öffnet sie. Dann deutet er nach draußen.

»Du kannst jetzt verschwinden.«

»Ihr blufft nur.«

»Geh!«, knurre ich und erhebe mich ebenfalls. Roberts Blick schießt zu Louis und David, aber keiner von beiden wird sich auf seine Seite schlagen. Weil wir eine Einheit sind, ein Team. Und er hat uns gerade gezeigt, dass er kein Teamplayer ist. Vermutlich hat er schon länger geplant, mich rauszuekeln, aber das wird keiner von uns zulassen.

Schnaufend steht er auf, streicht sein Jackett glatt und sieht uns noch einmal der Reihe nach an. »Das werdet ihr noch bereuen. Kommt am Ende nicht bei mir angekrochen, wenn eure Karriere den Bach runtergeht.« Mit diesen Worten rauscht er davon, und sobald er verschwunden ist, fällt mir das Atmen leichter. Die Luft ist angenehmer ohne ihn. Wieso ist mir das nicht schon viel früher aufgefallen?

»Scheiße, ist das gerade echt passiert?«, fragt David schluckend. »Ich hätte nie gedacht, dass er für gute Promo so weit gehen würde.«

»Ich auch nicht.« Louis knirscht mit den Zähnen.

»Eins steht fest: Er kommt damit nicht so einfach davon.«

Eine Weile schweigen wir, lassen diesen Streit abklingen und die Wahrheit sacken.

»Habt ihr noch Zeit? Ich hätte noch einen kleinen Anschlag auf euch vor.« Meine Jungs sehen mich an.

»Der wäre?« David legt mir seine Hand auf die Schulter und drückt sie sanft, wie als Zeichen dafür, dass sie allesamt hinter mir stehen. Der Plan hat sich mir heute Morgen offenbart, und ich weiß, dass es mich verdammt viel Überwindung kosten wird. Aber ich weiß auch, dass sich diese Überwindung lohnen wird.

»Ich will ein offizielles Statement drehen, in dem ich unseren Fans die Wahrheit sage. Seid ihr dabei?«

»Immer«, sagt David wie aus der Pistole geschossen.

»Klar, von mir aus.« Louis ist der Einzige von uns, der immer noch sitzt, weil er eins mit dem Sofa geworden ist. Als Letztes warte ich auf Connors Antwort. Er schließt die Tür des Studios, kommt auf uns zu und klatscht voller Tatendrang in die Hände.

»Lasst uns anfangen.«

Kapitel 36

Isaac

Ich stehe vor dem roten Backsteingebäude, lehne mich gegen den Stamm einer Eiche und klopfe eine Zigarette aus meiner Schachtel. Wir haben Ende September, und der Herbst hat in London Einzug gehalten. Die Bäume am Straßenrand haben sich bereits verfärbt, und es wird nicht mehr lange dauern, bis sie ihre Blätter verlieren.

Es gießt seit drei Tagen wie aus Eimern, und die ganze Stadt hat sich in eine Ansammlung aus Regenschirmen verwandelt. Nur ich habe keinen, weshalb ich Schutz unter der Baumkrone suche, während ich meine Kippe anzünde. Was ich heute vorhabe, kostet mich noch viel mehr Überwindung als das Video, das wir vor Wochen gedreht und auf YouTube hochgeladen haben. Ein Video, in dem ich unseren Fans erzählt habe, was wirklich mit mir los ist. Wieso ich gerade nicht singen kann.

Die Reaktionen waren durchweg positiv und verständnisvoll. Kommentare wie »Ihr wirkt auf einmal viel echter, das gefällt mir« kamen nicht nur einmal. Die Medien haben sich auf das Video gestürzt, und wir hatten innerhalb weniger Stunden sicher vierzig Interviewanfragen im Postfach. Megan hat mich weinend angerufen, nachdem sie das Video gesehen hatte, und war unglaublich stolz auf mich.

Robert haben wir nach einer langen Diskussionsrunde schließlich entlassen und sind seitdem auf der Suche nach einem neuen Management. Einem, das uns in jede Entscheidung miteinbezieht und keine krummen Dinger hinter unseren Rücken dreht. Er war wie zu erwarten nicht begeistert von unserer Entscheidung, aber es war die richtige. Wir sind ihm dankbar für all die guten Dinge, die er in den letzten Jahren für uns getan hat, aber es war Zeit für einen Neuanfang. Einen richtigen Restart. Und genau deshalb bin ich heute hier. Stehe immer noch unter der gigantischen Eiche vor der weißen Doppelflügeltür des Pflegeheims, in das ich gleich gehen werde. Auch wenn ich am liebsten davonrennen würde.

In den letzten Wochen habe ich nicht nur regelmäßig mit meiner Therapeutin gesprochen und gemeinsam mit ihr an meinen Problemen gearbeitet, ich habe auch seit dem Verlassen von Hopes Wohnung keinen Tropfen Alkohol angerührt. Ich bin nicht körperlich abhängig, aber psychisch. Immer, wenn die negativen Gedanken aufkommen, will ich zur Flasche greifen. Aber dann rufe ich mir Hopes Gesicht vor Augen, und die Enttäuschung, mit der sie mich angesehen hat, als ich betrunken vor ihrer Wohnung aufgetaucht bin.

Seitdem haben wir so gut wie keinen Kontakt zueinander, weil ich stabil sein möchte, wenn wir uns das nächste Mal sehen. Hin und wieder schreiben wir uns knappe

WhatsApp-Nachrichten, daher weiß ich zum Beispiel, dass sie und Noah eine neue Wohnung gefunden haben, in die sie in zwei Wochen einziehen werden. Oder dass sie wieder regelmäßig auf der Straße auftritt, weil es ihr wahnsinnig gefehlt hat. Natürlich habe ich es mir nicht nehmen lassen, sie auf Instagram zu stalken und ihre Liveübertragungen anzusehen. So war es irgendwie, als wären wir auch über die Distanz verbunden. Gott, ich kann es kaum erwarten, sie wieder in die Arme zu schließen und ihr von den letzten Wochen zu erzählen. Aber zuerst muss ich diesen Tag irgendwie hinter mich bringen.

Ich nehme einen letzten Zug von meiner Zigarette, und trete sie mit meinem Stiefel aus. Anschließend stoße ich mich von der Baumrinde ab und gehe auf das Gebäude zu. *Jetzt oder nie.* Es war nicht schwer, herauszufinden, wo sich mein Vater aufhält. Mom hat es mir am Telefon gesagt, und als ich fragte, woher sie es weiß, hat sie geschwiegen. Keine Ahnung, ob sie in den letzten Jahren ohne mein Wissen Kontakt zu ihm hatte, aber es spielt auch keine Rolle.

Hat das Gebäude von außen den Charme einer britischen Universität, ist es im Inneren ganz anders. Ich dachte immer, dass Pflegeheime steril wie Krankenhäuser wären, aber tatsächlich ist es hier echt gemütlich. Der Flur ist mit einem dunklen Teppichboden ausgestattet, und die Wände sind allesamt beige tapeziert. Gerahmte Gemälde verleihen dem Raum eine gewisse Wohnlichkeit, und die vielen Grünpflanzen tun den Rest.

»Kann ich Ihnen helfen?« Eine rundliche Frau mit silberweißem Haar und brauner Brille steht von ihrem Platz hinter dem hölzernen Empfangstresen auf und sieht mich hilfsbereit an.

»Ähm, ja.« Ich nehme die Kapuze meines Hoodies ab und gehe auf den Tresen zu. »Ich möchte jemanden besuchen.«

Die Frau nickt und schlägt ein schwarzes Buch auf. Vermutlich das Besucherheft.

»Zu wem möchten Sie denn?«

»Michael Walker.« Allein, seinen Namen nach all den Jahren auszusprechen, fühlt sich vollkommen fremd an. Der Name meines Vaters, eines Vaters, den ich so lange Zeit geleugnet habe, in der Hoffnung, ihn vergessen zu können. Aber ich habe ihn nie vergessen, im Gegenteil. Ich habe ihn tief in mir verschlossen und mich immer wieder gewundert, wieso da etwas mit aller Macht in mir geschrien hat. Etwas, das rausgelassen werden wollte.

»Einen Moment.« Die Frau, deren Namensschild mir verrät, dass sie Ludmilla heißt, fährt mit dem Finger über einen ausgedruckten Lageplan des Gebäudes. »Er wohnt in Zimmer siebenundzwanzig. Darf ich fragen, in welcher Beziehung Sie zu Mr Walker stehen?« Sie scheint mich nicht zu erkennen, wofür ich im Augenblick mehr als dankbar bin. Am liebsten würde ich ihr sagen, dass ich lediglich ein entfernter Verwandter bin, aber es wird Zeit, reinen Tisch zu machen.

»Ich bin sein Sohn.« Es ist raus. Michael Walker ist mein Vater, und ich spreche es ganz unverfroren aus. Verleugnung kann meine DNA schließlich auch nicht ändern.

»Oh, wie schön. Mr Walker hatte lange keinen Besuch mehr.«

Soll ich jetzt Mitleid mit ihm haben? Sicher nicht. Mein

Vater hat die Menschen um sich herum immer wie Dreck behandelt. Natürlich besucht ihn niemand.

»Darf ich jetzt zu ihm?« Ungeduldig klopfe ich mit den Fingern auf den Tresen, während Ludmilla eine Zeile in ihrem schwarzen Notizbuch ausfüllt und es mir anschließend unter die Nase schiebt.

»Ich brauche nur eine Unterschrift.« Kurz und schmerzlos nehme ich den hellblauen Kugelschreiber mit dem Logo der Pflegeeinrichtung entgegen und unterschreibe.

»Dann kommen Sie mit. Ich bringe Sie in den richtigen Gang.« Ich folge der Frau durch ein ebenfalls recht gemütliches Treppenhaus, und mit jedem Schritt nach vorn würde ich am liebsten zwei zurück machen. Ich will ihm nicht unter die Augen treten. Ich will mich nicht wieder so fühlen, wie ich mich damals in seiner Nähe gefühlt habe. Aber ich weiß, wie wichtig dieser Schritt für mich ist. Außerdem habe ich einen Plan, und ob der aufgeht oder nicht, wird über die kommenden Monate entscheiden. Über mein ganzes Leben als Musiker.

»Ich weiß nicht, was Sie über den gesundheitlichen Zustand Ihres Vaters wissen, aber ich möchte Sie darauf vorbereiten.« Ludmilla stößt eine Milchglastür auf und lässt mir den Durchtritt in einen weiteren wohnlich eingerichteten Flur. Meine schwarzen Boots sinken im roten Teppich ein. »Ihr Vater lebt jetzt seit einem Jahr bei uns und leidet an einer alkoholbedingten Demenz. Es gibt Tage, an denen er sich nicht an seinen Namen erinnert oder daran, wieso er hier ist. Außerdem ist seine Sprache sehr eingeschränkt, weshalb er nicht viel redet.«

Der Kloß in meinem Hals schwillt an. Zu hören, wie kaputt sich mein Erzeuger gesoffen hat, tut weh. Auch wenn ich mir einrede, dass es mir egal ist.

»Also wird er mich nicht erkennen?«

»Das kann man vorher nie sagen. Vielleicht hat er heute einen guten und klaren Tag, aber selbst dann kann es ihm schwerfallen, ein Gespräch zu führen.« Zum Glück bin ich nicht hier, um ihm zuzuhören. Ich bin hier, damit *er mir* zuhört. Damit ich das loswerden kann, was ich seit Jahren in mich hineinfresse.

»Hier ist es.« Ludmilla zeigt auf eine weiße Tür zu meiner rechten Seite. Meine Handflächen sind schweißnass, genau wie meine Stirn. Außerdem bin ich immer noch durchnässt vom Regen.

»Wenn Sie fertig sind, kommen Sie einfach wieder zum Empfang. Ich brauche noch eine weitere Unterschrift, bevor Sie gehen.«

»Wie viel Zeit habe ich mit ihm?«, frage ich schluckend und kann nicht glauben, dass sich mein Vater auf der anderen Seite dieser Wand aufhält. Wie lange habe ich ihn nicht mehr gesehen? Fünf Jahre? Vielleicht sechs?

»In einer Stunde wird Ihr Vater von einem Pfleger zur Ergotherapie abgeholt.«

Ich nicke. Eine Stunde reicht. Ludmilla öffnet die Tür, und im selben Augenblick halte ich den Atem an.

»Michael?« Sie klingt unglaublich liebevoll. So liebevoll hat noch nie jemand den Namen meines Vaters ausgesprochen. »Hier ist Besuch für Sie.« Ludmilla tritt zur Seite, und als ich den Mann im Bett links an der Wand sehe, wächst das Geschwür in meinem Hals weiter an.

Dieser Mann ist mir vollkommen fremd.

Früher war mein Vater sportlich, hatte breite Oberarme, vor denen ich furchtbare Angst hatte. Durch seine Arbeit auf dem Bau war er im Sommer braun gebrannt und immer bei guter Kondition. Jetzt liegt vor mir nur noch der Schatten dieses Mannes.

Ludmilla verlässt das Zimmer. Die Tür fällt ins Schloss, und ich bin meinem größten Feind allein ausgeliefert. Weil das hier etwas ist, das ich allein machen muss. Für mich.

Mein Vater sieht mich direkt an. Seine Arme, die mir früher Angst gemacht haben, sind jetzt nur noch dünne, blasse Zahnstocher. Das weiße Unterhemd, das er trägt, zeichnet sich kaum von seiner bleichen Haut ab. Sein Hals ist dürr und sein Gesicht vollkommen eingefallen. Ein grauer Bartschatten zieht sich über seine knochige Kieferpartie. Ich sehe ihm in die Augen, die mich in so vielen Nächten meiner Kindheit verfolgt haben, und fühle mich wie in Watte gehüllt.

»Hey Dad.« Ich stehe vor seinem Bett und habe keine Ahnung, was ich sagen oder tun soll.

Mein Vater reagiert kaum, aber ich bilde mir ein, dass seine Unterlippe zuckt. Keine Ahnung, ob er mich inzwischen erkannt hat oder nicht.

Ich entdecke einen braunen Stuhl mit rotem Polster neben dem Bett und setze mich. Dabei wahre ich so viel Abstand, wie ich brauche, um nicht zusammenzubrechen. Es ist seltsam, ihn zu sehen. Nach all den Jahren, in denen er in meinem Kopf noch immer der bedrohliche Schläger mit Dauerfahne war. In der Zwischenzeit ist er zu einem Wrack geworden, das in diesem Bett mit dem blauen Laken total verloren aussieht.

»Ich weiß nicht wirklich, wie das hier ablaufen wird.« Ich senke den Blick und drehe den Ring an meiner Hand hektisch von links nach rechts. Dr. Livington hat mich ermutigt, als ich ihr erzählte, dass ich meinen Vater besuchen will. Sie sagte, dass dieser Schritt wichtig für meinen Weg sei, wenn nicht sogar der wichtigste. Mein rasendes Herz bestätigt ihre Worte.

»Es ist lange her, seit wir uns das letzte Mal gesehen haben.« Und trotzdem erinnere ich mich daran, als wäre es gestern gewesen. »Du bist bei mir in der Wohnung aufgetaucht und warst komplett dicht. Aber wann warst du das nicht?« Ich sehe zu ihm hinüber und schürze die Lippen. Noch immer hat er sich kaum bewegt. Vermutlich versteht er meine Worte nicht einmal, aber es tut trotzdem gut, sie in seiner Gegenwart auszusprechen.

»Ich erinnere mich daran, dass du unbedingt Moms Handynummer von mir haben wolltest. Du hast mich angeschrien und beleidigt, als ich dir sagte, dass ich sie dir nicht geben werde. Dann hast du ausgeholt.« Mit dem Daumen fahre ich über meine Unterlippe, die an jenem Abend aufgeplatzt ist wie ein kaltes Ei im Kochtopf. »Aber du hast mich unterschätzt. Ich habe zurückgeschlagen. Nicht nur einmal. Weil ich es leid war, mich kleinzumachen. Weil ich es leid war, Angst vor dir zu haben.« Ich drehe meinen Kopf zur Seite und deute auf die helle Narbe an meinem Hals.

»Die hier habe ich von dir.« Mein Vater öffnet den Mund, aber mehr als ein Krächzen kommt nicht heraus. »An meinem zehnten Geburtstag hat Mom mir heimlich eine Gitarre geschenkt, weil sie wusste, dass ich Talent habe und um jeden Preis Musik machen wollte. Du hast es noch am selben Abend herausgefunden, sie zerbrochen und mich mit ihr am Hals getroffen. Dann bist du mit Mom in die Küche und hast auf sie eingeschlagen.« Die Erinnerung an diese Nacht ist eine der schlimmsten, die ich habe. Ich hatte sie vor Augen, als ich »Carry You Inside Of Me« geschrieben habe.

»Du hast mich gebrandmarkt. Mehr als einmal. Immer und immer wieder. Hast mir das Gefühl gegeben, ein Stück Scheiße zu sein. Schwach zu sein, wenn ich Musik mache. Weil Musik nur etwas für Pussys sei.« Der letzte Satz kommt gepresst aus mir heraus. »Ich weiß nicht, ob du meine Karriere in den letzten Jahren verfolgt hast. Aber aus mir ist was geworden. Egal, wie oft du mich kleingemacht hast, du hast es nicht geschafft, meine Liebe zur Musik zu töten. Du hast nur geschafft, meine Liebe zu dir zu töten.«

Er greift nach der weißen Decke und vergräbt seine vergilbten Fingernägel darin. Sein Mund steht immer noch offen, als würde er jeden Augenblick etwas sagen wollen. Aber vielleicht geht es ihm wie mir. Er ist blockiert.

»Ich bin nicht hier, weil ich eine Entschuldigung von dir haben will. Ehrlich gesagt weiß ich nicht mal viel über dich und deine Gründe. Vielleicht war dein Vater genauso gewalttätig wie du, vielleicht hattest du auch mal einen Traum, den er mit bloßen Händen zerquetscht hat. Vielleicht waren die Karten, die dir das Leben gegeben hat, echt beschissen. Und deine Wut darüber hast du an mir ausgelassen, weil ich ein einfaches Ziel war, ein leichtes Opfer.« Meine Augen werden glasig, aber ich weine nicht.

»Eigentlich bist du mir vollkommen fremd, und das ist verdammt traurig. Ich erwarte nichts von dir, aber ich will, dass du weißt, was ich gefühlt habe. Meine ganze Kindheit war von Angst durchzogen, und irgendwann ist aus dieser Angst auch Wut geworden. Ich habe in der Musik mein Ventil gefunden, aber es gab immer einen Teil in mir, der mich irgendwie zurückgehalten hat. Ich habe Songs geschrieben, die keine Bedeutung für mich hatten, weil ich Angst hatte. Weil ich beim Schreiben deine Stimme gehört habe, jedes Mal. Deine Stimme, die mir sagt, dass ich ein Weichei bin, wenn ich über echte Gefühle schreibe. Jetzt weiß ich, dass das Bullshit ist.« Noch immer drehe ich meinen Ring, bin dabei aber weitaus ruhiger geworden. Es ist fast schon meditativ. »Ich bin nicht weniger Mann, nur weil ich über meine Gefühle spreche. Ich bin kein Weichei, wenn ich andere reinlasse. Und dass du mit diesem Scheißglauben leben musst, tut mir fast schon leid für dich. Aber ich bin bereit, aus diesem Muster auszubrechen. Ich will nicht enden wie du. An ein Bett gekettet, mit einem Herzen voller Dinge, die ich bereuen muss.«

Ich fahre mir mit der Hand über den Mund und spüre, dass jetzt der richtige Zeitpunkt gekommen ist. Das hier ist der Moment, der über alles entscheiden wird. Über meine Karriere und meinen Seelenfrieden.

»Ich habe vor Jahren einen Song über uns geschrieben. Über dich und mich.« Nervös knete ich meine Hände, während sich mein Vater langsam aufsetzt. Noch immer hat er keinen Ton gesagt, aber sein Blick spricht Bände. Er weiß, wer ich bin. Er erkennt mich. Seine Augen sind ebenfalls glasig und gerötet, liegen tief in ihren Höhlen.

»Ich habe den Song nur für mich geschrieben, aber mir ist klar geworden, dass du ihn hören musst. Du sollst wissen, wie ich fühle, wenn ich an dich denke.«

Du schaffst das, Isaac. Es gibt da draußen unglaublich viele Menschen, die an dich glauben. Jetzt ist es an der Zeit, dass du selbst an dich glaubst.

Ich habe seit zwei Monaten nicht mehr gesungen, und es fehlt mir wie die Luft zum Atmen. Heute werde ich diese Blockade überwinden, ich muss einfach. Meine Gitarre habe ich extra zu Hause gelassen, weil ich mich voll und ganz auf meine Stimme konzentrieren will.

Ich beuge mich nach vorn, fahre noch einmal über mein Gesicht und schließe die Augen. Und dann öffne ich meine Lippen, forme das erste Wort und merke, wie sehr ich am ganzen Leib zittere. Meine sonst immer starke, voluminöse Stimme zerbricht fast. Aber ich beiße mich durch, Wort für Wort. Zeile für Zeile. Ich singe. Nicht so gut, wie ich es von mir gewohnt bin, aber das spielt keine Rolle. Das hier ist ein fucking Sieg in einem Krieg, den ich seit Wochen mit mir selbst ausfechte. Meine Augen halte ich während der ersten Strophe geschlossen.

I should look up to you, Dad
Not down at you
While you make the cold kitchen floor your bed

You should be proud of me and protect me
Instead
Of poisoning my head with all of your bads

Mit jeder Zeile wird meine Stimme etwas fester, während ich den wohl persönlichsten Song meines Lebens a capella zum Besten gebe. Und mein Vater ist das einzige Publikum, das eine Rolle spielt. Weil dieser Song nie für andere Ohren bestimmt war als für seine. Der Refrain verlangt mir besonders viel ab.

We're not father and son
Never were and never will be
But as much as I resist it, I carry you inside of me
We're not father and son
Never were and never will be
But as much as I resist it, you will always be a part of me

Eine Träne löst sich aus meinem Augenwinkel, und als ich ein leises Schluchzen höre, öffne ich meine Lider. Mein Vater hält sich die dürre, vom Alter gezeichnete Hand vor den Mund und sieht mich an. Über seine Wangen laufen ebenfalls Tränen, die sich schließlich in seinem weißen Unterhemd verlieren. Ich verankere meinen Blick in seinem, halte ihn fest, sage ihm alles, was ich ihm schon immer sagen wollte. Und Scheiße, es fühlt sich wie eine Wiedergeburt an. Wie der Neuanfang, den ich so dringend brauchte. Von dem ich insgeheim schon seit Jahren geträumt habe, ohne es zu wissen.

Die zweite Strophe fliegt förmlich über meine Lippen, und mit jedem Wort wird meine Zunge lockerer und der Kloß in meinem Hals kleiner. Ich kann wieder atmen, kann wieder Luft holen. Weil ich endlich ausspreche, was ich so lange in mir gehalten habe. Der Refrain wiederholt sich, bevor ich den Schlusspart für meinen Vater singe.

We finally lost this whole family game
You should love me
I should hate you
But we're stuck in decades of inherited pain

Als der Song vorbei ist, brechen bei meinem Vater die letzten Dämme. Er wimmert, schließt die Augen, und seine schmalen Schultern beben. In diesem Augenblick empfinde ich tatsächlich Mitgefühl für diesen Mann. Weil ich sehen kann, dass er von seinen eigenen Dämonen gequält wird, vermutlich wurde er das sein ganzes Leben lang. Ein Leben, das im Nachhinein betrachtet sehr trostlos war. Er hat alles verloren. Seinen Sohn, seine Frau, seine Gesundheit. Sogar seinen geliebten Alkohol, der alles für ihn war. Jetzt ist das hier sein Leben, und ich möchte kein Teil davon sein.

Ich lehne mich auf dem Stuhl zurück und könnte vor Erleichterung heulen. Weil ich wieder gesungen habe. Weil ich mich endlich nicht mehr wie eine falsche Version von mir selbst fühle. Und der Knoten in meinem Hals weg ist, als wäre er nie da gewesen. Stattdessen ist es, als könnte ich zum ersten Mal in meinem Leben wirklich tief Luft holen. Ich war sechsundzwanzig Jahre lang unter Wasser gefangen.

Wieder klappt der Mund meines Vaters auf, und dieses Mal schafft er es tatsächlich, etwas zu sagen.

»I-Isaac.« Meinen Namen zu hören, schmerzt. Früher hat er mich oft nur Arschloch oder Weichei genannt, obwohl er es war, der meinen Namen ausgesucht hat.

»Ich brauche deine Entschuldigung nicht.« Ich sammle all meinen Mut, stehe auf und gehe zum Bett hinüber. Er sieht zu mir auf, mit so viel Geschichte in den glasigen Augen, die ich nicht kenne. Er ist ein Fremder für mich, und das wird sich auch nicht mehr ändern. Das ist okay. Wir müssen keine enge Beziehung haben, nur weil durch unsere Adern das gleiche Blut fließt.

»Aber ich vergebe dir.« Meine Hand greift nach seiner, und als er sie leicht drückt, ziehe ich sie nicht zurück. »Ich. Vergebe. Dir«, sage ich mit noch mehr Nachdruck. »Weil ich weitermachen muss. Und weil ich es leid bin, in der Vergangenheit festzustecken. Es wird Zeit, dass wir beide frei sind. Vielleicht kannst du dir eines Tages auch vergeben.«

Eine Weile stehe ich noch vor seinem Bett, halte seine gebrechliche Hand, die er so oft gegen mich erhoben hat, dass ich aufgehört habe, zu zählen. Mein Vater hört nicht auf zu weinen, Bäche rinnen über sein fahles Gesicht. Und zum ersten Mal habe ich dieses Gesicht vor Augen, ohne dabei innerlich von Angst und Hass zerfressen zu werden.

Ich drücke seine kalten Finger ein letztes Mal an meine, bevor ich sein Zimmer verlasse. Es klingt verrückt, aber ich glaube, jetzt zu wissen, wie sich Heilung anfühlt.

Kapitel 37

Hope

Ich breite meine karierte Decke auf dem Boden aus und lege meinen nagelneuen Gitarrenkoffer darauf ab. Es ist das erste Mal, dass ich auf der Straße ohne die Gitarre meiner Mutter auftreten werde. Natürlich werde ich sie immer in Ehren halten, aber es war längst Zeit für ein kleines instrumentales Upgrade. Durch die Gage, die ich für die Auftritte mit Crashing December bekommen habe, konnte ich mir sogar ein richtig teures Modell leisten und gehe so zaghaft damit um, wie es mir möglich ist. Ich habe noch nie etwas so Wertvolles besessen. Nervosität kribbelt durch meine Fingerspitzen, die in meinen dicken weißen Wollhandschuhen stecken.

Wir haben erst Mitte Oktober, aber es ist bereits so kalt in England, dass ich meinen Atem als kleine weiße Wolke in der Luft tanzen sehen kann. Ich habe mir heute ein Plätzchen neben einem schnuckeligen Jahrmarkt nahe dem Big Ben ausgesucht und liebe die Location schon jetzt. Überall hängen kleine warmweiß leuchtende Lampions und Lichterketten, die das abendliche London in einen Traum für jeden

Herbst- und Winterfan wie mich verwandeln. Es sind viele Leute in ihren Wintermänteln unterwegs, und ich kann es kaum erwarten, für die perfekte Hintergrundmusik zu sorgen.

Ob ich vielleicht schon den einen oder anderen Weihnachtssong singen sollte? Sicherlich gibt es viele, die schon in Weihnachtsstimmung sind und nichts gegen meine Version von »Wonderful Dream« hätten.

Ich baue summend mein Mikrofon auf, ziehe mir die Handschuhe mit den Zähnen aus und stopfe sie anschließend in die Tasche meines schwarzen Parkas. Dann hole ich mein Handy heraus, öffne Instagram und bereite alles für meine heute Vormittag angekündigte Live-Übertragung vor. Was in den letzten Wochen auf meinem Profil passiert ist, ist der reine Wahnsinn. Anfang Juli hatte ich noch fünfhundert Follower, inzwischen sind es über fünfzehntausend. Die meisten sind durch meine Auftritte mit Crashing December dazugestoßen oder durch die Storys der Jungs, in denen ich verlinkt wurde. Mein ganzes Leben wurde einmal kräftig auf den Kopf gestellt und ist doch noch das gleiche. Irgendwie.

Jedes Mal, wenn ich an diese Zeit und Isaac zurückdenke, füllt sich mein Herz gleichermaßen mit Liebe und Melancholie. Ich habe ihn seit Wochen nicht gesehen, genau genommen seit unserer Nacht auf dem Sofa. Er hat mir versichert, dass er sich Hilfe sucht, und als ich einen Abend später das offizielle Statement der Band auf YouTube gesehen habe, wäre ich vor Stolz auf ihn beinahe geplatzt. Schließlich weiß ich, wie schwer es ihm fällt, offen über seine Gefühle zu sprechen.

Hin und wieder haben wir uns geschrieben und sogar einmal telefoniert, aber Isaac war es wichtig, erst mit sich ins Reine zu kommen, bevor wir uns wieder treffen.

Ich vermisse ihn jeden verfluchten Tag, in jeder Nacht, einfach immer. Wer hätte gedacht, dass mir diese Nervensäge mit den frechen Sprüchen mal so fehlen würde? Gerne würde ich in eine Zeitmaschine steigen und meinem Ich vor zwei Monaten sagen, dass ich mich in diesen ungehobelten Kerl aus dem Tourbus verknallt habe. Mein Gesicht wäre sicherlich ein Bild für die Götter.

Das Set steht, und ich starte die Liveübertragung. Sobald die Verbindung aufgebaut ist, winke ich grinsend in die Frontkamera meines Handys und heiße alle Zuschauer willkommen. Obwohl ich das Live eben erst gestartet habe, sind schon knapp fünfhundert Leute da und warten auf meine Musik. Dieses Gefühl ist unvergleichlich.

»Hey, Hopies. Ich nehme euch heute wieder auf einen meiner Auftritte mit, weil ihr in den letzten Tagen so oft in euren DMs darum gebeten habt. Die Location heute ist traumhaft schön. Seht selbst.« Ich drehe die Kamera, sodass die Leute hinter dem Bildschirm denselben traumhaften Blick auf die Lichter haben wie ich. Unzählige warmweiße Tupfer vor der Kulisse einer wunderschönen Stadt.

»Was meint ihr, soll ich euch heute zum ersten Mal einen meiner eigenen Songs vorspielen?«, frage ich meine Fans mit rasendem Puls, die daraufhin die Kommentare des Livestreams fluten.

Ich scrolle sie lächelnd durch und bekomme unglaublich viele Herzen geschickt. Mein Mund wird ganz trocken, als ich sehe, dass Isaac mit seinem privaten Profil beitritt. Ich klammere mich an meinem Gitarrenhals fest, sehe seinen Namen und merke, wie mein ganzer Körper zu kribbeln beginnt. Angefangen in meinen Zehenspitzen, endend in meinem Nacken, der dank meines hohen Zopfes frei ist. Das passiert jedes Mal, wenn er mir zusieht. Bei den letzten sechs Auftritten war er virtuell auch dabei, als würde er mir zeigen wollen, dass er immer noch da ist. Dass es sich immer noch lohnt, auf ihn zu warten.

Gott, was würde ich dafür geben, wäre er jetzt hier bei mir. Das verliebte Lächeln, das ich nun in die Kamera werfe, gilt nur ihm. Und das Aufregendste daran? Keiner da draußen weiß es. Keiner außer ihm.

Dann beginne ich zu spielen.

• • •

Ich habe mit dieser Location den Sechser im Lotto gezogen. Noch nie haben so viele Leute für meine Musik angehalten und einfach nur meiner Stimme gelauscht. Und noch nie war mein Koffer nach einer halben Stunde bereits so gut mit Münzen und Scheinen gefüllt wie heute. So lange habe ich mich dagegen gewehrt, meine eigenen Songs zu spielen, und jetzt schenken mir diese Menschen so viel Liebe, dass ich platzen könnte.

Ich bedanke mich bei jedem Einzelnen mit einem Lächeln und einem kleinen Knicks, während ich meinen neuesten Song zum Besten gebe. Ich habe ihn in meiner Zeit im

Bandhaus während einer der vielen schlaflosen Nächte geschrieben.

Mit geschlossenen Augen kehre ich mein Innerstes nach außen, werde eins mit meinem Instrument und dem Mikrofon. Sobald das Lied ausklingt, klatscht die Traube wie verrückt. Es stehen sicher über zwanzig Leute vor mir und hören mich an, während online schon über eintausend Menschen zusehen. Das hier könnte mein neuer Rekord werden.

»Danke!«, rufe ich glücklich ins Mikrofon. »Was meint ihr? Habt ihr noch Lust und Zeit für einen weiteren Song?« Ich spiele bereits seit vierzig Minuten, und langsam muss ich ein Ende finden, wenn ich mir nicht den Tod holen will. Denn auch wenn mich die Musik von innen wärmt, ist es echt frostig kalt draußen.

Das kleine blonde Mädchen mit den zwei abstehenden Zöpfen hüpft auf der Stelle und jubelt mir zu, weil sie noch einen Song hören will. Ihre Mutter tätschelt dabei ihren Kopf und schenkt ihr ein so zauberhaft warmes Lächeln, dass die Kälte wie weggeblasen ist. Ich muss an meine Mom denken. Daran, wie stolz ich immer auf sie war, wenn sie die Menschen auf den Straßen Londons mit ihrer Wahnsinnsstimme begeistern konnte. Sie fehlt mir unheimlich, besonders bei meinen Auftritten.

Ehe ich mich in diese Sehnsucht hineinfallen lassen kann, zieht jemand meine Aufmerksamkeit auf sich. Ein großer Kerl, der sich den Weg durch die Menschentraube bahnt und direkt auf mich zusteuert. Er trägt einen schwarzen Zip-Hoodie, dessen Kapuze er tief in die Stirn gezogen hat. Seinen Blick hält er zum Boden gerichtet, als würde er sich vor der Welt verstecken wollen. Als er schließlich den Kopf hebt und die Kapuze abnimmt, trommelt mein Herz in einem neuen Takt, während meine Mundwinkel ganz automatisch nach oben in Richtung Himmel wandern. Er ist hier. Isaac schenkt mir ein schiefes Lächeln, und sobald ihn die ersten Leute erkennen, bricht der reine Wahnsinn aus. Die Menschen tuscheln, fragen sich, ob sie sich Isaac nur einbilden. Genau wie ich. Seit dem offiziellen Statement Anfang September hat sich die Band komplett aus der Öffentlichkeit zurückgezogen. Aber jetzt ist er hier.

Isaac tritt auf mich zu, und mit jedem Schritt, den er näher kommt, will ich ihm dringender in die Arme springen.

»Was machst du hier?«, frage ich ihn atemlos und traue meinen Augen kaum. Isaac sieht umwerfend aus. Sein Bart ist gestutzt, seine blauen Augen wirken heller und strahlender denn je. Seine Haare fallen ihm sexy in die Stirn, und die Schatten unter seinen Augen sind ganz verschwunden. Er sieht erholter aus, als ich ihn je gesehen habe.

Isaac beugt sich über mich, führt seine Lippen an mein Ohr und sorgt damit für ein Schaudern, das durch meinen ganzen Körper gespült wird wie eine Welle aus schillerndem Serotonin.

»Ich halte mein Versprechen.« Gott, wie sehr kann man die Stimme eines Menschen vermisst haben?

»Versprechen?« Perplex sehe ich zu ihm auf, während die Traube um uns herum immer größer wird. Einige Fans fragen, ob Isaac ein Foto mit ihnen machen kann, andere schießen stumm ein paar Bilder mit ihren Smartphones.

Er antwortet lediglich mit einem Zwinkern, das mir direkt in den Unterleib schießt. Herrgott, ich habe beinahe vergessen, welche Wirkung er auf mich hat.

Isaac winkt seinen Fans strahlend zu, bevor er sich meinem Handy und somit den Zuschauern hinter dem Bildschirm widmet.

»Sorry für die kleine Störung, Hopies.« Er grinst breit in die Kamera, und ich kann nichts anderes tun, als ihm mit geöffnetem Mund dabei zuzusehen. Was hat er vor?

»Ich unterbreche wirklich nur ungern den Auftritt dieser Hammerfrau, aber ich warte schon seit Wochen auf diesen Tag, also muss es jetzt einfach sein.« Aus der Ferne sehe ich, dass die Kommentare unter dem Live vollkommen explodieren. Herzen steigen wie Luftballons über den Bildschirm.

Isaac sieht mich an und reicht mir seine Hand. »Dürfte ich mir mal deine Gitarre ausleihen, Freckles?«

Ohne zu zögern, reiche ich sie ihm und schiebe anschließend meine eiskalten Hände in die Taschen meines Parkas.

»Für alle, die nicht wissen, was ich Clown hier zu suchen habe: Mein Name ist Isaac Walker.« Aufregung flutet mein System, während ich mich langsam rückwärts vortaste und auf die kleine Holzbank unter der Lichterkette mit den Eiszapfen setze. Meine Beine werden nämlich gleich ihren Dienst quittieren.

»Und heute würde ich euch gern den ersten Song unseres neuen Albums vorstellen.« Oh mein Gott. Er wird singen. Ich weiß nicht, ob ich vor Freude kreischen oder weinen soll. Isaac kann wieder singen? Seit wann? Alles um mich herum verschwimmt, sodass nur noch er im Fokus steht. Er, er, er.

»Der Song heißt ›Dream and Dare‹ und ist dieser zauberhaften Frau gewidmet.« Mein Herz implodiert. Ich lege eine Hand auf meine Brust und merke, wie mich die Gefühle überwältigen. Er hält sein Versprechen ein. Das Versprechen, mir seinen Song über mich vorzuspielen, wenn es ihm besser geht.

Die Meute grölt, während weiterhin fleißig Bilder geschossen werden. Isaac sieht mich mit diesem warmen Lächeln an, das aussagt: Das hier ist nur für dich. Dann legt er sich den Ledergurt meiner Gitarre um, schiebt den Kapo auf den zweiten Bund und schlägt die Saiten zweimal sanft an.

Er tritt ans Mikrofon und spielt den Song. Meinen Song. Ich war nie ein sonderlich gefühlsduseliger Mensch, aber gerade könnte ich wie ein Baby heulen. Das hier ist romantischer als alles, was ich je in meinem ganzen Leben erfahren habe, sogar romantischer als unser Date auf dem London Eye.

Isaac spielt ein paar Akkorde, bevor er mit der ersten Strophe beginnt. Und verdammt, seine Stimme. Seine Stimme ist umwerfend. Ich habe sie noch nie live singen gehört. Sie ist kratzig, rau wie Schleifpapier und gleichzeitig unglaublich sanft. Sie ist markerschütternd, genau wie er.

Tonight I dream about you, dare to kiss you
And baby can you tell me if you miss me too
When I am not around
I dream about us, I dare to give up
On every wall that I had built
Around my frozen heart

Der Text berührt mich auf eine Art und Weise, auf die ich noch nie berührt worden bin. Eine Träne kullert über meine Wange, und nur dank der Hitze meines Körpers gefriert sie nicht zu Eis. Isaacs Worte fühlen sich wie eine innige Umarmung an. Wie ein Kuss, von dem man will, dass er niemals endet. Ich starre ihn an, blende all die Menschen, die ihn filmen, vollkommen aus. Das hier ist mein Moment. Sein Moment. Unserer. Er setzt wieder dieses verschmitzte Grinsen auf, bevor er den Refrain für mich singt. Und eine Zeile davon hat sich schon bei unserem ersten Date mit voller Wucht in mein Herz gebrannt.

I met a girl
With a face full of freckles in a town full of rain
And all I want
Is make her to my own and erase all of her pain

Meine Unterlippe bebt, weil ich die Gefühle nicht mehr zurückhalten kann. Es ist zu viel. Zu schön. Zu befreiend, ihn singen zu hören, nachdem er so lange durch seine Ängste blockiert war. Isaacs Talent ist unvergleichlich, einmalig, und gerade widmet er es nur mir.

Tonight I dream about you, dare to touch you
And baby, can you tell me if you can love me too
Even when I am not around
I dream about us, I dare to give up
On every wall that I had built
Around my wounded heart

Isaac hat mir vor Wochen in meiner Wohnung zum ersten Mal dieses verwundete Herz gezeigt. Mir gezeigt, wie tief die Verletzungen sind, die er so lange in sich getragen hat. Gerade fühlt es sich an, als würden diese Wunden zu Narben werden. Als würde er heilen.

Isaac dreht sich in meine Richtung und sieht nur mich an, während er den Refrain zwei weitere Male singt. Und wie er sie singt. Er lebt sie. Seine Stimme wird leiser, seine Worte noch bedeutender.

And right now you're lying here with all of my demons
And all of my flaws
While your chocolate brown eyes shine like holy stars
Which lead me to a better place
A place called home, which I finally found
Here in your arms

Das Lied findet ein sanftes Ende. Der Applaus, der folgt, ist das komplette Gegenteil. Die Fans grölen, klatschen wie verrückt, während ich Isaac einfach nur mit einem Lächeln im Gesicht ansehe und dieses wahnsinnige Gefühl in mir nachklingen lasse.

Er nimmt die Gitarre ab, legt sie in den Koffer am Boden und tritt auf mich zu. Ich bin mit der Bank verwachsen, kann mich nicht rühren. Auch dann nicht, als er seine warmen Hände auf meine nassen Wangen legt und mich küsst. Hier, vor all den Menschen, die gerade sicherlich einen kleinen Herzkollaps bekommen. Genau wie ich. Seine Lippen nach all den Wochen der Trennung zu spüren ist unglaublich.

Seufzend lasse ich mich in diesen Kuss fallen, und als er sich von mir löst, schwebt sein Mund nur Millimeter vor meinem.

»Du bist verrückt«, flüstere ich.

»Verrückt nach dir«, antwortet er klischeemäßig. Aber das ist mir egal, denn mein Herz rumpelt glücklich in meiner Brust. »Und du wirst mich für komplett wahnsinnig halten, aber wir müssen jetzt ganz schnell deine Sachen zusammenräumen und verschwinden.«

»Warum?«

»Weil Connor in weniger als einer Minute mit seinem Ford vorfahren wird und wir reinspringen müssen, bevor uns die Leute komplett auffressen.« Mein Blick rauscht in die Menge, die sich in den letzten Minuten verdreifacht hat. Isaac hat recht, wir werden hier niemals heil rauskommen, wenn wir nicht das Weite suchen.

»Also, pack deine Sachen zusammen!« Er zieht mich von der Bank, und mir entweicht ein heiseres Lachen. Ein wenig atemlos bedanke ich mich bei den Zuschauern des Lives, beende die Übertragung und baue mein Set so schnell wie möglich ab.

Wenige Augenblicke später fährt Connors Ford vor. Isaac und ich schleppen so schnell wie möglich alle Sachen zum Kofferraum und stopfen sie hinein. Die ersten Fans stürmen auf Isaac zu, weil sie unbedingt ein Selfie mit ihm haben wollen, bevor er verschwindet.

»Spring ins Auto!« Isaac steigt hinten auf der linken Seite ein, während ich hinter Connor Platz nehme. Eilig ziehe ich die Tür ins Schloss und kann nicht mehr aufhören zu lachen. Dieser Abend ist der reine Wahnsinn, auf so vielen Ebenen.

Ich muss mir den Bauch vor Lachen halten, während Connor mir im Rückspiegel ein Zwinkern schenkt und den Rückwärtsgang einlegt. Wie ein Rennsportprofi wendet er den Wagen und rauscht davon, um den sensationshungrigen Fans zu entkommen.

»Oh mein Gott! Ich kann nicht mehr!« Noch immer kann ich nicht aufhören zu lachen, mein Bauch tut schon richtig weh. »Das war der Wahnsinn.«

»Oder?« Isaac wischt sich ebenfalls ein paar Lachtränen aus den Augen und greift anschließend nach meiner Hand.

»Danke für die Rettung, Alter«, wendet er sich an Connor, der die schwarze Bommelmütze von seinem Kopf zieht und auf den Beifahrersitz wirft. »Dankt nicht mir, dankt meiner treuen Gefährtin Bonnie.« Er klopft stolz auf das Armaturenbrett und fädelt sich in den Verkehr ein.

»Das war … Ich weiß nicht, was ich sagen soll. Du singst wieder!« Ich drehe mich zu Isaac und sauge seinen Anblick tief in mir auf. Wenn ich dachte, bereits zu wissen, wie es sich anfühlt, jemanden aus tiefstem Herzen zu wollen, werde ich jetzt eines Besseren belehrt. Am liebsten würde ich mich hier und jetzt abschnallen, auf seinen Schoß setzen und ihn so lange küssen, bis Connor die Schnauze voll hat und uns rausschmeißt.

»Ich singe wieder.« Isaac strahlt wie ein Kind an Weihnachten.

»Und dieser Song … ich weiß nicht, was ich sagen soll.«

»Du musst nicht reden. Küss mich lieber.« Er greift nach dem Kragen meines Parkas und zieht mich zu sich heran, bis unsere Münder kollidieren. Ich versinke in diesem Kuss, versinke in ihm. Muss dabei dauerhaft an den Song denken, den er für mich geschrieben hat. Diesen Song, der einfach perfekt ist. Ein tiefes Brummen dringt aus Isaacs Kehle, das ein unerträglich schönes Prickeln zwischen meinen Schenkeln entfacht. Ich bin wie ausgehungert und würde am liebsten über ihn herfallen. Seine linke Hand rutscht auf meinen Oberschenkel, und als er leicht Richtung Schritt wandert, seufze ich erregt. Wäre da nur nicht so viel störender Stoff zwischen uns!

»Leute, ich bin auch noch da! Gebt mir keinen Liveporno beim Autofahren, ja? *Safety first*«, sagt Connor lachend, woraufhin ich mich widerwillig von Isaac löse. Der Blick, den er mir zuwirft, ist ein stummes Versprechen. Das Versprechen, dass wir später genau an dieser Stelle weitermachen werden. Gott, ich bin mir sicher, dass wir beide heute Nacht kein Auge zumachen werden, weil wir einiges nachzuholen haben.

»Ich glaub, ich hab dich schon vermisst, als ich dich noch nicht einmal kannte«, zitiere ich Isaacs Notiz an mich. Daraufhin verschränkt er seine Hand mit meiner und küsst meinen Handrücken. »Und ich glaub, du hast gerade mein Urheberrecht verletzt«, erwidert er kess und beißt in meinen Daumen. Mir entweicht ein Lachen, das den ganzen Wagen mit purem Glück füllt.

»Schuldig im Sinne der Anklage.«

»Ich will dich nicht vollkommen überrumpeln, aber … scheiß drauf, eigentlich will ich es doch.« Er kratzt sich mit der freien Hand im Nacken, man merkt, wie nervös er ist.

»Wir – die Band – haben in den letzten Tagen viel nachgedacht. Und wir wollen dich.«

»Wovon sprichst du?« Eine kleine Falte bildet sich zwischen meinen Brauen.

»Wir wollen dich in der Band haben. Nicht nur als Ersatz, sondern für immer.«

Ich reiße meine Augen auf und bin mir sicher, dass ich vergessen habe, wie man blinzelt. Isaac muss mich auf den Arm nehmen, oder? Alles andere wäre viel zu verrückt. Viel zu abgefahren.

»Moment mal. Das hier ist kein Gag?«

Er schüttelt den Kopf. Ich sehe zu Connor nach vorn, und er schenkt mir wieder dieses Zwinkern. Eines, das Isaac zustimmt.

»Spiel mit uns, Freckles. An meiner Seite. An unserer Seite.«

»Ihr meint das echt ernst.«

»Todernst«, sagen die beiden besten Freunde im Chor. Isaac streichelt über meinen kleinen Finger und sorgt mit dieser Geste für ein Feuerwerk in meiner Brust. Eines, das in den schillerndsten Farben explodiert.

»Ich weiß nicht, was ich sagen soll.« So eine Chance hätte ich mir niemals zu träumen gewagt. Isaac beugt sich über mich, fährt mit seiner Nasenspitze über mein Ohrläppchen und verharrt an dieser empfindlichen Stelle. Sein Atem streichelt mich, erdet mich. »Sag ja.«

Und Scheiße, ich will genau das. Ja sagen. Ja zu ihm, ja zu ihrem Angebot, ja zu Crashing December. Ja zu der Chance meines Lebens, die ich auf keinen Fall verpassen darf. Ich schließe die Augen und schürze die Lippen, bevor ich all meinen Mut zusammenfasse und so laut Ja sage, dass es die ganze Stadt hören kann.

Epilog

Hope

Ein halbes Jahr später

Meine Handflächen schwitzen stärker als je zuvor in meinem Leben, und dabei werde ich nicht zum ersten Mal vor einer so gigantischen Crowd spielen. Aber es wird das erste Mal als festes Mitglied von Crashing December sein.

Heute ist der achte April und somit der Releasetag des neuen Albums *Healing*, an dem wir in den letzten Monaten Tag und Nacht zu fünft gearbeitet haben. Insgesamt haben es zwölf Songs aufs Album geschafft, und drei weitere haben wir uns als kleine Bonustracks aufgehoben, die wir später revealen werden. Und das Verrückteste daran? Zwei meiner selbst geschriebenen Songs haben ebenfalls einen Platz auf dem Album gefunden und werden heute zum allerersten Mal vor Publikum gespielt. Und vor was für einem Publikum!

Wir haben lange überlegt, was wir zum Release des Albums machen können, und es war am Ende Isaacs Idee, eine

Art Benefizkonzert zu veranstalten. Hier in London, genauer gesagt in der Starfall-Konzerthalle, vor deren Toren letzten Sommer alles angefangen hat. Kaum zu glauben, was in der Zwischenzeit passiert ist. Mein Herz ist letztes Jahr so oft beinahe stehen geblieben, aber hat am Ende trotzdem immer weitergeschlagen. Weil ich eine Kämpferin bin. In Wahrheit sind wir alle Kämpfer. Jeder auf seine Art und Weise. Manche von uns kämpfen laut, manche eher leise. Aber am Ende des Tages siegen wir alle.

Agatha hat im Eingang der Halle ein kleines Kuchenbuffet errichtet, dessen Einnahmen komplett für den guten Zweck gespendet werden, genau wie die Einnahmen des Konzertes. Damit wollen wir vor allem den Menschen in dieser Stadt helfen, die vom System so oft vergessen werden.

William greift ihr dabei fleißig unter die Arme, und jedes Mal, wenn ich die beiden Turteltauben zusammen sehe, platzt mein Herz beinahe vor Freude. Seit die beiden sich auf dem Sommerfest der Suppenküche ineinander schockverliebt haben, sind sie unzertrennlich. William wohnt inzwischen sogar bei meiner Chefin und ist zum ersten Mal seit Jahren einfach nur glücklich. Pumpkin ebenfalls, immerhin bekocht Agatha nicht nur sein Herrchen, sondern auch ihn regelmäßig.

Ich werfe einen Blick in den Spiegel und betrachte mein Bühnenoutfit. Ein schwarzes Netzoberteil, das meinen Bauch zeigt, dazu ein gerippter Rock und eine durchsichtige Strumpfhose. Meine pinken Boots sind das einzige farbliche Highlight und passen perfekt zu meinem Lippenstift. Gestern haben wir die Bühne bereits bei der Probe zum Brennen gebracht, aber heute wird es anders sein. Weil wir heute zum ersten Mal offiziell als Einheit auftreten, die nicht nur vorübergehend ist. Noch immer kann ich mein Glück kaum fassen. Sie wollten mich tatsächlich in der Band haben, und die Reaktion der Fans war fast durchweg positiv.

Jemand klopft an die Tür meiner Garderobe.

»Herein.«

Mein Bruder steckt seinen Kopf in den Raum und wischt sich den imaginären Schweiß von der Stirn. »Zum Glück bist du schon angezogen. Einen Nippelblitzer meiner Schwester hätte ich heute echt nicht gepackt.«

»Blödmann. Komm rein!« Ich drehe mich zu ihm um, und mein Herz geht auf, als ich ihn in Augenschein nehme. Noah ist noch lange nicht über dem Berg, und in den letzten Monaten gab es viele Momente, in denen es schwer war, aber er wächst Tag für Tag weiter über sich hinaus. Er geht zu seinen Therapien, hat angefangen, in einem Plattenladen auszuhelfen, und überlegt sogar, sich eine eigene Wohnung zu suchen. Seine blonden Locken hat er zu einem kleinen Knoten am Hinterkopf gebunden, und das schwarze Hemd, das er trägt, ist richtig schick. Er hat sich regelrecht mit Händen und Füßen dagegen gesträubt, es anzuziehen, aber er sieht toll darin aus. So erwachsen.

»Agatha is' echt ein harter Brocken. Morgen werde ich am ganzen Körper Muskelkater haben!«

»Wem sagst du das.«

»Hättest mich gern vorwarnen können, bevor ich William versprochen habe, beim Buffet zu helfen.« Er gibt mir einen Schmatzer auf die Wange.

»Wo bliebe dann der Spaß?«, feixe ich und lehne mich an seine Schulter. Im selben Moment betritt die Band die Garderobe. Isaac zieht als Erstes meine Aufmerksamkeit auf sich. Er sieht einfach verboten gut aus. Seine zerrissene Jeans sitzt so tief auf seinen Hüften, dass man den Bund seiner schwarzen Boxershorts sehen kann. Das löchrige marineblaue Shirt mit dem Bandlogo schmeichelt seinen Augen.

»Seid ihr alle bereit für den Auftritt des Jahres?«, will Connor wissen und schmeißt sich mit Anlauf auf das Ledersofa neben dem Garderobenständer.

»So was von!«, sagt Louis und wirft sich neben ihn. David ist zwar die Ruhe in Person, aber man sieht, dass das Lampenfieber schon wieder reinkickt, genau wie bei mir. Isaac hingegen ist die pure Entspannung, als er auf mich zukommt, mich an sich zieht und mir einen Kuss gibt, der von mir aus gern für immer andauern könnte.

»Pasch auf«, nuschle ich. »Mein Lippenschtifft.«

»Der ist kussecht«, raunt Isaac. »Und wenn nicht: Pech.« Ich schmecke sein Grinsen auf meiner Zunge und bekomme einfach nicht genug davon. Isaac hat mir nach seinem Auftritt auf der Straße von dem Besuch bei seinem Vater erzählt, und mir sind währenddessen die Tränen gekommen. Es ist schwer, jemanden, den man liebt, zusammenbrechen zu sehen. Umso schöner ist es, diese Person bei ihrer Heilung zu begleiten. Auch wenn er noch nicht alles aufgearbeitet hat, ist er auf einem verdammt guten Weg, genau wie mein Bruder.

Ich werfe einen Blick auf mein Handy und werde langsam nervös. Das Konzert beginnt in einer halben Stunde, aber das ist nicht der Hauptgrund. Viel eher macht mir die Überraschung für Isaac zu schaffen, die ich seit ein paar Wochen hinter seinem Rücken plane.

»Was ist los, Freckles? So aufgeregt?«

»Hm?« Ich lege mein Handy zurück auf die Platte des Schminktisches. »Alles gut.«

»Sicher? Du wirkst so geheimnisvoll.«

»Nicht geheimnisvoll. Nur glücklich«, lüge ich. Denn in Wahrheit bin ich beides. Geheimnisvoll glücklich, sozusagen. Einen Moment sieht Isaac mich noch eindringlich an, und als es erneut an der Tür klopft, kann ich mein Grinsen nicht mehr unterdrücken. *Sie sind da.*

Megan betritt die Garderobe und lässt lautstark ihre schwarze Reisetasche auf den Boden plumpsen. Isaac dreht sich zur Tür um, und ihm entgleiten die Gesichtszüge.

»Fuck, was?« Innerhalb von Sekunden liegen sich die beiden in den Armen. Megan war in den letzten Monaten des Öfteren in London, hat sich aber inzwischen ein kleines Apartment in Beaumont gemietet. Sie fühlt sich wohl dort, und Heather ist gern in der Nähe ihres Vaters. Den ich in diesem Moment zum ersten Mal live sehe. Carter betritt mit Heather auf dem Arm die Garderobe und reibt seine Nase an der seiner Tochter. Er ist groß gewachsen, hat strubbelige blonde Haare und eine so herzliche Aura, dass die Temperatur im Raum sofort ansteigt. Sein ganzer Look – inklusive der Piercings – schreit nach Rockstar. Er würde perfekt auf die Bühne passen. Ich habe letztes Jahr das Buch gelesen, das er über die Band geschrieben hat, und verdammt, der Kerl kann schreiben! Ich hing bei jedem Satz an seinen gepiercten Lippen.

»Hey, Bruderherz. Überraschung!« Megan küsst Isaac auf die Wange und deutet anschließend auf ihre Begleitung. »Ich habe noch ein paar Leute im Gepäck.«

»Oh Scheiße, ist das euer Ernst? Wollt ihr mich zum Heulen bringen, oder was?« Isaac und Carter umarmen sich brüderlich, und sofort streckt Heather ihre kleinen Patschehändchen nach ihrem Onkel aus. Sie scheint ihn genauso sehr vermisst zu haben wie er sie.

»Hey, Kleine.« Isaac riecht an ihrem Köpfchen, und ich kann gar nicht fassen, wie groß sie in den letzten Monaten geworden ist. Derweil begrüßt Megan den Rest der Band, dann meinen Bruder und am Ende mich. Wir quetschen uns beinahe zu Tode, und ich bin so froh, dass sie es pünktlich zum Konzert geschafft haben.

»Es ist so schön, dass es geklappt hat!«, quieke ich und schaukle sie von links nach rechts. Vor drei Monaten wurden endlich die Mistkerle gefunden, die damals für den Skandal um diese wunderschöne Frau gesorgt haben. Alle Fotos sind inzwischen aus den Medien verschwunden, und die beiden Männer bekamen vor Gericht ihre gerechte Strafe. Es ist, als könnte Megan seitdem wieder freier atmen.

»Wunder dich nicht, wenn Heather nach Kacke stinkt. Wir müssen sie dringend wickeln, sie hat im Taxi eine richtige Bombe gezündet«, sagt Carter und tritt an die Seite seiner Freundin, die im Rollstuhl sitzt. Von Isaac weiß ich, dass sie Sky heißt. Und, verdammt, sie ist eine der schönsten Frauen, die ich je gesehen habe, hat engelsblonde Locken und strahlend blaue Augen. Dafür, dass sie aus Texas kommt, hat sie erstaunlich blasse Haut, genau wie ich. Ohne sie zu kennen, finde ich sie sofort sympathisch. Als hätte ich in den letzten Monaten einen siebten Sinn für tolle Menschen entwickelt.

»Ich kann gar nicht fassen, dass ihr hier seid, Sonnenschein!« Isaac begrüßt Sky, die ihm daraufhin freundschaftlich gegen die Brust boxt. »Das hätten wir uns wohl kaum entgehen lassen können! Das letzte Konzert ist viel zu lange her.« Im Raum wird es immer voller, vor allem, als zwei weitere Leute die Garderobe betreten.

»Ihr habt sogar Hazelchen mitgebracht?« Isaac strahlt mit der Deckenlampe um die Wette, als er die braunhaarige Frau mit den braunen Cowboystiefeln und dem schwarzen Kleid in eine feste Umarmung zieht. Hazel ist die beste Freundin von Sky und hat die Band auf einem Konzert in Texas kennengelernt. Soviel weiß ich. Ich kann es kaum erwarten, Isaacs Freunde aus Amerika besser kennenzulernen. Sie werden eine Woche in London bleiben und die Stadt erkunden. Gedanklich halte ich fest, dass wir ihnen auf jeden Fall das London Eye zeigen müssen. Diesen Ausblick muss einfach jeder einmal in seinem Leben gesehen haben.

»Danke für die Einladung!«, sagt Hazel und formt dabei mehrere Handzeichen nacheinander. Sie sucht den Raum nach etwas ab, und als sie mich entdeckt, winkt sie mir freundlich zu. Ich bin mir sicher, dass Megan einiges über Isaac und mich zu erzählen hatte, als sie London verlassen hat.

»Wir kennen uns noch nicht.« Isaac reicht Hazels männlicher Begleitung die Hand. Es ist ein ebenfalls nicht gerade klein geratener Typ mit nussbraunem Haar und einem unglaublich schönen, freundlichen Gesicht. Kommen die alle direkt vom Laufsteg, oder was? Das ist ja kaum auszuhalten.

»Mein Name ist Cameron.« Seine Stimme ist wahnsinnig kräftig und etwas laut, während er seine Worte, wie Hazel zuvor, mit den Händen untermauert. Ich weiß nur aus den Nachrichten, wie Gebärdensprache aussieht, und finde diese Form der Kommunikation wahnsinnig interessant.

Während Megan wieder auf ihren Bruder zuhüpft, albert Carter mit seiner kleinen Tochter auf dem Arm herum. Gott, ich schmelze. Dabei scheint Carter nicht zu bemerken, dass Sky nur Augen für ihn hat. Liebestrunken sieht sie zu ihm auf, und als er ihr Heather reicht und sie die Kleine auf ihren Schoß setzt, sieht sie seine Tochter mit derselben Wärme im Blick an.

Es ist so schön zu sehen, wie gut sich alle miteinander verstehen und wie viel Liebe jeder einzelne Charakter in diesem Raum ausstrahlt. In meinem ganzen Leben gab es immer nur Noah und mich, weil wir uns meistens von anderen ferngehalten haben, aber gerade wird mir klar, dass es nicht an der Menschheit an sich lag. Sondern daran, dass wir uns nie mit den *richtigen* Leuten umgeben haben. Diese hier könnten die Richtigen sein.

»Wir müssen jetzt auf die Bühne!« Isaac beißt sich auf die Unterlippe, was ungemein sexy aussieht, und kommt auf mich zu. Sein warmer Körper hüllt meinen ein, und ich hätte nichts dagegen einzuwenden, den überflüssigen Stoff zwischen uns loszuwerden. Aber dafür haben wir erstens keine Zeit und zweitens zu viele Zuschauer.

»Danke«, haucht er und sieht so unfassbar zufrieden aus, dass mir das Herz aufgeht. »Die Überraschung ist dir wirklich gelungen. Wie lange hast du das schon geplant?«

»Eine Weile?«, antworte ich kryptisch. »Megan hat mir geholfen.«

»Ihr seid echt der Wahnsinn.« Seine Lippen streifen sanft über meine Schläfe. »Bist du bereit für den Gig?«

Ich sehe zu ihm auf, zeichne gedanklich seine scharfen Konturen nach und präge mir jeden Millimeter dieses Gesichts ein. Ein Gesicht, das ich seit Monaten jeden Tag beim Aufstehen sehen darf. Wie viel Glück kann ein Mensch haben?

»Ich bin so was von bereit.«

Er grinst mich neckisch an.

»Gut. Ich nämlich auch.«

• • •

Das Konzert ist die reine Gefühlsexplosion. Die Stimmung im Saal ist so geladen, dass man sie förmlich in der Luft greifen kann. Über zwanzigtausend Menschen stehen zu unseren Füßen, rocken zu unserer Musik ab und feiern das neue Album wie verrückt.

Connor gibt am Schlagzeug alles, verausgabt sich vollkommen. David hat sein Lampenfieber beim ersten Anschlagen der Tasten abgelegt, und Louis untermauert unseren Sound am Bass.

Isaac und ich singen die meisten Songs zusammen, aber es gibt auch Lieder, die er allein singt, während ich ihn auf der Gitarre begleite, und umgekehrt. Isaac wollte, dass wir alle ein gleich wichtiger Teil der Band sind. Er wollte nicht mehr das Aushängeschild, das Gesicht von Crashing December sein. Das wollte er eigentlich nie, aber die Medien haben ihn in diese Rolle gedrängt. Inzwischen liebt er es, sich auf der Bühne auch mal zurückzunehmen und anderen die Show zu überlassen. In diesem Fall mir.

Die Scheinwerfer hüllen den Saal in ein wunderschönes silbriges Licht und verwandeln alles in pure Magie. Mein ganzer Körper steht unter Strom und will nur eins: dass dieses Gefühl niemals endet. Ich will mehr davon. Mehr von diesen Auftritten, mehr von der Crowd, mehr Applaus und mehr Songs. Das hier könnte ich mein ganzes Leben lang machen.

Diese Auftritte sind ganz anders als die auf der Straße, aber sie haben eins mit ihnen gemeinsam: Sie machen mich ganz. Füllen die Lücken in mir aus, die ohne Musik noch immer so sehr schmerzen.

Ich sehe Isaac grinsend an, während er unseren Song »The Beauty In The Broken« ausklingen lässt. Seine Stimme ist in den letzten Monaten noch intensiver geworden, als hätte er sich bis zu dem Gespräch mit seinem Vater immer zurückgehalten. Endlich hat er die Handbremse gelöst. Nicht nur stimmlich, auch textlich. Das ganze Album ist weitaus persönlicher als alles, was die Band bisher herausgebracht hat. Es geht um Depressionen, um dunkle Nächte und noch dunklere Tage. Aber es geht auch um die Kraft der Liebe, der

Vergebung und das metaphorische Licht am Ende des Tunnels.

Der Song verstummt, und die Meute rastet schon wieder aus. Wir alle sind vollkommen am Ende, weil das Konzert enorm viel Energie gefressen hat, aber wir wollen einfach nicht aufhören. Wollen dem Publikum alles von uns geben. Ich sehe die Jungs an und fühle mich angekommen. Unsere Freunde stehen am Bühnenrand und genießen die Show aus nächster Nähe, während wir voll in unserem Element aufgehen.

»Einen Song haben wir noch für euch!«, raunt Isaac ins Mikrofon und sieht mich an. »Und was für ein Song das ist.« Auf seinen Zügen liegt so viel Liebe, bedingungslose Liebe, dass ich am liebsten meine Gitarre fallen lassen und zu ihm stolpern würde. *Gott, ich will ihn ununterbrochen küssen.*

»Er heißt ›Dream and Dare‹, und ihr kennt den Song schon. Aber wir haben ein paar kleine Änderungen vorgenommen.« Vor zwei Monaten kam mir die Idee, aus »Dream and Dare« ein Duett zu machen. Die Strophen sind gleich geblieben, aber der zweite Refrain hat sich leicht geändert.

Die Jungs spielen unser Lied an, und wieder zieht ein tosender Applaus durch den Saal. Ich trete hinter das zweite Mikrofon, das nur wenige Schritte von Isaacs entfernt steht. Und dann spielen wir. Wir verschmelzen zu einer Einheit. Zu einem Kunstwerk aus Noten und Gefühlen.

Beim Refrain sieht Isaac mir in die Augen, und auf einmal ist es, als gäbe es nur noch uns. Ihn und mich. Hier oben auf der Bühne, unter den warmen Scheinwerfern.

In der zweiten Strophe bin ich dran. Ich lasse meine ganzen Gefühle in die Zeilen fließen und die Schmetterlinge in meinem Bauch wild mit ihren bunten Flügeln schlagen. Und dann singe ich den abgeänderten Refrain, den ich für Isaac geschrieben habe.

I met a boy
With a heart full of fears in a town full of rain
And all I want
Is to make him my own and erase all of his pain

Wieder sehen wir einander fest in die Augen, blenden alles um uns herum aus. In diesem Augenblick wird mir bewusst, wie leicht man einen Menschen trotz schwerer Päckchen lieben kann. Man muss sich nur trauen. Ich habe mich getraut. Habe an meine Träume geglaubt und Isaac hinter meine Mauern blicken lassen. Und verdammt, ich bereue es keine Sekunde.

Nachwort & Danksagung

Liebe Leser:innen,

ihr habt gerade nicht nur einen Liebesroman über zwei Seelen gelesen, die sich verloren haben, ihr habt einen Roman über meine eigene Seele gelesen. Es gab in diesem Buch unglaublich viele Kapitel, die mich alles gekostet haben. Ich bewundere Isaac für die Stärke, seinen Vater aufzusuchen und ihm all das zu sagen, was ihm auf dem Herzen lag. Denn ich selbst habe diesen Mut bei meinem eigenen Vater nie aufbringen können. Bedingungslose Liebe ist etwas Wunderschönes, aber sie kann auch so unglaublich wehtun. Hopes Gedanken sind meine Gedanken. Hopes Ängste sind meine Ängste. Hopes Sorgen sind meine Sorgen. Denn auch ich habe jemanden in meinem Leben, für den ich barfuß durchs Feuer gehen würde. Für den ich die Welt auf den Kopf stellen würde, egal, wie viel Kraft es mich kostet. Jemanden, der leider nicht mit eigenen Augen sehen kann, wie unglaublich er ist.

Deshalb ist dieses Buch mehr als nur eine Geschichte zwischen zwei Buchdeckeln. Dieses Buch ist ein Teil meines

Herzens, Teil meiner eigenen Therapie und persönlichen Weiterentwicklung. Dieses Buch hat mich getröstet, wenn ich wieder einmal den Boden unter den Füßen verloren habe, und ich bin so dankbar, dass ihr diesen Teil meines Herzens kennenlernen könnt.

Ich bin ehrlich zu euch: Dieses Buch zu schreiben, war verdammt hart. Umso dankbarer bin ich, dass ich während des Schreibens so wundervolle Menschen an meiner Seite hatte. Menschen, die mich bestärkt, ermutigt und aufgebaut haben, wenn mir ein Kapitel besonders viel abverlangt hat. Deshalb geht der erste Dank an euch. Selina? Danke, dass du immer ein offenes Ohr für meinen Herzschmerz hast und dieses Buch auf so vielen Ebenen gefühlt hast. Resa? Danke für deine Oh-mein-Gott-Anmerkungen, jedes Mal, wenn Isaac dich um den Verstand gebracht hat. Nina? Danke, dass du dieses Buch nicht nur gelesen, sondern auch eine so wundervolle Kurzmeinung für mich geschrieben hast. Sie ist einfach perfekt! So wie du. Ein weiterer Dank geht an meine beiden besten Freundinnen Tina und Christelle, die gemeinsam mit mir auf Mallorca am Plot gefeilt haben. Ich hoffe, ihr liebt das Ergebnis ansatzweise so sehr, wie ich euch liebe.

Der nächste Dank gilt dem wundervollen Team vom Foreververlag und ganz besonders meiner zauberhaften Lektorin Tabea. Es ist mir jedes Mal eine Freude, mit dir an meinen Büchern zu arbeiten, und ich freue mich auf alles, was noch kommt!

Ich danke meinem Freund Michael, dafür, dass er mich immer auffängt, wenn ich falle. Danke, dass du mich an meinen guten und meinen ängstlichen Tagen liebst. Vor allem an den ängstlichen.

Als Letztes danke ich meinem Bruder Sascha.

Weil du mich mit Mama und Papa zu dem Menschen gemacht hast, der ich heute bin. Ich liebe euch!

Vielleicht schaffe ich es, jemandem da draußen in der Dunkelheit mit *Dream and Dare* etwas Hoffnung zu schenken. Vielleicht können Isaac und Hope euch das geben, was sie mir gegeben haben. Und vielleicht, ganz vielleicht, wurden eure Päckchen – egal, wie schwer sie sich auch anfühlen – mit jeder Seite etwas leichter. So wie mein Päckchen leichter werden durfte.

Ihr seid stark. Auch in Momenten, in denen ihr euch schwach fühlt. Vergesst das nie.

Eure Sarah

Content Note

Liebe Lesende,

ich möchte euch darauf aufmerksam machen, dass *Dream and Dare* Elemente enthält, die triggern können. Diese sind: elterliche Vernachlässigung, häusliche Gewalt, Substanzmissbrauch, toxische Männlichkeit und Depressionen.

Passt auf euch auf!

Eure

Sarah Stankewitz